MIRA®

Der Preis dieses Bandes versteht sich einschließlich
der gesetzlichen Mehrwertsteuer.

Umwelthinweis:
Dieses Buch wurde auf chlor- und säurefreiem Papier gedruckt.

Kat Martin

Mein wildes Herz

Roman

Aus dem Amerikanischen von
Meriam Pstross

MIRA®

MIRA® TASCHENBUCH
Band 25461
1. Auflage: September 2010

MIRA® TASCHENBÜCHER
erscheinen in der Cora Verlag GmbH & Co. KG,
Valentinskamp 24, 20350 Hamburg
Deutsche Taschenbucherstausgabe

Titel der nordamerikanischen Originalausgabe:
Heart of Honor

erschienen bei: MIRA Books, Toronto
Published by arrangement with
HARLEQUIN ENTERPRISES II B.V./S.àr.l.

Konzeption/Reihengestaltung: fredebold&partner gmbh, Köln
Umschlaggestaltung: pecher und soiron, Köln
Redaktion: Bettina Steinhage
Titelabbildung: Harlequin Books S.A.
Autorenfoto: © A. Street Photography, Mary Anne Stimpfling /
Harlequin Enterprises S.A., Schweiz
Satz: Buch-Werkstatt GmbH, Bad Aibling
Druck und Bindearbeiten: CPI – Ebner & Spiegel, Ulm
Printed in Germany
Dieses Buch wurde auf FSC-zertifiziertem Papier gedruckt.
ISBN 978-3-89941-752-4

www.mira-taschenbuch.de

1. KAPITEL

England, 1842

Leif zitterte unter der dünnen Decke, die alles war, womit er seinen fast nackten Körper gegen die Kälte schützen konnte. Der Frühling ließ auf sich warten, und die Landstraßen waren aufgeweicht vom Schneematsch oder teilweise noch gefroren. Ab und zu tauchte eine fahle Sonne hinter den Wolken auf. Dann erhellten kurz ein paar Sonnenstrahlen die Straße.

Ein scharfer Wind zerrte an der Decke, und Leif zog sie enger um sich. Er wusste nicht, wo er sich befand, sondern erinnerte sich nur, dass er auf holprigen, von niedrigen Steinmauern eingefassten Wegen durch eine endlose Landschaft gezogen war, in der manchmal Dörfer auftauchten. Seit mehr als vier Monden war er jetzt schon in diesem Land, und langsam verlor er jedes Zeitgefühl. Das Einzige, was er mit Sicherheit wusste, war, dass sein kleines Schiff irgendwo nördlich von hier an einer felsigen Küste zerschellt war und seine neun Kameraden mit sich ins nasse Grab genommen hatte. Er allein war mit gebrochenen Knochen zurückgeblieben.

Ein Schäfer hatte ihn in der eisigen Brandung gefunden, mit nach Hause genommen und während des brennenden Fiebers gepflegt. Leif war mehr tot als lebendig gewesen, als Händler gekommen waren, den Schäfer mit Silbermünzen bezahlt und Leif mit sich geschleppt hatten.

Sie wollten ihn, weil er so anders aussah, anders als alle Männer in diesem fremden Land. Er konnte ihre Sprache nicht sprechen und auch kein Wort von dem verstehen, was sie sagten. Das schien sie jedoch zu amüsieren und seinen Wert sogar noch zu steigern. Er war mindestens fünf Zoll größer als die meisten Männer, und sein Körper war viel muskulöser. Und wenn einige auch blond waren wie er, so trugen nur wenige

Bärte und keiner einen so langen und zottigen Bart wie Leif. Außerdem waren ihre Haare kurz geschnitten, während seine ihm bis über die Schultern fielen.

Als man ihn in einen Wagen gehievt und ihn von der Schäferhütte weggebracht hatte, war Leif zu schwach gewesen, um sich zu wehren. Doch nachdem seine Kräfte langsam zurückgekehrt waren, fürchteten ihn die Leute, die ihn mitgenommen hatten, und fesselten ihn an Armen und Beinen mit schweren Eisenbändern. Er war in einen Käfig gesteckt worden, in dem kaum genug Platz war für einen Mann seiner Größe. Dort musste er sich auf den mit Stroh bedeckten Boden kauern wie ein Tier.

Leif galt als eine Abnormität, die man vor den Bewohnern der Gegend zur Schau stellte. Was für eine grausame Art der Unterhaltung. Er wusste, dass man bezahlte, um ihn sehen zu dürfen. Der fette Mann mit der Narbe auf der Stirn, der ihm immer das Essen brachte, sammelte Geld ein bei den Leuten, die sich um seinen Käfig scharten. Dieser Mann – sie nannten ihn Snively – schlug und provozierte Leif, um ihn in Raserei zu versetzen. Denn das schien der Menge, die bezahlt hatte, um ihn sehen zu dürfen, zu gefallen.

Leif hasste den Mann. Er hasste sie alle.

Dort, wo er zuvor gelebt hatte, war er ein freier Mensch gewesen, ein Mann, der unter seinen Landsleuten einen hohen Rang innehatte. Sein Vater hatte ihn gebeten, die sichere Heimat nicht zu verlassen, aber das Verlangen, die Welt jenseits seiner Insel kennenzulernen, ließ Leif keine Ruhe.

Seitdem hatte er allerdings nur wenig von der Welt außerhalb seines Käfigs gesehen. Der Hass und die Wut nagten an ihm wie ein wildes Tier. Täglich flehte er die Götter um eine Gelegenheit zur Flucht an, um die Kraft, auszuharren, bis seine Zeit kommen würde. Es war alles, was ihn noch am Leben hielt.

Doch als die Tage vergingen und sich keine Gelegenheit zur Flucht ergab, wuchs die Verzweiflung in ihm. Ihm war, als verwandle er sich langsam in das Tier, zu dem sie ihn machen wollten. Nur im Tod würde er noch Frieden finden.

Trotzdem kämpfte Leif gegen die dunkle Verzweiflung an und klammerte sich an die schwache Hoffnung, eines Tages wieder frei zu sein.

2. *KAPITEL*

London, 1842

„Mädchen, ich sage dir, es ist an der Zeit, dass du deine Pflicht tust!“ Heftig schlug der Earl of Hampton mit der knotigen Hand, auf der die Adern dick hervortraten, auf den Tisch.

Der dumpfe Knall ließ Krista Hart auffahren. „Meine Pflicht? Es ist wohl kaum meine Pflicht, einen Mann zu heiraten, den ich nicht ausstehen kann!“ Sie befanden sich auf einem Ball im Stadtpalais des Duke of Mansfield. Durch die Wände der Bibliothek konnte man das achtköpfige Orchester hören, das oben in dem verschwenderisch mit Spiegeln ausgestatteten Ballsaal spielte.

„Was stimmt denn nicht mit Lord Albert?“ Ihr Großvater – ein leicht gebeugter, großer, silberhaariger Mann – sah sie mit seinen hellen blauen Augen an. „Er ist jung und sieht nicht schlecht aus und ist der zweite Sohn des Marquess of Lindorf, Mitglied einer der bekanntesten Familien Englands.“

„Lord Albert ist nichts anderes als ein Speichellecker. Der Mann ist eitel, zimperlich und überaus selbstgefällig. Er ist eingebildet, nicht sehr intelligent, und ich habe nicht das geringste Interesse daran, ihn zu heiraten.“

Das faltige Gesicht ihres Großvaters lief rot an. „Gibt es eigentlich in ganz London einen Mann, der dir gefällt, Krista? Du bist verpflichtet, mir einen Enkel zu schenken – und allmählich läuft dir die Zeit davon!“

„Ich kenne meine Pflicht, Großvater. Man hat sie mir gegenüber ja oft genug erwähnt.“ Durch eine besondere Verfügung des letzten Königs konnte der Titel der Hamptons, wenn kein männlicher Erbe vorhanden war, auch durch ein weibliches Familienmitglied auf den ersten männlichen Nachkommen übertragen werden. „Ich bin einer Heirat nicht abgeneigt, es ist nur …“

„Dass du zu sehr mit deiner verflixten Zeitung beschäftigt bist. Dein Vater tolerierte den törichten Wunsch deiner Mutter, wie eine Bürgerliche zu arbeiten. Und dir gegenüber zeigt er jetzt die gleiche Nachsicht. Mein Gott, keine anständige Frau unseres Standes hat einen *Beruf* oder macht sich mit den unteren Ständen gemein, wie du es tust, indem du dein lächerliches Blatt herausgibst.“

„*Heart to Heart* ist kein lächerliches Blatt. Unsere Artikel sind nicht nur informativ, sie haben auch eine erzieherische Wirkung, sind offen und ehrlich, wie der Name schon sagt, und ich bin äußerst stolz auf die Arbeit, die wir leisten.“

Ihr Großvater schnaubte verächtlich. „Lassen wir einmal deine dumme Zeitung beiseite. Du bist meine einzige Enkelin. Es ist an der Zeit, dass du an deine Zukunft denkst und mir endlich den Erben schenkst, den ich brauche.“

Als Krista zu ihm ging, raschelten die Unterröcke unter ihrem pflaumenfarbenen Kleid. Diese Unterhaltung hatte schon so oft stattgefunden und immer mit dem gleichen Ergebnis geendet. Aber Krista liebte ihren Großvater und wollte ihm nicht missfallen.

Sie küsste ihn auf die Wange. „Ich wünsche mir das fast so sehr wie Sie, Großvater. Doch ich weigere mich, einen Mann wie Lord Albert zu heiraten. Ich glaube, ich werde noch rechtzeitig den richtigen Mann treffen.“

Vielleicht hatte sie ihn schon getroffen. Letzte Woche hatte sie einen Freund ihres Vaters namens Matthew Carlton kennengelernt. Matthew war außerordentlicher Professor, zweiter Sohn des Earl of Lisemore und genau die Art von Mann, wie ihn sich ihre Familie als Gatten für Krista wünschte. Matthew schien zudem an einer Fortführung ihrer Bekanntschaft interessiert zu sein.

Trotzdem wagte Krista es nicht, ihrem Großvater von ihm

zu erzählen. Vielleicht würde er sie und auch Matthew dann unter Druck setzen.

Der Earl sah ihr in die Augen. „Ich will ja nicht, dass du unglücklich wirst. Das weißt du doch, nicht wahr?"

„Natürlich. Mit der Zeit wird sich sicher alles richten." Zumindest hoffte sie es. Aber sie war anders als die Frauen ihres Standes: größer, als es dem Schönheitsideal entsprach, kräftiger – und unabhängiger. Die Verehrer standen nicht Schlange, und ihr Großvater wusste das.

„Zeit", schimpfte er, „ist etwas, das ein alter Mann wie ich nicht mehr hat."

Sie ergriff seine schmale Hand. „Das stimmt nicht. Sie sind immer noch sehr rüstig." Doch als sie ihn jetzt betrachtete, sah sie, dass er zweifellos gealtert war. Wenn sie nicht bald heiratete, konnte der Titel, wie der Earl es befürchtete, auf irgendeinen entfernten Cousin übergehen.

Der alte Mann seufzte. „Du strapazierst meine Geduld, Mädchen", grollte er.

„Es tut mir leid, Großvater. Ich werde mein Bestes tun."

Sie hauchte ihm einen Kuss auf die Wange und schritt durch die Tür in Richtung des fröhlichen Lärms, der aus dem Ballsaal drang. Aber sie war nicht länger in der Stimmung zu tanzen und so zu tun, als würde sie sich gut unterhalten.

Während sie auf der Suche nach ihrem Vater und ihrer besten Freundin Coralee Whitmore durch das Haus ging, dachte sie über Matthew Carlton und die Möglichkeiten nach, die er ihr bot.

Leif lehnte sich an die Stäbe seines Käfigs. Aus der Entfernung drangen die seltsamen, gefühlvollen Töne der Musikmaschine zu ihm herüber, die immer dann spielte, wenn die fahrende Truppe in einem Dorf einzog. Die Sonne war herausgekommen, doch sie wärmte ihn nur wenig, da man seinen Käfig an einem schattigen Platz abgestellt hatte. Ein eisiger Wind fuhr darüber und verursachte ihm eine Gänsehaut. Das einzige Kleidungsstück, das er am Leib trug, war ein getüpfeltes Fell, gerade groß genug, um seine Scham zu bedecken.

Gedankenverloren zupfte er einen Strohhalm aus dem feuchten Mist, der den Käfigboden bedeckte. Er hatte die Welt jenseits seiner Heimat sehen wollen. Und er hatte seltsame Dinge in diesem fremden Land entdeckt: Tiere, die keinem Tier ähnlich sahen, das ihm je zu Augen gekommen war; Häuser, die größer waren als sein ganzes Heimatdorf. Es gab Menschen verschiedener Hautfarben, Menschen verschiedenster Gestalten und Größen. Hätte man ihn nicht in diesen Käfig gesperrt, er wäre von all den Sehenswürdigkeiten und all den Orten dieser neuen, fremden Welt fasziniert gewesen. Doch so blieb er ein Gefangener, eingesperrt und gehalten wie ein Tier.

Seit er verkauft worden war, war er verlacht und verhöhnt, mit Steinen beworfen und geschlagen worden. Die Leute glaubten, er wäre verrückt, und an manchen Tagen glaubte er es selbst. Schlimmer noch waren aber diejenigen, die Mitleid mit ihm hatten. Er hatte Frauen gesehen, die wegen der Gräuel, die man ihm antat, in Tränen ausgebrochen waren. Leif jedoch wollte ihr Mitleid nicht. Aber vielleicht waren nicht alle Menschen in diesem Land wie jene, die ihm seine Freiheit gestohlen hatten. Vielleicht würde er eines Tages jemanden finden, der bereit war, ihm zu helfen. Wenn er sich den Leuten doch nur verständlich machen könnte.

Wie jeden Tag sprach er ein stilles Gebet zu den Göttern und bat sie, ihm beizustehen.

Vielleicht würden sie ihm ja eines Tages helfen. Vielleicht schon heute.

Er klammerte sich an diesen Gedanken, während die Menge sich langsam um seinen Käfig versammelte.

Der Himmel war klar in dieser Nacht, und der Vollmond erhellte Londons Straßen. An die Samtpolster der Kutsche gelehnt, lauschte Krista dem Klappern der eisenbeschlagenen Pferdehufe und war dankbar, dass der Abend endlich zu Ende ging.

„Lieber Gott, wie ich diese Gesellschaften hasse." Seit dem Streit mit ihrem Großvater in der Bibliothek des Duke of Mansfield war Krista pflichtbewusst auf jeder Soiree und jeder Party erschienen, zu der man sie einlud. Im Augenblick kehrte sie von einer musikalischen Soiree bei der Marquess of Camden zurück.

Sie musste an Matthew Carlton denken. Ihre Bemühungen schienen Erfolg zu haben.

Ein verträumter Seufzer erscholl in der Kutsche. „Ich finde, diese Party war wundervoll." Auf dem Platz neben Krista kuschelte sich Coralee Whitmore in die tiefen Samtpolster, ihre beste Freundin seit der gemeinsamen Zeit auf der Briarhill Academy. „Wenn wir morgen nicht so viel zu tun hätten, dann hätte ich bis zum Morgengrauen durchgetanzt."

Im Gegensatz zu Krista, die sehr groß und blond war, war Coralee zierlich, mit Haaren von der Farbe dunklen Kupfers, grünen Augen und einem schmalen, feinen Gesicht. Sie liebte Bälle und Gesellschaften und schien ihrer nie müde zu werden. Doch die Wochenzeitung, die Krista und ihr Vater herausgaben, kam für die beiden jungen Frauen an erster Stelle, auch wenn es bedeutete, dass sie einen der beliebtesten Bälle bereits kurz nach Mitternacht verlassen mussten.

Obwohl es viel länger zurückzuliegen schien, hatte Kristas Mutter doch erst vor sechs Jahren die Zeitung gegründet, gegen den Willen ihrer Familie und gegen die ungeschriebenen Gesetze, welche den Platz einer Frau in der Gesellschaft bestimmten. Drei Jahre später war sie krank geworden und gestorben. Ihr langes, qualvolles Siechtum hatte Krista erschüttert und traurig zurückgelassen. Ihr Vater hatte unter dem Verlust noch mehr gelitten.

Genau an dem Tag, an dem sie auf dem Friedhof neben ihrem leise weinenden Vater am Grab ihrer Mutter stand, war Krista achtzehn Jahre alt geworden. Und da sie wusste, wie wichtig ihrer Mutter die Gazette gewesen war, hatte sie beschlossen, die Zeitung weiterzuführen. Bald merkte sie, dass die Arbeit ihr half, den Schmerz zu überwinden, und sie war entschlossen, *Heart to Heart* zum Erfolg zu führen.

Vom Sitz gegenüber war ein Geräusch zu hören, und Krista musste beim leisen Schnarchen ihres Vaters lächeln. Sir Paxton Hart war emeritierter Professor für Geschichte und von der Königin für seine Verdienste um die Entschlüsselung alter Sprachen zum Ritter geschlagen worden. Sein Spezialgebiet war die alte nordische Sprache der frühen skandinavischen Siedler, wobei sein besonderes Interesse den Überlieferungen der Wikinger galt. Seit dem Tod seiner Frau hatte er sich völlig in seine Arbeit vergraben.

„Da siehst du, wie sehr er den Abend genossen hat", sagte Krista zu Corrie und betrachtete ihren Vater, der auf dem Sitz zusammengesunken dasaß, während sein Kopf in einer etwas unbequemen Haltung auf dem Polster ruhte. Er war ein großer, dünner Mann mit einer geraden, etwas zu langen Nase und braunen Haaren, die langsam grau wurden.

„Die Sprachstudien machen deinem Vater auf jeden Fall mehr Spaß."

Krista setzte sich bequemer zurecht und versuchte, die Korsettstäbe unter ihrem Ballkleid aus blassgrünem Taft zu ignorieren, die sich ihr in die Taille bohrten. „Wenn er und Großvater nicht wild entschlossen wären, einen Ehemann für mich zu finden, wäre er erst gar nicht mit auf den Ball gegangen."

„Ich nehme an, der aktuelle Kandidat heißt Matthew Carlton", neckte Corrie ihre Freundin. „Du hast heute Abend mindestens dreimal mit ihm getanzt. Vermutlich hat er deinen Vater um Erlaubnis gebeten, dir den Hof machen zu dürfen."

Matthew, der inzwischen noch mehr Interesse an ihr zeigte, hatte letzte Woche mit ihrem Vater gesprochen. Er gefiel

Krista, und sein Interesse schmeichelte ihr. Doch sie brauchte Zeit, um ihn kennenzulernen.

„Es hätte schlimmer für dich kommen können“, meinte Corrie, während sie durch die Dunkelheit rollten und die Laternen die Kutsche innen in ein weiches gelbes Licht tauchten. „Immerhin sieht der Mann gut aus, ist intelligent und …“

„Groß?“, warf Krista ein und hob die goldblonden Brauen.

Corrie lachte. „Das wollte ich nicht sagen.“

Doch tatsächlich hatten die meisten Männer keine Lust, eine Frau zu heiraten, die größer war als sie. Das tat man einfach nicht. „Ich wollte sagen, dass er auch noch der Sohn eines Earls ist.“

Aber der gesellschaftliche Rang spielte für Krista keine Rolle. Es war Corrie, die im Gesellschaftsleben aufblühte. Sie war von Kopf bis Fuß eine Dame, die Tochter eines Viscounts und inmitten von Reichtum und Adel aufgewachsen. Coralee liebte schöne Kleider, Bälle und zeigte sich gern in der Oper und im Theater.

Das Einzige, was Corrie noch mehr mochte, war das Schreiben. Und deshalb hatte Krista, nachdem sie die Zeitung übernommen hatte, ihre Freundin dazu überredet, über all die Dinge zu schreiben, die sie liebte. Corrie hatte ihrer Familie getrotzt und die Stellung angenommen. Im Moment war sie für die Frauensparte der Zeitung zuständig, die einen großen Teil des Wochenmagazins ausmachte.

Die Kutsche bog in eine kiesbestreute Einfahrt ein und kam vor dem überdachten Eingang von Corries Zuhause zum Stehen, einem eleganten, dreistöckigen steinernen Gebäude am Grosvenor Square.

„Ich sehe dich dann morgen in der Redaktion“, sagte sie, während ein Diener ihr über das eiserne Trittbrett half. „Und vergiss nicht, dass du mir versprochen hast, am Sonntag mit mir den Zirkus zu besuchen.“

„Ich werde es nicht vergessen.“ Corrie wollte einen Artikel

über den Zirkus Leopold schreiben und hatte Krista gebeten, sie zu der Vorstellung zu begleiten. Da Krista seit ihrer Kindheit keinen Zirkus mehr besucht hatte, würde es bestimmt ein großer Spaß werden.

Corrie winkte ihr zum Abschied, und der Diener geleitete sie die breite Steintreppe zu dem schweren Eingangsportal des herrschaftlichen Anwesens hinauf. Dann kehrte er auf seinen Kutschsitz zurück. Als die Kutsche weiterfuhr, regte sich Kristas Vater und streckte die langen Beine aus.

„Sind wir schon zu Hause?"

„Bald, Vater. Wir müssen nur noch um die Ecke." Wie Coralee entstammte auch Krista einer reichen Familie, zumindest mütterlicherseits. Margaret Chapmann Hart war die Tochter eines Earls gewesen. Obwohl sie Paxton Hart geheiratet hatte, einen Gelehrten, der damals fast keinen Penny besaß, ermöglichte ihre Stellung als Mitglied der Aristokratie Krista den Zugang zu den höchsten Rängen der Gesellschaft.

Was Krista selbst betraf, so empfand sie das eher als eine Bürde denn als einen Gewinn.

Einige Minuten später erreichten sie ihr Stadthaus. Milton Giles, der Butler, öffnete die Tür, und als sie eingetreten waren, half er ihrem Vater aus seinem seidengefütterten Umhang und Krista aus ihrem Kaschmircape mit Kapuze.

„Es war ein langer Abend", sagte sie. „Ich gehe zu Bett." Sie raffte ihre weiten Röcke und begann, die gewundene Treppe hinaufzusteigen. Dann wandte sie sich noch einmal um. „Kommst du nicht, Vater?"

„Gleich. Da ist doch dieser altnordische Text, an dem ich gerade arbeite. Es gibt dort einen Abschnitt, den ich mir noch einmal anschauen möchte, bevor ich mich zur Ruhe begebe. Es dauert nur einen Moment."

Krista wusste, wie lange die „Momente" ihres Vaters dauern konnten. Sie erinnerte ihn daran, dass er seinen Schlaf brauche, wusste jedoch, dass es zwecklos war. Genauso leidenschaftlich, wie sie sich ihrer Zeitung widmete, widmete sich ihr Vater seinen Studien.

Sie dachte an den Artikel, den sie am nächsten Morgen noch beenden musste, bevor das Blatt in Druck ging, und stieg die Treppe hinauf.

Das dreistöckige Backsteinhaus, das *Heart to Heart, die wöchentliche Gazette für die Dame* beherbergte, befand sich in einer schmalen Straße ganz in der Nähe des Picadilly. Die Seele der Zeitung, die schwere Stanhope-Druckpresse, eine der modernsten Pressen der Zeit, stand neben einer Kiste, in der Metalllettern lagerten, Buchstaben, Nummern und Zeichen, die zum Drucken gebraucht wurden.

Krista ging zu der Holzkiste hinüber. Sie hatte den Artikel für diese Wochenausgabe beendet, und abgesehen von einer winzigen Änderung konnte sie am nächsten Morgen in Druck gehen.

Außer Krista, ihrem Vater und Corrie gehörten zur Belegschaft noch Bessie Briggs, die sich hauptsächlich um den Drucksatz kümmerte, ein Drucker namens Gerald Bronner, sein junger Lehrling Freddie Wilkes und einige Teilzeitkräfte, die all das erledigten, was notwendig war, damit die Zeitung die Abonnenten erreichte.

Wie immer, bevor die Gazette in Druck ging, arbeitete die Belegschaft noch bis spät in die Nacht. Draußen war es schon lange dunkel. Kaum jemand war noch auf den Straßen, und von der Themse blies ein scharfer Aprilwind herüber. Krista stand bei der Druckerpresse und setzte eine Reihe Lettern ein. Als draußen auf dem Kopfsteinpflaster vor dem Fenster der Druckerei Schritte zu hören waren, drehte sie sich um. Glas splitterte, und eine der Frauen schrie auf, als ein schwerer Ziegelstein in den Raum flog und dabei Kristas Kopf nur um ein paar Zoll verfehlte.

„Gütiger Himmel!“, keuchte Corrie.

Der Ziegel krachte auf den Boden und schlitterte noch ein Stück weit, während Krista zum Fenster lief.

„Kannst du ihn sehen?“ Corrie eilte zu ihr. „Erkennst du, wer es war?“

Das Licht einer Laterne etwas weiter unten an der Straße beschien einen Burschen in Kniehosen aus grobem Stoff, der blitzschnell davonrannte. Einen Augenblick später war er um die nächste Ecke verschwunden.

„Es war nur ein Junge“, sagte Krista und wandte sich vom Fenster ab, wobei sie sich mit einem Lumpen die Druckerfarbe von den Händen wischte. „Er ist schon fort.“

„Schau, da ist eine Botschaft!“ Vorsichtig kniete Corrie sich zwischen den Glasscherben auf den Boden und löste ein Stück Papier von dem Ziegel, das mit einem Stück Schnur daran festgebunden war.

„Was steht darauf?“ Krista trat neben sie.

Corrie strich das zerknitterte Papier glatt. „Halte dich aus Männergeschäften raus. Wenn nicht, wirst du dafür bezahlen.“

Krista seufzte. „Jemand muss den Jungen dafür bezahlt haben.“ Es war nicht die erste Warnung, die *Heart to Heart* erhielt, seitdem Krista den Schwerpunkt der Zeitung etwas verändert hatte. Es gab jetzt auch Leitartikel und Berichte über Erziehung und soziale Themen.

Zusammen mit den üblichen Artikeln über Mode und häusliche Themen hatte es letzte Woche auch einen Artikel gegeben, der Mr. Edwin Chadwicks Bericht über die Hygienebedingungen lobte. In diesem Bericht forderte Chadwick Verbesserungen des Londoner Abwassersystems und sauberes Wasser aus allen Wasserleitungen. Er glaubte, dass solche Veränderungen bei der Verhütung von Krankheiten eine Rolle spielen würden.

Der Kosten verursachende Vorschlag war bei den Wassergesellschaften, den lokalen Obrigkeiten und den Steuerzahlern äußerst unpopulär, und sie hielten dagegen, dass sie das

Geld für solche Verbesserungen nicht aufbringen könnten.

„Es wird immer jemanden geben, der nicht unserer Meinung ist", sagte Krista zu Corrie und nahm ihrer Freundin das Papier aus der Hand.

„Du wirst diese Botschaft doch deinem Vater zeigen, nicht wahr?" Corrie warf ihr einen warnenden Blick zu. Sie wusste, wie selbstständig Krista handelte und wie sehr sie es hasste, den Professor mit Problemen zu belästigen, die die Zeitung betrafen. „Krista ...?"

„Schon gut, ich werde sie ihm zeigen." Sie sah zu dem Loch in der Fensterscheibe, durch das die kalte Aprilluft hereindrang. „Jemand soll ein Brett davornageln und das Glas zusammenfegen." Die Botschaft in der Hand, eilte sie zur Treppe. „In einer Minute bin ich zurück."

In den Nächten, in denen Krista noch spät arbeitete, bestand ihr Vater darauf, sie nach Hause zu begleiten. So auch an diesem Abend. Er war einige Stunden zuvor gekommen und arbeitete jetzt oben in seinem provisorischen Studierzimmer. Es gab auch noch einen Raum für Geschäftsbesprechungen und einen mit einer schmalen Liege, wo man ein Nickerchen machen konnte, wenn es gar zu spät wurde.

Sie klopfte an seine Tür, wartete und klopfte erneut. Endlich gab sie es auf, öffnete die Tür und betrat den hohen Raum, dessen Wände mit Büchern bedeckt waren.

„Es tut mir leid, Sie zu stören, Vater, aber ..."

„Mir war, als hörte ich jemanden." Er nahm die Brille ab und sah von den Büchern auf, die aufgeschlagen vor ihm auf dem Tisch lagen. Er war dürr und außerordentlich groß. Krista hatte ihre überdurchschnittliche Größe von den Eltern geerbt. Doch das blonde Haar, die grünen Augen und die üppige, vollbusige Figur war das Erbe ihrer hellhaarigen Mutter.

„Ich war so sehr in diese Übersetzung vertieft", erklärte der Professor. „Sind wir fertig? Ist es Zeit, nach Hause zu gehen?"

„Wir sind noch nicht ganz fertig, aber bald." Sie durchquerte den Raum und gab ihm die Nachricht. „Ich dachte, es ist besser, wenn ich Ihnen das hier zeige. Jemand hat diese Botschaft an einen Ziegelstein gebunden und ihn durch das Fenster geworfen. Vermutlich hat diesen Leuten mein Artikel über Mr. Chadwicks Bericht nicht gefallen."

„Allem Anschein nach nicht." Der Professor sah sie an. „Weißt du, was du da tust, Liebes? Deine Mutter hatte zu einigen Themen ihre unumstößlichen Ansichten, doch sie ließ sie nur selten drucken."

„Das ist wahr, aber sie hätte es gerne öfter getan. Und die Zeiten haben sich in den vergangenen paar Jahren geändert. Seitdem wir ein neues Format haben, wächst unsere Leserschaft ständig."

„Ich glaube, der Kampf für einen guten Zweck ist ein kleines Risiko wert. Sei nur vorsichtig und treibe es nicht zu weit."

„Das werde ich nicht. Nur noch einen Artikel, in dem ich auf die Notwendigkeit von innerstädtischen Wasserleitungen und einer Verbesserung der Abfallbeseitigung hinweise, dann kehre ich zu unserer Kampagne für bessere Arbeitsbedingungen in den Minen und Fabriken zurück."

Amüsiert verzog der Professor das Gesicht. „Wenn ich mich recht erinnere, hast du mit diesen Artikeln ebenfalls in ein Wespennest gestochen."

Krista verkniff sich ein Lächeln. Sie wusste, dass er recht hatte. „Und wenn auch, ich glaube, unsere Anstrengungen bewirken etwas." Sie ging um den Tisch herum und sah ihm über die Schulter. „Woran arbeiten Sie?"

„An einigen isländischen Tabellen aus dem zehnten Jahrhundert, mit deren Hilfe man für jede Woche des Jahres die Höhe der Sonne am Mittag berechnen kann. Sie sind bemerkenswert exakt. Zuvor hatte ich mir noch einmal eine Übersetzung des *Heimskringla*-Textes angesehen."

Der Text war, wie Krista sah, in Altnordisch geschrieben, einer Sprache, die ungefähr von dem Jahr achthundert bis ins frühe fünfzehnte Jahrhundert, der Zeit, in der die letzten bekannten Wikinger aus Grönland verschwanden, in den skandinavischen Siedlungen gesprochen worden war. Ihr Vater beherrschte diese schon lange tote Sprache.

Krista dachte an all die Stunden, die sie als Kind im Studierzimmer ihres Vaters verbrachte, wie sie seinen Erzählungen über die Wikinger gelauscht und sogar ein wenig deren Sprache gelernt hatte. Sie und ihr Vater hatten zusammen geübt, und weil sie ihm eine Freude machen wollte, hatte Krista sich sehr bemüht, ihre Sprachkenntnis zu verbessern. Überhaupt hatte sie eine weit bessere Erziehung genossen als die meisten Frauen. Neben ihren sozialen Ideen waren es das Leben und die Kultur der Nordländer, die auf sie wie auf ihren Vater eine große Faszination ausübten.

„Du hast eine gute Portion Wikingerblut in deinen Adern", sagte er immer, wenn sie sich über ihre Größe beklagte und die Tatsache, dass alle Männer in ihrem Bekanntenkreis kleiner waren als sie. „Deine Mutter konnte ihre Ahnenreihe bis zu den Dänen zurückverfolgen. Du solltest stolz auf dein Erbe sein."

Aber Krista wünschte sich eigentlich nur, dass ihr Aussehen sich nicht gar zu sehr von dem anderer Frauen unterscheiden würde.

Ihr Vater schob einige der Papiere zusammen, die auf seinem Schreibtisch herumlagen, schloss das Buch, in dem er gelesen hatte, und sah auf. „Wie ich höre, gehst du mit Coralee am Sonntag in den Zirkus?"

„Möchten Sie gerne mit uns kommen?", fragte sie, erstaunt über sein Interesse.

Ihr Vater lachte in sich hinein. „Tatsächlich habe ich ernsthaft daran gedacht. Ich denke, du hast schon von der Hauptattraktion gehört, dem Mann, den sie ‚den letzten Barbaren' nennen."

Krista lachte. „Ja, wahrscheinlich ist er Teil des Begleitprogramms." Jetzt verstand sie. „Man hält ihn für einen Wikinger." Alles, was mit Wikingern zu tun hatte, weckte das Interesse ihres Vaters. „Man sagt, er sei über sieben Fuß groß und von Kopf bis Fuß mit blonden Haaren bedeckt."

Lachend schüttelte der Professor den Kopf. „Natürlich ist das alles Unsinn, den man nur verbreitet, um noch mehr Zuschauer anzulocken. Trotzdem könnte es interessant werden. Er soll ein entsetzliches Untier sein, und schon ein Blick auf ihn in seiner ungeheuren Wut sei das Eintrittsgeld wert. Ich wette, es ist irgendeine bedauernswerte Kreatur, die aus Bedlam ausgebrochen ist, sicher ein armer Verrückter."

„Wahrscheinlich. Doch da er Sie zu interessieren scheint, verspreche ich, ihm einen Besuch abzustatten. Er könnte gut in Corries Artikel passen."

Ihr Vater nickte. „In der Zwischenzeit versuche bitte nicht, die ganze Londoner Männerwelt in Aufruhr zu versetzen."

Krista lächelte. „Ich vermute, meine Artikel haben genauso viele Befürworter wie Gegner, Vater. Vielleicht sogar mehr."

„Vielleicht. Doch die meisten der Befürworter sind in einer weit weniger einflussreichen Position."

Das stimmte leider. Es waren die Männer und Frauen der armen Arbeiterklasse, welche sich die Verbesserungen wünschten, nicht die reichen Fabrikbesitzer, die sie würden bezahlen müssen.

Krista verließ das Studierzimmer ihres Vaters und hatte ein schlechtes Gefühl, wenn sie an die Botschaft dachte. Wie weit Menschen wohl gehen würden, um eine Stimme zum Schweigen zu bringen, die sich für die Kanalisation und eine Verbesserung der entsetzlichen Bedingungen einsetzte, unter denen die Arbeiterklasse leiden musste?

Doch im Grunde war es ihr egal, denn sie würde ihren Weg gehen. Außerdem hatten die Artikel die Auflage der Zeitung um mehr als zwanzig Prozent in die Höhe getrieben.

Heart to Heart würde diesen Weg auch weiterhin beschreiten und daneben seinen Leserinnen natürlich auch den Fortsetzungsroman und die Nachrichten aus der feinen Gesellschaft bieten, die ebenfalls gern gelesen wurden.

Während Krista hinunterging, um die letzten Handgriffe für die Ausgabe dieser Woche zu erledigen, spürte sie, dass sie sich auf den Tag, den sie mit ihrer Freundin im Zirkus verbringen würde, freute.

3. KAPITEL

Am Sonntag stand Coralee Whitmore pünktlich zur verabredeten Zeit bei den Harts vor der Tür, um Krista zu ihrem Ausflug in den Zirkus abzuholen. Eine frische Frühlingsbrise wehte, und die noch schwache Sonne beschien den Fluss, an dem der Zirkus seine Wagen abgestellt und das Zelt aufgebaut hatte.

Krista trug einen kurzen Mantel über ihrem malvenfarbig und schwarz gestreiften seidenen Tageskleid, während Corrie in ein hellblaues, mit rosa Tressen besetztes Seidenkleid mit dazu passender rosa Seidenhaube gekleidet war.

„Es ist so aufregend", sagte Corrie und schien wie immer voll unerschöpflicher Energie. „Ich war noch nie in einem Zirkus. Du etwa?"

„Als ich noch ein kleines Mädchen war, hat mein Vater mich einmal mitgenommen. Jetzt erscheint mir aber alles ganz anders."

Vielleicht lag es auch an diesem Zirkus. Der Zirkus Leopold kam aus dem Norden, aus Newcastle-upon-Tyne. Durch kleine Städte und Dörfer war die Truppe zuerst Richtung Südwesten nach Manchester gezogen, dann in den Süden bis nach Bristol und hatte so schließlich London erreicht.

Krista und Corrie spazierten umher, bis es Zeit für die Nachmittagsvorstellung war. Sie genossen die Atmosphäre unter dem Zelt aus schwerem Segeltuch mit der einfachen Manege, in der hauptsächlich Tierdressuren gezeigt wurden. Es gab zwei Tanzbären, die rote Satinröckchen mit passenden Hüten trugen, und ein paar entzückende Affen, die schnatternd die Zeltstangen hinaufkletterten. Die jungen Frauen sahen Jongleuren, Akrobaten, einem Paar lustig gekleideter Clowns und drei Kunstreitern zu, die auf den Rücken galoppierender Pferde ihre Sprünge und Saltos zeigten.

Der Geruch nach Sägemehl erfüllte die Luft, und der Klang

einer Zirkusorgel wehte über das offene Feld, zusammen mit den Rufen der Marktschreier, die vor dem Hauptzelt ihre Waren verkauften. Es war eine interessante Art, den Nachmittag zu verbringen, doch Krista verwunderte es ein wenig, wie heruntergekommen alles aussah.

Beim näheren Hinsehen waren die prächtigen Kostüme abgenutzt, der große Apfelschimmel alt und tattrig. Die Zirkusleute selbst schienen geschwächt zu sein und hatten allem Anschein nach schon bessere Tage gesehen.

Trotzdem war der Zirkus eine Neuheit in London, ein Ereignis, das den Frühling ankündigte.

„Ich würde gerne dem Besitzer ein paar Fragen stellen“, sagte Corrie, die entschlossen war, alles in einem positiven Licht zu zeigen. „Er heißt Nigel Leopold. Lass uns schauen, ob er in seinem Wagen ist.“

Sie gingen in die entsprechende Richtung. Corrie ließ den Blick schweifen und notierte sich im Geiste alles, was sie sah. Sie besaß ein erstaunliches Gedächtnis für Einzelheiten. Das war auch einer der Gründe, warum sie in ihrem Beruf so gut war.

„Mir haben die Bären wirklich gut gefallen“, sagte sie. „Sie schienen den ganzen Tanz über zu lächeln.“

Krista sagte nichts dazu, doch als sie an dem Käfig vorbeigegangen war, hatte sie gesehen, wie der Dompteur den Tieren die Lippen mit einer dünnen Schnur zurückgebunden hatte.

Als sie sich umsah, bemerkte sie einige Darsteller, die zu ihren Wagen gingen, um sich auf den nächsten Auftritt vorzubereiten. Einer der Dompteure führte fünf große graue Pferde fort.

„Irgendetwas stimmt nicht mit diesem Zirkus“, meinte Krista. „Alles scheint ein wenig … schäbig zu sein.“

„Ja, das habe ich auch schon bemerkt. Das viele Herumreisen ist vermutlich ziemlich hart für die Pferde und schadet der ganzen Ausstattung.“

„Vermutlich." Doch es bedrückte Krista, dass alle Tiere in einer so schlechten Verfassung zu sein schienen. Bei den Ponys konnte man durch das dicke Winterfell hindurch die Rippen sehen, und die Bären ließen die Köpfe hängen, als hätten sie gar nicht mehr die Kraft, sie zu heben.

Krista und Corrie bahnten sich ihren Weg durch die Menschenmenge, die aus dem Zelt strömte, und bemerkten, dass sich vor einem der bunt bemalten Zirkuswagen eine Gruppe bildete. An dem Wagen waren Käfigstäbe angebracht, und Krista fragte sich, was für ein Tier dort wohl gehalten wurde.

„Lass uns sehen, was es dort gibt", sagte Corrie und zog ihre Freundin in die Richtung. Sie waren ein seltsames Paar: die eine klein, die andere groß; die eine blond, die andere mit feuerrotem Haar. Und doch waren sie schon seit Langem die besten Freundinnen.

Da Krista so groß war, konnte sie selbst von ihrem Standort aus erkennen, dass die Kreatur in dem Käfig keinesfalls ein Tier war. Über dem Käfig stand geschrieben: „Der letzte Barbar". Und darunter: „Vorsicht! Nähertreten auf eigene Gefahr!"

„Das ist er!" Corrie schrie fast. „Komm, lass uns näher hingehen."

Ja, das war der Mann, den Kristas Vater erwähnt hatte. Er stand vornübergebeugt in dem Käfig, der zu niedrig war, als dass er sich hätte aufrichten können, und war bis auf ein Fell, das ihm als Lendentuch diente, nackt. Wie ein Verrückter rüttelte er an den Gitterstäben. Krista sah, dass ein bulliger Mann mit einer Narbe über der Wange einen langen spitzen Stab schwang, mit dem er immer wieder auf ihn einstach.

Der an Händen und Füßen gefesselte Mann im Käfig tobte und wütete. Krista war überzeugt, dass er fluchte, auch wenn das Kauderwelsch, das er von sich gab, keinen Sinn machte.

Doch er war sicher weder sieben Fuß groß, noch war sein Körper mit dichtem blonden Haar bedeckt. Trotzdem war er größer als jeder Mann ihres Bekanntenkreises, hatte langes, zotteliges Haar, das ihm über die breiten Schultern fiel, und einen ungekämmten Bart, der bis zu seiner Brust reichte, auf der dick die Muskelstränge hervortraten. Auch seine Arme und Schenkel waren muskulös und seine Augen …

Selbst aus dieser Entfernung konnte sie die Wildheit darin erkennen, den brennenden Hass, der in ihren unglaublich blauen Tiefen brannte. Noch nie zuvor hatte Krista eine so intensive Farbe gesehen.

„Großer Gott", sagte Corrie ehrfurchtsvoll. „Wir müssen näher hingehen."

Den Blick immer noch auf die Kreatur in dem Käfig gerichtet, folgte Krista Corries Drängen, und sie bahnten sich einen Weg durch die Menge. Krista verspürte in ihrem Herzen Mitleid mit dem Mann, und etwas in ihr wünschte sich, den Käfig nie entdeckt zu haben.

Lieber Gott, der schlimmste Verbrecher verdiente es, besser behandelt zu werden als der Mann im Käfig.

Zum zweiten Mal traf der Stock Leifs Rippen, und er stieß ein Brüllen aus, packte die Eisenstäbe und rüttelte daran. Denn wenn er es nicht tat, würde der Stock wieder sein Ziel finden, das wusste er. Leif hatte Narben an Armen und Beinen, Narben auf seinem Rücken und von den Fesseln, die er tragen musste, Narben an den Handgelenken und Knöcheln.

Ein Teil von ihm spürte die Schmerzen schon gar nicht mehr. Dieser Teil seines Selbsts brachte kaum mehr den Willen auf, jeden Morgen aufzustehen und einem weiteren höllischen Tag entgegenzusehen. Diesen Teil seines Selbsts kümmerte es nicht mehr, ob er lebte oder starb.

Doch der andere Teil seines Selbsts, in dem sein wilder Lebenswille ungebrochen war, ließ ihn weitermachen; noch eine Minute, noch eine Stunde.

Er ließ ihn hoffen, irgendwie doch noch eine Fluchtmöglichkeit zu finden.

Ohne auf das Gebrüll der Menschen zu achten, die sich vor seinem Käfig versammelt hatten – einige deuteten auf ihn und lachten, andere zogen Grimassen –, sah er zu dem kleinen Wesen hin, das zwischen den Stäben hindurchschlüpfte, um ihm Gesellschaft zu leisten. Einen *Affen* nannten sie es. Er nannte es Alfinn – kleiner Kobold. Er war der einzige Freund, den Leif in dieser gottverlassenen Welt besaß, in die er hineingestolpert war, und ihm bedeutete diese Freundschaft viel.

Leif sprach zu dem Affen, als könnte der ihn verstehen, und machte sich über die Leute lustig, die sich über ihn lustig machten, auch wenn sie seine Worte natürlich nicht verstanden. Eines Tages, sagte er sich, würde er einen Weg aus diesem Käfig finden, würde frei sein von den Fesseln, die ihn so machtlos gegenüber seinen Feinden sein ließen. Eines Tages würde er dem fetten Snively den Stock entreißen und ihm diesen in seine verrotteten Eingeweide rammen.

Aufgeregt schnatternd hüpfte der Affe auf und ab, als Snively wieder auf Leif einstach, bis der einen Wutanfall bekam. Die Menge brüllte auf und wich zurück. Einige der Frauen schrien voller Angst.

Leif gefiel es, dass sie Angst vor ihm hatten.

Es war die einzige Macht, die er in einer Welt besaß, in der er ansonsten machtlos war, in der ihm sein Leben nicht länger gehörte.

Nach und nach zerstreute sich die Menge. Die Leute hatten gesehen, weswegen sie gekommen waren. Als Leif wieder nach draußen schaute, waren nur noch zwei Frauen übrig geblieben. Eine davon war rothaarig, kleiner als der Durchschnitt und auch hübscher, auch wenn sie nicht zu den Frauen gehörte, die anziehend auf ihn wirkten. Dazu ähnelte sie zu sehr einem Kind.

Er erinnerte sich daran, wie es war, eine Frau in den Armen zu halten, eine richtige Frau, die das Blut eines Mannes in Wallung bringen konnte.

Die Blonde war so eine Frau. Groß, üppig, reif für einen Mann, mit cremeweißer Haut und einem Mund, der für die Leidenschaft geschaffen zu sein schien. Er fühlte seine Männlichkeit erwachen. Es tat gut zu wissen, dass es seinen Feinden nicht gelungen war, ihn völlig zu brechen, sosehr sie es auch versucht hatten. Und es tat gut zu wissen, dass er immer noch ein Mann war.

Leif grinste dem Affen zu. „Na, das ist mal eine Frau ... eine richtige Frau“, sagte er. „Mit einem einzigen Blick dieser hübschen grünen Augen könnte sie das Blut eines Mannes zum Kochen bringen.“

Alfinn schnatterte, als würde er ihn verstehen. Die Blonde sagte etwas zu der Frau neben ihr, drehte sich dann um und wollte gehen. Leif beobachtete, wie ein Windstoß ihr die Haube vom Kopf wehte. Goldblond schimmernde Locken fielen ihr rechts und links auf die Schultern. Sie reckte sich, um den Hut noch zu erwischen, und obwohl die voluminöse Kleidung ihre weiblichen Formen verhüllte, konnte er ihre schmale Taille und ihr hübsch gerundetes Hinterteil erkennen.

„Schau dir das an, Alfinn. Ein Hintern, wie geschaffen zum Vergnügen eines Mannes. Wäre ich nicht in diesem Käfig, ich würde ihr einen Ritt verschaffen, den sie so bald nicht vergisst, einen Ritt, der uns beide befriedigen könnte.“

Das Grinsen wich aus seinem Gesicht, als die Blonde herumwirbelte und ihn ansah. Ihre Wangen waren jetzt flammend rot, und ihre grünen Augen sprühten Feuer. Wie ein Falke auf seine Beute stürzte sie auf ihn zu, und unwillkürlich wich Leif von den Gitterstäben zurück.

„Wie kannst du es wagen!“

Sekundenlang stand er wie erstarrt da und fragte sich, ob die Frau vielleicht seine Gedanken lesen konnte.

„Du bist ein grobes, ungeschlachtes Tier! Und ich habe auch noch Mitleid mit dir gehabt – was war ich doch für eine

Närrin!“ Mit einem Blick, der wilder war als alle Blicke, die er selbst in die Menge geworfen hatte, funkelte sie ihn an. Und noch bevor ihm klar wurde, dass sie ihm in der gleichen Sprache geantwortet hatte, in der er zu ihr gesprochen hatte, drehte sie sich um und eilte zu ihrer Freundin zurück.

„Warte!“, rief er hinter ihr her. „Geh nicht fort! Verzeih mir, was ich gesagt habe. Ich wusste nicht, dass du mich verstehen kannst. Ich wollte dich nicht beleidigen. Ich schwöre, ich habe noch nie eine Frau beleidigt!“

Sie hob zwar ein wenig den Kopf, doch sie ging weiter und ihre Freundin ebenfalls.

„Bitte, ich flehe dich an! Ich brauche deine Hilfe.“ Er verspürte einen Kloß in der Kehle. Mit jedem Tag war er näher daran, den Verstand zu verlieren. Verwirrt fragte er sich, ob das alles überhaupt geschehen war. „Bei den Göttern, bitte komm zurück. Ich flehe dich an.“ Seine Stimme brach. „Du bist meine … einzige Hoffnung.“

Endlich hielt sie an und blieb einige Sekunden lang mit dem Rücken zu ihm stehen. Dann drehte sie sich um und kam zum Käfig zurück. Sie hatte ihn wirklich verstanden, also war er doch nicht verrückt. Leif merkte nicht, dass ihm die Tränen in den Augen standen, bis er blinzeln musste und sie ihm in seinen dichten Bart rannen.

Rasch wischte er sie fort, bevor das Mädchen sie bemerken konnte.

„Es tut mir leid“, sagte er, als sie den Käfig erreicht hatte. „Ich weiß, ich habe dich beleidigt, doch das war nicht meine Absicht. Du sprichst meine Sprache. Niemand sonst versteht sie. Ich bin hier ein Gefangener und brauche dringend deine Hilfe.“

Er sah, wie sie die Stirn runzelte. Sie war nicht länger zornig. „Die Sprache, die du da sprichst … wo hast du sie gelernt?“ Sie sprach die Worte deutlich aus, wenn auch nicht perfekt, doch gut genug, dass er sie verstehen konnte.

„Dort, wo ich herkomme, spricht man so."

„Das ist nicht möglich. Seit mehr als dreihundert Jahren hat keiner mehr Altnordisch gesprochen."

„Auf der Insel Draugr ist das unsere Sprache."

„Die Insel Draugr? Von der habe ich noch nie gehört."

Leif schlug das Herz bis zum Hals. Er wusste, ein Ausrutscher, eine falsche Bewegung, und die Frau würde verschwinden und mit ihr vermutlich seine einzige Chance, die Freiheit wiederzuerlangen. „Von dort bin ich vor sechs Monaten losgesegelt. Weit im Norden von hier zerschellte mein Schiff an den Felsen, und ich wurde schwer verletzt an Land gespült."

„Du hast Schiffbruch erlitten?"

Er nickte. „Als ich gesund genug war, um zu wissen, was geschehen war, wurde ich gefangen genommen und an den Mann verkauft, der mich in diesen Käfig steckte."

Die Blonde biss sich auf die vollen, rosigen Lippen. Es erstaunte ihn, dass er erneut Verlangen nach ihr verspürte. Nachdem er die letzten sechs Monate wie ein Tier hatte leben müssen, hätte er das nicht für möglich gehalten.

„Ich heiße Leif."

Sie blickte auf sein Handgelenk und sah das dünne Blutrinnsal, das dort, wo die Fessel die Haut wund rieb, hinunterlief.

„Mein Vater spricht deine Sprache viel besser als ich, Leif. Er wird mit dir reden können und dir helfen, aus diesem Käfig herauszukommen."

Leif zwang sich, nicht näher zu ihr zu treten. Denn er wollte nichts tun, was ihr bedrohlich erscheinen mochte, da er es sich nicht leisten konnte, sie zu verjagen.

„Dann wirst du wiederkommen und deinen Vater mitbringen?"

„Ja."

„Wie ist dein Name?"

„Mein Name ist Krista Hart."

„Schwörst du es bei deiner Ehre, Krista Hart?“

Einen Augenblick lang schien sie überrascht zu sein. „Ja, ich schwöre es bei meiner Ehre.“

Er nickte knapp. Während er ihr nachsah, fühlte er sich mit einem Mal erschöpft. Er wusste, dass die Hoffnung ihn schwächte, die ihn plötzlich erfasste. Das Wenige, das er besaß, hatte er verloren. Jetzt glaubte er, dass er es nicht überleben würde, wenn sie nicht wiederkam.

Müde setzte er sich in seinem Käfig auf den Boden, und der kleine Affe Alfinn kletterte auf seine Schulter. Zusammen würden sie auf den Mann, der Snively hieß, und auf dessen Helfer warten. Die Männer würden ihn in einen größeren Käfig bringen, ihn wie ein Tier füttern und tränken, ihn mit eiskaltem Wasser abspritzen, um ihn zu säubern, und dann für die nächste Vorstellung in den kleinen Käfig zurückschaffen.

Leif wurde die Brust eng. Vielleicht würde die Frau morgen kommen.

Er dachte an ihr dickes goldblondes Haar, das lockig ein hübsches Gesicht mit lebhaften grünen Augen umrahmte. Und er dachte an einen göttlichen Körper und betete, dass sie mehr war als nur eine schöne Frau.

Er betete, dass Krista Hart eine Frau von Ehre war.

4. KAPITEL

Hastig eilte Krista in ihr Stadtpalais in Mayfair und lief den Gang hinunter zum Zimmer ihres Vaters. Da sie geradewegs aus dem Zirkus kam, hatte sie Coralee im Schlepptau.

Krista klopfte, und ohne lange abzuwarten, stieß sie die Tür zum Studierzimmer ihres Vaters auf. „Vater, Sie werden es nicht glauben …“

Wie angewurzelt blieb sie stehen, als Matthew Carlton sich vom Stuhl vor dem Schreibtisch des Professors erhob. Wenn Matthew in letzter Zeit auch immer häufiger bei ihnen erschienen war, hatte sie ihn dennoch nicht erwartet.

Auch ihr Vater stand auf. „Was ist, Liebes? Doch kein neuer Ärger mit der Gazette?“

Sie blickte zu Matthew. Inzwischen machte er ihr deutlich den Hof, aber Krista war sich ihrer wahren Gefühle für ihn immer noch nicht sicher. Doch Matthew war intelligent und ein guter Gesprächspartner. Außerdem sah er mit seinen hellbraunen Haaren und den ebenmäßigen Zügen gut aus. Ihr Vater glaubte, dass er einen guten Ehemann abgeben würde. Und Matthew war auch der Ansicht, dass sie beide bestens zueinander passen würden.

Natürlich war es gut möglich, dass sein Interesse von Kristas beachtlicher Mitgift und dem Erbe ihrer Mutter angestachelt wurde.

„Nein, Vater, es hat nichts mit unserer Zeitung zu tun.“ Wieder schaute sie zu Matthew. Sie wusste nicht, warum sie zögerte, in seiner Gegenwart zu sprechen.

„Es tut mir leid“, sagte Krista zu ihm, „aber ich muss mit meinem Vater reden. Unter vier Augen.“

„Natürlich.“ Als Gentleman ließ Matthew sich zwar nichts anmerken, doch Krista wusste, dass es ihm nicht gefiel, wie ein Kind fortgeschickt zu werden.

Höflich neigte er den Kopf. „Wenn Sie mich entschuldigen wollen …“

„Vielleicht haben Matthew und Miss Whitmore Lust, im Salon eine Erfrischung zu sich zu nehmen“, schlug ihr Vater diplomatisch vor.

„Das wäre nett.“ Corrie schenkte Matthew ein zauberhaftes Lächeln, während sie ins Studierzimmer schwebte und seinen Arm ergriff. Sie warf Krista einen Blick zu, der besagte: „Dafür schuldest du mir etwas“, dann führte sie Matthew den Gang hinunter.

Kaum hatte sich die Tür hinter ihnen geschlossen, als Krista auch schon von ihrem Zirkusabenteuer und dem wilden Mann im Käfig erzählte.

„Es war erstaunlich, Vater. Der Mann spricht Altnordisch. Deswegen verstand auch keiner, was er sagte. Zuerst hatte ich auch Schwierigkeiten.“ Krista versuchte, nicht zu erröten bei der Erinnerung an die obszönen Bemerkungen des großen Mannes.

Der Professor setzte die Brille ab. Seine Neugier war geweckt. „Sagte er, wie er die Sprache erlernte?“

„Das ist es ja. Er sagte, er komme von einer Insel, die sie Draugr nennen, und dass dort jeder Altnordisch spräche.“

Der Professor machte große Augen. „Die Insel Draugr? Bist du sicher, dass er das gesagt hat?“

„Ja, natürlich. Kennen Sie sie?“

„Auf Altnordisch heißt *draugr* Geist. Es gibt eine Legende über die Geisterinsel. Man erzählt sich, es sei ein von Nebel umhüllter Ort, ein felsiges Stück Land, voller Gefahren für einen unvorsichtigen Kapitän und sein Schiff. Die meisten meinen allerdings, dass dieser Ort überhaupt nicht existiert.“

„Was hat es mit dieser Legende auf sich?“

„Mal angenommen, die alten Wikinger, die in Grönland lebten, starben nicht zu Anfang des sechzehnten Jahrhunderts aus, wie die meisten Gelehrten glauben. Als ihre Anzahl durch

Krankheiten und todbringendes Wetter immer kleiner wurde, flüchtete sich das Volk in die Sicherheit einer Insel irgendwo im Norden der Orkneys."

„Die Insel Draugr?"

Er zuckte die schmalen Schultern. „Keiner weiß es wirklich. Doch so sagt es die Legende."

Krista dachte an den Mann im Käfig. „Es ist gut möglich, Vater, dass es weit mehr als nur eine Legende ist."

Sie berichtete ihm von dem Schiffbruch und dass der Mann erzählte, man habe ihn gefangen genommen und in die Sklaverei verkauft. „Es war mitleiderregend. Keiner sollte behandelt werden wie dieser arme Kerl."

Seine braunen Augen strahlten, als der Professor jetzt hinter dem Tisch hervortrat. „Und du glaubst nicht, dass er geisteskrank ist … einer, der die Sprache vielleicht irgendwie gelernt hat und jetzt nur so tut als ob?"

„Ich weiß nicht, was ich glauben soll. Aber ich versprach, dass wir ihm helfen würden. Ich gab ihm mein Wort."

„Dann sollten wir ihm auch helfen." Ihr Vater ging zur Tür und öffnete sie. Er wartete, bis Krista auf den Gang hinaustrat. „Wir werden uns bei Matthew entschuldigen und Coralee auf unserem Weg zum Zirkus zu Hause absetzen."

Krista fühlte sich erleichtert. Sie hatte ihr Wort gegeben, und sie war entschlossen, es auch zu halten.

Leif war für die Spätnachmittagsvorstellung wieder zurück in seinen Käfig gebracht worden. Der fette Snively musste ihn nicht stechen, damit er die Menge voller Wut anbrüllte. Leif brauchte sich nur vorzustellen, dass die Frau, mit der er gesprochen hatte, ihr Wort brechen und nicht wiederkommen würde. Er musste nur daran denken, wie er den Rest seiner Tage zusammengekauert auf dem Boden eines eisernen Käfigs verbringen würde, und die Verzweiflung in ihm verwandelte sich in heiße Wut.

Die übliche Menschenmenge versammelte sich vor dem Käfig, und Alfinn erschien. Anscheinend spürte er, dass Leif während dieser Zeit seine Gesellschaft brauchte. Leif hob die gefesselten Fäuste und hämmerte gegen die Stäbe. Einer aus der Menge warf einen Stein nach ihm. Einige andere machten es ihm nach, und der scharfe Schmerz, den die Steine ihm verursachten, steigerte Leifs Wut.

Snively grinste. Er war hingerissen von der Vorstellung, und das stachelte Leifs Wut nur noch mehr an. Er tobte und beschimpfte die Zuschauer mit Ausdrücken, die nicht für das Ohr eines anständigen Menschen gemacht waren. Da erhaschte er einen Blick auf leuchtend blondes Haar im Hintergrund der Menge.

Sein Herz machte einen Sprung und hämmerte dann wie wild in seiner Brust. Sie war gekommen. Diese große blonde Frau, die alle anderen überragte, diese Frau mit der glatten Haut und den strahlend grünen Augen konnte man nicht verwechseln. Leif schluckte die Worte hinunter, die er der Menge noch hatte zubrüllen wollen. Einmal hatte er die Frau bereits beleidigt. Er würde es nicht wieder tun.

Schweigend beobachtete er, wie sie auf ihn zukam, gefolgt von einem noch größeren, sehr dünnen Mann. Er trug einen dieser komischen hohen Hüte, die die Männer hier zu mögen schienen. Leif zwang sich, geduldig zu warten, obwohl er doch vor Freude und voll neuer Hoffnung laut hätte schreien mögen. Da trat Snively vor den Käfig und hinderte den Mann und die Frau am Näherkommen.

Leif wusste, dass er sie vor der Gefahr warnte.

Der dünne Mann lächelte nur und sprach dann mit Snively. Doch Leif verstand nicht, was er sagte. Während der ganzen Zeit ließ die Frau Leif nicht aus den Augen, und ihr Gesichtsausdruck wurde immer finsterer. Der Dickwanst sagte etwas und ging dann fort. Schaudernd vermutete Leif, dass er wohl zu seinem Herrn lief. Man nannte ihn Leopold, und er war noch grausamer als der fette Snively.

Leif richtete nun seine ganze Aufmerksamkeit auf das Paar vor seinem Käfig.

„Mein Name ist Paxton Hart“, sagte der dünne Mann, und Leif verstand jedes Wort.

„Ich bin Leif von Draugr. Dort komme ich her.“

„Meine Tochter erzählte mir einen Teil deiner Geschichte. Ich würde gerne den Rest hören.“

Leif blickte über die Schulter zu dem Wagen, in dem sich Leopold wahrscheinlich aufhielt. Aber er sah niemanden kommen. Rasch erzählte er Paxton Hart seine Geschichte.

„Ich war ein freier Mann, jetzt bin ich ein Sklave. Ich hoffe, du kannst mir helfen.“

„In England gibt es keine Sklaven“, erklärte Paxton. „Hier kann kein Mann einen anderen besitzen.“ Er wandte sich an die Frau, von der er sagte, sie wäre seine Tochter, und sprach Worte, die Leif nicht verstand. Als er Schritte hörte, blickte Leif auf und sah, dass Leopold herbeieilte. Sosehr er sich auch zu beherrschen versuchte, begann er doch innerlich zu zittern.

„Sind Sie der Besitzer des Zirkus?“, fragte der Professor.

Der Mann hatte schwarze Haare und war in den Vierzigern. Er machte eine übertriebene Verbeugung. Als er sich wieder aufrichtete, lag ein schmieriges Lächeln auf seinem Gesicht. „Nigel Leopold, zu Ihren Diensten. Und Sie sind …?“

„Professor Paxton Hart.“

„*Sir* Paxton Hart“, fügte Krista hinzu, in der Hoffnung, dass der Titel ihnen irgendwie helfen würde.

„Erfreut, Sie kennenzulernen, Sir Paxton.“ Leopold ließ wieder sein falsches Lächeln aufblitzen.

Krista empfand sofort Abneigung gegen den Mann. „Mr. Leopold“, sagte sie. „Sie halten einen Mann gegen seinen Willen fest. Er behauptet, Sie hätten ihn entführt. Damit machen Sie sich eines entsetzlichen Verbrechens schuldig.“ Sie deutete auf den Käfig. „Lassen Sie ihn sofort frei."

Leopold lachte. „Der Kerl floh aus Bedlam. Ich tue ihm nur einen Gefallen. Aber wenn Sie wünschen, dass er zurückgebracht wird ..."

„Ihm fehlt überhaupt nichts", erwiderte Kristas Vater. „Er spricht nur eine fremde Sprache."

„Unsinn – das behauptet er nur. Der ist völlig verrückt. Hier verdient er sich wenigstens seinen Unterhalt. Wir füttern ihn dreimal am Tag und geben ihm einen trockenen Schlafplatz."

„Er ist kein Tier", meinte Krista scharf. „Und er verdient nicht, wie eines behandelt zu werden."

„Der Mann ist verrückt. Wie ich schon sagte, ich tue ihm nur einen Gefallen."

Stirnrunzelnd betrachtete der Professor den Zirkusbesitzer. „Ich glaube, ich verstehe jetzt, wo das Problem liegt. Für wie viel würden Sie ihn freilassen?" Immerhin war Leif eine einzigartige Attraktion. „Der letzte Barbar" zog sehr viele Leute an, die einiges an Geld da ließen. Leopold wollte ihn nicht verlieren. Leif die Freiheit zu erkaufen würde also nicht billig sein.

„Glauben Sie mir, mein Freund, den Preis können Sie nicht aufbringen", sagte Leopold.

Krista blickte zu dem gefesselten blonden Mann, der in dem viel zu kleinen Käfig kauerte. Auch wenn es an diesem Tag recht warm war, blies doch ein scharfer Wind, und mit so wenig Kleidung am Körper musste er frieren. Einen Augenblick lang trafen sich ihre Blicke und hielten einander fest. In seinen Augen lag ein so verzweifelter, gequälter Ausdruck, dass Krista vor Mitleid das Herz schwer wurde. Ganz gleich, was es kostete, es kam nicht infrage, dass sie ein menschliches Wesen in diesem Käfig ließ.

Ihr Vater nannte eine mehr als angemessene Geldsumme, doch Leopold lächelte nur und schüttelte den Kopf. „Sie müssen keine Angst haben. Wie ich schon sagte, er verdient sich seinen Unterhalt."

„Dann werden wir wohl andere Maßnahmen ergreifen müssen", sagte Krista. „Erstens möchte ich Sie daran erinnern, dass mein Vater von der Königin zum Ritter geschlagen wurde. Zweitens, mein Name ist Krista *Chapmann* Hart. Mein Großvater ist der Earl of Hampton."

Auch wenn er seine Gesichtszüge rasch wieder in der Gewalt hatte, schossen Leopolds schmale schwarze Augenbrauen doch für einen kurzen Moment nach oben.

„Außerdem", fuhr Krista fort, „hat der Mann im Käfig Sie eines Verbrechens bezichtigt. Mein Vater und ich sprechen beide seine Sprache, und wir wären mehr als glücklich, wenn wir vor Gericht bezeugen dürften, dass Sie ihn entführt haben und ihn hier gegen seinen Willen festhalten. Und dass Sie ihn aus Selbstsucht zu Ihrem eigenen Profit versklaven. Wir werden der Obrigkeit unwiderruflich klarmachen, dass *Sie*, Mr. Leopold, der Mann sind, der hinter Gitter gehört."

Leopolds Gesichtsfarbe wechselte zu einem lebhaften Rot. „Sie können mir nicht drohen!"

„Meine Tochter hat Ihnen nicht gedroht", sagte der Professor. „Sie hat nur die Tatsachen festgestellt. Wenn Sie dem widersprechen wollen, so steht Ihr Wort gegen unseres."

Ein schmieriger Zirkusbesitzer gegen einen Ritter des Königreichs und ein Mitglied der Aristokratie. Fast musste Krista lächeln.

„Sie haben die Wahl", fuhr ihr Vater fort. „Entweder akzeptieren Sie einen vernünftigen Geldbetrag als Gegenleistung für die Auslagen, die Sie in den letzten sechs Monaten für Mr. Draugrs *Wohlergehen* hatten, oder Sie stellen sich dem Zorn der Obrigkeit. Wie entscheiden Sie sich?"

Leopold fluchte vor Wut. Er ballte die Hand zur Faust und schüttelte sie gegen Krista. Im Käfig hinter ihr hörte sie, wie Leif drohte, Leopold die Zunge herauszuschneiden, sollte er

Hand an einen von ihnen legen.

Wieder hätte sie fast gelächelt. Doch als sie sich umdrehte, sah sie die großen, gefesselten Hände des Mannes die Gitterstäbe umklammern, als wollte er sie durch bloße brutale Gewalt zerbrechen, und seine Augen versprachen Rache.

War er wirklich so gefährlich, wie der Zirkusdirektor behauptete?

„Mr. Leopold …?“, drängte ihr Vater.

„Schon gut, schon gut. Sie haben gewonnen. Geben Sie mir das verdammte Geld. Nehmen Sie den verfluchten Bastard. Dann bin ich ihn Gott sei Dank los. Besser, wenn keiner von euch sich hier wieder blicken lässt.“

Der Professor räusperte sich. „Ich befürchte, dass ich nicht so viel Geld bei mir trage. Wir werden hier warten müssen, bis meine Tochter mit der Summe zurückkehrt.“

Leopold fluchte und stapfte davon.

Krista eilte zur Kutsche. Eine halbe Stunde später kehrte sie mit einem Beutel voll goldener Sovereigns zum Zirkus zurück. Ihr Vater brachte das Geld zu Mr. Leopolds Wagen und kam dann mit dem dicken Mann, den Krista zuvor schon gesehen hatte, zum Käfig zurück. Es war der Mann mit der Narbe auf der Wange.

Leise fluchend steckte der Kerl den rostigen Eisenschlüssel ins Schloss und öffnete die Tür, um Leif von der Insel Draugr freizulassen.

Krista stand dabei, als die Käfigtür aufschwang und der blonde Riese die Holzstufen herunterkletterte. Als er sich zu seiner vollen Größe aufrichtete, sah sie, dass er mindestens sechs Zoll größer war als sie. Zum ersten Mal in ihrem Leben fühlte sie sich wirklich klein.

Ruhig stand er vor ihrem Vater, während der dicke Mann sich niederkniete, um die Fesseln an seinen Fußknöcheln und dann die an seinen Handgelenken zu lösen. Kaum war er frei, packte Leif den Mann knurrend am Hemd und hob ihn hoch. Er schüttelte den Burschen derart, dass Krista befürchtete, er würde ihm das Genick brechen.

„Leif! Halt ein! Wenn du ihn verletzt, werden sie dich mit Sicherheit wieder in den Käfig stecken!“, schrie sie auf Altnordisch.

Er sah sie an. In seinen Augen konnte sie den Sturm erkennen, der in seinem Innern tobte. Einen Augenblick später schienen ihre Worte seine Wut durchdrungen zu haben, und er warf den kräftigen Burschen fort wie einen Sack Müll.

„Mein Freund“, sagte der Professor zu Leif, „wenn du unter zivilisierten Menschen leben willst, musst du lernen, dieses ungezügelte Temperament zu beherrschen.“

„Ich beherrsche mich bereits“, antwortete Leif. „Sonst wäre dieser Hurensohn jetzt tot.“

Krista unterdrückte ein Schmunzeln.

„Ich glaube, das ist jetzt der richtige Moment für uns zu gehen“, verkündete ihr Vater.

„Ich gehe nicht ohne meine Sachen.“ Leif starrte Snively, der sich gerade wieder aus dem Schmutz aufrappelte, wütend an. „Sagt ihm, ich will mein Schwert und den Rest meines Besitzes, den sie mir gestohlen haben.“ Er warf einen Blick auf den winzigen Affen, der an den Gitterstäben hing. „Und sagt ihm, dass Alfinn mit mir kommt.“

„Alfinn?“, wiederholte Krista.

Er deutete auf das kleine Tier, das nicht viel größer war als seine Hand. „Alf ist der einzige Freund, den ich in den letzten sechs Monaten hatte. Ich werde ihn nicht hierlassen.“

Krista seufzte. „Ich will sehen, was ich tun kann.“ Sie übersetzte die Worte des blonden Mannes und deutete dabei auf den Affen. Snively brummte etwas, was sie nicht ganz verstand.

Als Leif einen drohenden Schritt auf Snively zumachte, wich der mit erhobenen Händen zurück. „Sagen Sie dem Kerl, er kann den verdammten Affen haben. Sagen Sie ihm, ich gehe jetzt seine Sachen holen."

Leif griff nach Alfinn. Der kletterte an seinem Arm hoch, setzte sich auf seine Schulter und sah dabei sehr erfreut aus, was äußerst komisch wirkte. Krista musste zugeben, dass er ein niedlicher kleiner Bursche war, auch wenn sie nicht wusste, was sie mit ihm anfangen sollten.

Aber sie hatte auch keine Ahnung, was sie mit Leif anfangen sollten.

Wenige Minuten später kam der bullige Mann zurück. Er legte Leifs schweres Schwert auf den Boden, das in einer dicken Lederscheide steckte, zusammen mit einem mit geschnitztem Hirschhorn verzierten Gehänge und einem Armband, das Leif offensichtlich ebenfalls gehörte.

„Sagen Sie ihm, dass seine Kleider von den Felsen zerfetzt wurden."

Krista nickte, übersetzte für Leif, und der Mann eilte davon. Ihr Vater brach auf, und Leif folgte ihm, nachdem er seine Habseligkeiten eingesammelt hatte. Krista ignorierte die Leute, die sie anstarrten, als sie an ihnen vorbeigingen: zwei Männer, einer davon fast nackt, und eine Frau, die so groß war wie ein Mann. Bei der Kutsche blieben sie stehen.

„Nun, Vater, was schlägst du vor, was wir jetzt tun sollen?"

„Wie? Oh ja ... ja, darüber müssen wir reden." Er sah zu dem riesigen blonden Mann hoch. „Du hast keinen Ort, wohin du gehen könntest, Leif of Draugr. So viel ist klar. Bis du eine Lösung für dein Problem gefunden hast, kannst du bei uns bleiben."

Leif schien über den Vorschlag nachzudenken. „Ich brauche ein Schiff, um nach Hause zurückkehren zu können." Sein Blick schweifte über die belebten Londoner Straßen. „Der Ort hier, an dem ihr lebt ... wie heißt der?"

„London", entgegnete der Professor.

„Auf Draugr träumten die jungen Männer jahrelang davon, ferne Orte zu sehen … Orte, von denen unsere Vorfahren in den Sagas erzählten. Aber es gab keinen Wald mehr. Man konnte keine Segelschiffe bauen, wie unsere Vorväter es taten, die zu ihrer Zeit große Wikingerkrieger waren. Dann strandete ein Schiff auf den Felsen am nördlichen Ende der Insel, und wir erhielten endlich die Gelegenheit, auf die wir gewartet hatten."

Seine Augen suchten Krista, und sein Blick war so intensiv, dass sie meinte, ihn auf der Haut spüren zu können. Dann wandte er sich wieder an ihren Vater. „Ich verließ die Insel, um die Welt zu erkunden … um alles zu lernen, was ich lernen konnte. Bis jetzt habe ich nur Grausamkeit kennengelernt. Aber ich glaube, man kann hier auch Gutes finden. Mehr denn je muss ich also noch lernen. Willst du mich unterrichten?"

Der Professor strahlte förmlich. „Wir beide schließen einen Handel ab. Ich werde dich unterrichten – wenn du mich unterrichtest!"

Auf dem Gesicht des blonden Mannes erschien ein Lächeln, und in seinem dichten Bart blitzten blendend weiße Zähne auf. Das Lächeln verwandelte seine Züge und ließ ihn jünger aussehen.

Fast nackt stand er da, und zum ersten Mal sah Krista ihn als Mann. Er besaß den Körper eines Wikingerkriegers, eine erstaunlich männliche Statur, die Krista einen kleinen Schauer über den Rücken jagte.

Ihrem Vater musste aufgefallen sein, wohin sie schaute, denn er öffnete den Schlag, holte eine Decke unter dem Sitz hervor und legte sie Leif um die mächtigen Schultern. Einen Moment lang wich der kleine Affe zur Seite und kauerte sich dann wieder auf seinen Platz.

„Ich glaube, die Leute haben dich genug angestarrt."

Leif nickte nur und umklammerte die Decke, während Krista in die Kutsche stieg und Platz nahm.

Als Nächster stieg der Professor ein, gefolgt von Leif. Mit seiner großen Gestalt schien er das Innere des Wagens auszufüllen. Als die Kutsche anfuhr, ertappte Krista sich dabei, wie sie sein Gesicht betrachtete, die hohen Wangenknochen und die unglaublich blauen Augen.

Sie fragte sich, wie alt er war und wie er wohl ohne die langen Haare und den ungepflegten Bart aussehen mochte.

5. KAPITEL

„Ich weiß nicht recht, wie es jetzt weitergehen soll", sagte der Professor zu Krista, als sie im Eingang zu ihrem Stadtpalais standen.

„Er braucht etwas zum Anziehen." Krista gab sich Mühe, nicht auf die kraftvollen Beine unterhalb der Decke zu starren, die Leif fest um seine starken Schultern gewickelt hatte. „Er braucht eine Rasur, und er braucht einen Haarschnitt."

„Ja, ja, natürlich." Ihr Vater wiederholte die Worte für Leif, dessen Miene sich bei seinen Worten leicht verhärtete. „Wenn du hier leben willst, wirst du dich unserer Lebensweise anpassen müssen", meinte der Professor. „Willst du das?"

Leif blickte von Kristas Vater zu ihr und nickte. „Ich bin hier. Also habe ich keine andere Wahl."

Er blickte sich um, sah zu dem Licht hoch, das sich in dem geschliffenen Kristall des Lüsters über ihnen brach, und dann hinunter auf den schwarz-weißen Marmorboden unter seinen nackten Füßen. Dank Margaret Harts erlesenem Geschmack war es ein elegantes Domizil. Die Salons, das Frühstückszimmer und die Gästezimmer waren alle in hellen, zarten Farben gehalten und mit exquisiten Tapeten ausgestattet. Die Herrenräume – Studierzimmer, Bibliothek und Billardzimmer – besaßen dunkle Holzverkleidungen und schwere, mit Schnitzereien verzierte Möbel.

Leif betrachtete die elegante Umgebung, und Krista konnte ihm sein Erstaunen vom Gesicht ablesen. Er ging und griff nach einer kristallenen Lampe. „Das ist fürs Licht?"

„Ja", sagte Krista. „Sie verbrennt Öl."

„Wir benützen Kerzen und Fackeln. Das hier ist eine gute Idee."

Krista unterdrückte ein Lächeln. Er ging in den Salon, setzte sich auf ein Sofa aus rosa Samt, wippte auf und nieder, um die Federung zu prüfen, und sah dann zu Krista, die neben ihrem Vater in der Tür stand.

„Keine Felle? Wir benützen Wolfsfelle, um uns warm zu halten."

Wolfsfelle! Sie deutete auf den mit Marmor verkleideten Kamin. „Wir verbrennen Kohle", erklärte sie.

Sie beobachtete, wie er durch den Raum ging und dabei einen Gegenstand nach dem anderen hochhob, eine Cloisonné-Vase, ein kleines, gemaltes Porträt ihrer Mutter, einen silbernen Kerzenhalter, in dem eine Bienenwachskerze steckte. Ihr Vater gab ihm noch einige Augenblicke, um sich mit dem Haus vertraut zu machen, dann ging er zu ihm.

„Ich werde dich in Kürze ein wenig herumführen", sagte er, „um dir einige Dinge zu zeigen, die du vielleicht noch nie gesehen hast und die dich interessieren könnten."

Leif nickte nur, während seine Augen ununterbrochen über die Einrichtung des Hauses glitten.

„Gehen wir doch in der Zwischenzeit hinauf, und ich klingle nach meinem Kammerdiener." Der Professor musterte Leifs langes Haar und seinen dichten Bart. „Da müssen wir einiges tun. Lass uns sehen, ob Henry der Herausforderung gewachsen ist." Er lächelte Krista zu. „Wenn du mich entschuldigen würdest, Liebes."

Sie nickte. „Während Sie sich darum kümmern, sehe ich einmal nach, ob ich etwas zum Anziehen für ihn finde."

Die bereits mit Grau durchsetzten braunen Augenbrauen des Professors gingen nach oben. „Das dürfte sich sicher als ein Problem erweisen."

„Ich werde mir schon etwas einfallen lassen." Krista überließ ihren Vater seiner Aufgabe und machte sich auf den Weg zu den Ställen. Der Kutscher war ein groß gewachsener Mann, wenn auch nicht so groß wie Leif. Vielleicht würden es seine Kleider tun, bis sie für Leif etwas Passendes hatten anfertigen lassen.

„Skinner!", rief sie, und wenig später erschien ein großer, kräftiger Mann. „Ich möchte Sie um einen Gefallen bitten. Es soll auch nicht zu Ihrem Schaden sein."

Der Kutscher lauschte ihrem Vorschlag und grinste.

Zwanzig Minuten später kehrte sie ins Haus zurück, auf dem Arm eine braune Hose und ein weitärmeliges handgewebtes Hemd. Wahrscheinlich waren die Kleidungsstücke Leif zu eng, aber sie waren immer noch besser als das wenige, was er im Moment trug.

Krista ließ den Männern Zeit genug, um mit dem fertig zu werden, was eine Herkulesaufgabe zu sein schien, dann erst ging sie mit den Kleidern nach oben. In der Hand trug sie noch ein Paar Stiefel von Skinner. Sie wollte gerade zum Schlafzimmer ihres Vaters gehen, als sie wie angewurzelt stehen blieb. Die Badezimmertür hatte sich geöffnet, und sie erblickte Leif, der bis auf ein schmales weißes Leinenhandtuch um seine Hüften nackt in der Mitte des Raumes stand.

Wie ein großer nasser Hund schüttelte er den Kopf, sodass die Wassertropfen durchs Badezimmer bis hinaus auf den Korridor sprühten. Ihre Blicke trafen sich, und Krista hielt die Luft an.

Mit kurz geschnittenem Haar und glatt rasiertem Gesicht sah Leif unglaublich gut aus. Hohe Wangenknochen, wohlgeformte Lippen – die Linie der Kinnbacken markant und hart … Und wenn er lächelte, zeigte er blendend weiße Zähne.

Wie von selbst wanderte ihr Blick über seinen Körper. Jetzt, wo der blonde Vollbart verschwunden war, konnte man seine Brust sehen. Sie war sehr muskulös und mit einem Flaum goldblonder Haare bedeckt.

Ihr Blick wanderte tiefer und glitt über den einzigen Körperteil, der anständig bedeckt war. Das Tuch bewegte sich, zuckte und begann, sich zu heben. Schockiert flog Kristas Blick zu Leifs Gesicht, und sie sah, wie seine Mundwinkel nach oben gingen.

„Ich hoffe, dir gefällt, was du siehst. Du merkst ja, wie sehr du mir gefällst."

Mit flammend rotem Gesicht eilte Krista davon und hörte hinter sich den kleinen Affen schnattern, als würde er lachen. Nur mit Mühe schaffte sie es, sich zu beherrschen, als sie an die Tür ihres Vaters klopfte und eintrat.

Der Professor, der gerade vor seinem Toilettentisch saß und in einem Buch las, nahm seine Brille ab. „Was ist denn, Liebling?"

„Dieser ... dieser *Mann*", stotterte sie. „Sie müssen etwas unternehmen."

„Ich tue mein Bestes, mein Schatz. Henry hat ihn rasiert und sein Haar geschnitten. Leif hat sich sehr gründlich gewaschen. Ich finde, dass er jetzt eigentlich wesentlich besser aussieht."

Das stimmte. Er sah besser aus. Leif of Draugr war schön wie die Sünde und gebaut wie ein Wikingergott. Er war das vollkommenste Mannsbild, das Krista je gesehen hatte. Sie hielt ihrem Vater die Kleider hin. „Er ist immer noch fast nackt, und er ist ... er ist ..."

„Ja?"

Was sollte sie sagen? Dass es sie beunruhigte, welchen Weg die Gedanken dieses Mannes nahmen? Aber vielleicht tat sie ihm unrecht. Schließlich war der arme Kerl die letzten sechs Monate in einem Käfig eingesperrt gewesen, und er war doch, das konnte man nicht übersehen, ein sehr männlicher Mann.

„Lass gut sein." Sie drückte ihrem Vater die Kleider in die Hand. „Sie werden ein wenig eng sein, aber wenigstens wird er darin anständig aussehen."

Ihr Vater nickte. „Ich bringe sie ihm sofort."

Krista sah zu, wie ihr Vater den Gang hinunterging und im Badezimmer verschwand. Wenige Minuten später kam er zurück.

„Er zieht sich jetzt an. Sicher ist er hungrig. Ich habe ihn gebeten, mit uns zu Abend zu essen. Sag der Köchin bitte, dass ein zusätzliches Gedeck aufzulegen ist, ja?"

Krista versuchte sich vorzustellen, wie der riesige Mann mit ihnen an einem Tisch saß. Er war ein Barbar. Er entstammte einer Kultur, von der man angenommen hatte, dass sie vor mehr als dreihundert Jahren verschwunden war. Auch wenn Krista die Wikinger faszinierend fand, so waren sie doch ein wildes, grausames und primitives Volk.

Innerlich stöhnte sie auf. Wenn sie doch nur einen Weg wüsste, wie sie Leif of Draugr nach Hause schicken könnte.

Leif hatte sich das Haar mit dem Handtuch trocken gerieben und genoss das Gefühl, kurz geschnittene blonde Locken und glatte, bartlose Wangen zu haben. In seiner Welt trugen die Männer lange Haare und Bärte. Doch in den Monaten seit seiner Gefangennahme hatte er seinen schier unbezähmbaren Haarwust und den ungepflegten Bart hassen gelernt.

Vielleicht gab es an diesem London genannten Ort doch einige ganz brauchbare Sitten.

Er zog die Kleider an, die Paxton Hart ihm gegeben hatte. Die Beinlinge – hier nannte man sie *Hosen* – waren zu kurz und saßen so eng, dass er Angst hatte, die Nähte würden platzen. Vorn wölbte sich seine Männlichkeit vor und drückte sich so fest gegen den Stoff, dass es wehtat.

Zu Hause trugen die Männer bequeme, lose fallende Beinlinge unter ihren Kitteln, die bis über die Knie reichten. Im Sommer waren die Tuniken kürzer, und die Beine waren, bis auf die kniehohen Stiefel, unbedeckt.

Leif zog an dem weißen gewebten Kleidungsstück – ein *Hemd* hatte Paxton es genannt. Paxton war ein *Professor*. So nannten sie hier einen Ratgeber. In Leifs Welt gab es keine festen Orte wie hier, an denen man lernte. Wissen wurde von Generation zu Generation weitergegeben: wie man Getreide anbaut, wie man Schafe, Ziegen und Vieh züchtet oder im Meer Fische und Robben fängt und wie man kämpft, um seine Familie zu beschützen. Leif hatte das immer für gut und richtig gehalten.

Es gab auch eine Schriftsprache auf Draugr. Vieles aus ihrer Geschichte war aufgeschrieben worden, sodass jede Generation ihre Erinnerungen hatte. In dieser neuen Welt wurden Informationen in ein *Buch* geschrieben, wie der Professor es nannte.

„Ich habe einen sehr großen Raum voller Bücher“, hatte der Mann voll Stolz zu ihm gesagt. „Wenn du erst einmal Englisch sprechen kannst und schreiben gelernt hast, wird dir die ganze Welt offenstehen.“

In diesem Augenblick erschien Alfinn, durchstreifte das Badezimmer und untersuchte Wanne und Waschbecken. Leif drehte sich um und warf einen Blick in den Spiegel. Er sah, dass das weiße Hemd über seinen Schultern spannte und die Nähte sich dehnten. Und seine Arme waren ein wenig zu lang für die weiten, gekräuselten Ärmel.

Aber er hatte sich bedeckt, und seine Würde war wiederhergestellt.

Er musste lächeln. Während seiner Gefangenschaft hatte er gelernt, wie prüde die Frauen hier waren und dass sie so taten, als wüssten sie nur wenig über die Männer. Doch ihre Augen hatten sie oft verraten und ihre Neugier gezeigt oder ihre Gedanken, die eher lüsterner Natur waren.

Selbst die Blonde war neugierig. Ihr hatte sein Aussehen auch gefallen und wie sein Körper ohne Bekleidung aussah. Auch er würde sie gern einmal so sehen. Allerdings glaubte er nicht, dass dies dem Professor gefallen würde.

Selbst auf Draugr beschützte ein Vater die Tugend seiner Tochter, und eine junge Frau schenkte sich ihrem Ehemann unberührt. Aber es gab auch Frauen, die einen vergnügten Abend genauso zu schätzen wussten wie die Männer. Und wenn genug Geld vorhanden war, konnte ein Mann es sich leisten, sich neben seiner Frau auch noch einige Konkubinen zu halten.

Bevor er Draugr verließ, hatte Leif daran gedacht, sich eine

Frau zu nehmen, und es hatte einige gegeben, die gern eingewilligt hätten. Doch er war entschlossen gewesen, die Welt jenseits seiner Insel kennenzulernen, und als sich die Gelegenheit dazu ergab, hatte er zugegriffen. Deswegen hatte er leiden müssen. Aber schlechte Menschen gab es überall, und die Freundlichkeit, die der Professor und seine Tochter ihm zeigten, ließen wieder die Hoffnung in ihm aufleben, dass doch nicht alles vergebens war.

Er wandte sich vom Spiegel ab, ließ den Affen mit dem Versprechen im Badezimmer zurück, ihm Futter zu bringen und machte sich auf den Weg nach unten. Die engen Hosen rieben an seiner Männlichkeit und ließen ihn an die Blonde denken. Er versuchte den Gedanken zu verdrängen, doch dann sah er sie neben dem Professor stehen.

Sie trug ein Kleid aus einem feinen, weichen Stoff in dem gleichen strahlenden Grün wie ihre Augen. Das Oberteil lag eng an ihrem üppigen Busen an, und ihre Taille war schmaler als die irgendeiner Frau auf seiner Insel. Der Rock ihres Kleides bauschte sich verführerisch über ihren Hüften.

Das Kleid schien noch unbequemer zu sein als die Tracht der Männer, trotzdem gefiel es ihm, denn dort, wo das Oberteil in einem V-förmigen Ausschnitt endete, konnte er einen Blick auf cremeweiße Haut erhaschen. Es waren hübsche runde Brüste, und mit einem Mal saß seine Hose noch enger.

„Guten Abend, Pro-fes-sor", sagte er und benutzte dabei das englische Wort. „Guten Abend, Frau." Er kannte die richtige englische Anrede nicht, doch er würde sie sicher bald lernen.

„Die richtige Anrede ist ‚Miss Hart'."

„Miss … Hart", wiederholte er, und die Aussprache bereitete ihm nur wenig Mühe. Mehr als sechs Monate lang hatte er der Sprache der Menschen dieses Landes gelauscht. Von Anfang an wusste er, dass seine Chancen, die Freiheit zu erlangen, steigen würden, wenn er einige dieser Wörter lernte. Jetzt, wo er frei war, erschien es ihm sogar noch wichtiger.

„Wir werden morgen mit unserem Sprachunterricht beginnen“, sagte der Professor zu ihm. „Heute Abend wollen wir uns nur in deiner Sprache unterhalten. Du musst hungrig sein, Leif. Lasst uns zu Tisch gehen.“

Leif nickte, und sein Magen knurrte als Bestätigung. Insgeheim hoffte er, dass diese Leute etwas Handfesteres aßen als Haferschleim, von dem er die letzten sechs Monate hatte leben müssen.

Krista beobachtete, wie Leif of Draugr vor ihr in das Speisezimmer ging. Auch wenn eine Frau in der Wikingergesellschaft Respekt genoss, so kam sie doch erst nach dem Mann. Und dieser Gedanke gefiel ihr nicht. Wenn Leif in der zivilisierten Welt seinen Weg machen wollte, hatte er noch vieles zu lernen.

Sie wollte ihm schon erklären, dass die Dame immer vor dem Herrn den Raum betrat, als ihr einfiel, was ihr Vater gesagt hatte. Keine Unterrichtsstunde heute Abend. Sicher verdiente der Nordländer ein paar Stunden, in denen er sich einfach nur seiner Freiheit erfreute.

Sie setzten sich zu Tisch, ihr Vater am Kopf der Tafel und Leif zu seiner Rechten.

„Ich kann mir vorstellen, dass du hungrig bist“, sagte Krista, um eine ungezwungene Atmosphäre bemüht.

„Ich könnte das ganze Hinterteil eines Schafes verdrücken“, erwiderte er mit einem schelmischen Lächeln, das Grübchen auf seine Wangen zauberte. Lieber Gott, es gehörte verboten, dass ein Mann so gut aussah. Das war nicht fair gegenüber dem Rest der Männerwelt. Aber seine ungehobelte Bemerkung ließ sie erkennen, dass er doch nicht viel mehr war als ein hübsches Gesicht. Und an solchen Männern war sie nie interessiert gewesen.

Ihr Vater räusperte sich, um sie zu warnen, Leifs Benehmen nicht zu korrigieren, und fing dann an, ihm Fragen zu stellen. Sie sprachen schnell, sodass Krista einiges von der Unterhaltung entging, doch sie glaubte verstanden zu haben, dass Leif unverheiratet war und keine Kinder hatte. Außerdem war er der älteste Sohn eines Chiefs.

„Ich kenne siebenundzwanzig Sommer", sagte er. „Und wie alle Männer unserer Insel konnte ich nicht erwarten, die Welt jenseits meiner Heimat zu entdecken."

Krista breitete die Serviette über ihren Schoß. „Du hast erwähnt, dass das Schiff, das ihr gebaut habt, irgendwo nördlich von hier gesunken ist."

Er nickte und folgte ihrem Beispiel. „Mein Vater befürchtete, dass so etwas passieren würde. Als sein ältester Sohn bin ich dazu bestimmt, an seiner Stelle zu regieren, wenn seine Zeit auf Erden vorüber ist. Er verbot mir wegzugehen, aber ich wollte nicht auf ihn hören."

Seine Miene ließ erkennen, wie sehr ihn dieser Gedanke bedrückte. Wie es aussah, hatte er Verpflichtungen seinem Vater und seinem Clan gegenuber. Und wenn er nicht zurückkehrte, konnte er sie nicht erfüllen.

Zwei Diener erschienen mit Platten voll Fleisch und Gemüse. Leif beobachtete den Professor, der ihm genau erklärte, wie er eine Portion gebratenes Lamm von der Platte nehmen konnte, die man ihm hinhielt. Leif nahm sich eine gewaltige Portion, dann noch eine und versorgte sich dann gleich noch mit ausreichend gekochter Makrele, um seinen Teller bis zum Rand zu füllen.

Kaum hatte er ihn auf den Tisch gestellt, nahm er sein Messer, spießte damit einen Brocken Fleisch auf und schob ihn in den Mund.

Krista machte große Augen, als er vor Vergnügen grinste und sich mit dem Handrücken das Fett vom Mund wischte.

„Das schmeckt sehr gut", meinte er.

Sie wollte schon sagen, dass man hierzulande mit der Gabel aß und auch keine zu großen Bissen in den Mund nahm, aber ihr Vater schüttelte den Kopf.

„Wir fangen morgen damit an“, meinte er leise auf Englisch zu ihr.

Leif nahm einen großen Schluck Wein aus seinem Kristallkelch und erstarrte. Ihre Blicke trafen sich, und Krista sah, dass der Geschmack ihm völlig fremd war und ihm auch nicht zusagte. Er blickte zu Boden. Es war ihm anzusehen, dass er daran dachte, alles wieder auszuspucken.

Schnell schüttelte Krista den Kopf. „Wir spucken hier nicht.“

Leif sah sie einen Moment lang an, dann schluckte er. „Was ist das?“, fragte er und verzog angewidert die Lippen, als hätte er Gift zu sich genommen.

„Wein“, antwortete ihr Vater. „Wenn ich mich recht erinnere, trinkt dein Volk gewöhnlich Bier. Vermutlich hat er dir nicht geschmeckt.“

Der Wikinger zog eine Grimasse.

„Man gewöhnt sich daran“, erklärte ihr Vater.

Krista hatte erst die Hälfte von ihrem Essen verspeist, als sie aufblickte und sah, dass Leifs Teller schon leer war.

„Ich glaube, Leif möchte noch ein wenig mehr“, sagte sie zu ihrem Vater. Sein Blick fiel auf den Teller des Wikingers, der völlig sauber gekratzt war. Krista bedeutete einem der Diener, noch eine Platte mit Fleisch und Gemüse zu bringen.

Leif beachtete die Karotten, Rübchen und Kartoffeln nicht, und Krista erinnerte sich, dass die Wikinger außer einigen wilden Zwiebeln und verschiedenen Arten von Seetang hauptsächlich Fisch, Fleisch und Milchprodukte gegessen hatten.

Dem Essen folgte das Dessert. Misstrauisch betrachtete Leif den Vanillepudding, der mit einem Püree aus gezuckerten Mandeln bedeckt war und den ein Diener vor ihn hinstellte.

„Du musst es nicht essen, wenn du nicht willst“, sagte Krista.

Leif sah sehr erleichtert aus. „Ich versprach Alfinn, ihm etwas zu essen zu bringen.“ Er nahm die Platte mit den Rübchen und den Karotten, stand auf und ging in Richtung Tür. Man sah, dass er nicht daran gewöhnt war, um Erlaubnis zu fragen.

„Im Allgemeinen werden Affen nicht im Haus gehalten“, rief Krista hinter ihm her. „Vielleicht wäre Alfinn in den Ställen glücklicher?“

Er nickte. „Alf ist daran gewöhnt, mit anderen Tieren zusammen zu sein. Ich glaube, es wird ihm gefallen.“ Damit verschwand er.

Als Krista und ihr Vater dann ebenfalls ihr Essen beendet hatten, war Leif immer noch nicht zurück.

Besorgt erhob sich der Professor. „Ich sollte besser nachschauen, was geschehen ist.“

„Ich habe eines der Gästezimmer herrichten lassen“, sagte Krista. „Dort dürfte er es mehr als bequem haben.“

Doch ihr Vater kam allein zurück. „Er schläft draußen im Stall. Er hat sich in einer der Boxen ein Bett aus Stroh gemacht. Ich wusste nicht recht, ob ich ihn wecken sollte.“

Nach allem, was er in den letzten sechs Monaten durchgemacht hatte, störte es Krista, dass er eine weitere Nacht auf dem Stroh verbringen sollte. „Vielleicht hat er etwas missverstanden. Ich gehe und erkläre ihm, dass er nicht länger wie ein Tier leben muss.“

Ihr Vater nickte. Sie wusste, dass er müde war, genau wie sie selbst. Morgen war Montag, und sie musste den Leitartikel für die aktuelle Wochenausgabe schreiben.

Es stand die Abstimmung über einen Gesetzesvorschlag bevor, der beinhaltete, in den Bergwerken Frauen, junge Mädchen und Kinder von der Arbeit unter Tage auszuschließen. Auch wenn er eher aus Sorge um die öffentliche Moral entstanden war, denn man hatte entdeckt, dass die Frauen und Kinder sich fast nackt auszogen, um die Hitze ertragen zu können, glaubte Krista doch, dass es ein gutes Gesetz war.

Sie ging hinaus und schlug die Richtung zu den Ställen ein.

Leif schlief tief, und wie so oft träumte er von zu Hause. Er hätte die Insel niemals verlassen dürfen. Dann würden seine Freunde noch leben, und er müsste sich nicht seinen Weg in einer feindlichen, ihm völlig fremden Welt suchen. Trotzdem, jetzt, wo er frei war, lernte er allmählich die Welt kennen, die er einst zu entdecken gehofft hatte, und es fiel ihm schwerer zu bedauern, dass er Draugr verlassen hatte.

Doch wäre er dortgeblieben, müsste er sich jetzt nicht nach einer Frau sehnen, müsste nicht von weichen, weiblichen Formen und vollen Brüsten träumen, von goldblondem Haar, das einen Mann erregte, wenn er nur daran dachte.

Durch die Dunkelheit drang eine Stimme bis in seine Träume. Er erinnerte sich, dass Inga heute Nacht in sein Bett gekommen war, dass er sie genommen hatte, bis sie beide mehr als befriedigt waren. Jetzt war er halb wach und erneut zum Liebesspiel bereit. Als sie ihn an die Schulter fasste und leicht schüttelte, wusste er, dass auch sie bereit sein musste.

Er griff nach ihr, zog sie zu sich aufs Stroh und rollte sich auf sie. Dann begann er eine dralle, runde Brust zu kneten, während er ihren Hals küsste.

„Du warst schon immer eine leidenschaftliche Frau, Inga, aber heute Nacht …“

Ihr wütender Schrei schmerzte in seinen Ohren. Leif, jetzt völlig wach, fuhr zurück und blinzelte verwirrt, da ihm wieder einfiel, dass er nicht mehr auf Draugr war.

„Wie kannst du es wagen!“

Er war in London, und die vollen Brüste, die er gestreichelt hatte, gehörten der üppigen Blonden.

„Ich habe geträumt. Ich dachte, du wärst jemand anders.“

„Jemand anders!“, schrie sie. „Jemand anders!“ Sie richtete sich kerzengerade auf und sah ihn von oben herab an. Selbst in ihrer Wut sah sie schön aus. Sie besaß die fein geschnittenen Züge einer Nordlandfrau, den grazilen Hals und die vollen Lippen. „Das ist jetzt das dritte Mal, dass du mich beleidigst, Leif of Draugr. Du wirst dich sofort entschuldigen oder das Haus verlassen und nicht wiederkehren."

Leif biss die Zähne zusammen. Er konnte nirgends hin und brauchte die Hilfe dieser Leute. Trotzdem würde er sich nicht von einer Frau herumkommandieren lassen, auch wenn sie noch so hübsch war.

„Ich bereue nicht, dich angefasst zu haben. Es tut mir nur leid, dass du es nicht willst. Dafür entschuldige ich mich."

Er trug immer noch diese unbequemen Hosen, die seine Hüften und Beine wie eine zweite Haut umschlossen. Doch er hatte sie aufgeknöpft, und jetzt befürchtete er, Krista könnte entdecken, was sie bei ihm bewirkt hatte. Schnell rappelte er sich hoch und wandte sich einen Augenblick zur Seite, um sich die Hose wieder zuzuknöpfen.

Im schwachen Licht einer Laterne, die an einer Wand hing, konnte er sehen, dass Kristas Gesicht glühte. Ihre Haarnadeln hatten sich gelöst. Die schwere Mähne fiel in dicken goldenen Locken, in denen hier und da Strohhalme steckten, über ihre Schultern.

Leif konnte sich an keine Frau erinnern, die je eine solch wilde Lust in ihm geweckt hatte. Er fluchte leise.

Doch sie hatte es trotzdem gehört. „In diesem Haushalt wirst du das Fluchen unterlassen", erklärte sie.

„Du gibst Befehle wie ein Mann. Ist das auch eine eurer Sitten?"

Sie errötete und sah zur Seite. „Ich bin gekommen, um dir zu sagen, dass du nicht in der Scheune schlafen musst. Im Haus steht ein Zimmer für dich bereit."

Leif sah zu dem kleinen Affen hin, der ihn angstvoll mit seinen glänzenden dunklen Augen anblickte. „Was ist mit Alfinn? Er wird glauben, ich hätte ihn im Stich gelassen."

„Affen gehören nicht ins Haus“, entgegnete Krista.

Alfinn ließ einen verlorenen, mitleiderregenden Schrei hören. Den Trick hatte er immer angewandt, um vom Publikum Naschereien zu erbetteln.

Krista seufzte. „Also gut, du kannst ihn mitnehmen. Aber dann musst du auch seinen Schmutz wegräumen.“

Leif grinste. „Alf ist ein sehr sauberer Affe.“

Entnervt verdrehte Krista die Augen und ging ins Haus zurück. Leif folgte ihr. Ihre weite Bekleidung verbarg den größten Teil ihrer weiblichen Kurven, doch unter dem schweren Stoff schwang ihr hübsches Hinterteil hin und her.

Bei allen Göttern, was Krista Hart betraf, so musste er sich in Acht nehmen. Er war gewöhnt, sich jede Frau zu nehmen, die er begehrte. Und den Frauen hatte es immer gefallen, wenn er sich ihnen näherte.

Dieses Mal war es wohl anders. Obwohl er jetzt ein freier Mann war, würde er auf sein Vergnügen verzichten müssen. Leif dachte an Kristas Wut, als er im Halbschlaf ihre Brust gestreichelt hatte. Den Göttern sei Dank, dass seine Waffen nicht in Reichweite gelegen hatten. Hätte diese Frau sein Schwert gefunden, sie hätte es ihm gewiss ins Herz gestoßen.

Missmutig brummte er in sich hinein. Ganz anders als Inga würde die Blonde ihn gewiss nicht in ihr Bett einladen.

6. KAPITEL

Krista war spät dran, obwohl sie sonst selten verschlief. Und sie wäre auch an diesem Morgen rechtzeitig aufgewacht, wäre sie über die Begegnung im Stall nicht so wütend gewesen, dass sie nur mit Mühe hatte einschlafen können. Leif Draugr war ein großer, grober, zu schnell gewachsener Flegel ohne das geringste Feingefühl. Was für Freiheiten er sich genommen hatte! Kein Mann hatte es je gewagt, ihre Brüste auch nur zu berühren, geschweige denn sie zu streicheln, als wüsste er, wie empfindsam sie waren.

Krista verbat sich jeden Gedanken an Leif und eilte zum Badezimmer. Sie öffnete die Tür und trat ein.

Beim Anblick des großen Scheusals, das in der Badewanne lümmelte, riss sie erschrocken die Augen auf. Er hatte die Knie bis an die Brust gezogen, und das Wasser bedeckte kaum seine Männlichkeit.

„Guten Morgen."

Mit brennend rotem Gesicht wich Krista zurück und zog unwillkürlich ihren gesteppten Morgenmantel enger um sich. „Was machst du hier?" Sie kniff die Augen fest zu, doch den Anblick der breiten, muskulösen Schultern und der Arme, die aussahen, als wären sie aus Stahl, konnte sie nicht aus ihrem Gedächtnis verbannen.

„Ich bade", sagte er, als wäre es sein gutes Recht, zu der Zeit, in der normalerweise Krista hier war, den mit Marmor ausgelegten Raum zu besetzen. „Ich dachte, hier sei es üblich zu baden. In meinem Land reinigen wir uns mit Dampf oder setzen uns in eine der heißen vulkanischen Quellen. Aber so wird es auch gehen."

Zähneknirschend wandte Krista ihm den Rücken zu. Sie erinnerte sich daran, wie sein großer, fester Körper sie im Stall ins Stroh gedrückt und wie er die heißen Lippen auf ihren

Hals gepresst hatte, und ein leichter Schauer überlief sie.

Tief holte sie Luft. „Wieso bist du jedes Mal halb nackt, wenn ich dich treffe?“

Er wollte etwas erwidern, doch sie stolzierte schon hinaus, knallte die Tür zu und ging in ihr Schlafzimmer zurück.

Bis er fertig war und sie endlich ins Badezimmer konnte, hatte sie sich noch mehr verspätet und war ziemlich wütend. Du meine Güte, war es erst gestern gewesen, dass das Haus ihr als ein stiller Zufluchtsort erschienen war?

Ihre Zofe Priscilla Dobbs half ihr beim Anziehen und Frisieren. Dann eilte Krista die Treppe hinunter und band sich auf dem Weg zur Haustür noch rasch die Bänder ihrer Haube. Draußen wartete schon die Kutsche. Sie nahm ihren wollenen Mantel vom geschnitzten Garderobenständer im Eingang und beeilte sich noch mehr, als sie die beiden preisgekrönten Braunen ihres Vaters ungeduldig stampfen hörte, dass die Geschirre klirrten.

Milton Giles, der langjährige weißhaarige, immer äußerst sorgfältig gekleidete Butler der Familie öffnete Krista die Tür und trat zurück, um sie vorbeizulassen. „Ich wünsche Ihnen einen guten Tag, Miss.“

„Danke, Giles.“

Gerade als sie durch die Tür trat, stieß sie auf Matthew Carlton, der in diesem Augenblick die oberste Stufe zum Eingangsportal erreichte.

„Krista! Ich hoffte, Sie hier zu finden.“ Er lächelte.

Sie unterdrückte einen ärgerlichen Seufzer. „Es tut mir leid, Matthew. Heute Morgen bin ich außerordentlich spät dran. Kann ich Ihnen irgendwie helfen?“

„Das kann man so sagen. Viscount Wimby und seine Gattin Diana haben mich eingeladen, sie heute Abend zu einer Vorstellung von ‚Die überirdische Braut‘ in das Theater Ihrer Majestät zu begleiten. Ich weiß, es ist sehr kurzfristig, doch ich hoffte, Sie könnten mich begleiten.“

Krista musste noch den Leitartikel dieser Woche schreiben und unbedingt mit Corrie über deren Zirkusartikel sprechen, denn sie wollte sichergehen, dass ihre Freundin sich jeden Hinweis auf den wilden Mann im Käfig verkniff. Bis jetzt wusste Corrie nicht, dass dieser Mann im Haus ihrer besten Freundin wohnte – zumindest vorerst. Wenn sie es erst einmal erfuhr, würde sie verstehen, wie wichtig es war, sein Privatleben zu schützen.

„Ich freue mich über die Einladung, Matthew, wirklich, aber ich habe so viel zu tun und …"

„Und was? Wie es scheint, gibt es für Sie immer etwas zu tun, das wichtiger ist als ich."

„Das ist nicht wahr. Ich bin nur sehr beschäftigt. Ein etwas unerwarteter … Gast … ist angekommen. Das hat meinen Arbeitsplan ein wenig durcheinandergebracht."

In diesem Moment blickte sie auf und stöhnte innerlich. Leif schritt in seinem lächerlich engen Hemd und der engen Hose die Treppe herunter und durchbohrte Matthew geradezu mit seinem Blick.

Matthew starrte ebenso gebannt auf Leif. „Wer … ist … *das*?" Ihm fielen fast die Augen aus dem Kopf. „Das ist doch sicher nicht Ihr Gast?"

Krista gefiel sein Ton nicht. Und wie es schien, ging es Leif ebenso. Auch wenn er kein Wort verstand, sah man es seinem Gesicht an.

„Das ist eine sehr lange Geschichte, Matthew. Gerade jetzt habe ich keine Zeit, sie zu erklären."

Matthew betrachtete den großen blonden Mann, der selbst in seinen schlecht sitzenden Kleidern unglaublich gut und überwältigend männlich aussah. „Sollten Sie sich eine mögliche gemeinsame Zukunft für uns beide vorstellen können, werden Sie sich die Zeit für eine Erklärung nehmen müssen."

Er war doch wohl nicht eifersüchtig. Leif mochte gut aussehen, doch er war unerträglich grob und ein Barbar. Also ganz bestimmt keine Bedrohung für einen Gentleman wie Matthew.

Sie zwang sich zu einem Lächeln. „Also gut, wir werden in die Oper gehen. Ich werde Ihnen heute Abend alles erklären."

„Nein, ich wünsche jetzt eine Erklärung. Und ich denke, dass Sie mir eine schulden."

Glücklicherweise erschien in diesem Augenblick ihr Vater in der Halle. „Ich glaubte, Stimmen zu hören ..."

Erleichtert seufzte Krista auf. „Vater, Matthew hat einige Fragen über unseren ... Hausgast. Würden Sie sich einen Moment Zeit nehmen, um ihm alles zu erklären?"

Leif hatte die letzte Stufe erreicht und trat näher. „Wer ist dieser Mann?", fragte er, als hätte er ein Recht dazu, es zu wissen.

„Er ist ein Freund", antwortete Krista ungeduldig und sah, wie Matthew wegen der Sprache, in der sie sich unterhielten, die Augenbrauen hob.

„Seine Name ist Leif Draugr", sagte ihr Vater zu Matthew. „Er ist Wikinger und spricht deren Sprache. Ich werde Ihnen gerne alles erklären, doch im Gegenzug rechne ich in dieser Angelegenheit auf Ihre Diskretion. Das hier ist eine großartige Chance für uns, Matthew! *Die* Chance, eine Kultur zu studieren, die man seit Langem für ausgestorben hält."

Neugierig betrachtete Matthew den Wikinger, und der sah ihn an, als wäre er der fette Mann mit dem Stock draußen vor seinem Käfig.

„Sie haben mein Wort", entgegnete Matthew, sichtlich fasziniert. „Worüber wir auch sprechen werden, es bleibt absolut unter uns."

Ihr Vater nickte und sagte an Leif gewandt: „Du musst mich entschuldigen. Ich muss ein Wort mit meinem Kollegen sprechen. Sobald ich fertig bin, können wir mit unserem Unterricht beginnen." Dann sah er seine Tochter an.

„Unser Gast braucht dringend passende Kleidung. Wenn es dir nichts ausmacht, würde ich mich freuen, wenn du mir in dieser Angelegenheit hilfst. Ich könnte dich am Nachmittag von der Redaktion abholen, wenn du etwas Zeit erübrigen kannst."

Krista seufzte innerlich. Ihre Mutter hatte ihrem Vater immer bei der Auswahl seiner Anzüge geholfen. Danach hatte sie selbst erfolgreich diese Aufgabe übernommen. Sie würde den großen Wikinger viel besser beraten können als der Professor.

„Gut, ich gehe mit. Bis zum Nachmittag müsste ich alles unter Kontrolle haben."

„So um zwei Uhr dann?"

Sie nickte und schenkte Matthew ein Lächeln. „Wenn die Herren mich dann entschuldigen würden …"

Matthew und ihr Vater verbeugten sich leicht. Zu Leif sagte Krista nichts, aber sie konnte seinen Blick spüren, während sie durch die Tür ging. Doch sie ignorierte das seltsame kleine Flattern im Magen und ging die Eingangsstufen hinunter zu ihrer Kutsche.

Die Arbeit in der Redaktion verlief wie immer. Kürzlich hatte Krista sich nach einem billigeren Papierhändler umgeschaut, und jetzt verbrachte sie den Morgen damit, die verschiedenen Angebote zu studieren. Sie saß an ihrem Schreibtisch, als ihr Vater in ihr Büro trat.

„Ach du liebe Güte, es tut mir leid, Vater. Ich habe völlig die Zeit vergessen." Sie nahm die Schürze ab, die sie sich über das taubengraue Kleid gebunden hatte. Es war mit scharlachroten Borten besetzt und gehörte zu ihren Lieblingskleidern. „Lass mich nur die Haube aufsetzen, und dann komme ich gleich mit."

Er nickte und wartete geduldig, während Krista nach oben in den Waschraum ging, um einen Blick in den Spiegel zu werfen. Sie nahm ihren Mantel, setzte die mit scharlachroten Litzen verzierte Haube auf die blonden Locken, band die Bänder unter dem Kinn fest und ging wieder nach unten.

„Leif wartet in der Kutsche“, sagte der Professor.

Und er wartete ziemlich ungeduldig, wie Krista feststellen konnte, als sie in die Kutsche kletterte und ihm gegenüber Platz nahm.

„Du bist zu spät, Frau.“

Krista war ein wenig verstimmt. „Von Frauen erwartet man, dass sie zu spät kommen. Außerdem, woher weißt du das überhaupt? Du hast keine … keine …“ Sie wusste das altnordische Wort für Uhr nicht. Also sagte sie: „Keine Möglichkeit, die Zeit zu wissen.“

Er beugte sich vor, sah aus dem Fenster und deutete zu der goldenen Kugel empor, die über der Stadt strahlte. „Die Bewegung der Sonne sagt mir alles, was ich wissen muss.“ Eindringlich sah er sie an. „Und du, Frau, bist spät.“

Krista öffnete schon den Mund, um ihm zu erklären, dass er von Glück sagen konnte, wenn sie überhaupt mitkam, als ihr Vater ihr einen seiner Blicke zuwarf. „Denke daran, Liebes“, meinte er auf Englisch, „dort, wo Leif herkommt, ist alles etwas anders.“

„Nun gut, aber Leif ist jetzt in London und nicht auf der Insel Draugr.“ Sie warf dem blonden Mann einen Blick zu. „Er muss lernen, die Dinge zu akzeptieren, wie sie hier nun einmal sind.“

Leif stöhnte, als verstünde er, was sie sagte.

Krista ignorierte ihn und erduldete stumm, auf dem Weg durch den dichten Londoner Verkehr hin und wieder wegen eines Schlaglochs durchgeschüttelt zu werden. Auch wenn sie ihn nicht beachtete, konnte sie Leifs Gegenwart spüren. Sie schien mit jeder seiner Bewegungen verbunden zu sein, spürte, wie sein heißer Blick über ihren Körper wanderte. Noch nie war sie sich eines Mannes so bewusst gewesen. Und das empfand sie als seltsam beunruhigend.

Schließlich hielten sie vor dem Laden von Stephen Ward and Company in der Regent Street – es war der Lieblingsschneider von Kristas Vater – und betraten das Gebäude. Man hatte Mr. Ward bereits ihre Ankunft angekündigt, und er erschien höchstpersönlich hinter der Theke.

„Willkommen, Sir Paxton, Miss Hart. Wie immer ist es uns ein Vergnügen, Ihnen zu dienen." Mr. Ward war ein kleiner Mann mit schwarzen, in der Mitte gescheitelten Haaren und einem dünnen Schnurrbart. Nur ein leichtes Anheben seiner Augenbraue verriet das Erstaunen bei Leifs Anblick in seinen zu engen Kleidern.

„Das ist Mr. Draugr, ein Freund aus Norwegen", erklärte der Professor nonchalant. „Bei der Ankunft hat man ihm am Pier das Gepäck gestohlen. Sie sehen selbst, wie dringend er neue Garderobe benötigt."

„Ja … das sehe ich in der Tat." Der Mann drehte sich um, klatschte in die Hände, und zwei Lehrlinge erschienen. Der eine war groß und schlaksig mit sehr blasser Haut, der andere etwas kleiner, mit rotblondem Haar und blauen Augen.

„Ich glaube, wir haben ein schönes Stück Arbeit vor uns", sagte der Schneider zu ihnen, ehe er sich lächelnd zu Paxton Hart umdrehte. „Keine Angst, Sir. Stephen Ward ist dieser Aufgabe gewachsen."

Er führte die Gruppe durch einen Vorhang in den luxuriös eingerichteten rückwärtigen Raum des Geschäfts und deutete auf ein Podest. „Wenn Mr. Draugr dort hinaufsteigen möchte, damit wir Maß nehmen können."

Leif sah zum Professor hin, der ihm Mr. Wards Wünsche übersetzte, und kletterte dann auf das Podest.

Stephen Ward näherte sich der Plattform und blieb einen Moment stehen, um Leifs beeindruckende, breitschultrige Gestalt zu betrachten. „Respekt, er ist etwas ganz Besonderes." In den dunklen Augen des Mannes war offenkundige Bewunderung zu lesen.

Krista erlaubte sich ebenfalls einen prüfenden Blick. Man konnte nicht behaupten, dass er zu Leifs Nachteil ausfiel. Seine Taille war schmal, sein Bauch flach und seine Beine lang und muskulös. Einen Moment lang streifte ihr Blick über die Ausbuchtung vorn an seiner zu engen Hose, bevor sie rasch wieder in sein Gesicht sah.

Ein wenig amüsiert verzog Leif die Mundwinkel. „Wenn du willst, dass die neuen Kleider passen, Frau, solltest du nicht so auf diese besondere Stelle starren."

Krista wurde feuerrot. Du lieber Gott, wie sprach er denn mit ihr! Mit ihren einundzwanzig Jahren hatte Krista oft genug den Gesprächen der Frauen gelauscht, um über die Anatomie eines Mannes Bescheid zu wissen. Wegen seiner Größe und dem, was seine eng sitzende Hose enthüllte, wusste sie, dass Leif Draugr gut ausgestattet sein musste. Krista versuchte zu verdrängen, was dies für eine Frau bedeutete, doch sie musste immer daran denken.

Das Schlimmste war, dass Leif ihr Interesse zu spüren, ja, dass es ihm zu gefallen schien.

„Für eine Frau ist es gut zu wissen, was sie erfreut."

Krista verbiss sich die grobe Antwort, die ihr auf der Zunge lag, und straffte die Schultern. „Die Zeit wird knapp", sagte sie zu Mr. Ward. „Wollen wir nicht fortfahren? An meinem Schreibtisch wartet noch eine Menge Arbeit auf mich."

„Natürlich", entgegnete Stephen Ward. „Lassen Sie mich nur noch rasch Maß nehmen, und dann werden wir entscheiden, was Ihren Freund gut kleiden könnte. Davon ausgehend können wir dann den Stoff und die Farben wählen, die ihm am besten stehen. Wenn wir fertig sind, können Sie ihn dann nebenan in Menkins Hutladen bringen. Dort findet er jeden Hut, den er sich nur wünscht. Und für Stiefel und Schuhe dann die Straße hinunter zu Beasley und Hewitt."

Der Ladenbesitzer rollte die dunklen Augen. „Ich wage zu sagen, dass Mr. Draugr sehr viel Glück hat. Stellen Sie sich nur vor, am Ende des Tages ist er stolzer Besitzer einer kompletten neuen Garderobe."

Eine komplette neue Garderobe, dachte Krista verdrossen – und sie und ihr Vater würden die Rechnung bezahlen. Ein wenig Dankbarkeit war wohl das Mindeste, was man von Leif erwarten konnte.

Stattdessen knurrte und murrte er während der ganzen Anprobe, beklagte sich über den unbequemen Sitz der Kleidung und den kratzigen Stoff.

„Auf Draugr sind die Kleider dazu gemacht, bequem zu sein", erzählte er ihrem Vater und richtete dann die blauen Augen auf Krista. „Wie kannst du in solch enger Kleidung arbeiten? Ich würde meinen, sie schneiden dir die Blutzufuhr zum Kopf ab."

Krista war gerade dabei, Dutzende von Stoffen und Modeentwürfen durchzusehen. Sie unterbrach ihre Arbeit und warf ihm einen verärgerten Blick zu. „Zivilisierte Frauen ziehen sich eben so an. Es ist die … die …" Sie kannte das altnordische Wort für ‚modisch' nicht und war sich auch nicht sicher, ob es so ein Wort überhaupt gab. „… die anständige Art, sich zu kleiden. Die meisten Männer finden die Art, wie wir uns kleiden, sehr anziehend."

Sie wollte nicht zugeben, dass er eigentlich recht hatte, da gerade sie es hasste, dieses lächerlich unbequeme Fischbeinkorsett zu tragen, das ihre Taille zusammenschnürte und ihrem Körper diese Sanduhrform gab, die heutzutage so modern war.

Leif betrachtete sie von Kopf bis Fuß. Er registrierte ihre schmale Taille, und für einen Augenblick ruhte sein Blick auf ihrem Busen, bevor er zu ihrem Gesicht zurückkehrte.

Er nickte knapp. „In diesem Punkt muss ich den anderen Männern zustimmen. Doch ich glaube, deine Schönheit hat wenig mit Kleidern zu tun. Eigentlich wärst du ohne Kleid viel anziehender."

Entgeistert sah Krista ihn an. Sie konnte nicht glauben, dass er das gesagt hatte und dazu ausgerechnet noch vor ihrem Vater!

Der Professor räusperte sich und wandte sich an Stephen Ward. „Wie meine Tochter schon sagte, hat sie heute Nachmittag noch eine Menge zu tun. Wenn wir uns vielleicht ein wenig beeilen könnten …"

„Ja, ja, natürlich." Der Schneider sputete sich mit der Anprobe, und seine Lehrlinge halfen ihm dabei.

„Mr. Draugr braucht die Anzüge sehr bald", erklärte Krista ihm. „Für Ihre Mühe sind wir gerne bereit, jeden Preis zu zahlen, den Sie für angebracht halten."

Wards Äuglein leuchteten bei der verlockenden Aussicht, die sich da vor ihm auftat. „Nun gut, ich sehe die Dringlichkeit natürlich ein. Die Sachen könnten in drei Tagen für die erste Anprobe bereit sein. Die Anzüge dürften dann am Ende der Woche fertig sein."

„Sehr gut", sagte der Professor und sah überaus erfreut drein. „Wir werden in drei Tagen wiederkommen."

Sie verließen den Laden, machten halt bei den Hutmachern und dann noch bei den Schuhmachern am Ende des Häuserblocks. Endlich waren sie fertig.

Die Kutsche fuhr zurück zu dem schmalen Backsteingebäude, das die Redaktion von *Heart to Heart* beherbergte. Ihr Vater begleitete Krista hinein.

„Wann darf ich dich zu Hause zurückerwarten?"

„Matthew hat mich gebeten, ihn heute Abend in die Oper zu begleiten. Ich werde mich noch umziehen müssen. Ich hoffe, so gegen sechs Uhr zu Hause zu sein."

Der Professor nickte, schien aber irgendwie zerstreut, ja sogar besorgt zu sein. Und Krista fragte sich, ob es vielleicht wegen der heißen Blicke war, die Leif Draugr ihr in der Kutsche zugeworfen hatte.

7. KAPITEL

Das Theater Ihrer Majestät in Haymarket war verschwenderisch mit Kristalllüstern, roten Samtvorhängen, passenden roten Samttapeten an den Wänden und vergoldeten Leuchtern ausgestattet. Ein Meer aus elegant gekleideten Damen und Herren füllte die Plätze.

Für diese Gelegenheit hatte Krista ein schulterfreies Kleid aus amethystfarbener Seide gewählt. Goldene Spitzenborten bedeckten die Vorderseite und zauberten einen zarten Schimmer auf den Ansatz ihrer Brüste. Der Schnitt des weiten Rocks entsprach der neuesten Mode. Der geraffte Überrock aus farblich passender Spitze wurde von amethystfarbenen Schleifen gehalten.

Die Opernvorstellung näherte sich dem Ende, und während der Vorhang sich senkte, verklang die Musik. Die Menge applaudierte, und in der eleganten Loge des Viscounts rief Lord Wimby neben Krista und Matthew: „Bravo!"

Er war ein älterer Herr mit eisgrauem Haar und rötlicher Gesichtsfarbe. Seine Lordschaft wurde von seiner viel jüngeren Gattin Diana begleitet. Da Krista und Matthew noch nicht verheiratet waren, spielten diese beiden heute Abend sozusagen die „Anstandsdamen".

Matthew erhob sich von seinem Platz und bot Krista seine Hand beim Aufstehen.

„Michael Balfe war wundervoll, Matthew", lobte Krista den Komponisten. „Danke, dass Sie mich eingeladen haben."

Er lächelte. „Ich versichere Ihnen, das Vergnügen war ganz auf meiner Seite."

„Eigentlich zieht es Matthew vor, seine Abende mit aufregenderen Dingen zu verbringen", erklärte Diana und schenkte ihm ein Lächeln, das Krista nicht recht deuten konnte.

„Sein Vater und ich ermutigen ihn, sich mehr den verfeinerten Freuden des Lebens zu widmen", sagte Lord Wimby.

„Hoffentlich haben auch Sie einen guten Einfluss auf ihn." Seine Augen funkelten bei diesen Worten, die darauf anspielten, dass sie beide ein Paar würden. Krista konnte sich das allerdings immer noch nicht so recht vorstellen.

Als sie in den Gang hinaustraten, öffnete Diana ihren Fächer aus schwarzen Federn und fächerte sich Luft zu. „Die Oper war wunderbar, nicht wahr? Nichts finde ich unterhaltsamer."

In dunkelblau und schwarz gestreifte Seide gekleidet, das Gesicht von einer kastanienfarbenen Lockenpracht umrahmt, war Diana Cormack, Viscountess Wimby, eine außerordentlich schöne Frau.

Sie verließen das Theater und gingen hinunter zu den Kutschen, die in langer Reihe vor dem Eingang vorfuhren. Wenig später tauchte der elegante Vierspänner des Viscounts auf, und bald kutschierten sie durch Londons belebte Straßen, um Krista nach Hause zu bringen.

Trotzdem war es fast Mitternacht, bis sie vor dem Stadtpalais in der St. George Street ankamen. Matthew begleitete Krista zur Tür. Da die Diener bereits schlafen gegangen waren, benutzte Krista ihren Schlüssel. Dann drehte sie sich um und wünschte Matthew eine gute Nacht.

Er überraschte sie, als er sie mit einem Mal an sich zog und ihr einen zarten Kuss auf die Wange drückte. „Ich danke Ihnen für den reizenden Abend, Krista. Wir müssen das sehr bald wiederholen. In ein, zwei Tagen schaue ich vorbei, und dann können wir darüber reden."

Krista nickte nur und wünschte, sie wäre sich über ihre Gefühle für Matthew Carlton im Klaren. Bei jedem Zusammensein mit ihm wurde sie unsicherer. Vielleicht würde die Zeit die Antwort bringen. Sie schloss die Eingangstür und wandte sich der Treppe zu, als sie Licht am Ende des Ganges sah. Es fiel durch die offene Tür des Studierzimmers. In der Annahme, ihr Vater würde noch spät arbeiten oder hätte vergessen, die Lampe zu löschen, ging sie den Flur entlang.

Als sie das Studierzimmer betrat, sah sie, dass es nicht ihr Vater war. Leifs blonder Kopf beugte sich über den Mahagonitisch in der Ecke, und Krista blieb abrupt stehen.

Leif hielt einen Stift in der Hand. Er umklammerte ihn, als könnte er ihm entwischen und bemühte sich, die Buchstaben zu kopieren, die ihr Vater für ihn niedergeschrieben hatte. Krista musste ein Geräusch gemacht haben, denn er legte den Stift beiseite, schob den Stuhl zurück und stand auf.

„So … endlich kommst du nach Hause."

Trotzig hob sie das Kinn. Wieso gelang es diesem Mann nur immer, sie zu ärgern? „Was ich mit meiner Zeit anfange, dürfte dich nichts angehen", entgegnete sie.

Er deutete mit dem Kopf zum Fenster. „Dieser *Freund* von dir … du bist noch so spät in der Nacht mit ihm zusammen gewesen?"

Neben dem Hauseingang brannte eine Laterne. Krista wurde klar, dass er sie mit Matthew zusammen gesehen haben musste.

„Wir waren in …" Sie wusste nicht, mit welchem Wort sie am besten eine Oper beschreiben sollte. „Wir waren an einem Ort, wo man Musik spielt, und wir waren nicht allein."

„Du sagst, er ist ein Freund. Aber ich glaube, er ist mehr."

Sie überhörte die Bemerkung und trat stattdessen hinter den Tisch, um zu sehen, woran er arbeitete. Sie sah, dass er wieder und wieder Buchstaben geschrieben hatte und bei jedem Mal besser geworden war.

„Vater lehrt dich das Alphabet. Wenn du erst einmal die Buchstaben kennst, kannst du lesen lernen. Weißt du, was dieses Wort bedeutet?"

Er nickte. „In alten Zeiten benutzte unser Volk Sagas, um die Dinge zu bewahren, die es von Generation zu Generation weitergeben wollte. Dann kamen die Priester. Sie lehrten mein Volk das geschriebene Wort und erzählten ihm von eurem Christengott."

„Dann bist du ein Christ?"

Er zuckte die breiten Schultern. „Auf Draugr haben wir unsere eigene Religion. Es ist eine Mischung aus eurem Christentum und unserem Glauben an die alten Wikingergötter."

„Ich verstehe." Sie hätte gern mehr über den Ort gewusst, von dem er kam, doch es war spät. Zudem merkte sie, dass Leif sie mit brennenden Augen betrachtete, und das beunruhigte sie.

„Es ist schon nach Mitternacht", erklärte sie. „Ich glaube, es ist Zeit, dass wir zu Bett gehen."

Mit seinen blauen Augen blickte er sie scharf an. „Aye, Frau, wenn das dein Wunsch ist. Das würde mir am besten gefallen."

Krista war auf seine rasche Bewegung, mit der sie in seine Arme gewirbelt wurde, nicht gefasst. Sie rang nach Luft, als sein Mund sich auf den ihren senkte. Einen Moment lang war sie zu schockiert, um Leif von sich zu stoßen. Als dann sein heißer Kuss, seine Zunge, die über ihre Lippen glitt, sie zwang, den Mund zu öffnen, wurde sie von einer heißen Welle erfasst, die ihr völlig den Verstand raubte.

Wärme durchströmte ihre Glieder, während sie seine weichen und doch festen Lippen fühlte. Krista schloss die Augen, und ihr Herz begann, schneller zu schlagen. Leif presste seinen Körper an sie, und ihre Knospen unter dem Kleid wurden hart, da sie seine Erregung spürte. Sie beide schienen miteinander zu verschmelzen.

Dann glitt seine Hand tiefer, über ihre Hüften, bis er durch die vielen Schichten ihrer Röcke hindurch ihren Po umfasste. Jäh öffnete Krista die Augen.

Du lieber Gott! Jetzt erst wurde ihr klar, was Leif da tat. Sie erkannte, dass sie ihren einfachen Wunsch, sich zurückzuziehen, falsch übersetzt haben musste und dass er glaubte, sie hätte ihn in ihr Bett eingeladen.

Entschieden drückte sie die Hände gegen seine muskulöse Brust und versuchte ihn von sich zu stoßen. Sichtlich widerstrebend beendete Leif seinen Kuss, bevor ihr Vater das Studierzimmer betrat.

Krista war ein wenig zu sehr außer Atem, genauso wie Leif, und sie fühlte, wie heiße Röte ihre Wangen färbte. Ihr Vater sah von einem zum anderen und hob langsam die Brauen.

„Ich wollte nur nach Leif sehen“, sagte er zu Krista, „und ihm mitteilen, dass es Zeit fürs Bett ist.“

Krista errötete noch tiefer. „Ja, das versuchte ich ihm ebenfalls zu sagen.“ Sie war sorgsam darauf bedacht, dabei nur ihren Vater anzuschauen. „Unglücklicherweise habe ich mich wohl nicht richtig ausgedrückt. Leif hat mich missverstanden.“

Je mehr dem Professor die Bedeutung ihrer Worte aufging, desto höher hoben sich seine Augenbrauen.

„Es … es war wirklich nicht sein Fehler. Ich habe nicht die richtigen Worte benutzt, und daher bekam er einen falschen Eindruck.“

Der Professor warf Leif einen kurzen Blick zu. Doch der stand gelassen da und verstand kein Wort ihrer Unterhaltung. „Ich verstehe.“

„Sie sagten ja selbst, dass dort, wo er herkommt, alles anders ist.“ Sie hatte nicht die geringste Ahnung, warum sie ihn verteidigte. Aber immerhin hatte sie seinen Kuss erwidert, zumindest eine Zeit lang, und ihn nicht im Mindesten als unangenehm empfunden. Bei dem Gedanken wurde ihr wieder ganz heiß.

„Ich wüsste gerne, was du zu deinem Vater sagst“, mischte Leif sich nun ein und sah sie eindringlich an.

„Ich sagte ihm, was geschehen ist. Dass du mich missverstanden hast.“

„Das ist richtig“, stimmte ihr der Professor jetzt in Leifs Sprache zu. „Meine Tochter wollte nur darauf hinweisen, dass du und sie sich für die Nacht ins obere Stockwerk zurückziehen sollten."

Leifs Augen begannen wieder zu funkeln. „Ja, das hat sie gesagt. Dann ist es hier also Brauch, dass ein Mann seine Tochter einem Gast überlässt?"

„Nein!", erwiderten beide wie aus einem Mund.

Paxton Hart räusperte sich. „Was wir beide sagen wollten, war, dass es bereits spät ist und du etwas Schlaf brauchst. Das ist *alles*."

Leif machte ein langes Gesicht. Dann straffte er die Schultern, was ihn noch größer erscheinen ließ. „Es tut mir leid, Professor. Ich wollte dich und deine Tochter nicht beleidigen."

„Dessen bin ich mir sicher, Leif."

„Ich gestehe, dass ich sie gerne in meinem Bett hätte. Jeder Mann sieht, dass sie eine Frau von großer Schönheit und starker Leidenschaft ist. Wenn ich erst einmal eure Sprache und Sitten gelernt habe und mein eigenes Leben führen kann, werde ich dir vielleicht ein Angebot für sie machen."

Krista unterdrückte ein erschrockenes Nach-Luft-Schnappen, und ihr Vater ließ einen eigenartig erstickten Laut hören. Er schien nach Worten zu suchen. „J…ja, nun, wir beide schätzen dein Interesse, Leif. Doch Krista hat vielleicht ihre eigenen Pläne."

„Sie ist deine Tochter. Es ist an dir zu entscheiden, was das Beste für sie ist. Doch noch ist es nicht an der Zeit. Ich habe nichts anzubieten und kann nicht für sie sorgen. Wenn es so weit ist, werden wir vielleicht noch einmal miteinander reden."

Ihr Vater sah sie Hilfe suchend an, doch Krista fiel nicht das Geringste dazu ein. „Es tut mir leid", sagte er, „ich glaube nicht, dass die Zeit daran etwas ändern wird."

Leif reckte das Kinn. „Wir werden sehen", meinte er nur.

Krista zwang sich zu einem Lächeln und wandte sich dem Professor zu. „Kommen Sie, Vater. Wie Sie schon bemerkten, ist es an der Zeit, dass wir alle etwas Schlaf bekommen."

Sie nahm seinen Arm und führte ihren Vater zur Tür. „Gute Nacht, Leif", sagte sie mit höflichem Lächeln, ehe sie verschwand.

Krista konnte nicht schlafen. Himmel, war dieser Mann denn völlig verrückt? Ein Angebot wollte er für sie machen! Zehn Kühe vielleicht oder zwölf Schafe? So machte es ein Wikingerkrieger, wenn er sich eine Frau nehmen wollte. Gott bewahre!

Immerhin hatte er sie eine Frau von großer Schönheit und starker Leidenschaft genannt. Sie selbst hatte sich nie so gesehen und fühlte sich jetzt ungewohnt weiblich. Noch nie hatte sie so empfunden.

Während sie im Bett lag, berührte sie unwillkürlich mit den Fingern ihre Lippen. Leif mochte ein Barbar sein, doch er wusste, wie man küsste. Vielleicht war es das. Der Mann war wild, primitiv. Vielleicht erweckten seine unverhüllten Wünsche etwas Wildes und Primitives in ihr.

Wie auch immer, in dieser Nacht hatte sie etwas über sich selbst herausgefunden. Sie hatte entdeckt, dass sie eine Frau war mit denselben körperlichen Wünschen wie jede Frau. Diese Entdeckung war den empörenden Kuss wert, auch wenn sie sich schwor, dass so etwas nicht noch einmal passieren würde.

Der Woche folgte die nächste. Krista sah Leif selten, der vom frühen Morgen bis zum späten Abend mit ihrem Vater im Studierzimmer verschwand. Selbst die Mahlzeiten nahmen die beiden dort ein und lehnten es höflich ab, ihr dabei Gesellschaft zu leisten. Vielleicht wollte ihr Vater Krista so Leifs mangelnde Tischmanieren ersparen.

Trotzdem war es nicht zu übersehen, dass der Professor allmählich immer mehr Hochachtung vor ihm hatte.

„Ein erstaunlicher Bursche", sagte er eines Morgens stolz,

als Krista gerade zu ihrer Arbeit gehen wollte. „Nie habe ich einen entschlosseneren Schüler gekannt. Er ist geschmeidig wie eine Gerte, und sein Gedächtnis für Wörter ist erstaunlich. Während eines Tages schafft er es, alle Aufgaben zu meistern, die ich ihm stelle und dazu noch eine ganze neue Liste von Vokabeln zu lernen."

Krista konnte sehen, wie hart Leif arbeitete. Noch lange, nachdem der ganze Haushalt sich zur Ruhe begeben hatte, blieb er im Studierzimmer. Und wenn sie morgens herunterkam, saß er bereits an seinen Studien. Jetzt war er im Badezimmer immer schon lange fertig, bevor sie auch nur aufgestanden war.

Während der Woche hatte der Professor Leif zweimal zur Anprobe bei Stephen Ward and Company begleitet. Wie versprochen wurden die Kleider am folgenden Montagnachmittag geliefert. Sobald sie da waren, ging Leif in sein Zimmer und zog sie an. Henry, der Kammerdiener ihres Vaters, eilte herbei, um ihm zu helfen.

Über eine Stunde sah Krista Leif nicht. Matthew schaute auf dem Weg zu seinen abendlichen Fechtstunden vorbei, und Krista wollte gerade in den Salon gehen, um ihn zu begrüßen, als sie Leif und Vaters kleinen Kammerdiener entdeckte, die die Treppe herunterkamen.

Bei ihrem Anblick blieb Krista stehen und starrte Leif nur wortlos an.

Er trug taubengraue Hosen, eine hellblaue, mit dunkelblauer Seide bestickte Weste und einen dunkelblauen Gehrock. Für einen Mann seiner Größe bewegte er sich mit erstaunlicher Eleganz. Sein goldblondes Haar war frisch gekämmt, und in dem leicht gebräunten Gesicht kamen die blauen Augen voll zur Geltung. Er war der Sohn eines Wikingerhäuptlings, und in diesem Moment sah er jeden Zoll wie ein Mann von adligem Geblüt aus.

Dann zerrte er an der steifen weißen Halsbinde, die seinen

kräftigen Hals umschloss, stieß einen leisen Fluch aus, und schon war die Illusion vorüber. Das hier war Leif of Draugr, ein ungebildeter Barbar, ermahnte sich Krista. Die Anziehungskraft, die von ihm ausging, war nur eine Reaktion auf sein verblüffend gutes Aussehen.

Doch als er vor ihr stehen blieb und sie sich dabei ertappte, wie sie in seine blauen Augen sah, da tat ihr Herz einen kleinen Sprung und begann, wie rasend zu schlagen.

„Gefallen dir die Kleider, Frau?"

Krista schluckte. „Du siehst sehr … sehr …"

Er verzog leicht die Mundwinkel. „Mein Aussehen gefällt dir. Ich kann es in deinen Augen sehen. Ich hatte es gehofft."

Eines war sicher – dieser Mann war von sich selbst überzeugt. „Ich finde, du siehst in deinen neuen Kleidern sehr … nett aus." So nett, dass sie nicht aufhören konnte, ihn anzustarren, selbst dann nicht, als Matthew und ihr Vater aus dem Salon traten.

Matthew warf nur einen Blick auf Leif und runzelte sofort die Stirn. Der Blick ihres Vaters ging von Matthew zu ihr, folgte ihrem Blick zu Leif, und dann runzelte auch er die Stirn.

Leif und Matthew schienen aneinander Maß zu nehmen. Im Gesichtsausdruck der beiden Männer lag etwas Besitzergreifendes, und jeder schien den anderen zu warnen, sich von der Beute fernzuhalten. Und die Beute war wohl in diesem Fall Krista. Leif trat einen Schritt auf sie zu, doch sie wich ihm rasch aus.

Es gelang ihr zu lächeln. „Matthew, Sie erinnern sich an Mr. Draugr?"

Matthew schien um Fassung zu ringen. „Wie könnte ich ihn je vergessen?"

Leif biss die Zähne zusammen und sah Matthew scharf an. Er verstand nicht, was sie redeten, doch Matthews verächtliche Miene sprach offenbar Bände.

Paxton Hart räusperte sich. „Matthew kam vorbei, um seine Aufwartung zu machen, Liebes. Warum geht ihr beide nicht in den Salon, und ich lasse euch durch Giles einen schönen heißen Tee servieren?"

Krista lächelte gezwungen. „Das hört sich gut an." Sie war zu allem bereit, um der immer stärker werdenden Spannung zwischen den beiden Männern entkommen zu können.

Doch Matthew schüttelte den Kopf. „Ich fürchte, ich kann nicht zum Tee bleiben. Mein Fechtlehrer ist ein höchst ungeduldiger Mann. Ich bin nur gekommen, um eine Einladung zu überbringen. Nächsten Samstag gibt mein Vater eine kleine Dinnerparty, und er lässt fragen, ob es Ihnen und dem Professor möglich ist zu kommen?"

Der Earl of Lisemore war ein äußerst mächtiger Mann und gewöhnt, dass man seinen Wünschen nachkam. Wenn Krista ernsthaft an Matthew interessiert war, hatte sie keine andere Wahl, als die Einladung anzunehmen.

„Vater?"

„Das ist sehr freundlich vom Earl", sagte der Professor. „Natürlich wären wir entzückt teilzunehmen."

„Fein. Ich werde meine Kutsche vorbeischicken, um Sie abholen zu lassen. Sagen wir am Samstagabend, sieben Uhr?"

Ihr Vater nickte.

„In der Zwischenzeit hätte ich Sie gerne noch unter vier Augen gesprochen, Professor Hart."

Der Professor sah zu Leif und nickte müde. „Lassen Sie uns in mein Studierzimmer gehen. Wenn du uns entschuldigen würdest, Liebes?" Er entschuldigte sich auch bei Leif, dessen Kiefermuskeln sich noch mehr anzuspannen schienen, und die beiden Männer verschwanden den Gang hinunter.

„Ich mag diesen Mann nicht", sagte Leif.

„Du kennst ihn doch noch nicht einmal."

„Ich weiß, dass er dich will. Er versucht es zu verbergen. Aber ich verstehe nicht, warum."

Krista hatte keine Ahnung, ob Matthew sie begehrte oder nicht. Jetzt, da Leif es erwähnte, ärgerte es sie, dass sie nicht den kleinsten Beweis dafür hatte.

„Matthew macht mir den Hof", sagte sie und hoffte, dass sie die Worte so übersetzt hatte, dass Leif sie verstand. „Das ist hier so Sitte, wenn ein Mann an einer Frau interessiert ist."

„Hat er angeboten, den Brautpreis zu bezahlen, den dein Vater bestimmt hat?"

„Wir lernen uns doch erst kennen. Es ist noch nicht an der Zeit, von Heirat zu sprechen."

Er brummte unwillig. „Er ist schwach. Du bist eine Frau mit starken Bedürfnissen. Er ist kein Mann für dich."

„Ob er die richtige Wahl für mich ist oder nicht, geht dich nichts an. Wenn du mich jetzt entschuldigen würdest …" Sie wandte sich zum Gehen, als sie Leifs festen Griff um ihren Arm fühlte. Er hielt sie zurück und drehte sie zu sich um.

„Du brauchst einen starken Mann, Krista Hart, einen Mann, der weiß, wie man dich behandeln muss. Du brauchst einen Mann wie mich."

Sie befreite sich aus seinem Griff. „Du bist eingebildet und dünkelhaft, Leif Draugr, und ganz gewiss nicht der Mann, den ich brauche!" Sie ging. Er versuchte nicht, sie aufzuhalten, doch sie hörte sein leises tiefes Lachen, während sie die Treppe hinaufstieg.

So eine Unverschämtheit!

Unten öffnete sich die Tür zum Studierzimmer. Sie hörte, wie ihr Vater mit Matthew sprach, während beide den Gang entlanggingen. Krista schenkte ihnen keine Beachtung. Sie hatte die Männer und ihre andauernden Manipulationen satt. Die ihres Vaters, ihres Großvaters, und selbst Matthew versuchte sie zu beeinflussen. Leif mochte dreist sein und viel zu unverschämt, aber wenigstens sprach er offen aus, was er dachte.

Während sie die Tür zu ihrem Schlafzimmer öffnete, fragte

sie sich, worüber Matthew wohl mit ihrem Vater hatte sprechen wollen – und kam dann zu dem Schluss, dass es ihr eigentlich egal war.

Er war ein Mann, und sie hatte grundsätzlich genug von den Männern. Energisch schloss Krista die Tür.

Ein weiterer Tag dämmerte herauf. Mit einem einzigen finsteren Blick verscheuchte Leif den kleinen Kammerdiener aus dem Zimmer. Gestern hatte man ihm beigebracht, wie man sich anzog. Und da mit seinem Gehirn alles in Ordnung war, war er jetzt durchaus fähig, diese sonderbare Kleidung selbst anzulegen, welche die Männer hier trugen.

Er lächelte. Nun ja, wenn Krista ihm dabei helfen würde … Er brauchte sich nur vorzustellen, wie ihre zarten weißen Finger über seinen Körper strichen, ihm sein gefälteltes weißes Hemd zuknöpften, wie sie dann hinuntergleiten und ihm helfen würden, die Hosen zu schließen – schon war er erregt.

Er hielt die weißen Baumwollunterhosen hoch, die die Männer hier unter ihren Hosen trugen, und warf sie dann beiseite. Das Hemd und die eng anliegenden Hosen würde er tragen. Auch die *Weste* und ebenfalls die burgunderfarbene *Jacke,* doch nicht diese einengende Kleidung, welche die Männer darunter trugen. Seine Toleranz hatte Grenzen, und die waren jetzt erreicht. Die Kleidung war unbequem, allerdings vermutete er, dass sie ihm gut stand, und es blieb ihm keine andere Wahl, als sie zu tragen. Er musste seinen Weg in diesem fremden Land machen. Und er hatte vor, weit mehr als nur das zu tun.

In dem Glauben, bald zurückzukehren, hatte er seinem Vater getrotzt. Etwas, das stärker gewesen war als er, hatte ihn dazu getrieben, die Welt jenseits seiner Heimat zu erkunden. Nach seiner Gefangennahme hatte er noch eine ganze Zeit lang geglaubt, falsch gehandelt zu haben. Doch jetzt war er frei. Endlich begann sein Abenteuer, und er war entschlossen, das Beste daraus zu machen.

Und er lernte schnell. Dass die Götter ihm den Professor als Lehrer geschickt hatten, war ein Segen. Leif würde alles lernen, was er zum Überleben in dieser fremden Welt brauchte. Und mit der Zeit – dazu war er entschlossen – würde er wohlhabend werden.

Er würde Geld verdienen, um sich ein Schiff zu kaufen, das ihn zurück in die Heimat trug. Und er würde nicht als Gescheiterter zurückkehren, sondern als ein Mann, der an diesem Ort, den man England nannte, sein Glück gemacht hatte.

Leif würde seinen Vater stolz machen. Er würde ihm zeigen, dass sein Sohn recht getan hatte, die Heimat zu verlassen.

Verstimmt drehte er sich um, weil es an der Tür klopfte. Hoffentlich war das jetzt nicht dieses kleine Wiesel von einem Kammerdiener.

Als er jedoch öffnete, stand Krista draußen und nicht Henry. Mit ihren reizenden weiblichen Formen und dem glänzenden goldenen Haar sah sie hübsch aus wie immer.

„Mein Vater möchte dich im Studierzimmer sprechen."

Er nickte, nahm seine Jacke und ging mit Krista die Treppe hinunter. Dass sie so groß war, gefiel ihm. Offensichtlich war das in diesem Land ungewöhnlich bei einer Frau. Und er dachte daran, wie gut ihre weichen Kurven zu seiner noch größeren, noch stärkeren Gestalt passen würden.

„Was wünscht der Professor?", fragte er, um seinen Gedanken eine andere Richtung zu geben.

„Das weiß ich leider nicht."

Sie schien ein wenig nervös zu sein, und Leif fragte sich, warum. Vielleicht hatte der Professor beschlossen, es sei für ihn an der Zeit, wieder zu gehen, schoss es Leif durch den Kopf, auch wenn er nicht so recht daran glaubte. Paxton schien ein Mann von Ehre zu sein. Sie hatten ausgemacht, voneinander zu lernen. Wahrscheinlich machte es diesem Mann auch Freude, selbst etwas zu lernen.

Doch als er in dieses Zimmer, das man *Studierzimmer* nannte, eintrat und dabei Krista an der Hand hinter sich herzog, sah er den Professor die Stirn runzeln. Zum ersten Mal machte er sich Gedanken darüber, was er anfangen sollte, wenn Paxton Hart ihn doch fortschickte. Denn dazu war Leif noch nicht bereit. Er brauchte mehr Zeit, musste die Landessprache besser lernen und mehr über die Sitten wissen, bevor er auf eigenen Füßen stehen konnte.

Während er auf den Schreibtisch zuging, fragte er sich, welches Schicksal die Götter wohl diesmal für ihn bereithielten.

Krista folgte Leif, der ihr vorausging. Er glaubte immer noch, es wäre sein gutes Recht, vor ihr einen Raum zu betreten. Er ließ ihre Hand los, doch die Wärme seiner Berührung blieb. Als sie sich dem Schreibtisch näherten, erhob sich ihr Vater und bedeutete ihnen, sich zu setzen.

„Ich habe euch beide nicht grundlos herbestellt.“ Der Professor sprach Altnordisch und schien seine Worte sorgfältig zu wählen. „Ich habe viel über diese Sache nachgedacht, und Matthews Bemerkungen gestern bezüglich dieser Angelegenheit gaben meinen Gedanken noch mehr Nahrung.“

Obwohl Krista und Leif sich gesetzt hatten, blieb ihr Vater stehen. Seine Miene wirkte ein wenig zu ernst. „Es ist mehr und mehr ersichtlich, dass Leifs Anwesenheit den Haushalt durcheinanderbringt.“

Krista hielt den Atem an. Er würde den Mann doch wohl nicht fortschicken. Allein konnte Leif draußen nicht überleben. Keiner würde ihn verstehen. Und er hatte kein Geld, keinen Platz, wo er bleiben konnte.

„Sie haben doch sicherlich nicht vor, Leif fortzuschicken?“, fragte sie ihren Vater auf Englisch.

„Lass mich zu Ende sprechen, Liebes. Auch wenn Leif sehr schnell lernt, so ist er noch nicht bereit für ein Leben hier in der Stadt. Sobald alles arrangiert ist, nehme ich ihn mit nach

Heartland.“ Das war der Familiensitz in Kent. „Dort werden wir ungestört sein von gesellschaftlichen Zwängen, und ich werde Leif meine ganze Aufmerksamkeit widmen können.“

Krista verspürte eine Welle der Erleichterung.

„Was sagt er?“, fragte Leif besorgt.

„Vater bringt dich aus der Stadt heraus an einen Ort, wo du ungestört lernen kannst.“

„Das ist das Beste, Leif“, sagte er Professor zu ihm. „Auf Heartland wird es dir gefallen.“

„Du bist um deine Tochter besorgt. Du weißt, dass ich sie begehre.“

Krista errötete. „Über so etwas sprechen wir nicht so offen, Leif“, wies sie ihn leise zurecht. „Solche Gedanken behält man für sich.“

„So wie es dein Freund Matthew tut? Ich will aber nicht so tun, als wollte ich dich nicht.“

Krista wich seinem durchdringenden Blick aus und hatte mit einem Mal Herzklopfen.

„Es ist schon in Ordnung, Leif“, meinte ihr Vater freundlich. „Du hast ehrlich dein Interesse an meiner Tochter gezeigt. Daran kann ich nichts Falsches finden. Doch ich glaube, dass wir das Richtige tun. Wenn du lernen möchtest, dann fahre mit mir nach Heartland.“

Eine Zeit lang schwieg Leif, dann nickte er. „Vielleicht hast du recht. Es gibt vieles, das mich ablenkt. Ich werde mit dir gehen. Ich muss noch viel lernen, und es ist ein Segen der Götter, dass du zugestimmt hast, mich zu unterrichten.“ Sein Blick wanderte zu Krista. „Wenn ich gelernt habe, was nötig ist, werde ich zurückkehren.“

In seinen Augen lag etwas, bei dem Krista heiß und kalt wurde. Es war lächerlich. Der Mann hatte kein Geld, keine Zukunft. Er konnte weder lesen noch schreiben und noch nicht einmal englisch sprechen. Und doch war da etwas an ihm das sie schwach werden ließ …

„Vater hat recht", sagte sie zu Leif und war auf einmal dankbar, dass eine Entscheidung gefallen war. „Wenn du erst einmal auf dem Land bist, wirst du viel leichter lernen können. Und ich glaube, es wird dir dort gefallen. Die Luft ist klar und das Gras grün. Vielleicht wird alles dort mehr deiner Heimat ähneln."

Und sie würde wieder ein normales Leben führen, wie sie es seit dem Tag, an dem sie Leif of Draugr im Zirkus entdeckte, nicht mehr hatte tun können.

Nachdem ihr Vater ihnen seine Neuigkeit mitgeteilt hatte, entließ er Krista. Sie stand auf, um zu gehen, während die Männer sich auf ihre Arbeit vorbereiteten. Ihr war, als wäre ihr eine Bürde von den Schultern genommen worden. Leif würde nicht mehr da sein. Ihr Leben würde wieder ihr gehören.

Zum ersten Mal seit Tagen konnte sie sich wieder auf ihre Arbeit konzentrieren.

8. KAPITEL

Die Wochen vergingen. Der April ging in den Mai über, der Sommer kam näher. Die Nachmittage wurden warm und dann heiß, als der Juni in den Juli überging. Die Abonnentenzahl der Zeitung wuchs, und es kam Geld herein.

In den Monaten, seitdem Leif und ihr Vater die Stadt verlassen hatten, war *Heart to Heart* zur erfolgreichsten Damengazette in London geworden. Zusammen mit Coralee hatte Krista hart daran gearbeitet, eine Leserschaft aufzubauen. Ihre Anstrengungen hatten sich ausgezahlt.

Und die langen Arbeitsstunden hielten sie auch davon ab, ihren Vater allzu sehr zu vermissen. Sie war an seine Gesellschaft und seinen Rat gewöhnt. Selbst die Gegenwart ihrer Tante, die sich angeboten hatte, als Anstandsdame zu fungieren, während der Professor mit seinem Schüler arbeitete, konnte die Lücke nicht füllen, die seine Abwesenheit hinterließ.

Krista redete sich ein, dass sie Leif nicht im Geringsten vermisste. Er war grob und direkt und ohne einen Hauch von Manieren. Er lebte in einer völlig anderen Welt, in die er schließlich zurückkehren würde. Dass sie sich immer noch an seine heißen Küsse erinnerte, bestärkte sie nur noch in ihrem Entschluss, ihn zu vergessen.

Trotzdem wartete sie ungeduldig auf die Briefe ihres Vaters, in denen er immer wieder Leifs ungewöhnliche Begabung zum Lernen lobte und seine vielen Vorzüge pries. Sie erinnerte sich an eine Stelle im ersten Brief, den sie erhalten hatte.

Der Mann ist erstaunlich intelligent, weit mehr, als ich zu Anfang vermutete. Er hat bereits zu lesen begonnen und besitzt ein unglaubliches Ohr für die Sprache. Es scheint ihm hier auf dem Land zu gefallen. Er sagt, seine Heimatinsel habe die gleiche frische Luft, doch trüge jede Brise dort den Geruch des Meeres mit sich. Es ist felsig dort, vermutlich eher wie in Schottland und kälter natürlich.

Jeder Brief berichtete über Leifs Fortschritte, und auch ihr Vater lernte einiges über Leifs Kultur.

Durch das, was Leif mir erzählt, bin ich jetzt überzeugt, dass sein Volk im frühen sechzehnten Jahrhundert von Grönland her eingewandert ist. Allem Anschein nach sind die Leute auf Draugr völlig autark. Ich schreibe über dieses Thema, doch Leif hat mir das Versprechen abgefordert, seine Identität oder die Lage seiner Heimatinsel nicht zu verraten.

Jeder Brief lenkte Kristas Gedanken auf Leif, und noch Tage danach dachte sie über ihn nach.

Glücklicherweise hielt Tante Abby sie davon ab, sich zu langweilen. Lady Abigail Chapmann Brooks, die Witwe eines einstmals berühmten Londoner Anwalts, war die Schwester von Kristas Mutter. Jetzt lebte Tante Abby auf einem hübschen Landsitz in Oxfordshire, kam aber jedes Jahr zur Saison nach London. Sie war achtundvierzig Jahr alt, mit Silbersträhnen im einstmals blonden Haar und einer grazilen Figur, die immer noch die sehnsüchtigen Blicke der Männer auf sich zog.

Tante Abby war lebhaft und charmant, eine spritzige Persönlichkeit, die in vollen Zügen ihr Leben genoss. Und das war gut für Krista, denn ihre Tante zwang sie, am hektischen Gesellschaftsleben teilzunehmen, das Krista sonst mied.

„Aber wir *müssen* zu Lord Staffords Ball gehen, Liebes", meinte Tante Abby und sprach damit das am Wochenende stattfindende Ereignis an. „Es wird *die* Party der Saison sein."

Ganz gleich, wie viele lahme Ausflüchte Krista auch vorbrachte, ihre Tante überredete sie immer.

„Und denk daran, Matthew Carlton wird wahrscheinlich auch da sein."

„Vermutlich. Er findet gewöhnlich Gefallen an so etwas."

Die Tante zog eine Braue hoch. „Du hörst dich nicht besonders begeistert an. Bedenkt man, dass dieser Mann einer der begehrtesten Junggesellen Londons ist, so müsste man doch annehmen, dass du dich glücklich schätzt, die Frau zu sein, die sein Interesse geweckt hat."

Sicher, sie konnte sich glücklich schätzen. Matthew besaß alle Qualitäten, die eine Frau sich bei einem Mann wünschte. Er war nett, rücksichtsvoll, intelligent. Und die Soireen, Bälle und Hauspartys gaben Krista Gelegenheit, ihn besser kennenzulernen.

Jetzt, wo ihr Vater nicht da war, war Matthew sogar noch aufmerksamer als sonst, und als der Juli in den August überging verbrachte Krista mehr und mehr Abende in seiner Gesellschaft, natürlich immer mit ihrer Tante als Anstandsdame.

Heute Abend hatten sie und Tante Abby zusammen mit Matthew, seinem älteren Bruder Phillip, Baron Argyle, und dessen Gattin Gretchen ein Theaterstück besucht. Sie hatte die Vorstellung in der prächtigen Loge von Matthews und Phillips Vater im Königlichen Theater in Drury Lane genossen.

Auch wenn das Stück gut gewesen war, hatte die lange Vorstellung Krista doch ermüdet. Ihr dunkelblaues Seidenkleid war ein wenig zerknittert, und die Locken, die auf ihre nackten Schultern fielen, verloren allmählich ihre Sprungkraft. Matthew sah überhaupt nicht mitgenommen aus, und als sie vor ihrem Stadtpalais vorfuhren, überraschte er sie mit der Frage, ob er noch auf einen Brandy mit hineinkommen dürfe.

Tante Abby, wie immer kein bisschen müde, stimmte sofort zu. „Natürlich dürfen Sie noch mit hereinkommen. Ich hätte Sie selbst einladen sollen. Wir würden uns freuen, Sie nur für uns zu haben und Ihre Gesellschaft genießen zu dürfen."

Sie setzten sich eine Weile in den Salon und machten höflich Konversation, während Krista sich hinter vorgehaltener Hand bemühte, ein Gähnen zu unterdrücken. Dann schlug Matthew ihr vor, auf die Terrasse gehen, um die frische Luft zu genießen. Als sie durch die hohe Tür traten, erhaschte Krista einen Blick auf Tante Abby, die zwischen den Gardinen hervorspitzte. Sie spielte ihre Rolle als Anstandsdame sehr gut. Krista und Matthew taten, als würden sie sie nicht sehen.

„Ich habe den Abend genossen, Matthew", sagte Krista und kämpfte gegen ein erneutes Gähnen an. „Danke, dass Sie mich eingeladen haben."

Ein leichter Windstoß zerzauste sein dichtes braunes Haar. Er schenkte ihr ein warmes, zärtliches Lächeln. „Ich hoffe, ein Leben lang die Abende mit Ihnen teilen zu können, Krista."

Schnell wandte sie den Blick ab und schaute zu Boden. Seit Kurzem spielte Matthew immer häufiger auf eine Heirat an. Krista sagte sich, dass es genau das war, was sie sich wünschte. Es war an der Zeit, eine Familie zu gründen. Denn das schuldete sie nicht nur ihrer eigenen Familie, sondern auch sich selbst.

Sie wusste, sie war zu groß und viel zu unabhängig, um anziehend auf die meisten Männer zu wirken. Vor ihrer Tür standen die Verehrer nicht Schlange. Wenn es mit Matthew nichts wurde, würde sie vielleicht als alte Jungfer enden, und das wollte sie sicher nicht. Wie jede Frau wünschte sie sich Kinder, und anscheinend wollte Matthew ebenfalls eine Familie haben.

Sie brachte ein Lächeln zustande und sah die kleine Veränderung in seinem Gesicht, den entschlossenen Blick, der in seine Augen trat. Trotzdem ahnte sie nicht, was es zu bedeuten hatte und war vor Schreck wie gelähmt, als Matthew vor ihr niederkniete und ihre Hand nahm.

„Sie müssen doch wissen, was ich für Sie fühle, Krista. Sie müssen wissen, dass ich tief für Sie empfinde. Wir passen gut zusammen, Sie und ich. Wir können ein wundervolles Leben miteinander haben. Heiraten Sie mich, Krista. Machen Sie mich zum glücklichsten Mann von London."

Ihre Hand in der seinen zitterte. Sie hätte gern noch eine oder zwei Wochen über seinen Antrag nachgedacht, doch sie wusste, dass sie ihn schon lange genug hingehalten hatte. Sie glaubte nicht, dass sie in ihn verliebt war, und er hatte auch noch nie verliebte Worte zu ihr gesagt. Aber sie hatten vieles gemein, und sie mochte ihn. Ehen wurden oft auf viel weniger gegründet.

Krista schluckte und schenkte ihm ein unsicheres Lächeln. „Ich würde mich wirklich geehrt fühlen, Ihre Frau zu werden, Matthew."

Er erhob sich und führte ihre Hand an die Lippen. „Du wirst es nicht bereuen, Liebling, das verspreche ich dir. Wir werden sehr glücklich sein."

Er nahm sie in die Arme und küsste sie. Krista hoffte, wenigstens ein bisschen von dem Feuer zu spüren, das sie in der Nacht erfüllt hatte, als Leif sie küsste. Stattdessen war da nur ein angenehm warmes Gefühl, das eher Zuneigung als Liebe war.

„Wir müssen es unseren Familien sagen."

Sie nickte. „Ich werde meinem Vater morgen schreiben."

Matthew strahlte. „Ich werde Mutter und Vater die Neuigkeit berichten. Ich weiß, wie aufgeregt sie sein werden. Du machst mich zu einem sehr glücklichen Mann, Krista." Wieder küsste er sie, diesmal etwas sanfter.

Sie gingen ins Haus zurück und teilten Tante Abby die Neuigkeit mit. Deren Augen funkelten verschwörerisch, als sie Matthew ansah. Kristas Verlobter lächelte. Tante Abby war glücklich.

Und Krista fragte sich, warum sie selbst sich nicht glücklicher fühlte.

Ihre Entscheidung war gefallen. Heute in einem Jahr würde Krista eine verheiratete Frau sein.

Als Erstes berichtete sie am nächsten Morgen ihrem Vater in einem Brief von der Neuigkeit. Einige Tage später erhielt sie den Antwortbrief, in dem er ihr und Matthew seinen Segen gab und seine herzlichsten Glückwünsche übermittelte. Sie wusste, dass sie es jetzt auch ihrem Großvater sagen sollte – und das würde sie auch tun. Irgendwann, sehr bald.

Über einen Hochzeitstermin war noch nicht gesprochen worden. Sie und Matthew stimmten überein, dass ihre Verlobung nicht offiziell gemacht werden sollte, bevor ihr Vater vom Land zurückgekehrt war. Während die Tage vergingen, stellte Krista fest, dass sie froh darüber war. Denn seit dem Abend, an dem sie Matthews Antrag angenommen hatte, wurde sie von Zweifeln gequält.

Und um alles noch schlimmer zu machen, waren vor Kurzem die Probleme bezüglich ihrer Zeitung noch größer geworden.

Krista stand neben Coralee an der schweren Stanhope-Druckerpresse und dachte an all die Drohungen, die sie seit der Abreise ihres Vaters erhalten hatte – einschließlich der, die sie an diesem Morgen in ihrem Briefkasten gefunden hatte und jetzt in der Hand hielt, waren es sieben.

„Und was steht in dem drin?“, fragte Corrie und versuchte über Kristas Schulter hinweg den Brief zu lesen.

Krista gab ihrer Freundin das Blatt. „Es ist so ziemlich das Gleiche wie im letzten.“

Corrie las laut vor: „Du hast deine letzte Warnung erhalten. Jetzt wirst du den Ärger ernten, den du gesät hast.“ Sie blickte auf und schob sich die kupferfarbenen Locken hinters Ohr. „Ich glaube nicht, dass es dieselbe Handschrift wie letztes Mal ist.“

Krista ging in ihr Büro zu ihrem Schreibtisch. Sie öffnete die rechte Schublade und zog das kleine Bündel Briefe hervor, das sie während der vergangen Wochen erhalten hatte.

Die Botschaft, die obenauf lag, lautete: *Teufelsbrut. Hört auf euch einzumischen oder tragt die Folgen.* Es war die letzte Drohung, die sie erhalten hatten. Man hatte sie an den Eingang der Zeitungsredaktion geheftet.

Krista blätterte den Stoß durch. „Jede Handschrift scheint eine andere zu sein. Anscheinend haben wir da draußen eine ganze Armee von Andersdenkenden."

„Vielleicht wollen sie uns das auch nur weismachen."

„Die Handschriften sind verschieden, doch einige der Warnungen scheinen miteinander zu tun zu haben." Sie gab Corrie die Briefe.

Zwei der Verfasser protestierten gegen die Artikel, die Krista wegen der notwendigen Verbesserungen am städtischen Kanalisationssystem geschrieben hatte. Wegen der Kosten waren sie dagegen. Einige andere befassten sich mit der Zeitungskampagne, die Krista nach der Abreise ihres Vaters gestartet hatte und in der sie sich für eine Gesetzesvorlage einsetzte, die den Namen „Bergwerksgesetz" trug. Die Vorlage, wenn sie denn genehmigt würde, würde verhindern, dass Frauen sowie Mädchen und Knaben unter zehn Jahren unter Tage arbeiten müssten. Da Kinder unter den Arbeitskräften eine große Rolle spielten, war dieser Vorschlag bei den Bergwerksbesitzern höchst unpopulär.

Besonders ein Mann namens Lawrence Burton, Hauptaktionär der Consolidated Mining Company, hatte sich sehr freimütig geäußert. Natürlich war er nicht der Einzige gewesen.

Coralee betrachtete den Brief, der an diesem Morgen eingegangen war. „Keine dieser Nachrichten enthält Gutes, aber irgendwie klingt dieser hier besonders bedrohlich."

Krista lächelte. „Ach, ich weiß nicht, ‚Teufelsbrut' klingt gewiss ziemlich abscheulich."

Ihre Freundin lachte. „Wir hätten längst die Obrigkeit unterrichten müssen, Krista. Wir müssen die Briefe der Polizei übergeben. Vielleicht findet sie heraus, wer hinter den Drohungen steckt."

„Du sagst ja selbst, dass noch nicht einmal die Handschrift dieselbe ist. Das heißt, die Briefe kommen von verschiedenen Leuten. Ich kann mir nicht vorstellen, wie die Obrigkeit da nach den Schuldigen suchen soll."

„Du solltest trotzdem darüber nachdenken."

Krista gab keine Antwort. Auch ohne die Polizei mit hineinzuziehen hatte sie schon genug Probleme.

Zumindest glaubte sie das, als sie an diesem Abend die Redaktion verließ, um nach Hause zu gehen.

Als sie am Morgen entdeckte, dass die Hinterzimmer von *Heart to Heart* nur noch ein Haufen rauchender Trümmer waren, wusste sie, dass sie einen Fehler gemacht hatte.

Früh am Morgen kam Krista vor dem dreistöckigen Backsteinhaus an, das ihre Zeitung beherbergte. Auf ihrem Weg hatte sie, wie sie es in letzter Zeit gelegentlich tat, den Kutscher Mr. Skinner am Grosvenor Square anhalten lassen, um Coralee mitzunehmen.

Krista sagte gerade etwas zu ihrer Freundin, als sie den knallroten, von zwei großen grauen Pferden gezogenen Spritzenwagen in der Gasse hinter dem Gebäude erblickte. Noch bevor die Kutsche anhielt, hatte sie schon die Tür aufgerissen, war aus dem Wagen gesprungen und lief zu dem Haus.

Corrie folgte ihr auf dem Fuß. „Gütiger Himmel!"

Krista konnte sehen, dass das Feuer schon fast aus war. Reste weißen Rauchs stiegen in die Luft, wo eine Gruppe Feuerwehrmänner mit einem kräftigen Wasserstrahl die hinteren Räume der Redaktion löschten. Doch der Schaden war ziemlich groß. Krista betete, dass der Hauptteil des Gebäudes, in dem sich die Druckerpresse befand, verschont geblieben war.

„Sie müssen zurückbleiben, Miss", sagte ein kräftiger Mann mit dichten roten Haaren, der hier das Kommando zu haben schien. „Zu Ihrer eigenen Sicherheit."

„Mein Name ist Krista Hart. Das hier ist mein Arbeitsplatz. Können Sie mir sagen, was geschehen ist?"

Er sah zu dem Rauch hinüber, der durch ein zerbrochenes Fenster nach draußen wehte. „Das Feuer brach im rückwärtigen Gebäude aus. Es erreichte aber nicht den Hauptteil."

„Gott sei Dank. Wie kam es denn zu diesem Brand?"

„Soweit wir das beurteilen können, sieht es aus, als hätte jemand etwas durch die Hintertür geworfen."

Krista sah ihn mit großen Augen an. „Wollen Sie damit sagen, es war kein Unglücksfall?"

„Nein, Miss. Tatsache ist, wenn die alte Mrs. Murphy nicht zufällig den Rauch gesehen hätte, wäre Ihr ganzes Gebäude abgebrannt, vielleicht sogar das ganze Viertel."

Mrs. Murphy lebte mit ihrem kränkelnden Ehemann nur einige Türen weiter die Straße hinunter über *Murphys Lebensmittelgeschäft.* Krista schauderte bei dem Gedanken, dass der Besitz, vielleicht sogar Leben, verloren gegangen wären, hätte man das Feuer nicht so rasch entdeckt.

Corrie neben ihr ließ den Blick über die geschwärzten Ziegelmauern und das über der ganzen Gasse verstreut herumliegende Glas schweifen. „Ich denke mal, das ist jetzt mehr als nur eine Drohung."

Krista seufzte. „Ich habe mich geirrt. Ich hätte zur Polizei gehen sollen, wie du gesagt hast."

„Dafür ist es noch nicht zu spät. Und du musst es deinem Vater erzählen. Denn das hier kannst du unmöglich geheim halten."

Krista nickte. Sie würde ihrem Vater eine Nachricht schicken. Sie wollte zwar nicht, dass er sich Sorgen machte, aber es gab keinen anderen Weg.

„Was meinst du, wer das war?", fragte Corrie.

„Ich habe keine Ahnung. Vielleicht bekommt die Polizei es heraus."

„Möglich, aber sie hat sehr viel zu tun. Vielleicht sollten wir selbst jemanden engagieren, der sich um die Sache kümmert."

„Das ist eine sehr gute Idee. Im Brief an meinen Vater werde ich ihn fragen, ob er irgendjemanden kennt, der für diese Aufgabe infrage kommt."

Krista sah zu, wie die Feuerwehrmänner ihre Schläuche zusammenrollten und zurück zu ihrem Spritzenwagen trugen. Bald würde die Polizei da sein und Fragen stellen.

Corrie warf ihr einen Blick zu. „Schick den Brief noch heute ab, Krista."

Krista blinzelte wegen des beißenden Rauchs. „Ja, ich glaube, das sollte ich tun."

Leif strebte mit großen Schritten auf die Stallungen von Heartland zu, einem großen Steingebäude, das nach Staub und frischem Heu roch. Auf seinen Schultern hockte vergnügt kreischend der kleine Alfinn. Er war froh, wieder an seinem Lieblingsplatz zu sein. Als sie das schattige Innere betraten, sprang der Affe hoch, landete auf einem der oberen Gitter einer Box und kletterte von dort aus ins Gebälk hinauf.

„Benimm dich, Alf", warnte Leif, und der Affe schnatterte geräuschvoll eine Antwort. Er war zufrieden mit seiner Umgebung und dem Stalljungen Jamie Suthers, der sich am meisten um ihn kümmerte.

„Hat heute Morgen nichts als Unsinn im Kopf", sagte der schlaksige dunkelhaarige Junge mit sichtlicher Zuneigung.

„Er freut sich des Lebens. Und er mag dich, Jamie." Leif winkte dem Jungen zu. Er war glücklich, dass Alf noch einen Freund gefunden hatte, und ging wieder in Richtung Haus. Er trat ein und ging dann den mit Marmor gefliesten Gang hinunter in die Bibliothek mit der hohen Decke, die der Professor als Arbeitszimmer benutzte.

Nach langen Wochen in diesem holzverkleideten, mit langen Bücherreihen ausgestatteten Raum fühlte Leif sich hier wohler als in irgendeinem anderen Raum dieses großen, eleganten Gebäudes.

Leif dachte zurück an die ersten Wochen nach seiner Ankunft. Heartland war eines Königs würdig. Aus schönen goldfarbenen Steinen erbaut, stand es vier Stock hoch, geschützt von einem Dach aus schwerem schwarzen Schiefer, auf einem Hügel inmitten weiter grüner Felder. Die Wege und Gärten waren bestens gepflegt, und am Haus entlang plätscherte ein fischreicher Fluss.

Die Innenausstattung war herrlicher, als Leif es sich mit seinen begrenzten Kenntnissen in dieser Welt je hätte vorstellen können. Es gab hier sogar noch üppigere Möbel als im Stadtpalais des Professors. Das Bett, in dem Leif schlief, war noch größer als das in London und die Matratze nicht nur aus Federn, sondern aus weichen Gänsedaunen.

Der Professor hatte ihm erzählt, dass es Hunderte von Häusern gab, die weit eleganter waren als Heartland. Doch das war Leif egal. Er hatte diesen Ort vom ersten Augenblick an geliebt. In seinen Augen konnte selbst der reichste Mann der Welt sich nicht mehr wünschen.

Leif setzte sich in einen reich mit Schnitzereien verzierten Stuhl. Er erinnerte ihn an den hochlehnigen Sessel, in dem sein Vater zu Hause als Häuptling im Langhaus auf einem Podest saß. Dieser Stuhl hier war nur einer von sechs Stühlen, die einen schönen geschnitzten Tisch in der Mitte der Bibliothek umgaben. Vor Leif auf dem Tisch lag ein Stapel Bücher, von denen der Professor annahm, sie könnten Leif interessieren. Er schlug das oberste Buch auf und begann zu lesen.

Bald würde Professor Hart mit einer neuen Liste von Wörtern und Begriffen kommen, und sie würden wieder mit dem Unterricht beginnen. Diese Stunden waren lang und anstrengend, doch der Professor lobte seine Leistungen, und Leif glaubte, dass das Ergebnis die Mühe wert war.

Er erinnerte sich an die ersten mühevollen Wochen auf dem Land. Paxton Hart hatte im Unterricht eine Buchstabentafel benutzt, ein dickes Stück Karton, das in drei Teile gefaltet war. Nachdem Leif das Alphabet gelernt hatte und es den hohen Ansprüchen des Professors gemäß auch schreiben konnte, lernte er ganze Wörter zu schreiben. Er begriff sehr schnell und arbeitete hart. Den Professor schien es zu freuen. Zuerst lernte Leif in einer Fibel lesen. Dann las er Bücher für ältere Kinder. Jetzt las er bereits alles, lernte mehr und mehr Wörter und wie man sie richtig aussprach.

Nach vier Monaten intensiven Studiums hatte er Vertrauen in seine Fortschritte. Er wusste, dass er weit besser arbeitete, als der Professor erwartet hatte.

In dem Moment erschien Paxton Hart in der Tür zur Bibliothek. Leif runzelte die Stirn, als er das angespannte Gesicht des Mannes sah. Das Papier in seiner Hand zitterte ein wenig.

Leif sprang auf. „Was ist, Professor?“ Seit mehr als einem Monat sprachen sie nur noch Englisch, und Leif stellte fest, dass ihm die Worte immer leichter über die Lippen gingen.

„Es ist etwas passiert. Bei der Zeitung hat es Schwierigkeiten gegeben. Ich muss zurück in die Stadt.“

„Was für Schwierigkeiten?“ Leif wusste nun, was Zeitungen und Zeitschriften waren. Er wusste, dass der Professor und seine Tochter etwas besaßen, das man *Gazette* nannte, eine Wochenzeitschrift. Ihre Wochenzeitschrift wurde für Frauen gedruckt. Er war schon gespannt, die Maschine zu sehen, die so etwas fertigbrachte.

„Wie es scheint, hat Krista noch mehr Drohbriefe erhalten. Einige hatte sie bereits vor unserer Abreise bekommen, doch sie schienen eher ein Streich zu sein, den ihr jemand spielte, ein Scherz“, erklärte Paxton. „Ich habe sie nie wirklich ernst genommen.“

„Gefiel den Damen nicht, was Krista in ihrer Zeitschrift druckte?“

Der Professor schüttelte den Kopf. „Es waren nicht die Damen. Sie schreibt Artikel, in denen sie soziale Reformen fordert – eine bessere Wasserversorgung der Stadt, kürzere

Arbeitszeiten für Frauen und Kinder, so etwas eben. Anscheinend hat sie sich Feinde gemacht. Es sind Menschen, die nicht wollen, dass sich etwas ändert. Gestern hat jemand das Büro in Brand gesetzt."

Leif erschrak. „Ihre Tochter ist doch nicht verletzt?"

„Nein, Krista geht es gut, aber sie macht sich Sorgen. Die Polizei hat keinen Hinweis, wer dafür verantwortlich sein könnte. Jetzt hat sie Angst, jemand könnte verletzt werden. Ich befürchte, der Jemand könnte sie sein. Ich muss sofort zurückkehren."

„Ich fahre mit", erklärte Leif.

Der Professor sah ihn an. „Ich hoffte, wir würden etwas mehr Zeit haben. Wenigstens ein paar Wochen mehr. Wir müssen uns noch mit den Anstandsregeln beschäftigen, den Dingen, die Sie kennen müssen, um sich in der feinen Gesellschaft zu bewegen." Er lächelte. „Wenn Sie in der Stadt sind, ist meine Tochter ja vielleicht bereit, Sie zu unterrichten. In diesen Dingen kennt sie sich weit besser aus als ich."

„Möglicherweise. Wir werden zurückfahren und dafür sorgen, dass Krista in Sicherheit ist. Als Gegenleistung dafür wird sie mir beibringen, was ich noch lernen muss."

Der Professor zögerte nur kurz, dann nickte er. „Ja … jetzt, wo ich darüber nachdenke, finde ich es richtig, dass Sie mitkommen. Meine Tochter liebt ihre Unabhängigkeit. Sie würde nicht wollen, dass jemand über sie wacht. Doch nach diesem Anschlag dürfte das nötig sein. Wenn wir zwei uns um sie kümmern, können wir sie vielleicht beschützen."

„Ihre Tochter wird in Sicherheit sein, Professor. Das schwöre ich Ihnen."

9. KAPITEL

Willst du wirklich gehen, Krista?" Aufgeregt folgte Tante Abby ihrer Nichte zur Haustür. Es war der dritte Morgen nach dem Brand, und jeden Tag war es die gleiche Predigt. „Wie ich schon sagte, ich meine, du solltest zu Hause bleiben, wenigstens für eine Weile. Gib der Polizei ein wenig Zeit, sich mit der Sache zu beschäftigen und herauszufinden, wer das alles angezettelt haben könnte."

Krista beugte sich hinunter und küsste die gepuderte Wange ihrer Tante. „Die Gazette kommt heute Morgen heraus. Um sie fertig zu machen, damit sie ausgeliefert werden kann, braucht es alle Mitarbeiter. Da der Raum für den Versand in Schutt und Asche liegt, müssen wir im zweiten Stock Tische für alle aufstellen. Das heißt, wir müssen die ganze Abteilung hinauf und die fertigen Bündel hinunterschaffen, was unsere Aufgabe noch erschwert."

Sie nahm ihren Strohhut vom Garderobenständer, den Mantel ließ sie unbeachtet. Es war Mitte August, und die Luft stand heiß in den Straßen.

Ihre Tante rang die schlanken weißen Hände. „Ich wünschte, dein Vater wäre hier. Ich bin überzeugt, er würde dir verbieten, das Haus zu verlassen, bis alles wieder in Ordnung ist."

Krista glaubte nicht, dass er so weit gehen würde. Und wegen der Probleme bei ihrer Gazette war sie froh, dass er auf dem Land blieb. Er würde sich nur Sorgen machen, und das wollte sie nicht.

„Ich habe versprochen, vorsichtig zu sein, und das bin ich auch."

Da Krista auf ihren Brief keine Antwort erhalten und ein Gespräch mit der Polizei kein Ergebnis gebracht hatte, hatte sie einen Detektiv engagiert. Coralees Vater, Viscount Selkirk, schlug ihn vor. Sein Name war Randolph Petersen – Dolph, laut seiner Visitenkarte –, und kaum hatte er den Auftrag angenommen, bestand er darauf, dass sie einen Wachmann einstellte, um die Redaktion von ihm bewachen zu lassen, wenn keiner da war. Krista glaubte, dass er die Identität ihres Rächers bald herausfinden würde. Dann konnte die Polizei ihn verhaften.

Und bis dahin hatte Krista eine Zeitschrift herauszugeben.

Sie wandte sich zur Tür, eilte die Eingangsstufen hinunter und lief zu ihrer Kutsche, als sie dahinter eine zweite Kutsche stehen sah. Der Schlag schwang auf, und mit besorgtem Gesicht stieg Matthew Carlton die Eisenstufen herunter.

„Ich hörte, was in der Gazette passiert ist", erklärte er. „Wieso hast du mir nichts gesagt? Hast du wirklich geglaubt, ich würde es nicht über kurz oder lang erfahren? Die Leute reden schon darüber und fragen sich, warum ich als Letzter davon weiß. Hast du etwa gedacht, es würde mich nicht kümmern?"

Krista spielte mit einer Falte ihres aprikosenfarbenen Kleids. „Ich wollte nicht, dass du dir Sorgen machst."

„Nun, ich mache mir Sorgen. Und ich finde, du solltest dich nicht in die Nähe von *Heart to Heart* begeben, bis die Polizei den Mann, der das Feuer legte, verhaftet hat."

Krista seufzte. Genau das war der Grund, weswegen sie Matthew nichts gesagt hatte. Sie wusste, er würde nicht wollen, dass sie weiterarbeitete.

„Wir müssen die Zeitung herausbringen, Matthew. Dazu sind jetzt große Anstrengungen nötig. Und da ich die Herausgeberin bin, muss ich da sein, um zu helfen."

Er legte den Kopf in den Nacken und sah sie von oben herab an. „Wenn wir erst einmal verheiratet sind, wirst du dich mit anderen Dingen zu beschäftigen haben als mit deiner dummen Zeitschrift."

Krista erstarrte. „An unserer Zeitung ist nichts dumm. Ich dachte, du würdest mich verstehen. Ich habe dir erklärt, dass die Zeitschrift mir wichtig ist, und du sagtest, wir würden wertvolle Arbeit leisten."

Sein ärgerlicher Blick wurde sanfter. „Es tut mir leid, Liebling. Ich bin nur so besorgt. Ich könnte es nicht ertragen, wenn dir etwas passiert."

Er schien es ehrlich zu meinen, und sie sollte ihm für seine Fürsorge dankbar sein. „Ich habe einen Privatdetektiv engagiert, Matthew. Nachts bewacht jetzt ein Wachmann das Gebäude. Seit dem Feuer sind keine Briefe mehr eingetroffen. Es gibt also nichts, weswegen man sich noch Sorgen machen müsste."

Er seufzte. „Ich hoffe nur, du hast recht." Er nahm ihre Hand und half ihr beim Einsteigen in ihre Kutsche. „Gestern Abend sprach ich mit meinem Vater. Er meint, wir sollten den Hochzeitstermin festsetzen."

Krista schüttelte den Kopf. „Nicht, bevor mein Vater zurück ist. So haben wir es ausgemacht. Ich denke, in einigen Wochen, höchstens einem Monat, wird er wieder da sein."

Matthew widersprach nicht, aber er schien nicht gerade erfreut zu sein. Doch mit dem Sonnenlicht, das auf seinem hellbraunen Haar schimmerte, und den vornehmen Gesichtszügen sah er selbst wenn er nicht lächelte gut aus. Er hätte unter den elegantesten jungen Damen Londons wählen können, und doch hatte er sie ausgesucht.

Wieder verdrängte Krista die Frage, ob vielleicht die Höhe ihrer Mitgift sein Interesse geweckt hatte.

Aufseufzend machte sie es sich in der Kutsche bequem, während Matthew den Kutschenschlag schloss. Dann beugte sie sich noch einmal aus dem Fenster. „Ich nehme an, wir gehen am Samstagabend trotzdem noch zum Dinner bei Lord Wimby."

„Natürlich", antwortete er. „Ich werde dich und deine Tante um acht hier abholen."

„Also bis dann." Während die Kutsche davonrollte, winkte

Krista ihm ein Adieu zu und ließ sich dann in die Polster sinken. Warum war sie in Matthews Gegenwart immer nur so angespannt? Sie wusste nicht wieso, doch in seiner Gesellschaft konnte sie nie entspannt sein. Mit der Zeit würde sich das sicher geben.

Der Morgen ging ohne Zwischenfall vorüber. Als sie am Ende des Tages die Redaktion verließ und mit der Kutsche nach Hause fuhr, dachte sie noch immer über Matthew und ihre unsicheren Gefühle ihm gegenüber nach. Die Dämmerung war bereits angebrochen und ließ die Silhouette der Stadt in sanftem Rot erglühen.

Die Zeitung war fertig, sodass sie am nächsten Tag verteilt werden konnte. Krista war todmüde, sorgte sich wegen der Zeitschrift und fragte sich, ob ihr noch mehr Ärger bevorstand. Tief in Gedanken versunken stieg sie die Stufen zum Haus hinauf.

Wie immer öffnete Giles mit einer Verbeugung das schwere Eingangportal. Beim Anblick des blonden Riesen, der die geschwungene Treppe herunterstürmte, blieb Krista wie vom Blitz getroffen stehen.

„Sie sind zu Hause." Er hatte die Worte in fast perfektem Englisch gesprochen. „Ihr Vater und ich wollten Sie gerade abholen kommen."

Krista sagte nichts. Sie hatte völlig vergessen, was für eine aufwühlende Wirkung dieser Mann auf sie hatte, wie unglaublich gut er aussah, wie groß, muskulös und wie männlich er war.

„Wir sind gerade in die Stadt gekommen", fügte er hinzu. Sein leichter altnordischer Akzent gab den Worten einen weichen, irgendwie verführerischen Klang. „Nachdem Ihr Brief ankam, war Ihr Vater sehr besorgt."

Krista befahl sich im Stillen, ihn nicht so anzustarren. Sie ignorierte die Hitze, die in ihr aufstieg, und befeuchtete nervös die Lippen.

Leifs Blick fiel auf ihren Mund, und seine Augen leuchteten in dem unglaublichen Blau, an das sie sich so gut erinnerte.

„Ich dachte oft an Sie, Krista Hart."

Krista schluckte. Endlich fand sie ihre Stimme wieder. „Sie haben … Sie haben viel gelernt in den Monaten Ihrer Abwesenheit."

Er lächelte. „Ich habe hart gearbeitet. Aber ich muss noch sehr viel mehr lernen. Ihr Vater sagt, dass Sie mich unterrichten könnten."

Die Worte wirkten ernüchternd auf Krista. „Ich Sie unterrichten? Was könnte ich Ihnen wohl …"

„Da bist du ja!" Der Professor erschien, bevor sie ihren Satz zu Ende sprechen konnte. „Liebes … es ist eine so entsetzlich lange Zeit gewesen."

Sie lief zu ihm und fühlte, wie er die mageren Arme um sie legte. „Ich habe Sie so vermisst, Vater. Ohne Sie war es hier nicht wie sonst."

„Ich kann dir gar nicht sagen, wie gut es tut, dich wiederzusehen." Er nahm sie fester in die Arme, und sie schmiegte sich an ihn.

In einem Wirbel von rosa Seidenröcken gesellte Tante Abby sich zu der kleinen Gruppe am Eingang. „Ich glaubte, Stimmen zu hören." Sie lächelte Krista zu. „Ich bin froh, dich wieder sicher zu Hause zu wissen, meine Liebe. Ich habe mir nämlich schon Sorgen gemacht. Dann kamen Mr. Draugr und dein Vater an. Sie waren gerade auf dem Weg zum Picadilly, um dich abzuholen."

„Dann haben Sie Mr. Draugr schon kennengelernt?"

Noch nie hatte Krista ihre Tante so strahlend lächeln gesehen. „Nun, ja. Du hattest mir bereits ein wenig über ihn erzählt, doch du hast vergessen zu erwähnen, wie gut er aussieht."

Das hatte Krista selbst vergessen wollen.

Sie blickte zu Leif und sah, dass er über das Kompliment schelmisch lächelte.

„Ihre Tante ist eine sehr schöne Frau", sagte er. „Es ist leicht, die Ähn-lich... Ähn-lich..."

„Ähnlichkeit", half der Professor.

„Es ist leicht, die Ähnlichkeit zwischen Ihnen beiden zu bemerken."

Dieser Mann konnte also auch charmant sein. Das hätte sie nie gedacht.

„Ich habe Sie erst in einigen Wochen erwartet", sagte sie zu ihrem Vater.

„Nach deinem Brief waren wir beide sehr besorgt."

Leif war ihretwegen besorgt? Ihr Vater wollte sicher nur höflich sein. „Nun, Sie sind endlich wieder zu Hause, und ich kann nicht sagen, dass ich traurig darüber bin."

Leifs Augen wurden dunkler. „Dann haben Sie auch an mich gedacht."

Krista errötete. Sie hatte überhaupt nicht an ihn gedacht. Zumindest hatte sie sich große Mühe gegeben, es nicht zu tun. „Ich sprach zu meinem Vater."

Doch es war zu erkennen, dass Leif ihr nicht glaubte. Der Mann hatte sich nicht verändert. Er war immer noch ungeheuer eingebildet.

„Du hattest einen langen Tag", sagte ihr Vater. „Du musst müde sein. Warum gehst du nicht hinauf und machst dich frisch? Wir können beim Abendessen über alles reden."

Sie war tatsächlich müde. Und sie brauchte einen Moment, um wieder zu sich selbst zu kommen. „Ja, ich denke, das ist ein sehr guter Vorschlag. Wenn Sie mich entschuldigen würden ..."

Als sie durch die Eingangshalle ging, warf sie einen Blick in den vergoldeten Spiegel. Ihre Locken hingen herunter, und ein Tintenklecks zierte ihre Wange. Sie sah entsetzlich aus.

Schnell raffte sie die Röcke und begann, die Treppe hinaufzugehen. Bis zur obersten Stufe hinauf konnte sie Leifs Blick im Rücken spüren.

Sie fragte sich, ob ihr Vater ihm gesagt hatte, dass sie jetzt verlobt war, und ob er verstand, dass sie nun unerreichbar war für ihn. Bevor sie den Korridor hinunterging, blickte sie noch einmal übers Geländer zu Leif hinunter. Der heiße Blick, den er ihr zuwarf, enthüllte überdeutlich seine Gedanken.

Er begehrte sie. Daran hatte sich nichts geändert.

Sie verdrängte das atemlose Gefühl, das in ihrer Brust erwachte. Wenn er erst einmal verstanden hatte …

Bei all seiner neu gewonnenen Bildung war dieser Mann immer noch ein Barbar. Und selbst wenn er von ihrer Verlobung erfuhr, würde das wahrscheinlich nichts daran ändern, dass er sie wollte.

Dieser Gedanke erfüllte sie erneut mit einer seltsamen Unruhe.

10. KAPITEL

Zum Abendessen zog Krista dasselbe dunkelblaue Kleid an, das sie getragen hatte, als Matthew ihr seinen Heiratsantrag gemacht hatte. Warum sie das tat, wusste sie nicht genau. Vielleicht, um sich daran zu erinnern, dass sie bald ihre Verlobung bekannt geben würde.

Sie fand ihren Vater und Leif im Studierzimmer. Die beiden Männer waren in einen Stapel Bücher vertieft. Auch sie hatten Abendkleidung angelegt. Leif trug jetzt einen schwarzen Gehrock, eine silberne Weste und graue Hosen. Krista erinnerte sich, dass sie damals selbst den Stoff dafür ausgesucht hatte. Doch sie hätte sich nie vorstellen können, wie gut Leif darin aussehen würde.

Ihr Vater erhob sich, als sie den Raum betrat, und Leif tat es ihm nach.

„Du siehst reizend aus, Liebes", sagte der Professor.

Leifs Blick umfasste ihre Gestalt und kehrte dann zu ihrem Busen zurück, der von dem züchtigen, eleganten Ausschnitt des Kleides diskret betont wurde. Langsam erschien ein Lächeln auf seinen Lippen. „Selbst Freya wäre eifersüchtig auf Ihre Schönheit."

Krista errötete. Bei den Wikingern war Freya die leidenschaftliche, unersättliche Göttin der Liebe.

Krista war sich nicht sicher, ob der Vergleich wirklich ein Kompliment war.

„Danke." Auf der Stuhllehne neben ihm entdeckte sie den kleinen Affen und musste lächeln. „Wie ich sehe, haben Sie Ihren Freund wieder mitgebracht."

„Er hätte sich auf dem Land gelangweilt", erklärte Leif.

„Ich bin sicher, das hätte er", meinte Krista.

Leif verzog die Lippen, sagte aber nichts weiter. Der Affe war sein Freund. Wo er hinging, ging auch Alf hin. So einfach war das.

Sie befanden sich immer noch im Studierzimmer, als Tante Abby dazukam. Sie trug jetzt ein Kleid aus Goldbrokat mit dunkelgrünen Taftvolants am Oberteil und am Saum. „Allen einen guten Abend."

„Guten Abend, Abigail", sagte ihr Vater. „Mr. Draugr kennst du bereits, doch ich weiß nicht, ob Alfinn dir schon vorgestellt wurde."

Tante Abby hob beim Anblick des winzigen Affen die hellen Brauen. „Ach du liebe Güte! Ist er nicht niedlich? Wo um Himmels willen haben Sie ihn her?"

Leifs Miene wirkte plötzlich härter. Krista konnte sehen, dass die Tage seiner Gefangenschaft ihm immer noch zu schaffen machten.

„Alf ist ein Freund von Mr. Draugr", erklärte ihr Vater diplomatisch.

Mit schiefem Kopf schenkte der Affe Tante Abby einen seiner langen, liebenswerten Blicke. Sie lächelte. „Ist er nicht ein Schatz?"

Sie beugte sich vor und strich ihm über das Fellköpfchen. Alf schmiegte sich in ihre behandschuhte Hand.

„Schatz oder nicht", sagte der Professor, „es wird Zeit zum Abendessen. Jamie wird sich um Alf kümmern."

„Jamie?", fragte Krista erstaunt.

„Alf hat auf Heartland einen Freund gefunden", sagte Leif.

„Der Suthers-Junge", erklärte der Professor. „Arbeitete im Stall, erinnerst du dich? Er ist Waise und hing immer mehr an dem Affen. Ich dachte, er könnte hier nützlich sein und auch ein Auge auf Alf haben."

Der Affe sprang von der Lehne auf den Tisch und hüpfte zu Krista hinüber. Er streckte die winzige Pfote aus, und Krista reichte ihm ihre Hand. Er hatte sehr große, dunkle Augen, und sie schienen in Krista hineinblicken zu können.

„Ich glaube, Alf macht sich leicht Freunde", warf sie ein.

„Er mag Sie", sagte Leif. „Sie haben ihn damals gerettet.

Daran erinnert er sich."

Krista sah zu dem großen Wikinger hoch, und sein Blick schien zu sagen: *Du hast auch mich gerettet, und auch ich erinnere mich.*

Mit viel zu schnell klopfendem Herzen wandte sie sich ab und lächelte ihrem Vater zu. „Ich bin am Verhungern. Was ist mit Ihnen?"

„Ver-hungern?", fragte Leif. „Was ist das für ein Wort?"

„Es meint hungrig sein", sagte der Professor.

„Ver-hungern", wiederholte Leif einige Male, während Alf auf seinen Arm kletterte und beide zur Tür gingen, um sich zu den Stallungen zu begeben. Mit jedem Mal wurde seine Aussprache besser.

Er ist ein erstaunlicher Mann, dachte Krista. Und schön wie die Sünde. Sie sah auf ihr dunkelblaues Kleid und dachte fest an Matthew Carlton.

Zur Feier der Rückkehr des Hausherrn und seines Gastes hatte die Köchin ein besonderes Essen vorbereitet. Es gab gebratene Rippchen, gebackenen Heilbutt in Austernsoße und Wildpastete. Leif verdrückte eine gehörige Portion und aß sogar ein wenig Kartoffeln und Karotten. Krista war überzeugt, dass sie ihm nicht sehr schmeckten.

Besonders der Fisch schien ihm jedoch zu munden, und Krista fragte Leif, ob bei ihm zu Hause das Meer für einen großen Teil der Nahrung sorgte.

Leif schluckte einen Bissen Heilbutt hinunter. „Auf Draugr essen wir meistens Schafe, Rinder und Ziegen. Aber es gibt auch Wild auf der Insel. Wir essen Fisch und diese Seetiere, die ihr Engländer Robben nennt. Alle paar Jahre kommt ein Wesen an unsere Küste, das Sie Walross nennen. Wir verarbeiten sein Fleisch und seine Stoßzähne."

Erfreut stellte Krista fest, dass seine Manieren besser geworden waren. Er wartete, bis ein Diener ihm eine Portion

Fleisch auf den Teller legte. Auch wenn er sein Essen nicht länger hinunterschlang, benutzte er jedoch immer noch nur sein Messer und seinen Löffel.

Krista sah, dass Tante Abby ihn fasziniert beobachtete. Falls sie seinen Mangel an Tischmanieren bemerkte, so schien es ihr nichts auszumachen.

Abby lächelte in seine Richtung. „Sie haben aber einen guten Appetit, Mr. Draugr."

Leif nickte. Sein Blick streifte kurz Krista. „Ich war schon immer ein Mann von großem Appetit."

Tante Abbys Blick folgte dem seinen, und ihre Augen weiteten sich. Eine leichte Röte stieg in ihre Wangen. „Ja, nun … das kann ich mir vorstellen."

Der Professor räusperte sich. „Mr. Draugr meint, dass ein Mann seiner Größe tüchtig essen muss, um bei Kräften zu bleiben."

In der Tat, dachte Krista. Selbst in seinem perfekt maßgeschneiderten schwarzen Gehrock und den grauen Hosen sah er stark wie ein Ochse aus. Und er machte – das musste sie sich widerwillig eingestehen – eine schneidige Figur.

Entschlossen, die Konversation wieder auf ein unverfängliches Thema zu lenken, nahm sie einen Schluck Wein und stellte ihr Glas dann zurück auf den Tisch. „Sie sagten, auf Ihrer Insel gäbe es keinen Wald. Ohne Boote dürfte der Fischfang allerdings ein Problem sein."

„Wir haben Boote – kleine Boote aus Schilf. Doch sie sind nicht groß genug, um lange Strecken zu segeln. In früheren Zeiten gab es Wälder auf der Insel, und die Menschen bauten Schiffe. Aber mit den Jahren brauchten sie den Wald auf, und die Schiffe wurden alt und verrotteten."

„Sie haben erzählt, ein fremdes Schiff wäre an den Küsten zerschellt. Konnten Sie so das Schiff bauen, das Sie hierher brachte?"

„Das Schiff zerbrach, doch die meisten Balken waren noch

brauchbar. Einige der Männer überlebten und waren begierig, wieder in ihre Heimat zu kommen." Er ignorierte den Wein und trank stattdessen von dem Bier, das der Professor für ihn bereitgestellt hatte. „Wir besaßen Zeichnungen von den Schiffen, auf denen unsere Krieger in früheren Zeiten gesegelt waren. Die bauten wir dann. Es gab welche unter uns, die hatten seit Jahren zu den Göttern um eine Gelegenheit gefleht, die Welt jenseits unserer Insel kennenzulernen. Jetzt bekamen wir endlich unsere Chance."

„Haben Sie Familie, Mr. Draugr?", fragte Tante Abby.

„Ja. Mein Vater lebt dort, meine Schwester Runa und meine Brüder Olav, Thorolf und Eirik. Mein Vater wollte nicht, dass ich gehe. Ich bin der Älteste, der Sohn, dessen Pflicht es ist, seinen Platz einzunehmen, wenn er in die Andere Welt reist. Deswegen muss ich auch zurückkehren."

Sein Gesicht drückte eiserne Entschlossenheit aus. Man konnte sehen, dass Leif kein Mann war, der seine Verpflichtungen auf die leichte Schulter nahm.

Sie unterhielten sich noch ein wenig über das Leben auf der Insel, über die Monate, die er auf Heartland verbracht und wie viel er dort gelernt hatte.

„Sie sind wirklich ein erstaunlicher junger Mann, Mr. Draugr", sagte Tante Abby. „Ich kann mir gar nicht vorstellen, wie schwer es sein muss, sich in so kurzer Zeit einer völlig neuen Kultur anzupassen."

„An-zu-passen?"

„In sich aufnehmen", sagte Krista, und er nickte.

Ihr Vater lächelte. „Leif hat während unseres Aufenthaltes außerordentlich hart gearbeitet. Ihr glaubt gar nicht, wie viele Bücher er gelesen hat. Aber wie auch immer, jetzt ist es jedenfalls an der Zeit, dass er lernt, wie man sich in der feinen Gesellschaft benimmt. Ich hoffe, ihr beiden werdet ihm dabei helfen."

Jetzt verstand Krista endlich. Das war es also, was Leif gemeint hatte.

Tante Abby bekam leuchtende Augen. „Ach du liebe Güte, das klingt nach einer Menge Spaß. Ich bin überzeugt, Mr. Draugr wird ein sehr begabter Schüler sein."

„Ich wüsste nicht, warum ich dabei eine große Hilfe sein sollte", widersprach Krista und suchte nach einer Möglichkeit, sich zu drücken. „Was die Etikette der feinen Gesellschaft angeht, kann man mich wohl kaum eine Expertin nennen. Außerdem habe ich viel in der Zeitung zu tun."

„Abends und am Wochenende bist du zu Hause", meinte ihr Vater. „Es ist doch sicher nicht zu viel verlangt, jemandem zu helfen, der in einem völlig fremden Land einen Neuanfang wagen will."

Krista hatte ein schlechtes Gewissen. Ihr Vater und ihre Tante hatten recht. Sie hoffte nur, dass sie der Aufgabe gewachsen war.

Sie lächelte. „Sie haben recht. Ich würde mich freuen, wenn ich Tante Abby helfen könnte, Mr. Draugr zu lehren, was immer er lernen muss."

„Oh, ich kann leider nicht behilflich sein", sagte Abby. „Ich hätte schon längst auf meinen Landsitz zurückkehren müssen, um meinen Verpflichtungen nachzukommen, auch wenn ich es sehr bedauere, das hier zu verpassen."

„Aber Sie sagten doch …"

„Ich sagte, dass es ein Spaß sein würde, und das wird es auch. Denk doch nur einmal daran, wie viel Freude es machen wird, Mr. Draugr den Walzer beizubringen. Und er muss wissen, wie man sich richtig vorstellt und wie man eine Dame begleitet. Du wirst ihn natürlich in die Oper und ins Theater mitnehmen. Vielleicht sollte er auch reiten lernen. Ein Mann sollte ein guter Reiter sein."

„Leif reitet sehr gut", sagte der Professor. „Er ist in Heartland ziemlich viel geritten."

„Wir haben Pferde auf Draugr", erklärte Leif. „Sie wurden von meinen Vorfahren auf die Insel gebracht."

„Krista ist auch eine exzellente Reiterin", fügte ihr Vater stolz hinzu. „Und ich bin sicher, dass sie eine sehr fachkundige Lehrerin in feinem Benehmen sein wird."

Krista stöhnte innerlich. Sie dachte an die Punkte, die ihre Tante bereits aufgelistet hatte, und wusste, dass Leif auch noch unzählige andere Dinge lernen musste. Sie rang sich zu einer höflichen Antwort durch. „Es wird mir ein Vergnügen sein, Ihnen zu helfen, wo immer ich kann."

„Großartig!" Ihr Vater strahlte. „Das ist also geregelt. Oh, da ist nur noch eine Sache."

Misstrauisch sah Krista ihn an. „Was denn?"

„Leif hat den Wunsch geäußert, auf seine Art für alles zu bezahlen." Die Männer wechselten einen verschwörerischen Blick. „Er möchte nicht zur Last fallen und hat um eine Arbeit gebeten. Und als Besitzer von *Heart to Heart* habe ich ihn bei der Zeitung eingestellt."

„Sie haben was?"

„Ich sehe keinen Grund, wieso du etwas dagegen haben könntest. Sicher kannst du die Hilfe eines großen, kräftigen Burschen wie Leif brauchen."

Krista kämpfte um ihre Beherrschung. Sie war keine Närrin. Nach dem Feuer machte sich ihr Vater jetzt Sorgen. Er wollte einen Wachhund, jemanden, der als ihr Beschützer auftrat. Obwohl eigentlich sie die tagtägliche Arbeit in der Zeitung leitete, war ihr Vater der offizielle Besitzer. Normalerweise überließ er ihr die Entscheidung über die Mitarbeiter. Aber er hatte das Recht einzustellen, wen immer er wollte.

„Wir haben keine Stelle frei, Vater. Ich verstehe nicht, wozu …"

„Dir wird sicher etwas einfallen."

Krista presste die Lippen zusammen. Leif wollte arbeiten. Nun gut, sie würde ihn arbeiten lassen.

Sie nahm einen Schluck Wein und betrachtete den Mann über den Rand ihres Glases hinweg. Sie würde schon dafür sorgen, dass Leif es bereuen würde, je den Namen *Heart to Heart* gehört zu haben.

An diesem Freitag wurde es heiß. Die Luft war schwer und schwül, und nur eine schwache Brise bewegte die Blätter an dem Baum, der draußen vor dem Fenster stand. Als Krista ihr Zimmer verließ und zur Treppe ging, sah sie Leif, der bereits unten auf sie wartete.

„Guten Morgen", sagte er.

„Guten Morgen. Ich vermute, Sie wollen immer noch mit mir arbeiten ..."

Sie hielt inne, als sie das schwere Schwert erblickte, das seine Hand umklammerte. Es war die Waffe in der Lederscheide, die er zurückerhalten hatte, als er den Zirkus verließ. „Was um Himmels willen haben Sie vor?"

„Sie hatten Probleme." Er zog das Schwert halb aus seiner Scheide. „Das hier ist gut gegen Probleme."

Krista schüttelte den Kopf. „Die Leute hier benutzen seit ein paar Hundert Jahren keine Schwerter mehr, Leif, sondern Gewehre, Pistolen und Musketen."

Das Schwert gab einen metallischen Klang von sich, als er es zurück in seine Hülle schob. „Ihr Vater hat mir solche Dinge gezeigt. Auf Heartland benutzten wir sie zur Vogeljagd."

„Nun, dann sehen Sie ja, wie lächerlich es ist, so etwas Veraltetes wie ..."

„Ich werde mein Schwert mitnehmen." Mit diesen Worten ging er zur Tür, blieb kurz stehen und sah über die Schulter zurück. „Kommen Sie mit?"

„Ich ..." Sie machte einen Schritt und blieb dann stehen. „Einen Moment noch. Da Vater und Sie mir die Aufgabe übertragen haben, Ihnen die Benimmregeln beizubringen, können wir auch gleich damit anfangen. In England ist es üblich, dass ein Herr der Dame erlaubt, ihm vorauszugehen. Das heißt, von jetzt an gehe ich vor Ihnen, Leif, nicht hinter Ihnen."

Er runzelte die Stirn. „Ein Mann geht *hinter* einer Frau? Warum sollte er das tun? Ein Mann ist stärker, er ist ihr Beschützer. Er sollte vorausgehen für den Fall, dass Gefahr droht."

„Das Betreten eines Salons dürfte nur selten gefährlich sein, also muss ein Mann auch nicht vorausgehen. Einer Frau zu erlauben, den Raum als Erste zu betreten, ist eine Geste des Respekts."

Er runzelte noch mehr die Stirn. „Gibt es ein Buch über diese Sache, die man Benimmregeln nennt?"

„Ja. Ich werde Ihnen das Buch bringen, wenn wir heute Abend wieder zu Hause sind."

Sie verließen das Haus. Krista ging voraus, Leif folgte ihr mit seinem Schwert. Es schien eines zu sein, wie es die Männer im Mittelalter benutzten, ähnlich einem schottischen Breitschwert. Der Griff bestand aus einem mit Schnitzereien verzierten Knochen. Auch wenn es eine veraltete Waffe war, war sie doch beeindruckend.

Als sie die Kutsche erreichten, erteilte Krista ihm eine weitere kurze Lektion und erklärte ihm, wie man einer Dame in eine Kutsche half. Die Wärme, die seine große Hand auf ihrer Taille hinterließ, als er ihr auf das eiserne Trittbrett half, ignorierte sie, nahm Platz und ordnete den üppigen Rock ihres hellblauen Tageskleids. Leif kletterte ebenfalls in die Kutsche; er war so groß, dass er den ganzen Sitz ihr gegenüber ausfüllte. Und doch wirkte er in seinen teuren maßgeschneiderten Kleidern kein bisschen fehl am Platz.

Während der Wagen Fahrt aufnahm und durch die belebten Straßen zum Picadilly rollte, bemerkte Krista, wie Leif immer wieder aus dem Fenster schaute. Ihr wurde klar, dass er aufpasste, ob Gefahr drohte.

„Gab es Kämpfe auf Ihrer Insel, in die Sie verwickelt waren?", fragte sie, plötzlich neugierig geworden. Warum er wohl ein Schwert benötigt haben mochte?

„Es gibt verschiedene Clans auf Draugr. Einer von ihnen wollte unser Land haben, das weniger felsig und wesentlich fruchtbarer ist als das seine. Sie überfielen unser Heim, nahmen unsere Frauen und stahlen unser Vieh. Wir verteidigen uns, wenn es sein muss."

„Vater sagt, Ihr Volk wäre völlig autark. Wenn Sie keinen Handel treiben, wie erhalten Sie dann Eisen für Ihre Waffen?"

„Im Gebirge gibt es genug Eisen für uns. Genug, um Schwerter, Lanzenspitzen und Äxte, Kochtöpfe und Arbeitsgeräte für die Landwirtschaft zu schmieden."

Krista schwieg. Es entging ihr nicht, mit welcher Selbstverständlichkeit er sein Schwert trug, gerade so, als wäre die Waffe ein Teil seiner selbst. Krista schauderte. Oberflächlich betrachtet mochte Leif zivilisiert aussehen, doch unter der Kleidung eines Gentlemans war er ein Krieger – ein Wikinger. Daran hatte sich nichts geändert.

Die Kutsche fuhr den Picadilly entlang, bog an der Ecke in eine Seitenstraße ein und entließ sie vor dem Backsteingebäude von *Heart to Heart.* Krista führte Leif hinein und ging mit ihm direkt in ihr Büro.

Sie deutete auf sein Schwert. „Wenn Sie möchten, können Sie es hierlassen." Sie öffnete die Tür zu einem Schrank, der an der Wand stand, in dem Büromaterial aufbewahrt wurde.

„Ich würde es lieber bei mir behalten."

„Sie können es hier drinnen lassen oder mit nach oben nehmen. Aber Sie können es nicht hier in der Redaktion herumtragen. Sie würden die Angestellten nur erschrecken."

Er knurrte etwas, das sie nicht verstand, doch er lehnte das Schwert an die Innenwand des Schranks und schloss die Tür.

„Ich werde Ihnen jetzt die Redaktion zeigen und Sie unserer Belegschaft vorstellen. Dann können Sie mit der Arbeit anfangen." Am Tag zuvor hatten sie die Zeitungen gestapelt und zu Bündeln zusammengebunden. Heute mussten diese Bündel in Wagen geladen werden, welche die Zeitungen zu den Verteilerpunkten in der Stadt brachten.

Für Leif war das genau die richtige Arbeit. Und Krista hielt auch noch andere Aufgaben für ihn bereit.

„Ich möchte gerne sehen, wie Ihre Zeitung hergestellt wird", sagte er, als sie Kristas kleines Büro verließen. Also nahm sie ihn mit zu der schweren Stanhope-Druckerpresse.

„Sie wurde von dem Earl of Stanhope erfunden", erklärte sie. „Es ist die erste Druckmaschine, die ganz aus Eisen besteht."

„Wie arbeitet sie?"

Sie zeigte ihm das Fach mit den Metalltypen, den Buchstaben und Nummern, die sie zum Drucken der einzelnen Ausgaben der Zeitschrift benutzten. Dann wandte sie sich der schweren gusseisernen Presse zu. „Um den Druck auf das Papier zu steigern, verfügt die Maschine über ein System miteinander verbundener Hebel. Dieses Modell ist bereits verbessert worden. In einer Stunde können wir bis zu zweihundert Seiten drucken."

Leif war dabei, die Druckerpresse zu studieren, und untersuchte das schwere Arbeitsgerät von allen Seiten, als Coralee zu ihnen stieß.

„Corrie, das ist Leif Draugr. Ich glaube, du erinnerst dich an ihn."

In dem Moment wandte Leif sich um, und Corrie blieb der Mund offen stehen. Sie stand einfach nur da und starrte in dieses unglaublich hübsche Männergesicht. Ihr Blick glitt tiefer. Sie musterte die breiten Schultern, den flachen Bauch und die langen Beine.

„Das kann doch nicht sein ... das ist doch nicht etwa ..."

„Leif, das ist Miss Coralee Whitmore. Sie ist die Redakteurin der Frauenseite unserer Gazette."

„Was ist eine Re-dak-teurin?"

„Das bedeutet, dass sie einen gewissen Teil der Zeitung überwacht, bestimmt, welche Artikel geschrieben werden und so weiter."

„Ich freue mich, Sie kennenzulernen, Miss Whitmore."

Corrie stand nur da und sah, den Kopf in den Nacken gelegt, zu ihm hoch. „Ich … ich kann es nicht glauben."

„Ich gebe ja zu, dass es schwerfällt, aber er ist es trotzdem, glaube mir."

„Gütiger Himmel.

Corrie warf Krista einen vorwurfsvollen Blick zu, der bedeutete: *Du hast mir nie gesagt, dass er absolut umwerfend ist!*

„Mr. Draugr wird eine Zeit lang bei uns arbeiten, Coralee. Sobald er den Rest der Belegschaft kennengelernt hat, wird er Freddie dabei helfen, die Bündel aufzuladen."

Der Blick ihrer Freundin kehrte zu Leifs kraftvoller Gestalt zurück. „Ja … ich bin sicher, dass Mr. Draugr das sehr gut kann."

Krista ging an ihr vorbei und zeigte Leif die Redaktion und die Belegschaft. Sie stellte ihn als norwegischen Freund ihres Vaters vor. Bessie Briggs, die Schriftsetzerin, sah aus, als würden ihr gleich die Augen herausfallen. Gerald Bronner, der Drucker, wirkte neben Leif klein und weibisch, und Freddie Wilkes, Geralds junger Lehrling, ein Junge von vierzehn Jahren mit rötlich braunem Haar, starrte ehrfurchtsvoll zu ihm hinauf.

„Freut mich, Sie kennenzulernen, Meister", sagte der junge Mann.

Leif runzelte die Stirn. „Wie nanntest du mich? Meister?"

Eine Spur von Furcht schlich sich in die Augen des Jungen. „Es bedeutet nichts Böses. Ehrlich."

„Es ist Umgangssprache", erklärte Krista. „Nur eine lässige Begrüßung."

Leif nickte. „Freut mich, dich kennenzulernen, Meister."

Krista verdrehte die Augen und dachte an die Arbeit, die noch vor ihr lag. Einen Wikinger in einen Gentleman zu verwandeln schien eine unlösbare Aufgabe zu sein.

Auf dem Weg zum rückwärtigen Gebäude blieb Leif stehen. „Es wurde viel zerstört“, meinte er beim Anblick der von Ruß und Wasser zerstörten und vom Feuer verwüsteten Räume. Alle Möbel waren geschwärzt und versengt, und überall lagen aufgeweichte, halb verkohlte Zeitungsbündel herum. „Wenn ich mit dem Aufladen Ihrer Gazette fertig bin, werde ich hier sauber machen.“

Erstaunt sah Krista ihn an. Das war die ekelhafte Arbeit gewesen, die sie ihm hatte geben wollen, zur Strafe dafür, dass er in ihre Welt eingedrungen war. Weil er sich jetzt freiwillig zu einer so schmutzigen Aufgabe meldete, kam sie sich klein und gemein vor.

„Es ist nett von Ihnen, sich für diese Arbeit anzubieten, Leif, aber …“

„Jemand muss es doch tun. Und das hier kann ich.“

„Danke“, sagte sie mit Wärme.

Er streckte die Hand aus und berührte ihre Wange. „Machen Sie sich keine Sorgen, Krista Hart. Sie glauben, Sie bräuchten keinen Mann. Ich werde Ihnen das Gegenteil beweisen.“

Sie öffnete den Mund, um ihm zu sagen, dass er sich irrte, da sie nun wirklich keinen Mann brauchte. Nun ja, zumindest nicht für alles. Aber es gab sicher einiges, das sie nicht allein zustande bringen konnte. Eine Familie gründen zum Beispiel. Doch dafür würde sie bald einen Gatten haben.

In ihr stieg das Bild von Matthew Carlton auf. Sie musste Leif erklären, warum sie Matthew heiraten würde. Doch bevor sie noch etwas sagen konnte, wandte er sich ab und machte sich bereit, mit Freddie die fertigen Bündel aufzuladen.

Leif zog Jacke und Weste aus, warf alles über einen Stuhl und löste seine Krawatte und die steife Halsbinde. Er öffnete den obersten Knopf seines Hemdes und begann dann, Stapel des bedruckten Papiers zu den Wagen zu tragen.

Krista ging in ihr Büro. Doch es dauerte nicht lange, und Leif erschien in der Tür.

„Wir sind mit dem Beladen fertig. Ich fange jetzt mit der Arbeit in den hinteren Räumen an."

Obwohl er und Freddie die Bündel durch die Vordertür hatten tragen müssen anstatt durch den Hintereingang, hatten sie die Wagen in Rekordzeit beladen. Die nächsten paar Stunden konnte Krista hören, wie Leif die Trümmer aus dem hinteren Raum der Redaktion hinaustrug.

„Mr. Draugr ist ein ziemlich tüchtiger Arbeiter", sagte Corrie, als Krista ihr Büro verließ, um nach seinen Fortschritten zu sehen.

„Es scheint so."

In dem Augenblick öffnete sich die Tür des Hinterzimmers. Leif erschien mit nacktem Oberkörper und benutzte sein weit geschnittenes Hemd, um sich den Schweiß von Gesicht und Brust zu wischen. „Ich bin fast fertig", erklärte er. „Ich hoffe, Sie haben vielleicht einen Schluck Wasser für mich."

Kristas Blick hing an seiner schweißüberströmten Brust.

„Meine Güte", sagte Corrie, als ihr Blick den gleichen Weg nahm.

Sein Gesicht war von Schmutz verschmiert. Die Arme glänzten vor Schweiß, was seinen mächtigen Bizeps noch unterstrich. Über dem Bund der tief auf der Hüfte sitzenden Hose konnte Krista seinen Nabel sehen.

Sie schluckte. „Leif, Sie können nicht … Sie können nicht in der Öffentlichkeit Ihre Kleider ausziehen. So etwas tut man einfach nicht in unserer Welt."

„Da drinnen ist es heiß, und ich habe nur mein Hemd ausgezogen."

„Ich weiß ja, dass Sie schwer arbeiten, aber … aber …"

Er lächelte verschmitzt. „Sie sind noch ein unschuldiges Mädchen. Der Tag wird kommen, da wird eine nackte Männerbrust Sie nicht mehr in Verlegenheit bringen."

Er entfaltete das zerknitterte, mit Ruß befleckte Hemd,

schüttelte es aus und zog es über. „Sollte ich Sie beleidigt haben, so tut es mir leid."

„Sie haben ... haben mich nicht beleidigt." Krista reckte das Kinn vor. „Es ist nur meine Aufgabe, Ihnen Manieren beizubringen, und das versuche ich gerade."

Sein Blick glitt über ihren Körper. „Es gibt Dinge, die ich Sie auch gerne lehren würde. So es die Götter wollen, wird es eines Tages vielleicht geschehen."

Krista stockte der Atem. Sie wusste nur zu gut, von welchen Dingen er sprach. Das Schlimme war nur, dass sie sich einen einzigen, verrückten Augenblick lang nichts mehr wünschte, als diese Dinge tatsächlich zu lernen.

Doch irgendwann in den kommenden Wochen würde ihre Verlobung angezeigt werden. Sie musste es Leif sagen.

Und sie musste sich selbst überzeugen, dass sie Matthew wollte.

Für den Rest des Nachmittags arbeitete Krista in ihrem Büro. Kaum waren sie wieder ins Stadthaus zurückgekehrt, ging sie sofort hinauf in ihr Zimmer. Als sie später am Abend Leif und ihren Vater beim Abendessen traf, war der Wikinger wieder sauber und korrekt angezogen. Doch den Anblick, wie er halb nackt und schweißbedeckt in ihrem Büro gestanden hatte, würde sie nie vergessen.

Und morgen war Samstag. Den ganzen Tag über würde sie mit ihm arbeiten, ihm Manieren und gutes Benehmen beibringen. Lieber Gott, wie sollte sie das überleben?

11. KAPITEL

Am Samstagmorgen machte Leif sich auf die Suche nach Krista. Seit Stunden war er bereits auf und hatte die Anstandsbücher durchgelesen, die sie ihm nach dem Abendessen gegeben hatte. Mit dem Buch „Die Etikette für den feinen Herrn" kam er ganz gut voran, auch wenn er sich der Aussprache des Wortes „Etikette" noch nicht ganz sicher war.

Er seufzte, während er den Korridor entlangging. Die Bücher waren öde und langweilig. Sie ähnelten so gar nicht den spannenden Büchern, die der Professor ihm gegeben hatte und die zum Beispiel vom Himmel handelten und dass der, wie er jetzt gelernt hatte, voller Planeten und Sterne war. Er hatte über große Dampfschiffe gelesen und Fabriken mit Maschinen, welche Fäden zu Stoffen verwebten, aus denen man dann Kleider machte. Er hoffte, eines Tages diese unglaublichen Dinge selbst zu sehen.

Nachdenklich betrachtete er das Buch in seiner Hand, in dem nichts als unsinnige Regeln standen. Wie man eine perfekte Verbeugung machte. Wie man eine Dame zum Abendessen führte. Es gab ein Kapitel über das Benehmen in Kutschen und eines, wie man sich Personen gegenüber benahm, die unterschiedliche Stellungen innehatten.

All das war so lächerlich! Einen Mann beurteilte man danach, wie mutig er zu kämpfen verstand, ob er ehrbar war oder nicht, ob er weise war oder ein Narr. Das waren die Dinge, die zählten.

Zumindest für ihn.

Doch immer wenn er daran dachte, was für eine Zeitverschwendung es doch war, die unwichtigen Regeln eines Ortes zu lernen, den man England nannte, erinnerte er sich an die schrecklichen Monate, die er eingesperrt wie ein Tier in Gefangenschaft hatte verbringen müssen. Nie würde er die entsetzliche Demütigung vergessen, die Grausamkeiten und das Gefühl, das ihm dieses Leben vermittelt hatte – kein Mensch mehr zu sein.

Wenn er hier überleben wollte, musste er sich anpassen, musste die Gebräuche der Menschen hier kennenlernen. Wenn er jemals wieder nach Hause zurückkehren wollte, musste er einen Weg finden, Geld zu verdienen.

Der Gedanke versetzte ihm einen Stich. Er und sein Vater waren im Streit auseinandergegangen. Denn Ragnaar hatte nicht verstanden, dass Leif keine andere Wahl gehabt hatte.

Und an welch einen Ort war er gekommen! Faszinierender als alles, was er sich vorgestellt hatte, herausfordernder und interessanter. Wenn er könnte, würde er bleiben. Doch er musste die Pflichten erfüllen, die ihm von Geburt an bestimmt waren.

Trotzdem glaubte Leif, dass die Götter ihn aus einem bestimmten Grund hierher geführt hatten. Und während der Monate auf Heartland und den Tagen, die seiner Rückkehr nach London gefolgt waren, hatte er den Grund herausgefunden.

Bei dem Gedanken daran musste er lächeln und sagte sich, dass es gar nicht so schlecht sein würde, wieder zu seinem früheren Leben zurückzukehren. Denn wenn er nach Hause fuhr, brachte er eine Braut mit. An diesem seltsamen Ort, den sie London nannten, hatte er die Frau gefunden, die ihm die Götter zur Gefährtin auserkoren hatten.

Noch nie hatte Leif jemanden wie diese Frau, diese Krista Hart gekannt, stolz, intelligent, unabhängig. Eine Frau, die in dieser schwierigen, meist von Männern bestimmten Welt ihren eigenen Weg ging. Eine, die den Menschen, die für sie arbeiteten, Respekt abverlangte. Eine, die schlau war wie ein Mann und vielleicht sogar noch entschlossener. Groß und blond, war sie schön wie eine Göttin und wohlgestaltet wie Freya selbst.

Ihr Bild erschien vor seinem inneren Auge, und sofort antwortete sein Körper wild und stürmisch. Sein Verlangen nach ihr überwältigte ihn beinahe. Während der Zeit auf Heartland hatte er oft an sie gedacht, war nachts erwacht, wenn seine Männlichkeit schmerzhaft hart pulsierte.

In den Stallungen von Heartland hatte er ein Milchmädchen genommen, das sich ihm angeboten hatte. Nach so vielen Monaten ohne eine Frau war der Akt eine Erleichterung gewesen. Doch selbst als er zwischen den weißen Schenkeln der Magd lag, hatte er an Krista Hart gedacht und sich nach ihr verzehrt. Nachdem er sein Vergnügen gehabt hatte, war er trotzdem unbefriedigt geblieben. Er wusste, dass keine andere Frau das Feuer löschen konnte, das in ihm für Krista Hart loderte.

Nie würde er dieses Land ohne sie verlassen.

Er dachte an die Hochzeitsnacht und daran, wie er seinen Samen tief in sie einpflanzen würde. Dachte an die starken Söhne, die sie ihm schenken würde. Schweiß lief ihm über den Nacken, und der Magen zog sich ihm zusammen. Noch nie hatte er ein so lang anhaltendes Verlangen für eine Frau verspürt.

Und obwohl sie noch Jungfrau war und die Gefühle, die er in ihr weckte, nicht verstand, glaubte Leif doch, dass Krista für ihn die gleiche wilde Begierde verspürte. Er würde ihre Leidenschaft wecken und ihr Blut zum Kochen bringen, bis sie an keinen anderen Mann als an ihn würde denken können.

Als er an ihren Verehrer Matthew Carlton dachte, verfinsterte sich sein Blick. Der Mann war ein Schwächling. Mit der Zeit würde Leif schon dafür sorgen, dass auch Krista das erkannte.

Doch noch war der Tag nicht gekommen, an dem er vor ihren Vater treten konnte.

In der Zwischenzeit musste er noch mehr lernen, musste einen Weg finden, um Geld zu verdienen, damit er den Brautpreis zahlen und ein Schiff kaufen konnte, das ihn und seine zukünftige Frau nach Hause trug.

Er würde dieses Buch studieren, das er in der Hand hielt – und dem Unterricht der Frau lauschen, die er zu seiner Angetrauten machen wollte.

Wieder lächelte er. Denn allmählich gewann er den Eindruck, dass dieser Teil seines Studiums ihm sogar Vergnügen machen könnte.

Tante Abby fuhr am Samstagmorgen ab. Krista war überzeugt, dass sie einen Verehrer hatte – einen aus dem örtlichen Adel –, obwohl die Tante ihr gegenüber den Mann nie erwähnte. Am selben Morgen, etwas früher, hatte Krista eine Nachricht von Matthew erhalten, die besagte, dass ihm etwas Wichtiges dazwischengekommen wäre und er sie zu Lord Wimbys Einladung heute Abend nicht begleiten könnte. Er hoffte, sie würde ihm verzeihen.

Krista hatte die Einladung völlig vergessen. Er hoffte, sie würde ihm verzeihen? Alles, was sie fühlte, war Erleichterung.

Doch heute war Samstag, und sie hatte ihrem Vater versprochen, Leif gute Manieren und gutes Betragen zu lehren. Und das wollte sie jetzt tun, wie schwierig es auch sein mochte.

Zu diesem Zweck zog sie ein einfaches gelbes Kleid an. Rund um den Saum des üppigen Rocks waren Rosen aufgestickt. Dann verließ sie die Sicherheit ihres Zimmers. Der Morgen nahm seinen Lauf, und es gab keinen Grund, die Aufgabe noch länger vor sich herzuschieben.

Als sie auf die Treppe zuging, sah sie Leif, das Buch „Benimmregeln für den feinen Herrn“ in der Hand, auf seinen langen Beinen zielstrebig auf sie zukommen. Es war eines der Bücher, die sie gestern Abend aus dem Studierzimmer genommen hatte, zusammen mit „Leitfaden für den feinen Herrn zu einem tadellosen Betragen“ und einem Buch, das den Titel trug: „Der untaugliche Verehrer“. Es handelte von der Beziehung zwischen Mann und Frau, dem Umwerben und der Hochzeit – ein Buch, das sich vielleicht noch als außerordentlich nützlich erweisen konnte.

Leif blieb vor ihr stehen. „Ich habe schon befürchtet, Sie hätten nicht mehr daran gedacht."

Wenn sie das nur könnte! „Ich habe es nicht vergessen ... ich ... ich wollte Ihnen nur etwas Zeit geben, sich die Bücher anzusehen."

„Ich lese gerade dieses hier." Er hielt es hoch, und sie stellte fest, dass er bereits ziemlich weit gekommen war. Sie fragte sich, wie lange er wohl letzte Nacht über den Seiten gebrütet hatte.

„Ich verstehe nicht, wieso Sie so viele Regeln benötigen."

„Leider kann ich Ihnen darauf auch keine Antwort geben. Ich kann nur sagen, dass sich diese Regeln über Hunderte von Jahren hinweg entwickelt haben."

Er sah auf den ledergebundenen Band hinunter, ehe sein Blick zu ihr zurückging. „Wo sollen wir anfangen?"

Krista versuchte sich nicht in den Tiefen dieser kristallblauen Augen zu verlieren. „Ich habe darüber nachgedacht. Folgen Sie mir." Sie drehte sich um und ging zum Speisezimmer. Hinter sich hörte sie Leifs schwere Schritte auf dem Marmorboden. Sie betrat den Raum und ging zu dem langen Mahagonitisch, der bereits mit Porzellan und Silberbesteck für das Abendessen gedeckt war.

„Wie weit sind Sie in dem Buch gekommen?"

„Ich lese gerade den Abschnitt über das Abstatten von Besuchen in der feinen Gesellschaft." Er schlug das Buch an der Stelle auf, die er mit dem Finger markiert hatte. „Morgenbesuche – so bezeichnet, weil sie vor dem Lunch stattfinden – sind genau genommen eigentlich Nachmittagsbesuche, da sie nur zwischen drei und sechs Uhr gemacht werden." Er sah auf und lächelte Krista verschmitzt an, wobei sich in seinen Wangen zwei winzige Grübchen zeigten. „Sehr nützliche Information."

Krista verdrehte die Augen. „Das ist sie gewiss, doch da

Sie bis jetzt noch sehr wenige Bekannte in London haben, denen Sie einen Besuch machen könnten, wollen wir uns etwas Praktischerem zuwenden." Sie deutete auf einen der zwölf geschnitzten, hochlehnigen Stühle. „Tun wir so, als wären wir hier, um zu Abend zu essen. Nachdem der Herr die Dame ins Speisezimmer geführt hat, zieht er ihren Stuhl hervor und hilft ihr auf ihren Platz. Lassen Sie es uns versuchen, ja?"

Er bot ihr den Arm, wie sie es ihm zuvor gezeigt hatte, und sie gingen die letzten Schritte zum Tisch. Leif zog einen der Stühle hervor. Krista setzte sich und ordnete ihre Röcke.

„Jetzt setzen Sie sich neben mich. Vergessen Sie nicht, man kann Sie überall an den Tisch setzen, das hängt von Ihrem Rang ab. Bei einem formellen Abendessen gäbe es eine Platzkarte mit Ihrem Namen."

Leif nickte und nahm seinen Platz genau auf die Weise ein, wie es sich schickte.

„Gut. Nun werden wir die korrekten Tischmanieren lernen."

Ein Hauch von Rot erschien auf seinen Wangen. „Ich soll dieses Ding da benützen, das *Gabel* heißt." Er wirkte verlegen. Noch nie zuvor hatte Krista ihn so gesehen und fand es eher bezaubernd.

„In diesem Land benutzen die Leute eine Gabel, um zu essen. Sie haben lange genug wie ein Wikinger gegessen."

„Ich bin ein Wikinger", erwiderte er.

„Ja, aber das ist nicht der Punkt. Jetzt sind Sie hier. Eine Gabel zu benützen ist der richtige Weg, um weiterzukommen."

„Ich habe es probiert. Wie es scheint, komme ich mit diesem verdammten Ding nicht zurecht."

Entgeistert schaute Krista ihn an. „W...was haben Sie da gesagt?"

„Ich sagte, ich habe es probiert, und wie es scheint, komme ich mit dem verdammten ..."

„Das höre ich von Ihnen das erste Mal."

„Warum haben Sie dann …"

„Weil ein Gentleman so etwas nicht sagt. Zumindest nicht im Beisein einer Dame.

„Ich habe es einmal ein Milchmädchen sagen hören."

„Ein Milchmädchen sagte das?"

Er errötete noch tiefer, und plötzlich glaubte Krista zu wissen, warum.

„Sie redete zu einer Kuh. Mir gefiel der Klang des Wortes."

„Und das Milchmädchen gefiel Ihnen auch?", fragte Krista freundlich, obwohl ihr dieser Gedanke einen merkwürdigen Stich versetzte.

Leif sah sie offen an. „Sie kümmerte sich um meine Bedürfnisse, das ist alles. Aber ich wollte Sie, selbst als ich zwischen ihren Beinen lag."

Krista öffnete den Mund, doch es kam kein Ton heraus. Sie befeuchtete die Lippen, die mit einem Mal ganz trocken waren. „Leif, Sie dürfen nicht … ein Mann sagt so etwas nicht zu einer Dame."

„Warum nicht, wenn es doch wahr ist?"

„Es ist … es ist einfach nicht schicklich."

„Steht das so in dem Buch?"

Du lieber Gott! „Das bezweifle ich sehr. In diesem Fall müssen Sie mir einfach vertrauen."

Er lächelte. Weiße Zähne blitzten in seinem hübschen Gesicht auf, und Krista hielt den Atem an. „Ich vertraue Ihnen, Krista Hart", sagte er leise, während er ihren Blick erwiderte. „Und ich bete, dass Sie mit der Zeit lernen werden, auch mir zu vertrauen."

Eine unbekannte Wärme erfüllte sie. Es war seltsam, doch auf irgendeine Weise vertraute sie ihm bereits. Er war ehrlich bis zum Übermaß, und sie fühlte sich bei ihm so sicher wie noch bei keinem anderen Mann. Leif würde sie nicht verletzen. Mochte kommen, was wollte, er würde sie beschützen, vielleicht sogar mit seinem Leben.

Ihre Gedanken gingen zurück zu dem Milchmädchen, und vor ihrem inneren Auge sah sie die beiden beieinanderliegen und sah, wie Leif das Mädchen voll Leidenschaft liebte. Eifersucht mischte sich in die erotische Vorstellung, die Kristas Puls schneller schlagen ließ. Warum nur musste von allen Männern Londons ausgerechnet dieser hier so anziehend auf sie wirken?

„Nun gut, lassen Sie uns wieder zu unserer augenblicklichen Aufgabe zurückkehren", sagte sie brüsk und hatte die Situation, die außer Kontrolle zu geraten drohte, wieder fest in der Hand. „Ich zeige Ihnen, wie man die Gabel richtig benutzt." Sie nahm die größte der silbernen Gabeln, die links von ihm lag, und drückte sie ihm in die Hand.

„Sie benutzen meistens die rechte Hand, nicht wahr?"

Er nickte. „Doch das Schwert kann ich mit beiden schwingen."

„Wieso überrascht mich das nicht?"

Verständnislos runzelte er die Stirn.

„Ist schon gut." Krista erhob sich, trat hinter ihn, beugte sich über seine Schulter und nahm seine Hand. Sie war groß, stark, männlich und fühlte sich warm an. Und sie zitterte leicht. Krista ignorierte es. Sie bog seine Finger auseinander, legte die Gabel auf die richtige Art hinein und schloss dann ihre Finger um die seinen. Leif sah auf ihre verschlungenen Hände, drehte sich auf seinem Stuhl um und zog Krista auf den Schoß.

„Leif!"

„Sie bringen mein Blut zum Kochen, Krista Hart." Als sie versuchte aufzustehen, hielt er sie fest gegen seine harten Schenkel gepresst. „Fühlen Sie, was Sie mir antun?"

Großer Gott! Selbst durch die vielen Schichten ihrer Röcke und Unterröcke konnte sie seine harte Männlichkeit spüren. Etwas in ihr zog sich voll süßer Vorahnung zusammen und sie wurde feuerrot. „Lassen Sie mich sofort gehen, Leif Draugr!"

Er ließ sie los, und sie sprang, am ganzen Körper zitternd, auf die Füße. „Sie müssen damit aufhören, Leif. Sie können sich nicht so benehmen. Das geht einfach nicht!"

Er runzelte die Stirn. „Sie wollen wirklich nicht wissen, dass ich Sie begehre? Sie sollten sich geschm... geschm..."

„Geschmeichelt?"

„Eine Frau sollte sich geschmeichelt fühlen, wenn ein Mann Verlangen nach ihr hat. Sie sind eine sehr schöne Frau. Sicher begehren viele Männer Sie, doch sie sagen es nicht. Ich sage es Ihnen, damit Sie wissen, wie schön Sie sind."

Zitternd holte Krista Luft und entfernte sich vom Tisch. Vorsichtshalber wandte sie Leif den Rücken zu. Sie atmete ein wenig zu schnell, ihre Hände waren feucht geworden, und seine Worte übten eine seltsame Macht auf sie aus.

Doch das durfte sie ihn nicht wissen lassen. Sie rief sich selbst zur Ordnung, ehe sie sich langsam zu ihm umdrehte. „Möchten Sie wirklich etwas lernen, oder haben Sie nur Ihren Spaß auf meine Kosten?"

Ihre Frage schien ihn zu ernüchtern. „Ich muss diese Dinge lernen, die Sie mir beibringen wollen."

„Dann wird nicht mehr über Verlangen geredet. Sie werden sich wie der Gentleman benehmen, den ich aus Ihnen zu machen versuche. Ist das klar?"

Er nickte kurz. „Wie Sie wünschen."

„Nun ... nehmen Sie jetzt die Gabel in die Hand, wie ich es Ihnen gezeigt habe."

Er tat, wie ihm geheißen.

„Nehmen Sie die Gabel und tun Sie so, als würden Sie ein Stück Fleisch aufspießen. Da Sie ja so *verdammt* gut mit Ihrem teuflischen Messer umgehen können, sollten Sie fähig sein, Ihr Fleisch damit in kleinere Stücke zu schneiden. Wenn Sie das getan haben, können Sie die Gabel benutzen, um jedes Stück aufzuspießen."

Er schien ein Lächeln zu unterdrücken. „Nicht nur, dass

ich Sie begehre, Krista Hart, ich mag Sie. Ich werde tun, was Sie wünschen, *honning*."

„Wie nannten Sie mich gerade?"

„Honning. Das heißt …"

„Ich weiß sehr gut, was das heißt, und wagen Sie es nicht, mich so zu nennen!" *Honning* bedeutete Honig. Doch in Altnordisch wurde es nicht als Kosewort benutzt. Die Sprache besaß wenige Schmeichelworte. Wahrscheinlich hatte Leif die Übersetzung gelernt und benutzte das Wort nun zu seinem Zweck. „Heben Sie sich das für Ihr Milchmädchen auf!"

Jetzt lächelte er tatsächlich. „Sie sind eifersüchtig. Das gefällt mir an einer Frau."

„Noch ein Wort, und ich gehe und komme nicht wieder."

Leif ließ sie in Ruhe und sah auf seinen Teller. Zu Kristas Erleichterung sagte er kein Wort mehr, bis sie den Unterricht beendeten.

Als sie schließlich das Speisezimmer verließen, waren seine Tischmanieren tadellos.

„Lassen Sie uns in den Salon gehen", schlug Krista vor. „Wir können daran arbeiten, wie man sich einander vorstellt. Sehen wir einmal, wie Sie damit zurechtkommen. Danach werden wir entscheiden, wie wir weiter vorgehen."

Da er sich daran erinnerte, dass eine Dame zuerst den Raum betrat, ging Leif hinter ihr in den Salon, und Krista begann, ihn darin zu unterrichten, wie man sich begrüßt und welche Redewendungen man dabei benutzt. Als der Morgen vorüber war, konnte Leif sich eleganter verbeugen als ihr Vater, der immerhin vierzig Jahre Praxis darin besaß. Und als Krista ihm die Hand auf den Arm legte und sie so taten, als geleite er sie in einen Ballsaal, musste sie sich in Erinnerung rufen, wer er eigentlich war.

Nach einer kurzen Mittagspause – Leif benutzte die Gabel überaus korrekt – kehrten sie zum Unterricht über die nachmittägliche Teestunde in den Salon zurück.

„Eigentlich neigen eher Frauen dazu, den Nachmittagstee einzunehmen. Doch es könnte sich eine Gelegenheit für Sie ergeben, und dann sollten Sie wissen, was zu tun ist."

„Zeigen Sie es mir", bat er.

Nach einigen Versuchen und nur einem kleinen Missgeschick – die glücklicherweise leere Teetasse landete auf dem Perserteppich – konnte er die zierliche Porzellantasse mit der Eleganz eines Tanzmeisters halten.

Und sein Gedächtnis war einfach erstaunlich. Was immer Krista ihm sagte, er konnte es fast Wort für Wort wiederholen. Noch nie hatte sie einen Mann gesehen, der entschlossener war zu lernen, und Krista fragte sich unwillkürlich, was ihn wohl dazu trieb. Als sie sich dann in Erinnerung rief, dass er monatelang eingesperrt gewesen war, glaubte sie seinen Beweggrund zu kennen.

Am späten Nachmittag war klar, dass Leif die von Krista gestellten Aufgaben würde lösen können. Wenn er weiterhin so hart arbeitete wie bisher, würde er fähig sein, sich in der feinen Gesellschaft zu bewegen. Er wurde zuversichtlicher.

Krista versuchte die Spannung zu ignorieren, die sich in ihr aufbaute. Aber Leif war ein gut aussehender Mann, und wenn er ihr die Hand auf die Taille legte, um ihr zu helfen, einige Stufen hinaufzugehen, wenn er ihren Arm nahm, um sie zum Sofa zu führen, forderte die Wirkung, die seine Nähe auf sie ausübte, ihren Tribut.

Ohne sie aus den Augen zu lassen machte er eine perfekte Verbeugung, und Kristas Herz tat einen Sprung. Wenn er sich benahm, als wäre sie eine Countess, und sie mit seiner tiefen, verführerischen Stimme „Mylady" nannte, rann ihr ein leichter Schauer über den Rücken. Als er ihre Hand nahm und sie an die Lippen führte, schien ihr Herz stillzustehen.

„Wo … wo haben Sie das gelernt?"

„Ich sah es auf einem Bild in einem Ihrer Bücher."

„Nun, das … das würden Sie nur unter besonderen Umständen tun. Vielleicht vergessen Sie es am besten."

Ein leichtes Lächeln kräuselte seine Lippen. „Es gefällt Ihnen. Ihre geröteten Wangen haben es mir verraten."

Ihr Gesicht wurde noch heißer. „Nein, ich mag es nicht. Ich war nur überrascht, das ist alles."

Unverwandt sah er sie an, während er näher trat. „Wären Sie überrascht, wenn ich Sie küsste?"

„Leif, Sie dürfen nicht …"

Aber es war schon zu spät. Sein Mund senkte sich auf den ihren, der Kuss war heiß und feurig wie schon einmal und ließ ihr Innerstes schmelzen und ihr Herz rasen. Einen Augenblick lang küsste sie ihn wieder, gefangen genommen von der Lust, von dem zutiefst sinnlichen Gefühl, das tief innen an ihrer weiblichsten Stelle erwachte und von dem sie erst seit Kurzem wusste.

Vielleicht hätte sie nicht aufgehört, Leif zu küssen, wenn er nicht gestöhnt hätte.

Sie öffnete die Augen und schob ihn entschlossen von sich. „So … so benimmt sich kein Gentleman."

Sanft strich Leif ihr über die Wange. „Solange es meinen Zielen dient, gebe ich vor, ein Gentleman zu sein. Doch in Wahrheit bin ich keiner. Ich bin ein Mann und begehre dich. Und ich glaube, auch du willst mich."

Wieder griff er nach ihr, doch sie riss sich von ihm los.

„Da irren Sie sich, Leif! Ich will Sie nicht. Sie haben mich nur überrumpelt, das ist alles. Außerdem bin ich schon einem anderen Mann versprochen." Endlich hatte sie es gesagt. Sie hätte es schon längst tun sollen.

„Ihr Vater hat einen Brautpreis festgesetzt?", fragte Leif und zog die Stirn kraus. „Wieso hat er mir das nicht gesagt?"

„Er hat keinen Brautpreis ausgesetzt. Hier bei uns zahlt man keinen Brautpreis. Während Sie und mein Vater auf Heartland waren, verbrachte ich einen großen Teil meiner Zeit in Gesellschaft von Matthew Carlton. Er bat mich, ihn zu heiraten, und ich habe seinen Antrag angenommen."

„Und damit ist Ihr Vater einverstanden?"

„Ja. Er hätte es Ihnen erzählen sollen. Ich weiß nicht, warum er es nicht getan hat."

Leif trat zum Fenster, das auf den Garten hinausging. „Vielleicht dachte er, es ginge mich nichts an." Er drehte sich um und sah sie eindringlich an. „Haben Sie Ihr Wort gegeben? Haben Sie geschworen, diesen Mann zu heiraten?"

Krista dachte daran zu lügen, ihm zu erzählen, dass es eine Ehrensache war, Matthew zu heiraten. Leif war ein Mann, der wusste, was Ehre bedeutete. Er würde diese Tatsache akzeptieren und sie in Ruhe lassen. Doch sie brachte es nicht über sich.

„Nicht … ganz. Während der Verlobungszeit sollte man sich darüber klar werden, ob man zueinander passt. In einigen Wochen werden wir die Verlobung offiziell bekannt geben. Einige Monate später werden wir dann heiraten."

Langsam ging er auf sie zu. „Aber Sie werden ihn nur heiraten, wenn es gewiss ist, dass Sie beide zueinander passen."

„Ja, aber verstehen Sie, Leif, Matthew und ich passen sehr gut zueinander. Wir haben dieselben Ziele, dieselben Freunde, dieselben Interessen. Das sind Dinge, die sehr wichtig sind in einer Ehe."

„Sie irren sich, Krista. Das hier ist wichtig zwischen einem Mann und einer Frau." Einen Moment lang hielt er ihren Blick fest, dann zog er sie wieder in seine Arme und küsste sie hingebungsvoll.

Krista sagte sich, dass sie sich jetzt wehren und dieser Torheit ein Ende machen müsse. Sie versuchte sich zu befreien, doch er ließ sie nicht los und küsste sie wieder und wieder. Seine Lippen umschmeichelten ihren Mund, bis ihr Widerstand nachließ und sie ihm die Arme um die Schultern legte. Sanft drängte er ihre Lippen auseinander. Eine Welle der Lust erfasste Krista, als seine Zunge in ihren Mund eindrang. In ihrem Bauch schienen heiße, kleine Flammen zu erwachen und bis in ihre Glieder zu züngeln.

Du meine Güte! Da küsste sie am helllichten Nachmittag einen Mann, der nicht ihr Verlobter war, und schien gar nicht damit aufhören zu können.

Leif beendete den Kuss früher, als sie es sich wünschte, und ließ sie benommen und verwirrt zurück. Krista war kaum noch fähig, sich auf den Füßen zu halten.

„Du wirst schon sehen, Krista. Um einen Partner zu finden, braucht es mehr als nur dieselben *Interessen*. Das werde ich dir zeigen."

Heftig schüttelte sie den Kopf und trat ein paar Schritte zurück. „Das können Sie nicht, Leif. Wir kommen aus zwei verschiedenen Welten. Mit uns würde es nie gut gehen – das wissen Sie so gut wie ich. Das darf … nie wieder vorkommen."

Leif tat, als hätte sie gar nichts gesagt. „Morgen wirst du mir das beibringen, was du Tanzen nennst."

Krista schluckte schwer. *Tanzen*. Das war fast so verführerisch wie Küssen. „Ich glaube … vielleicht finde ich jemand anderen, der es Sie lehren kann."

Er trat näher, ergriff ihre Hand, drehte sie um und presste die Lippen auf die Handfläche. „Hab keine Angst. Ich werde dir nicht wehtun. Das schwöre ich." Seine Miene verhärtete sich. „Keiner darf es je wagen, dir wehzutun."

Krista sah ihn nur an.

Sie versuchte sich Matthew Carltons Gesicht vorzustellen, doch es wollte ihr beim besten Willen nicht gelingen.

12. KAPITEL

Am Sonntag überraschte Leif Krista mit der Frage, ob er sie und ihren Vater in die Kirche begleiten dürfe. Bis jetzt hatte er nur wenig Zeit außerhalb des Hauses verbracht.

Einmal in der Kirche, saß er mit stoischer Ruhe auf der Holzbank, betrachtete die bunten Glasfenster und herrlichen Steinbögen und lauschte den Worten des Vikars. Krista war überzeugt, dass er lernte. Er schien einen unstillbaren Durst nach Wissen zu haben.

Nach dem Gottesdienst stellte ihr Vater Leif dem Vikar vor, der sich über sein Erscheinen zu freuen schien. „Bitte, kommen Sie doch wieder, junger Mann. Wir würden uns freuen, Sie als neues Mitglied unserer Herde begrüßen zu dürfen."

Krista hatte Mühe, sich den großen blonden Wikinger als Mitglied von Vikar Jensens *Herde* vorzustellen. Doch bei Leif wusste man nie. Als sie die Kirche verließen, blieb er am Fuß der Treppe stehen und sah zum Glockenturm empor.

„In meiner Heimat erzählt man sich, dass noch bevor wir nach Draugr zogen, Priester unter uns lebten. Sie lehrten das Volk den christlichen Glauben und überzeugten es davon, seine Sklaven freizulassen." Er sah zu Krista, und sie bemerkte den Anflug von Düsternis in seinen Augen. „Ich bin froh darüber, denn ich weiß, was es heißt, wie ein Sklave zu leben."

Sanft berührte Krista seinen Arm. „Was mit Ihnen geschehen ist, tut mir leid, Leif."

Er zuckte die Achseln. „Es war der Wille der Götter."

„Meines oder Ihrer?"

„Ich glaube, das ist nicht wichtig."

Vielleicht nicht. Am Ende war es vielleicht nur wichtig, das Richtige zu tun.

„Leif sagt, du würdest ihm heute das Tanzen beibringen",

meinte ihr Vater sichtlich erfreut, während sie zur Kutsche gingen und darin Platz nahmen.

„Ich fürchte, seine Tanzstunden müssen noch warten. Da Tante Abby fort ist, gibt es niemanden, der Klavier spielen könnte. Ich könnte zwar spielen, aber dann hat er keine Tanzpartnerin." *Gott sei Dank*. Kein Tanz mit Leif. Sie würde nicht seine Arme um ihre Taille spüren, nicht in diese verwirrenden blauen Augen blicken.

Ihr Vater lächelte nur. „Ich dachte mir schon, dass das der Fall sein würde. Ich habe mit Mr. Pendergast gesprochen, deinem alten Klavierlehrer. Er wird kommen, um heute Nachmittag für euch zwei zu spielen."

Und Krista war sich so sicher gewesen, die perfekte Entschuldigung gefunden zu haben!

Leif beugte sich zu ihr. „Schauen Sie nicht so verärgert drein, *honning*. Ich werde mir Mühe geben, Ihnen nicht auf die hübschen Füße zu treten."

Krista ignorierte die Wärme, die sie beim Klang des Kosenamens durchfuhr. „Ich habe Ihnen gesagt, Sie sollen mich nicht so nennen."

Leif lächelte nur.

Verstohlen warf Krista ihrem Vater einen Blick zu, da sie wissen wollte, ob er etwas gehört hatte. Doch er hatte den Kopf gegen die Polster gelehnt, und in der nachmittäglichen Hitze waren ihm die Augen zugefallen.

„Ich dachte, Sie wüssten gar nicht, was Tanzen ist?", sagte Krista leise zu Leif.

„Sie gaben mir Bücher zu lesen. Da drin steht, dass beim Tanzen zwei Personen gemeinsam ihre Füße im Rhythmus der Musik bewegen."

„Ja, aber das ist eher vereinfacht ausgedrückt, wie Sie bald sehen werden."

Die Kutsche hielt vor dem Stadtpalais. Das abrupte Stoppen der Bewegung riss ihren Vater aus dem Schlaf. Kaum im Haus, verließ er die beiden, schlüpfte in sein geliebtes Studierzimmer und schloss leise die Tür hinter sich.

Bis Mr. Pendergast zur vereinbarten Stunde eintraf, blieb ihnen noch etwas Zeit. Krista ging in den Salon und legte Strohhut und die weißen Baumwollhandschuhe ab. Als sie sich umdrehte, sah sie Leif in der Tür stehen und sie beobachten.

„Ich habe versucht, die Schritte aus dem Buch zu lernen, doch die Zeichnungen sind schwer zu verstehen. Wenn Sie sie mir zeigen würden, wäre das vielleicht hilfreich."

Wie eine Frau auf dem Weg zum Galgen ging Krista zu ihm. Beim Tanzen mussten die Partner sich berühren. Und Leif zu berühren war wie Feuer berühren. Sie wünschte sich, die ländlichen Tänze wären nicht so aus der Mode gekommen. Doch in diesen Tagen war Paartanz der letzte Schrei. Und der bekannteste Tanz war der Walzer.

„Da Sie die Schritte bereits gelernt haben, können wir auch jetzt schon beginnen. Im Augenblick ist der Walzer der beliebteste Tanz. Er ist relativ einfach, obwohl er eine gewisse Finesse erfordert."

„Fin-esse. Das heißt, man bewegt sich ohne Plumpheit, nicht wahr?"

„Ja." Sie musterte ihn und fragte sich, wie um alles in der Welt sich ein Mann seiner Größe auf dem Tanzboden graziös bewegen sollte. Auf der anderen Seite schien er immer eine Art Grazie auszustrahlen, ganz gleich, was er tat.

„Wir werden die Tanzschritte ein wenig üben. Wenn dann Mr. Pendergast da ist, werden Sie erkennen, wie die Schritte zur Musik passen."

Leif trat vor sie hin und machte eine sehr elegante Verbeugung.

„Woher wissen Sie ..."

„Es steht im Buch."

Von seinem Lächeln entwaffnet, stellte sie sich neben ihn. „Schauen Sie jetzt auf meine Füße." Krista zählte die

Schritte, wobei sie sich in einem Rhythmus bewegte, den nur sie hörte. „Eins – zwei, drei. Eins – zwei, drei. Eins – zwei, drei. Dann drehen Sie sich – sehr graziös – und drehen Ihre Partnerin ebenfalls. Versuchen Sie es. Zählen Sie dabei die Schritte."

Er bemühte sich sehr. „Eins – zwei, drei. Eins – zwei, drei. Eins – zwei, drei."

Krista seufzte. „Sie brauchen die Musik. Sonst macht das alles keinen Sinn." Sie ging schon zum Klavier und wollte einige Takte spielen, als sie eine vertraute Stimme hörte.

„Wie es scheint, komme ich gerade zur rechten Zeit."

„Mr. Pendergast! Wie schön, Sie zu sehen. Bitte, kommen Sie herein."

Der Klavierlehrer, ein zierlicher, eleganter kleiner Herr mit silberweißen Haaren und einem feinen, blassen Gesicht, kam auf sie zu. Krista stellte ihn Leif vor, und der Musiklehrer betrachtete ihn mit verhaltener Neugier.

„Mr. Draugr ist ein ausländischer Freund meines Vaters", erklärte Krista. „Er ist mit einigen unserer Sitten nicht so vertraut." Das war milde ausgedrückt.

„Nun, ein Mann muss tanzen können, mein Freund", sagte der Musiklehrer. „Und ich glaube, Sie könnten bereits die perfekte Partnerin gefunden haben."

Nicht dass Krista eine besonders gute Tänzerin gewesen wäre. Sie waren eben nur gleich groß.

Leif lächelte Krista zu. „Ich glaube, da dürften Sie recht haben, Mr. Pendergast. Ich bin sicher, Miss Hart wird gut zu mir passen."

„Nehmen Sie Ihre Positionen ein", forderte Mr. Pendergast sie nun auf.

Krista stellte sich vor Leif. Als er keine Anstalten machte, sie anzufassen, gab sie sich einen Ruck und griff nach seiner Hand. „Der Herr legt seine Hand auf die Taille der Dame."

Er legte die Hand auf ihr hellblaues Seidenkleid, und deren Wärme schien durch Kristas Gewand hindurchzubrennen. „Ist es so richtig?"

„Ja ..."

Er bewegte die Hand ein wenig auf und ab. „Was ist das für ein steifes Zeug, das Sie unter Ihrem Kleid tragen?"

Krista errötete. „Es ist ein Korsett", flüsterte sie, „und kein Thema für ein Salongespräch."

„Wozu ist das gut?"

„Es verschafft mir eine schmalere Taille. Konzentrieren Sie sich jetzt auf das, was wir tun."

„Ich habe mich schon gewundert, warum Ihre Taille so viel schmaler ist als die der Frauen in meiner Heimat."

„Leif, bitte."

Er straffte die Schultern und legte die Hand so, wie sie es ihm gezeigt hatte.

„Jetzt nimmt der Herr die Hand der Frau in die seine", sagte sie.

Leif erfasste ihre Hand und verschränkte seine Finger mit den ihren. „So?"

Krista schüttelte den Kopf. „Nein. Eher so." Sie zeigte ihm, wie es richtig war. Er machte ihre Bewegung nach und schloss die Finger um ihre Hand. „So ... so ist es richtig."

Sie standen sich gegenüber, Fußspitzen an Fußspitzen, eine seiner großen Hände auf ihrer Taille, während die andere sanft die ihre umschloss. „Heben Sie ein wenig den Arm", wies sie ihn an. „So ist es besser."

Mr. Pendergast ließ gekonnt die Finger über die Tasten gleiten und entlockte dem Instrument eine Tonkaskade. Dann begann er einen populären Wiener Walzer zu spielen. Krista zählte im Takt mit, bis auch Leif den Rhythmus verstanden hatte. „Zählen Sie jetzt."

Er tat, wie sie verlangte. „Eins – zwei, drei. Eins – zwei, drei."

„Jetzt müssen Sie nur noch die Füße so bewegen, wie ich es Ihnen gezeigt habe. Im gleichen Takt."

„Ich möchte es zuerst allein probieren, denn ich will Ihnen nicht auf die Füße treten", meinte er lächelnd. Während er so tat, als hielte er sie immer noch in den Armen, bewegte er sich durch den Salon. Er brauchte weniger Zeit, als Krista angenommen hatte, um es zu begreifen. Leif kam zu ihr zurück, nahm sie in die Arme und wirbelte sie herum.

Krista schnappte nach Luft, als einer seiner großen Füße auf ihrem Zeh landete.

Sofort blieb Leif stehen. „Es tut mir leid. Ich wollte Ihnen nicht wehtun."

Mühsam lächelte sie. „Es braucht ein wenig Übung. Warum versuchen wir es nicht noch einmal?"

Dieses Mal tanzte er weit besser. Nachdem sie eine Stunde durch den Raum geglitten waren, beherrschte er die Bewegungen sehr gut. Leif lächelte zufrieden und wurde mit jeder Drehung sicherer. „Mir gefällt dieses Tanzen. Das hätte ich nicht gedacht."

„Nun ja, es kann viel Freude machen." Bis zu diesem Tag hatte Krista sich auf dem Tanzboden immer groß und ungeschickt gefühlt. Doch nicht mit Leif. Jetzt, da er die Schritte beherrschte, gab er ihr das Gefühl zu schweben.

„Dich im Arm zu halten gefällt mir", sagte er leise. „Es gefällt mir, wie wir zusammenpassen. Wenn wir uns lieben werden, wirst du verstehen, warum das gut ist."

Krista hielt inne und versuchte sich aus seinem Griff zu befreien, doch er ließ sie nicht los.

„Sie haben das sehr gut gemacht", rief ihnen Mr. Pendergast von seinem Platz am Piano aus zu. „Warum hören Sie auf?"

Weil das Tanzen mit Leif sie verrückt machte. Letzte Nacht hatte Krista von ihm geträumt, hatte sich seine brennenden Küsse vorgestellt und wie seine Hand sie streichelte. Sie träumte, dass er ihre Brüste liebkoste, wie er es in der Scheune getan hatte. Sie erinnerte sich, wie ihre Knospen hart geworden waren und sich aufgerichtet hatten. Selbst jetzt wünschte sie sich, er würde sie berühren, und sehnte sich danach, ihn zu berühren.

„Es tut mir leid, Mr. Pendergast, aber ich fühle mich plötzlich nicht wohl. Ich befürchte, wir müssen an einem anderen Tag mit Mr. Draugrs Unterricht fortfahren."

Pendergast stand auf. „Natürlich, meine Liebe." Er schloss den Klavierdeckel. „Ich bedaure, dass Sie sich unwohl fühlen." Er nahm seine Ledertasche mit den Noten, sagte Leif auf Wiedersehen und verließ den Salon.

Krista wollte ihm folgen, doch Leif hielt sie am Arm fest. „Ich weiß, was nicht stimmt, *honning*. Wir leiden an der gleichen Krankheit. Ich verspreche dir, wenn es an der Zeit ist, werde ich uns beide heilen."

Krista ignorierte das Feuer in den blauen Augen und ging an Leif vorbei zur Tür hinaus.

„Das ist doch albern. Es gab keine Briefe mehr, nichts Schlimmes ist passiert. Es besteht kein Grund, mich zu begleiten."

„Ich komme mit", sagte Leif entschieden.

Krista verdrehte die Augen. „Männer!" Sie dachte daran, mit ihrem Vater zu sprechen, wusste aber, dass es nichts nützen würde. Nachdem ihre Mutter gestorben war, hatte ihr Vater zunächst etwas dagegen gehabt, dass sie ohne Anstandsdame ausging. Doch die Zeiten hatten sich geändert, und wie ihre Mutter war Krista eine sehr moderne Frau.

Doch seit dem Feuer bestand der Professor darauf, dass Leif sie begleitete. Ihr Vater wusste nicht, dass für Krista die größte Bedrohung von diesem hübschen Wikinger ausging, der entschlossen war, sie in sein Bett zu holen.

Nein, verbesserte sie sich in Gedanken. Die größte Bedrohung war, dass *sie* in sein Bett wollte.

Sie verdrängte den peinlichen Gedanken und lehnte den Kopf gegen die Samtpolster der Kutsche. Leif saß ihr gegenüber, sein schweres Schwert lag in Reichweite unter dem Sitz.

Das Rattern der Räder lullte Krista ein, und die Augen fielen ihr zu. Vergangene Nacht hatte sie nicht gut geschlafen. Zweimal war sie schweißgebadet aus einem erotischen Traum, der Leif betraf, aufgewacht. Über die Liebe besaß sie allerdings nur ein Grundwissen, nur das, was sie und Coralee in dem Buch gelesen hatten, dass sie im Kellergeschoss des Studentenwohnheims der Briarhill Academy gefunden hatten.

Damals waren sie und Coralee entsetzt gewesen bei dem Gedanken, dass ein Mann seinen männlichen Körperteil mit dem weiblichen einer Frau verbinden sollte.

Jetzt träumte Krista davon, wie es sich wohl anfühlen mochte, so mit Leif verbunden zu sein, wie es wäre, sein Gewicht auf sich zu spüren, zu fühlen, wie er sie auf die Matratze niederdrückte, wie sich seine muskulöse Brust sinnlich an ihren Brüsten rieb, wie sein heißer Mund den ihren liebkoste.

Als die Kutsche in ein Schlagloch fuhr, öffnete Krista erschrocken die Augen. Leifs Blick war auf sie gerichtet. „Du bist schön, wenn du schläfst."

Kein Mann sprach mit ihr, wie er es tat. Kein Mann, noch nicht einmal ihr Verlobter, hatte ihr je gesagt, sie sei schön.

Krista sah schweigend zur Seite, während die Kutsche weiterfuhr. Kaum in der Redaktion angekommen, schickte sie Leif zum Arbeiten so weit wie möglich fort von ihr. Er stellte nie ihre Autorität infrage, beklagte sich nie, welche Arbeit sie ihm auch auferlegte.

Das Wochenende über hatte sie ihm weiterhin Unterricht in Manieren und gutem Betragen gegeben, und wie immer hatte er sehr schnell gelernt. Auch hier offenbarten sich seine Fähigkeiten. Am Ende des Tages merkte sie, wie nützlich er sich in der Redaktion gemacht hatte. In den wenigen Tagen, die er hier arbeitete, war es ihm gelungen, sich den Respekt der Angestellten zu erringen und sich unter ihnen einen Platz zu verschaffen.

„Leif ist ein sehr fleißiger Arbeiter", sagte Corrie. „Ich mag ihn, Krista."

Krista wandte sich ab. Mit einem Mal war ihr die Brust eng. „Ich mag ihn auch, Corrie. Ich mag ihn viel zu sehr."

Verunsichert schaute ihre Freundin sie an. „Ich sehe ja, dass der Mann unglaublich gut aussieht, aber …"

„Ich fühle mich zu ihm hingezogen, Corrie. Ich kann kaum noch einen klaren Gedanken fassen, wenn er in meiner Nähe ist."

„Oh Liebes." Corries Blick fand den Gegenstand ihres Gesprächs in der anderen Ecke, wo er gerade einige Kisten hochhob, die Freddie nicht bewegen konnte, weil er dazu noch nicht groß genug war. „Und was ist mit Matthew Carlton?"

Krista schüttelte den Kopf. „Ich werde ihn heiraten. Ich habe keine Wahl. Meine Familie braucht einen Erben, und ich bin die Einzige, die ihn ihr schenken kann. Außerdem möchte ich einen Ehemann und eine Familie. Und Matthew und ich passen sehr gut zusammen."

„Wenn Leif und du vielleicht …"

„Er wird wieder zurückgehen, Corrie. Leif ist der älteste Sohn. Er ist dazu bestimmt, Chief seines Clans zu werden. Er hat Pflichten seinem Volk gegenüber, so wie ich hier Pflichten habe."

„Ich kann nicht glauben, dass er wieder gehen will. Er sieht dich an, als würdest du bereits ihm gehören."

Krista warf einen Blick zu Leif hinüber und sah, wie er sie kurz anschaute, bevor er wieder an seine Arbeit ging. „Leif will mich beschützen. Das ist ganz einfach seine Natur, glaube ich. Und da ist auch noch die Tatsache, dass ich diejenige bin, die ihn aus dem Käfig geholt hat. Vielleicht glaubt er, dass er mir jetzt etwas schuldet."

„Vielleicht …", sagte Corrie gedehnt, doch es war klar, was sie dachte. Leifs Gefühle gingen weit über die Begleichung einer Schuld hinaus.

Krista redete sich ein, dass es nicht von Belang war, was sie für Leif empfand. Außerdem würde er fortgehen, und sie würde hierbleiben. So einfach war das.

Am Ende des Tages war Krista müde. Die Gedanken an Leif und die lächerliche Tatsache, dass sie sich zu ihm hingezogen fühlte, machten sie reizbar. Als er in ihrem Büro sein Schwert aus dem Schrank nahm und vor ihr zur Tür ging, fauchte sie ihn unwillkürlich an. „Wie oft soll ich Ihnen noch sagen, dass eine Frau dem Mann vorangeht? Nicht zu glauben, dass Sie das bereits wieder vergessen haben."

Seine Augen wurden dunkel. „Und ich sagte dir, dass der Mann vorangeht, wenn Gefahr droht. Und hier ist es gefährlich für dich, Krista. Ob es dir nun gefällt oder nicht."

Und damit riss er die Tür auf und trat durch das Portal. Er verschwand für einen Augenblick, um zu erkunden, ob es draußen vor dem Gebäude sicher war, und kehrte dann zurück. Nachdem er Krista ein wenig zu schnell hinter sich die Treppe hinuntergezogen hatte, hob er sie hoch, als wiege sie rein gar nichts, und setzte sie in die Kutsche.

Er kletterte hinterher und warf sich auf den Sitz ihr gegenüber. Krista konnte ihm nicht übel nehmen, dass er wütend war. Denn es war kaum sein Fehler, dass ihre Gedanken bei allem, was ihn betraf, so ungestüm waren.

Bis sie die Hälfte des Heimweges hinter sich hatten, war es dunkel geworden. Sie rollten die Straße entlang, als die Kutsche unerwartet abbog. Krista wollte sich aus dem Fenster lehnen, um zu sehen, warum der Kutscher die Richtung änderte, doch Leif hielt sie zurück.

„Was ist los?", fragte er.

„Normalerweise fahren wir nicht durch diesen Teil der Stadt."

Er drehte sich um und blies die Messinglampe aus, sodass sie jetzt im Dunkeln saßen. Krista hörte, wie das Schwert aus seiner Lederscheide glitt.

„Es hat sicher nichts zu bedeuten." Entschlossen beugte sie sich erneut vor, um einen Blick aus dem Fenster zu werfen. Wenn sie erst einmal wusste, welchen Weg die Kutsche fuhr, würde sie sicher …

Leif stieß sie auf den Sitz zurück. „In dieser Sache wirst du jetzt mir gehorchen, Krista. Du stehst nicht wieder auf." Seine Stimme klang hart. Wenn sie ihn nicht so gut gekannt hätte, hätte sie sich vor ihm gefürchtet. Sogar jetzt schlug ihr Herz mit einem Mal schneller.

„Ich bin sicher, dass wir nicht …"

„Still, Frau!" Im Dämmerlicht sahen seine Kiefer wie aus Granit gemeißelt aus, und Krista schloss hastig den Mund. So hatte er noch nie zu ihr gesprochen.

Leifs Augen durchsuchten die Dunkelheit, während er die muskulösen Schultern straffte. Bei seinem furchterregenden Anblick überlief Krista ein Schauder. Dieser Mann war kein Gentleman, trotz seines Äußeren. Er war durch und durch Wikinger, und er war bereit, sich jeder Art von Gefahr zu stellen.

Sicher gibt es eine ganz einfache Erklärung, dachte Krista und spürte dann einen Ruck, als die Bremsen angezogen wurden und die Kutsche hielt. Sie wollte den Kutscher fragen, warum er anhielt, doch Leifs finsterer Blick warnte sie, es nicht zu tun.

Ihr Herz schlug schneller. Auf der anderen Straßenseite schimmerte Licht durch die schmutzigen Fensterscheiben einer heruntergekommenen Schenke. Die warme Nachtluft trug das schrille Gelächter einer Frau herüber, gefolgt von rauen Männerstimmen direkt draußen vor der Kutsche.

Krista zog sich der Magen zusammen. Sie sah, wie sich Leifs Hand im Halbdunkel fester um den Schwertknauf schloss. Dann wurde der Schlag aufgerissen, und der Lauf einer Pistole erschien. „Raus hier. Alle beide. Sofort!"

Leifs Blick suchte Krista. In seinen Augen lag kalte Wut

und Mordlust in den harten Linien seines Gesichts. „Damen zuerst“, sagte er leise.

Mit fliegendem Puls stieg Krista die schmalen Eisenstufen hinunter. Unten wartete ein großer, plumper Mann mit dichtem schwarzem Bart. Auch er hielt eine Waffe in der Hand.

„Jetzt du, du aufgeblasener Kerl“, rief der erste Mann in die Kutsche.

Leif beugte sich vor, und sein Kopf und seine Schultern tauchten in der offenen Kutschentür auf. Er trat auf die Treppe, dann schoss sein Arm vor, und das schwere Schwert blitzte im Licht der Schenke auf. Leif schlug zu, während er aus der Kutsche sprang. Der erste gedungene Räuber schrie vor Schmerz gellend auf, und seine Pistole flog in die Dunkelheit. Krista unterdrückte einen Aufschrei, als Blut auf ihr Kleid spritzte und auch Leifs graue Hosenbeine dunkel färbte.

„Verdammter Bastard!“, brüllte der Mann. „Hat mir zwei Finger abgehackt!“

Leif schob Krista beiseite, damit ihr nichts geschah, und stürmte, das hoch erhobene, zum nächsten Schlag bereite Schwert in der Hand, auf den zweiten Mann zu.

Zitternd und kaum noch fähig zu atmen, beobachtete Krista die beiden Kontrahenten. Mit der flachen Seite des Schwerts hieb Leif dem zweiten Mann die Pistole aus der Hand und hielt ihm dann die Spitze seiner Klinge an die Kehle.

Man hörte, wie der erste Mann die Gasse hinunterrannte. Wenig später verschwand er in der Dunkelheit. Krista sah zum Kutschsitz hoch, doch ihr Kutscher war nirgends zu sehen.

Leif richtete seine Aufmerksamkeit immer noch auf den Mann vor seiner Klinge, drängte ihn Schritt für Schritt zurück, bis er sich an die Wand der Kutsche presste.

„Wer hat euch gedungen?“

Der Große schüttelte den Kopf. „Weiß … weiß seinen Namen nicht.“

Leif drückte die Schwertspitze in sein bärtiges Kinn.

„Ich weiß seinen Namen nicht! Ich schwöre es!" Er atmete schwer und zitterte am ganzen Körper vor Angst. „Ich und Willi erhielten in der White Horse Taverne da drüben eine Nachricht. Eine Kutsche käme in die Gasse auf der anderen Straßenseite, stand drin. Wir sollten die Kutsche anhalten und eine Botschaft überbringen. Wurden richtig gut dafür bezahlt."

„Was für eine Botschaft?", fragte Leif finster.

„Sollten der Frau sagen, dass es ihr noch richtig leidtun würde, wenn sie nicht aufhört, solche Artikel in ihrer Zeitung zu schreiben."

„Was noch?"

Der Mann wandte den Blick ab.

„Was noch?" Leif drückte das Schwert ein wenig tiefer, bis Blut hervorsickerte.

Der Kerl schluckte schwer. „Sagte ... sagte, wir sollten der kleinen Kröte eine Lektion erteilen."

„Weiter."

„Sagte, wir könnten jeder unseren Spaß mit ihr haben, bevor wir sie gehen lassen."

Aus Leifs Kehle drang ein gefährliches Knurren. Er stieß das Schwert in die Scheide und packte den Mann an dessen Hemd. „Ich werde *dir* eine Lektion geben." Er hieb ihm die Faust in den Magen, dass er sich krümmte, dann schlug er ihm hart ins Gesicht. Schlag auf Schlag hagelte auf den Räuber nieder, und Krista war überzeugt, dass Leif ihn töten würde.

„Leif, hör auf. Sie müssen aufhören, bitte!"

Noch ein brutaler Schlag ließ den Kopf des Mannes nach hinten fliegen und gegen die Wand eines Hauses krachen. Leif zog den Kerl wieder hoch und versetzte ihm noch einen Hieb.

„Leif, bitte! Sie können ihn nicht noch länger verprügeln. Hören Sie sofort auf!"

Wieder hob er den Arm, doch dann schien er sich zu besinnen, als ihre Worte endlich bis zu ihm durchgedrungen waren.

„Bitte, Leif, Sie müssen aufhören."

Seine Faust zitterte, als er zurücktrat und den Mann als blutiges Bündel zu seinen Füßen zurückließ. „Geh in die Kutsche", sagte er.

Krista sah sich um. Sie hatte Angst, der andere Mann könnte zurückkehren. Dann trat sie auf das Trittbrett. „Was ist mit dem Kutscher?"

„Er war einer von ihnen. Ich werde dich nach Hause fahren."

„Kannst du das denn?"

„Ich kann eine Kutsche fahren. Ich werde uns nach Hause bringen."

„Aber ..."

„Steig ein, Frau! Tu was ich sage!"

Krista schluckte, widersprach aber nicht länger. Das hier war ein ganz anderer Mann als der, der heute im Salon mit ihr getanzt hatte. Bebend setzte sie sich auf die roten Samtpolster, und wenige Minuten später rollte die Kutsche schwankend an.

Wenn sie je an den Geschichten über die Wikinger gezweifelt hatte, so tat sie es jetzt nicht mehr.

Unruhig ging Paxton Hart in der Eingangshalle auf und ab. Vor einigen Augenblicken war einer der Stallbuschen zu ihm gekommen, der sich Sorgen machte, weil die Kutsche noch nicht von *Heart to Heart* zurückgekehrt war.

„Mr. Skinner schickt mich", sagte der junge Mann. „Kurz bevor er Ihre Tochter von der Arbeit abholen sollte, ist er krank geworden. Ein neuer Mann sprang ein, Sir. Mr. Skinner ... er fragt sich langsam, ob vielleicht was passiert ist."

„Nun, langsam bin auch ich besorgt. Vielleicht ist ein Rad

gebrochen, oder es gibt ein anderes Problem."

„Soll ich die andere Kutsche bereitstellen?"

„Das solltest du vielleicht tun. Wenn du fertig bist, fahre vor dem Eingang vor …"

Er wurde von Schritten auf den Eingangstufen unterbrochen. Der Butler eilte zur Tür, um zu öffnen. Als das Portal aufschwang, standen Leif und Krista auf der Schwelle.

„Großer Gott!", sagte Giles.

„Fürwahr!" Paxton lief zu ihnen. „Rasch, holt sie herein."

Leifs und Kristas Kleidung waren mit Blut besudelt. Bei Krista hatten sich zudem die Nadeln aus der Frisur gelöst, und das Haar fiel ihr jetzt in goldenen Ringellocken auf die Schultern. „Was ist geschehen? Soll ich einen Arzt holen?"

„Das ist nicht nötig", sagte Krista. „Es tut mir leid, Sie zu beunruhigen, Vater, aber wie Sie sehen, gab es eine kleine … Auseinandersetzung."

„Die Kutsche Ihrer Tochter wurde angegriffen", erklärte Leif. „Miss Hart hatte Glück, unverletzt davonzukommen." Noch nie hatte der Professor diesen harten Ton in Leifs Stimme vernommen.

„Es war richtig von Ihnen, Vater, dass Sie mir Leif mitgegeben haben", gestand Krista. „Wenn er nicht bei mir gewesen wäre …" Sie sah auf ihren blutbespritzten Rock, und alle Farbe wich aus ihrem Gesicht. „Ich weiß nicht, was alles hätte geschehen können."

Sie schwankte ein wenig, und Leif fing sie auf.

„Bringen Sie sie nach oben", bat der Professor. „Ich klingle nach ihrer Zofe."

„Mir geht es gut", erwiderte Krista, doch sie presste das Gesicht an Leifs mächtige Brust und legte ihm die Arme um den Hals. „Ich hatte unrecht", sagte sie leise zu ihm. „Es tut mir leid."

„Es ist schon in Ordnung. Ich war da, um dich zu beschützen. Nur das zählt." Leif küsste sie zart auf den Kopf, und

Paxton wurde das Herz schwer. Schon als er sie das erste Mal beisammen sah, erkannte er das Risiko, das er einging. Auch das war ein Grund gewesen, weswegen er Leif nach Heartland gebracht hatte.

Seit seiner Rückkehr beobachtete er jetzt die wachsende Zuneigung zwischen den beiden. Er befürchtete, Krista könnte sich in den ansehnlichen Wikinger verlieben. Und das konnte nur in einer Katastrophe enden.

Kristas Leben fand hier in London statt. Die Menschen, die sie liebte, ihre Zeitung, die sie zu einem erfolgreichen Unternehmen aufgebaut hatte, ihre leidenschaftlichen Ideale – das war es, was sie glücklich machte. Was für Gefühle sie auch für Leif hegen mochte, nie würde es mit ihnen gut gehen können.

Paxton Hart machte sich Sorgen wegen seiner Tochter und des Mannes, den er in sein Haus eingeladen hatte. Und trotzdem traute er Leif wie keinem anderen zu, Krista zu beschützen.

Während er beobachtete, wie der große Mann Krista nach oben trug, hoffte er, seine Tochter würde klug genug sein, ihr Herz zu beschützen.

13. KAPITEL

Krista stand früh auf. Sie wollte mit Leif sprechen und ihm für ihre Rettung danken.

Sie fand ihn im Frühstückszimmer, einem kleinen, sonnigen Salon im hinteren Teil des Stadtpalais'. Er war damit beschäftigt, sorgfältig mit der Gabel Rührei mit Schinken auf seinem Teller aufzuspießen. Er aß mit Genuss, wenn auch ein wenig langsamer als sonst. Neben ihm auf der Stuhllehne kauerte der kleine Alfinn. Er blickte auf und sah Krista mit seinen großen, seelenvollen Augen an. Leif tunkte ein Stück Brot in den Honigtopf, der vor ihm stand, und reichte es dem Affen.

„Wie ich sehe, hast du heute Morgen Gesellschaft."

Beim Klang ihrer Stimme sah Leif zur Tür und lächelte. „Du bist früh auf." Er blieb einen Moment lang sitzen. Dann erinnerte er sich daran, dass man von ihm erwartete aufzustehen, wenn eine Dame den Raum betrat und sprang auf.

„Ich möchte mit dir reden", sagte sie.

Als sie zum Tisch ging, streckte Alfinn seine winzige Hand nach ihr aus. Sie blieb kurz stehen, um ihn zu streicheln. Leif schob seinen Stuhl zurück, ging um den Tisch herum und bot ihr sehr gekonnt den Stuhl ihm gegenüber an.

„Möchtest du etwas essen?" Er deutete auf die silbernen Platten, die auf einer Anrichte warm gehalten wurden. Doch Krista schüttelte den Kopf.

„Ich esse selten viel am Morgen." Einer der Diener erschien mit einer Tasse heißer Schokolade und einigen Keksen, Kristas üblichem Frühstück. Leif reichte Alfinn ein Stückchen Orange, und der Affe aß es sehr anmutig.

„Ich dachte, mein Vater sei hier", sagte Krista, „obwohl ich hätte wissen müssen, dass er sich bereits in seine Arbeit vergraben haben dürfte."

„Dein Vater trifft sich mit einem seiner befreundeten Professoren. Ich glaube nicht, dass er beabsichtigt, sehr lange fortzubleiben", erwiderte Leif, während der Diener wieder hinausschlüpfte und die Tür leise hinter sich schloss. „Wir sind unter uns", fügte er hinzu. „Was möchtest du mir sagen?"

Krista strich ihre Serviette über dem üppig weiten Rock ihres rosafarbenen Vormittagskleids aus Baumwollflanell glatt. „Ich wollte nur … ich wollte dir nur danken für das, was du gestern Abend für mich getan hast. Du hast dein Leben riskiert, um mich zu schützen. Ein Schuss hätte dich treffen, ja vielleicht sogar töten können. Was du getan hast … war unglaublich, und … nun, ich möchte dir nur dafür danken."

„Es ist die Pflicht eines Mannes, eine Frau zu beschützen."

„Wahrscheinlich ist das dort so, wo du herkommst. Trotzdem war es sehr unerschrocken von dir."

Eindringlich sah er sie an und schien ihre Gedanken zu lesen. „Da ist noch mehr, was du sagen möchtest. Was ist es?"

Sie atmete tief durch. „Ich wünschte nur … ich wünschte nur, ich wäre mutiger gewesen. Sicher hätten die Frauen bei dir zu Hause nicht nur dagestanden und nichts getan so wie ich. Irgendwie hätten sie dir geholfen."

Er verzog den Mund zu einem Lächeln. „Ich bin ein Krieger. Mir muss keine Frau beim Kämpfen helfen."

„Nein, das hast du schon ganz allein sehr gut gemacht. Wenn ich vielleicht nicht so überrascht gewesen wäre … Um die Wahrheit zu sagen, ich glaubte keinen Moment lang, in Gefahr zu sein. Bis es dann zu spät war." Mühsam brachte sie ein Lächeln zustande. „Wenigstens habe ich nicht geschrien oder bin in Ohnmacht gefallen."

Er lächelte, und das ließ ihn jung und ungeheuer gut aussehen. „Du warst sehr tapfer – für eine Engländerin."

Beide mussten lachen, und Alfinn stimmt fröhlich kreischend mit ein. Krista war überrascht, wie erleichtert sie sich fühlte. Sie hatte befürchtet, Leif irgendwie enttäuscht zu haben. Vielleicht war es ja dumm, aber sie war froh, dass in seinen Augen immer noch die gleiche Wärme lag, wenn er sie betrachtete.

Sie nippte ein paarmal an ihrer Schokolade und aß einen Keks. Dann weckten Stimmen im Gang ihre Aufmerksamkeit. Leif erhob sich, als ihr Vater und Matthew Carlton den Frühstückssalon betraten. Auf Matthews Gesicht lag ein angespannter Ausdruck, und er blickte entschlossen drein. Auch ihr Vater sah ein wenig düster aus, doch schien auf seinem Gesicht auch ein Anflug von Bedauern zu liegen.

Kristas Herz schlug schneller. „Ist etwas geschehen, Vater?“ Auch sie stand jetzt auf.

„Ich befürchte, ja, Liebes.“

Wie aus dem Nichts erschien einer der Diener, um Alfinn in die Stallungen zu tragen. Der Affe sprang auf seinen Arm, und beide verschwanden durch die Tür.

„Gestern Abend nach dem Abendessen“, fuhr ihr Vater fort, als sie wieder unter sich waren, „erhielt ich einen Brief von Matthew, in dem er mich um ein Treffen heute Morgen bat.“ Krista wusste, dass Matthew sich auf dem Land aufgehalten hatte, weil sein Vater am Wechselfieber erkrankt war.

Sie drehte sich zu ihm um. „Ich hoffe, dem Earl geht es besser.“

„Mein Vater ist wohlauf. Das hier hat nichts mit meiner Familie zu tun. Es geht um mich und dich und unsere gemeinsame Zukunft.“

„Ich fürchte, ich verstehe nicht“, murmelte Krista. Ihr gegenüber stand Leif angespannt und regungslos da. „Wenn es nur uns beide angeht, Matthew, sollten wir vielleicht unter vier Augen darüber sprechen.“

„Ich fürchte, es betrifft auch deinen Hausgast, Mr. Draugr. Du musst wissen, dass ich als dein Verlobter entschieden gegen seine Anwesenheit in diesem Hause protestiere.“

„Aber er ist auf Vaters Einladung hier.“

„Worüber dein Vater und ich heute Morgen eingehend

gesprochen haben. Ich habe auch Kenntnis davon erlangt, dass Mr. Draugr dich immer in deiner Kutsche in die Stadt begleitet hat – ohne Anstandsdame. Das ist höchst unschicklich, Krista, und ich will, dass das aufhört – augenblicklich!“

Krista blickte zu ihrem Vater, um ihn stumm um Hilfe zu bitten, doch in seinem finsteren Gesicht fand sie keine Unterstützung.

„Mr. Draugr hat mich als mein Beschützer begleitet“, erklärte sie. „Wie du weißt, habe ich etliche Drohungen erhalten. Gestern Abend hat Leif ... Mr. Draugr mir das Leben gerettet.“

„Ja, dein Vater hat mir die Geschichte bereits mitgeteilt.“

„Dann verstehst du also, wie nötig es ist, dass Mr. Draugr ...“

„Ich werde mich glücklich schätzen, dir jeden Schutz angedeihen zu lassen, den du benötigst. In der Zwischenzeit möchte ich, dass Mr. Draugr bis spätestens heute Abend dieses Haus verlassen hat, oder unsere Verlobung ist null und nichtig.“

„Das ist nicht dein Ernst, Matthew.“

„Du hast die Wahl, Krista. Wir können uns ein gemeinsames Leben aufbauen, so wie wir es geplant haben, oder du kannst wegen ein paar Monaten in Gesellschaft deines Barbaren alles wegwerfen – diesem Versuchskaninchen des Professors.“

Krista unterdrückte einen Aufschrei, als Leif sich auf Matthew stürzte und ihn am Hemd packte.

„Leif, nein!“, rief sie.

„Lassen Sie ihn los, Leif!“, befahl ihr Vater. „So benimmt sich kein Gentleman.“

Leif hielt Matthew noch eine Weile gepackt, dann ließ er ihn los. „Ich werde Ihre Beleidigungen nicht hinnehmen, Carlton, Gentleman hin oder her.“

Matthew strich sein gekräuseltes weißes Hemd glatt. „Fordern Sie mich heraus, Draugr? Duelle, mein Freund, sind schon seit Jahren verpönt." Spöttisch hob Matthew eine Braue. „Es gibt jedoch kein Gesetz, das einen Fechtkampf zwischen guten Bekannten verbietet." Sein Mund wurde schmal. „Natürlich brauchen wir keine Schutzkleidung, wo wir doch solch *alte Freunde* sind."

„Nein!" Krista schrie beinahe. „Leif weiß nicht, wie man ficht. Willst du ihn töten?"

„Natürlich nicht. Aber du hast ihm doch eine Menge beigebracht. Vielleicht wäre es ganz nützlich, ihm eine Lehrstunde darüber zu erteilen, was geschieht, wenn ein Mann im Revier eines anderen wildert."

Der Professor sah besorgt drein. „Ich halte das für keine gute Idee, Matthew. Noch nie zuvor hat der Mann einen Degen geführt. Der Kampf wäre wohl kaum fair zu nennen."

„Ich will mit ihm kämpfen", sagte Leif. Sein Kinnmuskel zuckte.

Krista fasste ihn am Arm. „Das kannst du nicht tun, Leif. Du verstehst nichts vom Fechten. Die Degen, die dabei benutzt werden, ähneln in nichts dem Schwert, das du gestern Abend benutzt hast."

„Ich will gegen ihn kämpfen, ganz gleich, welche Waffe er wählt."

Matthew lächelte. „Du siehst – er will es. Wie wäre es mit morgen? Sagen wir zehn Uhr in der Früh?"

Leif nickte knapp, und Krista wurde das Herz schwer vor Angst. „Leif, bitte! Das kannst du nicht tun."

Er warf ihr den gleichen warnenden Blick zu wie am Abend zuvor.

„Dann ist es abgemacht", sagte Matthew. „Ich werde ihm sogar selbst einen Degen besorgen."

Krista sah in Leifs Gesicht und wusste, dass er zu allem entschlossen war. Er würde kämpfen, und nichts konnte ihn davon abhalten. Sie reckte das Kinn. „Er kann den Degen meines Urgroßvaters benützen."

Matthew verbeugte sich. „Wie du wünschst. Ach ja, da ist noch etwas. Falls ich den Kampf gewinne, verlässt Leif Draugr dieses Haus, und du und ich setzen unseren Hochzeitstermin fest – der sehr bald sein wird."

Krista stockte der Atem. Matthew hatte ihr soeben einen Weg gezeigt, dieses tödliche Spiel zu beenden. „Du musst nicht mit ihm kämpfen, Matthew. Leif kann nach Heartland zurückkehren, wie du es wünschst, und du und ich können den Hochzeitstermin festsetzen."

Leifs blaue Augen verdunkelten sich vor Wut. „Ich will kämpfen", sagte er zu Matthew. „Und wenn *ich* gewinne, ist Ihre Verlobung mit Krista beendet."

Es wurde totenstill im Raum. Krista konnte jeden ihrer Herzschläge zählen.

Matthew Carlton lächelte. „Einverstanden. Morgen also, zehn Uhr." Er verbeugte sich leicht vor Krista, drehte sich um und verließ das Frühstückszimmer. Sie hörte, wie Giles draußen in der Halle die Haustür öffnete und wieder schloss.

Krista sah den Wikinger an. Ihre Augen füllten sich mit Tränen. „Leif, was hast du getan?"

Das Wetter war umgeschlagen. Vor den Fenstern des Salons verdunkelten graue Wolken den Himmel. Krista schaute zu, wie Leif den Degen ihres Urgroßvaters aus der Scheide zog. Es war einer von zwei Degen, die früher zum Duell benutzt worden waren. Der andere lag noch eingebettet in blauem Samt in einem geschnitzten Holzkasten.

„Sie gehörten dem Großvater meiner Mutter, dem vierten Earl of Hampton", sagte sie. „Er war ein großer Mann, blond wie du, Leif. Er behauptete, Nachfahre der Wikinger zu sein."

Leif nickte. „Dann hat Tyr mich gesegnet." Krista wusste, dass das der Kriegsgott war, der tapferste aller Götter. Leif prüfte den Degen, indem er ihn in die eine und dann in die andere Richtung bog. „Das ist eine gute Waffe. Es wird mir eine Ehre sein, sie zu benutzen. Wenn die Götter mir geneigt bleiben, wird sie meinem Ziel dienen."

Krista versuchte den Kloß in ihrem Hals hinunterzuschlucken. Leif konnte unmöglich einen Kampf gegen Matthew gewinnen, der sich rühmen konnte, ein Meisterfechter zu sein.

Sie drehte sich zu ihrem Vater um. „Gibt es denn nichts, womit wir dies hier aufhalten können, Vater?"

Er schüttelte den Kopf. „Ich fürchte, es ist bereits zu spät. Jetzt ist es eine Frage der Ehre." Er seufzte. „Es ist alles mein Fehler. Ich hätte wissen müssen, dass es Matthew missfällt, wenn Leif mit dir hier unter einem Dach wohnt."

„Es ist nicht Ihr Fehler. Wir haben nur einem Mann geholfen, der unsere Hilfe bitter nötig hatte."

„Doch Matthew wird bald dein Gatte. Ich hätte an seine Gefühle denken müssen." Paxton griff nach ihrer Hand und drückte sie leicht. „Was auch immer geschehen mag, Matthew ist kein Mörder. Ich glaube nicht, dass er unseren Freund hier ernsthaft verletzen will."

Krista wünschte sich, sie wäre auch so überzeugt davon.

Sie sah zu Leif hin, der mit dem Degen übte, die dünne Klinge vor und zurück wippen ließ. Es wäre ein Wunder, würde er gewinnen. Und sie ertappte sich dabei, wie sie um dieses Wunder betete.

Voller Sorge schüttelte sie den Kopf. Es würde nicht geschehen. Dass Matthew Mitleid mit Leif zeigen und ihn nicht allzu schlimm verletzen würde, war noch das Beste, was sie erhoffen konnte.

Am folgenden Morgen trat Krista den Männern in den Weg, als diese gerade dabei waren, das Haus zu verlassen. „Ich gehe mit, Vater."

Der Tag war grau und feucht. Von der Themse her wehte ein spätsommerlicher Sprühregen herauf. Krista war früh aufgestanden. Sie wollte nicht zulassen, dass Leif Matthew gegenübertrat, während sie brav zu Haus wartete.

„Bei einem Duell haben Frauen nichts zu suchen“, erklärte ihr Vater. „Jetzt geh hinein und warte, bis wir zurück sind.“

Leif sah sie an. „Tu, was dein Vater sagt, *honning*.“

„Ich gehe mit. Wenn ihr beide mich nicht mitnehmen wollt, werde ich allein dorthin fahren. Sollte Leif ... sollte einer der Männer verletzt werden, will ich da sein, um seine Wunden zu versorgen. Ich komme mit, und nichts kann mich davon abhalten.“

Leif streckte die Hand aus und legte sie auf ihre Wange. „So wild, meine kleine Walküre?“ Er sah zu ihrem Vater, der resigniert aufseufzte.

„Was sie sich einmal in den Kopf gesetzt hat“, meinte der Professor, „kann ihr keiner ausreden.“

Leif lächelte. „Dann komm eben mit, wenn du unbedingt musst. Dein Freund Matthew wird deine Pflege brauchen.“

Krista sah ihn mit großen Augen an. Leif glaubte doch wohl nicht, dass er tatsächlich gewinnen könnte! Sicher, er war die ganze Nacht aufgeblieben und hatte Bücher über das Fechten studiert, die ihr Vater für ihn in der Bibliothek zusammengesucht hatte. Aber das Wissen darüber, wie man einen Degen schwingt, und die über Jahre hinweg entwickelte Geschicklichkeit im Fechten waren zweierlei Schuhe.

Sie stiegen in die Kutsche. Skinner, ihr Kutscher, hatte sich von seiner zum unrechten Zeitpunkt ausgebrochenen Krankheit inzwischen erholt. Er ließ die Zügel schnalzen und lenkte das Gespann in die von Bäumen gesäumte Allee. Es dauerte nicht lange, und sie erreichten Matthews Stadthaus, das ebenfalls im vornehmen Stadtteil Mayfair lag.

Die kleine Gruppe ging über den gepflasterten Pfad auf das Eingangsportal zu, das ihnen, noch bevor sie die oberste Treppenstufe erreicht hatten, vom Butler geöffnet wurde.

„Professor Carlton erwartet Sie bereits oben im Ballsaal.“

Krista stieg vor den Männern die geschwungene Treppe zum dritten Stock hinauf. Ihr Herz flatterte in der Brust wie ein gefangener Vogel. Sie sprach ein stilles Gebet, dass keiner der Männer verletzt werden möge, und dann noch ein zusätzliches Gebet für Leif.

Als sie den eleganten, mit einem Marmorboden ausgestatteten Ballsaal betraten, wartete Matthew bereits. Er ließ seinen Degen spielen und beobachtete seine perfekt ausgeführten Bewegungen in den vergoldeten Spiegeln, die in langer Reihe an den Wänden hingen. Er bewegte sich mit einer so graziösen Leichtigkeit, dass Kristas Besorgnis zunahm.

Als Matthew sie den Raum betreten sah, runzelte er die Stirn. „Krista, was machst du hier? Das ist Männersache. Dein Kutscher soll dich sofort nach Hause bringen."

„Ich bleibe, Matthew."

Er verzog die Lippen zu einem höhnischen Grinsen. „Warum? Sorgst du dich um deinen Wikinger?"

„Ich sorge mich um euch beide. Und ich bitte dich, diesen Wahnsinn zu beenden, bevor einer von euch ernsthaft verletzt wird."

Er zuckte die Achseln. Matthew war nicht so groß und auch nicht so kräftig gebaut wie Leif. Doch er war kein kleiner Mann, und sein Geschick würde jeden körperlichen Vorteil, den Leif haben mochte, mehr als wettmachen. „Wenn dein Freund meinen Forderungen Folge leistet, werde ich mehr als glücklich sein, das Ganze hier und jetzt zu beenden."

„Es ist zehn Uhr", unterbrach Leif. „Lassen Sie uns anfangen."

Matthew sah erfreut aus. Er wandte sich an den Professor. „Ich würde Ihnen raten, Ihre Tochter fortzuschaffen. Es dürfte nicht angenehm sein, hierbei zuzuschauen."

Ihr Vater warf ihr einen besorgten Blick zu. „Krista?"

„Ich bleibe, Vater."

Matthew runzelte die Stirn. „Dann soll man mich nicht

dafür verantwortlich machen, wenn deine weiblichen Gefühle verletzt werden." Er ging zu Leif, der den Degen ihres Urgroßvaters in der Hand hielt.

Beide Männer trugen eng sitzende Hosen und weite Hemden. Matthew hatte Stiefel aus feinem spanischem Leder an, Leif kniehohe schwarze Schaftstiefel.

„Wenn Sie einverstanden sind", sagte Matthew zu Leif, „fechten wir, bis das erste Blut fließt."

„Wir fechten, bis einer von uns sich ergibt", entgegnete Leif, während Krista den Atem anhielt.

„Einverstanden", sagte Matthew mit sichtlicher Befriedigung. „Die Regeln sind einfach …"

„Es gibt keine Regeln", meinte Leif, und Matthew hob die Brauen.

„Sind Sie sicher, dass das Ihr Wunsch ist?"

„Absolut sicher", erklärte Leif.

„Leif, nein!", rief Krista. Sie befürchtete, er würde sich nicht ergeben, auch wenn zu erkennen war, dass er der Verlierer sein würde. Und sie hatte große Angst, dass Matthew ihn schließlich sehr schwer verwunden würde.

„Professor, wenn Sie Ihre Tochter nicht unter Kontrolle halten können, schlage ich vor, dass Sie beide gehen."

„Das wäre vielleicht wirklich das Beste, Liebes", sagte ihr Vater.

„Es tut mir leid, Vater. Ich werde still sein."

Die Männer stellten sich mit in der Luft gekreuzten Klingen einander gegenüber auf. Jeder stand im Profil, um so ein kleineres Ziel zu bieten. Sicher hatte Leif das aus einem der Bücher ihres Vaters gelernt. Kristas Herz begann zu hämmern, als jetzt Stahl auf Stahl traf. Leif parierte den ersten von Matthews brutalen Hieben. Dann stürzte Matthew vor, und einen Augenblick später erblühte eine Blume aus hellrotem Blut auf Leifs Ärmel.

Krista unterdrückte einen Schrei.

Sie spürte die Hand ihres Vaters auf dem Rücken. „Ruhig, Liebling."

„Er wird sich nicht ergeben, Vater. Eher wird er sterben."

Der Professor blickte düster vor sich hin, schwieg aber. Die Kämpfenden bewegten sich vor und zurück durch den ganzen Ballsaal. Krista keuchte entsetzt auf, als Matthews Klinge in Leifs Oberschenkel drang.

„Sorgen Sie dafür, dass sie aufhören, Vater – ich bitte Sie."

„Wenn ich nur wüsste wie, Liebes."

„Ergeben Sie sich?", fragte Matthew, und seine Klinge kreiste und verharrte in der Schwebe, bereit für den nächsten verletzenden Stich.

Leif antwortete, indem er seine Klinge senkte und sie hart gegen Matthews Waffe presste. So musste dieser parieren und einige Schritte zurückweichen.

Leif folgte ihm. Seine Klinge zischte von rechts und links heran. Er ließ Schläge herniederregnen, die Matthew aber mit Leichtigkeit abfing. Krista glaubte, den Hauch eines Lächelns auf den Lippen ihres Verlobten zu sehen, als er nun den Degen hob, Leifs Degenspitze wie nichts beiseitestieß und sich auf ihn stürzte.

Sie kniff die Augen zu und presste die Lippen zusammen, um nicht zu schreien. Als sie wieder hinsah, war Leifs Hemd in Brusthöhe mit Blut verschmiert.

Er wusste nichts von der Fechtkunst, verstand nichts von Angriff und Parieren. Doch als er jetzt vorrückte, um sich zu verteidigen, bot er trotz allem ein elegantes Bild. Er war ein Krieger, ganz gleich mit welcher Waffe, aber er war kein Gegner für den meisterhaft fechtenden Matthew.

Zum ersten Mal wurde Krista bewusst, wie viel Leif ihr inzwischen schon bedeutete.

Plötzlich stürzte Leif vor und hob seinen Degen auf die gleiche Art, wie er es am Abend zuvor mit dem Schwert getan hatte. Er traf den Knauf von Matthews Waffe und entwand sie seinem Griff. In hohem Bogen flog der Degen zu Boden. Verblüfft sah Krista, wie Leifs Faust blitzschnell hochkam und er den Knauf seines eigenen Degens dazu benutzte, um Matthew kräftig gegen das Kinn zu schlagen. Der Hieb ließ ihn gegen die Mauer taumeln. Wieder blitzte die Klinge auf. Leif drückte sie seinem Widersacher knapp über dessen Herz gegen die Brust.

„Ergeben Sie sich?“, fragte er.

„Sie missachten die Regeln.“

„Es gibt keine Regeln. Ergeben Sie sich, oder erheben Sie immer noch Anspruch auf diese Frau, Matthew Carlton?“

Matthew machte ein Gesicht, als würde er Leif am liebsten umbringen. „Ich ergebe mich“, knurrte er.

Leif hob die Degenspitze. Mit wutverzerrtem Gesicht löste Matthew sich von der Wand und ging geradewegs zu Krista.

„Ist es das, was du gewollt hast? Was immer hier geschehen ist, du hast das letzte Wort.“

Sag ihm, dass du ihn immer noch heiraten willst. Tu deine Pflicht. Mach deinen Großvater glücklich. Denk an deine Familie.

„Vielleicht …“ Sie befeuchtete ihre Lippen. „Vielleicht ist es im Augenblick für uns so am besten.“

Ein Muskel zuckte an Matthews Kiefer. Er sagte nichts mehr, drehte sich nur um und ging mit steifen Schritten davon.

Kurz bevor er die Tür erreichte, hielt der Professor ihn auf. „Ich kann mir gut vorstellen, wie Sie sich jetzt fühlen, Matthew. Meine Tochter ist eine äußerst unabhängige Frau. Vielleicht ist sie einfach noch nicht bereit für eine Heirat. Aber das wird sich mit der Zeit ändern, da bin ich mir sicher.“ Er warf Leif einen Blick zu. „Doch egal wie groß Ihre Abneigung gegen Mr. Draugr auch sein mag, ich erwarte in der Zwischenzeit von Ihnen, dass Sie Stillschweigen wahren, was seine Herkunft betrifft.“

Matthews Miene verfinsterte sich. „Draugrs Herkunft ist

mir nicht wichtig. Ich habe nicht die Absicht weiterzuerzählen, was mir im Vertrauen gesagt wurde."

Der Professor drückte leicht Matthews Schulter. „Es tut mir leid, mein Junge."

Matthew überhörte die Bemerkung. Er verschwand durch die Tür des Ballsaals, während Leif zu Krista trat. Sie weinte, als sie das Blut auf dem gerüschten Ärmel seines weißen Hemdes sah, die roten Flecken, die sich auf seinem Hosenbein ausbreiteten. Der Blutfleck an seiner Brust war größer geworden, und Krista erkannte, dass Leif noch schwerer verwundet war, als sie befürchtet hatte.

„Rasch, Vater. Wir müssen ihn nach Hause schaffen und seine Wunden versorgen."

Leif streckte die Hand aus und berührte ihre Wange. „Du bist von deinem Schwur entbunden, Krista." Er sah zu ihrem Vater. „Jetzt ist nicht die Zeit dazu, aber wir werden bald über die Zukunft sprechen müssen."

Der Professor gab keine Antwort, sondern drängte Leif zur Tür. Krista stützte ihn und dachte dabei die ganze Zeit nur: *Ich bin frei von Matthew Carlton.* Sie hätte böse auf Leif sein müssen wegen des Ärgers, den er verursachte hatte, wütend über ihre eigene Torheit, ihren Verlobten einfach gehen zu lassen. Stattdessen fühlte sie sich, als wäre ihr eine große Last von den Schultern genommen worden.

Am Fuß der Treppe bat sie den Butler um Tücher und Verbandszeug. Bevor sie Leif nach Hause bringen konnten, musste sie die Blutungen stillen. Als sie damit fertig war, gingen sie zur Kutsche, und Krista half Leif beim Einsteigen. Wenn nur sein Gesicht nicht so bleich gewesen wäre!

Er ließ den Kopf gegen die Polster sinken. Ihre Hand zitterte, als sie sie auf die seine legte und spürte, wie er sie festhielt. Lieber Gott, lass ihn wieder gesund werden, betete Krista im Stillen, während sie sich alle Mühe gab, nicht zu weinen.

Sie war frei, doch den Mann, von dem sie jetzt wusste,

dass sie ihn sich als Ehemann ersehnte, würde sie nicht haben können.

Er war fest entschlossen, England wieder verlassen – und sie konnte nicht mit ihm in seine Heimat gehen. Das würde er sicher verstehen.

Krista atmete tief durch. Was immer die Zukunft auch bringen würde, noch war es nicht so weit. Im Augenblick wünschte sie sich nur, dass Leif wieder gesund wurde. Darum betete sie zu seinen Göttern wie auch zu ihrem Gott.

14. KAPITEL

Obwohl ihr Palais nur einige Straßen entfernt war, erschien auf der Fahrt dorthin jede Minute wie eine Stunde. Krista und ihr Vater halfen Leif ins Haus, und ein aschfahler Giles eilte sofort den Flur hinunter und rief weitere Diener zu Hilfe. Wenige Minuten später erschienen Mr. Skinner und zwei der Stallknechte. Sie legten sich Leifs Arme über die Schultern und halfen ihm so die Treppen hinauf.

Krista gab rasch weitere Anweisungen, schickte einen der Stallknechte los, einen Arzt zu holen, rief nach ihrer Zofe, damit sie Medikamente aus der Hausapotheke herbeischaffte sowie auch Kleider, warmes Wasser und frisches Verbandszeug. Als sie in Leifs Zimmer kam, war Henry gerade dabei, ihm aus den Kleidern zu helfen. Zusammen mit Kristas Vater versuchte er, Leif ins Bett zu bringen.

Unbemerkt von allen stand Krista in der Tür und machte große Augen, als der kleine Kammerdiener Leif die Hosen auszog und dieser darunter keine Spur von Unterwäsche trug. Mit rotem Gesicht wandte sie sich ab und gab den Männern Zeit, ihn ins Bett zu bringen und zuzudecken. Doch das Bild seines breiten Rückens, der langen, kräftigen Beine und des runden, muskulösen Hinterteils hatte sich in ihr Gehirn gebrannt.

Obwohl Leif sich nach Kräften um Anpassung bemühte, ignorierte er doch die gesellschaftlichen Vorschriften, wann immer es ihm gefiel. Und wieder musste Krista daran denken, wie flüchtig doch Leifs zivilisiertes Äußeres war.

Entschlossen holte sie tief Luft, nahm die Holzschachtel, in der sich die Hausapotheke befand und ging zum Bett. Die beiden Männer machten ihr Platz.

„Rufe, wenn du Hilfe brauchst, Liebes“, sagte ihr Vater, als sie den Kasten auf den Tisch stellte.

Krista lächelte schwach. „Sie haben ihn ins Bett gebracht.

Das war das schwerste Stück Arbeit.“

Die Tür schloss sich leise hinter den Männern, und Krista wandte sich Leif zu, der gegen das Kissen gestützt dalag und sie betrachtete.

„Du hast eine Menge Blut verloren“, sagte sie, „doch jetzt scheinen die Blutungen schwächer geworden zu sein. Der Doktor wird bald hier sein.“

„Mir geht es gut, *honning.*“ Plötzlich nahm er ihr Gesicht in beide Hände, zog sie an sich und küsste sie. Es war verrückt. Der Mann war verwundet. Und doch wurde ihr bei dem langen, leidenschaftlichen Kuss glühend heiß. Als er sie losließ, zitterte sie.

„Du ... du bist verwundet, Leif. Du musst mit deinen Kräften haushalten.“

„Bei deiner Pflege werde ich schon bald wieder in Ordnung sein.“ Seine blauen Augen suchten ihr Gesicht, und sie konnte in ihnen sein Verlangen lesen. Er gab sich gar keine Mühe, es zu verbergen. „Heute haben mir die Götter zugelächelt. Du bist frei, und bald werde ich dir einige der Dinge zeigen, die ich dich lehren möchte.“

Krista hielt den Atem an. Als sie sich abwandte, fühlten sich ihre Knospen unter dem Mieder ihres Kleides fest und hart an, und in ihrem Innersten pochte leise ein schmerzliches Verlangen. Jetzt, da Matthew in ihrem Leben keine Rolle mehr spielte, hatte sie wegen der Gefühle, die Leif in ihr weckte, wenigstens kein schlechtes Gewissen mehr.

Doch sie war eine unverheiratete Frau, und ihr Umgang mit Leif war höchst unschicklich.

Seufzend öffnete Krista die Hausapotheke. Sie wusste, welche Dinge Leif sie lehren wollte. Und so falsch es auch sein mochte, sie sehnte sich entsetzlich danach, sie kennenzulernen.

Die Tage vergingen. Der erste September kam, die Abende wurde länger, die Luft frischer und kälter. Leifs Wunden verheilten allmählich. An seiner schlechten Laune und seiner Rastlosigkeit konnte Krista erkennen, dass er sich besser fühlte.

„Es wäre längst an der Zeit aufzustehen und sich zu bewegen", murrte er, als sie spät am Morgen in sein Zimmer trat, um die Verbände zu wechseln.

„Du brauchst Ruhe – sagt der Doktor."

„Du hätschelst mich wie ein Kind."

„Weil du dich auch benimmst wie eines. Komm jetzt und iss. Die Köchin hat dir etwas sehr Leckeres zubereitet." Sie wollte gerade das Tablett neben dem Bett abstellen, als er die Decke zurückwarf und die langen Beine über die Bettkante schwang. „Ich habe es satt, im Bett zu liegen. Ich will mit dir unten essen."

Seine Männlichkeit war bedeckt. Das war aber auch alles. Auf seinen Schenkeln waren feine, schon verblasste Narben zu sehen, ähnlich denen, welche Krista auf seinem Rücken und den Schultern gesehen hatte. Erinnerungen an seine Tage in Gefangenschaft. Krista versuchte, nicht dieses feste, männliche Fleisch und die harten Muskelstränge zu betrachten, doch es war ihr fast unmöglich.

„Mir gefällt, wie du mich ansiehst, *honning.* Wie ein hungriger Wolf."

Krista wurde flammend rot. „Das stimmt überhaupt nicht, Leif Draugr. Außerdem sagt ein Gentleman so etwas nicht."

Er schüttelte den Kopf. „Es tut mir nur leid, dass ich deine Wünsche noch nicht erfüllen kann. Doch ich verspreche dir, dass ich bald deine weiblichen Sehnsüchte befriedigen werde."

Erschrocken starrte Krista ihn an. „So eine Unverschämtheit!"

Er zog das Betttuch herunter, wickelte es um sich und steckte es fest, sodass es tief auf seinen Hüften und über seinem flachen Bauch saß. „Du leugnest, mich zu begehren?"

„Ich habe nicht … nicht …"

„Du kannst es nicht sagen, weil es eine Lüge wäre. Und du bist keine Lügnerin, Krista."

Sie fühlte seine große Hand auf ihrer Taille. Entschlossen zog er sie an sich, und dann küsste er sie. Krista schloss die Augen und legte ihm die Arme um den Hals. Als seine Zunge sanft in ihren Mund drängte und eine Welle der Lust sie ergriff, seufzte sie leise.

Oh ja, sie begehrte ihn. Sie wünschte nur, er hätte es nicht bemerkt.

Leif zog sie enger an seine breite Brust, und ihre Körper schienen miteinander zu verschmelzen. Er küsste sie aufs Ohr und auf den Hals. Wieder suchte er fordernd ihren Mund. Unter dem Tuch konnte Krista seine harte, starke Männlichkeit spüren, und ihr Herz schlug schneller und schneller.

Sie versuchte sich einzureden, sie hätte Angst vor dem, was geschehen mochte, wenn sie ihn nicht daran hinderte. Doch in Wirklichkeit hatte sie keine Angst und schmiegte sich nur noch enger an ihn, wünschte sich, das Tuch würde verschwinden und ihr lästiges Kleid samt all den Unterröcken dazu, und ihre Körper würden sich Haut auf Haut aneinanderpressen.

Sie hatte gar nicht bemerkt, dass Leif ihr das Kleid im Rücken aufgeknöpft hatte, bis es vorn weit offen klaffte. Jetzt beugte er sich vor und küsste die runden Hügel, die sich über ihr Korsett schoben. Krista unterdrückte ein Stöhnen, als seine heißen Lippen ihre Haut berührten und tief in ihr ein unbekanntes Sehnen erwachte.

Die kurzen blonden Locken fielen ihm in die Stirn, während er kleine schnelle Küsse auf ihre erhitzte Haut hauchte. Erschrocken keuchte sie auf, da eine Welle der Wollust sie erfasste, als er mit der Zunge unter die Spitzen ihres Hemdes glitt und die harte Knospe ihrer Brust kitzelte. Sie wankte und hielt sich an seinen Schultern fest, während er leckte und sog, bis ihre Knospen schmerzten vor Verlangen.

Sie wusste, es war falsch, was sie tat, wusste, dass sie es ihm verbieten sollte. Doch wie es schien, brachte sie nicht den Willen dazu auf. „Leif …“

„Ich bin hier, *honning*.“ Kalte Luft streifte ihre Haut, als er sich aufrichtete. Reglos stand sie da, während er sie ein letztes Mal leidenschaftlich küsste. Dann griff er hinter sie und schloss wieder die Knöpfe ihres hellgrünen Kleides.

Krista betastete ihre geschwollenen Lippen. „Großer Gott im Himmel.“

Sanft streichelte Leif ihr die Wange. „Du bist eine Frau mit einem sehr starken Verlangen.“ Er lächelte verschmitzt. „Ich verspreche dir, gut für dich zu sorgen.“

Kristas Wangen brannten heißer als zuvor. „Leif, du kannst nicht … wir können nicht … das darf einfach nicht geschehen.“

Leif hörte gar nicht hin. „Ich bin hungrig.“ Er warf ihr einen brennenden Blick zu. „Für den Moment will ich mich mit Essen zufriedengeben. Ruf den Butler deines Vaters. Sage ihm, ich möchte baden und mich anziehen. Danach komme ich zu dir nach unten.“

Krista widersprach nicht, sondern ergriff die Gelegenheit und eilte aus dem Zimmer.

Verstört hastete sie den Gang hinunter. Im Stillen verfluchte sie Leif Draugr wegen der Macht, die er über sie zu besitzen schien.

Wenigstens war er jetzt wieder auf den Beinen, und sie konnte sich erneut ihrer Arbeit widmen. In dieser Woche war sie einige Male in der Redaktion gewesen, immer in Begleitung ihres Vaters, ihres großen, kräftigen Kutschers Mr. Skinner und mindestens zweier Bediensteter.

Sie ging in ihr Zimmer, um noch an ihrem Leitartikel zu arbeiten. Er hieß „Arbeiter halten zusammen“ und befasste sich mit den Streiks, die weiterhin wegen Lohnkürzungen und beklagenswerte Arbeitsbedingungen in den Bergwerken, Betrieben und Fabriken stattfanden.

Krista war mitten in der Arbeit, als sie auf die Bronzeuhr auf dem Kaminsims blickte und bemerkte, dass es wirklich schon Zeit für den Lunch war. Sie legte Stift und Papier beiseite, verließ das Zimmer und machte sich auf den Weg nach unten in den Salon, wo das Essen serviert wurde.

Als sie Männerstimmen hörte, die aus dem Studierzimmer ihres Vaters drangen, blieb sie stehen. Sie ging zurück durch die Eingangshalle und verhielt an der offen stehenden Tür. An einem runden Mahagonitisch in der Ecke saß Dolph Petersen ihrem Vater und Leif gegenüber.

„Krista", rief ihr Vater und erhob sich. „Ich wollte dich gerade holen lassen. Mr. Petersen hat uns einige sehr gute Neuigkeiten gebracht. Komm, Liebling."

Sie betrat das Studierzimmer und war peinlich bemüht, nicht in Leifs Richtung zu schauen, aus Angst, man könne ihr die Erinnerung an seine brennenden Küsse und an seinen heißen Mund auf ihrer Brust vielleicht vom Gesicht ablesen.

Petersen erhob sich, und auch Leif stand auf.

„Aber bitte, meine Herren, doch nicht so förmlich." Sie lächelte den Detektiv an. „Schön, Sie zu sehen, Mr. Petersen. Mein Vater sagt, Sie brächten Neuigkeiten?" Sie setzte sich in den vierten Sessel am Tisch.

„Wir haben den Schuft gefasst, der für den Angriff auf Ihre Kutsche verantwortlich ist", sagte Petersen. Er war ein attraktiver Mann, doch nicht im üblichen Sinn. Seine Züge waren markant, seine Haut vom Wetter gegerbt und sonnengebräunt. Ein Mann, dessen Zähigkeit sich in seinem Gesicht ausdrückte.

„Wie haben Sie ihn gefunden?", fragte sie ihn.

„Ich sprach mit dem Besitzer der White Horse Taverne. Mit etwas freundlicher *Überredung* erinnerte er sich an den Mann, von dem das Geld und die Anweisungen zum Überfall auf Ihre Kutsche gekommen waren."

Krista warf ihrem Vater einen Blick zu und wandte sich

dann wieder an Petersen. „Wer war es?“

„Sie werden glücklich sein zu erfahren, dass Mr. Jacobs gegenwärtig eine Zelle im Newgate Gefängnis bewohnt“, sagte Petersen. „Ich denke, dort wird er eine ganze Zeit lang bleiben.“

„Glauben Sie, er ist der Mann, der den Brand in den Redaktionsräumen legte?“

„Jacobs bestreitet es, doch ich glaube, dass es sehr gut möglich ist.“

„Nun, Ihre Neuigkeiten erleichtern mich sehr“, sagte Krista.

Petersen lächelte. Während er sie anschaute, schien in seinen dunkelbraunen Augen Sympathie aufzuflammen. Nur selten ignorierte ein Mann Kristas ungewöhnliche Größe und entdeckte in ihr die anziehende Frau. Krista entschied, dass sie Mr. Petersen gut leiden konnte.

„Auch wenn Jacobs jetzt aus dem Weg geräumt ist“, fügte er hinzu, „sollten Sie Ihren Nachtwächter weiter behalten. Nur um sicherzugehen, dass es nicht noch mehr Probleme gibt.“

„Natürlich, wenn Sie der Meinung sind.“

Er stand auf, und alle folgten seinem Beispiel. „Sollten Sie mich in der Zukunft benötigen, wissen Sie ja, wo Sie mich finden.“

„Danke, Mr. Petersen, dass Sie uns geholfen haben.“

„Die Freude ist ganz auf meiner Seite, Miss Hart.“ Petersen beugte sich über ihre Hand. Einige Schritte entfernt machte Leif schmale Augen. „Wie ich bereits sagte, sollten Sie mich brauchen, wissen Sie ja, wo ich bin.“

Krista sah Dolph Petersen nach und fühlte sich erleichtert. „Nun, es sieht aus, als könnte ich wieder sicher zu meiner Arbeit zurückkehren.“

„So ist es“, bestätigte ihr Vater. „Trotzdem halte ich es für das Beste, wenn Leif dich noch eine Weile begleitet.“

„Aber …“

„Ach komm, *honning*, meine Gesellschaft macht dir doch Spaß." Leif streichelte ihr die Wange. Krista sah, wie ihr Vater die Stirn runzelte.

„Ich werde für deine Sicherheit sorgen", fuhr Leif fort. „Doch als Gegenleistung erwarte ich einen Gefallen von dir."

Krista hob die Augenbrauen. „Was denn für einen Gefallen?"

„Nachdem jetzt dieser Jacobs gefangen wurde, kannst du doch am Abend ausgehen."

Sie war tatsächlich sehr viel zu Hause geblieben. Seit ihrer Verlobung mit Matthew hatte ihr Großvater sie nicht mehr gedrängt, auf Gesellschaften zu gehen. Danach war Matthew auf dem Land gewesen, und obwohl Coralee sie zu etlichen Veranstaltungen eingeladen hatte, hatte Krista immer abgelehnt, da sie keine große Lust dazu verspürte.

„Sprich weiter", forderte sie Leif auf.

„Ich muss Geld verdienen. Ich habe bereits viel zu viel von dir und deinem Vater angenommen. Es ist Zeit, dass ich meinen Verbindlichkeiten nachkomme."

„Du wirst für deine Arbeit in der Zeitung bezahlt."

„Das stimmt. Doch ich brauche genügend Geld für ein Schiff, damit ich nach Hause zurückkehren kann."

„Was schlägst du vor, Leif?"

„In eurem Land gibt es etwas, das sich *Glücksspiel* nennt. Ich habe darüber gelesen. Wie es scheint, kann ein Mann, der das Spiel gut genug kennt, damit sein Geld machen. Ich bin ganz besonders an dieser Unterhaltung interessiert, die ihr Kartenspiel nennt."

„Glücksspiel ist ein guter Weg, Geld zu verlieren, nicht zu gewinnen, Leif."

„Dann weißt du also, wie man spielt?"

„Ich spiele nicht, höchstens ein wenig Whist."

„Auf Draugr wetten wir auf alles Mögliche, von Kraft- und Geschicklichkeitsproben bis zu den Rennen der Inselpferde.

Doch ich denke, das ist nicht dasselbe. Bei euren Spielen muss man ein bestimmtes Wissen besitzen. Das, was ich gelesen habe, habe ich geübt – wie man sich an die Karten erinnert, die ausgeteilt wurden, welche Karten am wahrscheinlichsten als nächste ausgespielt werden. Ich würde dieses Spiel gerne einmal ausprobieren, doch dazu müssten du und dein Vater mich begleiten."

Er hatte wirklich ein ausgezeichnetes Gedächtnis. Doch selbst für einen Mann mit seinen Fähigkeiten würde es nicht leicht sein, ein Spiel zu gewinnen.

„Sie müssten mir etwas Geld leihen", fuhr er an den Professor gewandt fort, „aber nur gerade genug für einen Abend. Sollte ich verlieren, werde ich länger arbeiten, um meine Schulden zurückzuzahlen."

In fast allem, das er versuchte, war er gut. Warum also nicht auch hier?

„Es gibt einen Ort, der heißt Crockford's. Ich habe gelesen, dass es dort Spieltische gibt."

Krista sah ihren Vater an. Ihre unausgesprochene Frage hieß: *Ist er schon bereit für einen Auftritt in der Gesellschaft?*

„Sind Sie sicher, dass Sie das wollen, Leif?", fragte der Professor. „Ihre Manieren, Ihre Sprache, alles, was Sie in den letzten Monaten gelernt haben, wird auf die Probe gestellt werden. Glauben Sie, dass Sie gut genug vorbereitet sind?"

„Ich werde nie ein vollkommener Gentleman sein, das wissen Sie. Doch ich werde mein Bestes tun. Erfühlen Sie mir meinen Wunsch?"

„Nachdem du so hart an deiner Bildung gearbeitet hast, glaube ich, dass du diese Chance verdienst." Krista lächelte. „Außerdem war ich noch nie bei Crockford's. Es könnte ein Vergnügen werden."

Für den Abend kleidete sich Leif in einen schwarzen Gehrock, burgunderfarbene Weste und schwarze Hosen. Henry half nur wenig dabei, indem er die Sachen aussuchte. Leif bürstete sein blondes Haar zurück und ging dann zum Spiegel, um seine weiße Seidenkrawatte zu richten.

Er warf einen prüfenden Blick auf sein Spiegelbild und dachte daran, wie sehr er sich doch von dem zerlumpten, ungekämmten Mann unterschied, der in einem Käfig eingesperrt gewesen war. Seine Miene verhärtete sich. Vielleicht würde der Tag kommen, an dem er den Mann zur Verantwortung ziehen konnte, der ihn eingesperrt hatte. Obwohl das eigentlich keine Rolle mehr spielte. Denn er hatte gefunden, weswegen er hergekommen war. Er hatte Dinge gesehen und gelernt, die sein Volk ihm nur schwer glauben würde.

Bevor er zur Tür ging, warf er einen letzten Blick in den Spiegel und dachte, dass er sich allmählich an sein Aussehen in diesen lächerlichen englischen Kleidern gewöhnte. Er musste an Krista denken und an die Kleider, die die Frauen hier tragen mussten, die schweren, gekräuselten Röcke mit den weit ausgeschnittenen Oberteilen. Trotzdem konnte er zu seiner Freude gelegentlich einen Blick auf ihre cremeweiße Haut und den Ansatz der runden Brüste erhaschen.

Kristas Bild verfolgte ihn, und als er sich jetzt vorstellte, wie sie sich wohl in diesem Moment für den Abend ankleidete, kam ihm ein seltsamer Gedanke. Er hatte noch nie dieses Ding gesehen, das Frauen trugen und das man Korsett nannte.

Statt hinunterzugehen, wie er es vorgehabt hatte, ging er den Korridor entlang zu Kristas Zimmer. Wenn er klopfte, würde sie ihn ganz sicher nicht einlassen. Also drehte er den silbernen Knauf und stieß die Tür auf. Er hatte erwartet zu hören, wie Kristas kleine Zofe erschrocken nach Luft schnappte, doch Krista stand allein da.

Leif lächelte. Wie er gehofft hatte, war sie erst halb angezogen und trug das seltsamste Sortiment an Kleidung, das er sich vorstellen konnte.

„Leif! Was machst du hier? Verlasse sofort mein Zimmer!"

Doch er ging entschlossen auf sie zu. „Ich bin gekommen, um einmal dieses Ding zu sehen, das du unter deinen Kleidern trägst."

Ihr hübsches Gesicht fing an zu glühen. Sie ist schön, dachte er, mit ihrer weichen Haut und den hohen, vollen Brüsten, dem goldenen Haar, das ihr in Locken auf die Schultern fällt. Ihre Augen besaßen die Farbe einer Weide im Frühling. Sie waren von einem tiefen Grün, das funkelte, wenn sie wütend war, so wie jetzt.

Sein Blick glitt über das dünne weiße Kleidungsstück aus Baumwolle, das ihre Hüften und ihr Hinterteil bedeckte. Wahrscheinlich war das die weibliche Version der Unterhose, die er nicht hatte tragen wollen. Und dann war da noch eine Vorrichtung, die ihre Brüste nach oben schob und sich in ihre Taille drückte. Das *Korsett*, das Krista erwähnt hatte.

„Mach, dass du rauskommst, Leif Draugr – bevor Priscilla zurückkommt und dich hier findet."

„Dreh dich mal um", befahl er. „Ich möchte sehen, wie diese Vorrichtung, die dich zusammenquetscht, funktioniert."

Krista presste die vollen Lippen zusammen und stieß dann die Luft aus. „Du bist unerträglich!" Mit einem ärgerlichen Seufzer drehte sie ihm den Rücken zu. „Es wird hinten geschnürt. Je fester man die Schnüre anzieht, desto schmaler erscheint meine Taille."

„Was macht dieses Ding so steif?"

„Es ist aus Fischbein gemacht, von Walen. Das sind riesige Fische von der Größe eines Hauses. Sie leben im Meer."

„Ich habe sie nahe Draugr im Wasser gesehen."

„Für manche Korsetts wird Metall benutzt."

„Es sieht aus, als würde es wehtun."

„Man gewöhnt sich daran."

Gewöhnt sich daran? Es war eine Foltervorrichtung, wie er sie sich schlimmer nicht vorstellen konnte.

Er drehte Krista zu sich herum. „Was ist das für ein Kleidungsstück, das du darüber trägst?“

„Es verdeckt das Korsett, und ein Gentleman sollte es nicht sehen.“

Ganz in Gedanken begann Leif die winzigen rosa Schleifchen zu lösen, die das Kleidungsstück vorn schlossen, und streifte es Krista ab. Er stellte sich vor, wie er ihr auch die dünne Baumwollhose über die Hüften streifte und die weichen blonden Locken ihrer Weiblichkeit zum Vorschein kamen.

Auf Draugr hatte es ihm nie an Bettgenossinnen gefehlt, doch er hatte sich nie den Kopf zerbrochen, wie eine Frau die körperliche Liebe empfand. Seine ungestümen Küsse, die kühnen Zärtlichkeiten und sein Liebespiel hatten seine Gespielinnen befriedigt.

Jetzt verstand er, dass es noch ganz andere Wege gab, eine Frau zu erfreuen, Wege, welche auch die Freuden des Mannes steigerten. Denn erst gestern hatte er zu diesem Thema drei verstaubte Romane hinten in einem Regal in der Bibliothek gefunden. Das Buch *Auf dem Altar der Venus*, wie die beiden anderen auch von einem Mann namens Anonymus geschrieben, hatte er bereits ausgelesen. Wenn er erst einmal *Miss Boots Bekenntnisse* und *Perlen der Lust* gelesen hatte, würde er ein Meister der Liebeskunst sein.

Seine Männlichkeit drängte sich inzwischen schmerzhaft gegen den Verschluss seiner Abendhose. Er streckte die Hand aus und ließ den Finger zwischen ihre weichen, schwellenden Brüste gleiten, die von dem Korsett zusammenpresst wurden. Er fühlte, wie sie zitterte, und wünschte sich, er könnte die Schnüre zerreißen und dieses schmerzende Ding beiseitewerfen.

„Leif, bitte, du kannst nicht einfach in das Boudoir einer Dame spazieren und …“

Mit einem Kuss brachte er sie zum Schweigen. Sie duftete nach Blumen, und er fragte sich, welchen Namen sie wohl trugen. Einen Moment lang erstarrte Krista und wollte sich ihm entziehen, doch Leif fuhr einfach fort, sie zu küssen. Er legte die Hand auf ihr Haar und küsste sie immer wieder, bis sie entspannt in seinen Armen lag. Er genoss ihre Süße und legte die Hand auf ihren Po. Durch das dünne Gewebe konnte er die Wärme ihrer Haut spüren.

„Wo ist deine Zofe?", flüsterte er ihr ins Ohr.

„Ich … ich habe sie weggeschickt, etwas zu holen, aber …"

Mit einem weiteren, brennenden Kuss schnitt er ihr das Wort ab und streichelte mit sanftem Druck ihren Po. Ihm gefiel, wie die Rundung in seine Hände passte.

Krista stöhnte leise, und Leif konnte spüren, wie sie zitterte, als er sie gegen seine harte Männlichkeit drückte und sie fühlen ließ, wie sehr er sie begehrte. Er ließ eine Hand zwischen ihre runden Pobacken gleiten, berührte sie an ihrer intimsten Stelle und steigerte ihre Erregung. Eigenartigerweise war dort ein Schlitz im Stoff ihrer Hose. Seinen Sinn und Zweck erkannte Leif sofort und schob die Finger hinein. Erfreut stellte er fest, wie bereit sie schon für ihn war.

„Ich werde dir Freuden verschaffen, Krista", flüsterte er, „größer, als du sie dir je erträumt hast."

Sie ließ einen leisen Laut der Lust hören, als er erneut anfing, sie leidenschaftlich zu küssen und dabei zärtlich streichelte. Dass sie feucht war und zitterte, steigerte seine Erregung. Er wollte sie zum Höhepunkt bringen, wollte ihre Wollust stillen und sich selbst so tief in ihr versenken, dass sie nie mehr an einen anderen Mann denken würde.

Stattdessen löste er sich von ihr.

Unsicher sah Krista ihn mit ihren großen grünen Augen an. „Ich hätte nie gedacht … ich wusste nicht … dass … es sich so anfühlen würde, so …"

„Gut?", schlug Leif vor.

Sie errötete.

„Zur richtigen Zeit werde ich dir zeigen, wie gut es sein

kann." Er trat zurück, bemüht, seine eigene Erregung unter Kontrolle zu bringen, und betrachtete sie nachdenklich. „Es gefällt mir nicht, dass du dieses Ding da trägst, das du Korsett nennst. Wenn du einmal mir gehörst, werde ich es verbieten."

Vor Überraschung blieb Krista der Mund offen stehen. „Leif, bitte – du darfst so etwas nicht sagen. Ich … ich weiß, ich hätte dafür sorgen müssen, dass du aufhörst. Es ist höchst unschicklich für eine Frau, einem Mann solche … solche Freiheiten zu erlauben."

„An dem, was wir tun, ist nichts Falsches. Bald wirst du mir gehören und musst nicht länger ein schlechtes Gewissen haben."

Entschieden schüttelte Krista den Kopf, sodass die schwere goldene Haarflut hin und her flog. „Das kann nicht sein, Leif – das weißt du so gut wie ich. Du wirst nach Draugr zurückkehren, und ich werde hierbleiben. Daran ist nichts zu ändern."

„Du irrst, Krista. Seit dem Tag, an dem du mich aus dem Käfig befreit hast, bist du mein. Die Götter haben mich zu dir gesandt. Daran kann man nichts mehr ändern."

Ein Quietschen an der Tür verkündete, dass Priscilla Dobbs zurückgekommen war. Sie machte noch größere Augen als Krista. „Du liebe Güte. Es … es tut mir leid, Miss. Ich wusste nicht, dass Sie … dass Sie …"

Krista gelang es, ihre Kammerzofe anzulächeln. „Ist schon in Ordnung, Priscilla. Mr. Draugr ist *zufällig* ins falsche Zimmer geraten." Mit zitternden Hängen griff sie nach ihrem Kleid und zog es über. „Er ist gerade dabei zu gehen."

Leif verstand den Wink. Für heute Abend hatte er Krista weit genug getrieben. „Ich bitte um Entschuldigung, Miss Hart", sagte er und ahmte dabei perfekt einen englischen Gentleman nach. „Ich verstehe nicht, wie ich mich im Zimmer irren konnte."

Sie presste die Lippen zusammen, als Leif die Tür schloss. Er ging den Gang hinunter und dachte dabei an ihre Worte.

Sie hatte diese Worte schon einmal gesagt. Er hatte ihr nicht geglaubt und tat es jetzt auch nicht. Sie mochte schön und intelligent sein, und er mochte sie sehr bewundern, trotzdem war sie nur eine Frau, die in dieser Angelegenheit wenig zu bestimmen hatte.

Zuerst einmal brauchte er Geld. Dann würde er mit ihrem Vater sprechen. Er war überzeugt, dass der Professor seine Werbung annehmen würde.

Leif dachte an die Bücher, die er gelesen hatte, und lächelte in sich hinein. Er würde das Wissen, das er in diesen Büchern entdeckt hatte, dazu benutzen, ihr Verlangen zu steigern.

Er würde sie so weit bringen, dass sie sich nach ihm verzehrte und ihn anflehte, sie zu nehmen.

Mit Leib und Seele würde sie ihm gehören.

15. KAPITEL

Krista brauchte viel länger, um sich anzuziehen, als sie vorgehabt hatte. Sie ging ins Badezimmer, tauchte ein Tuch in das Becken voll Wasser und kühlte damit ihr glühendes Gesicht. Sie wusch Leifs Geruch fort – nicht den Duft eines diskreten Herrenparfüms, sondern den weniger raffinierten, aber weit verführerischeren Geruch nach Seife und Männlichkeit.

Selbst als sie wieder in ihrem Zimmer war und Priscilla mithilfe des heißen Brennstabs Kristas Frisur herrichtete und ihr danach ins Kleid half, dachte sie an Leif und die verruchten, wunderbaren Dinge, die er mit ihr angestellt hatte. Sie schloss die Augen bei der Erinnerung an seinen Mund auf ihren Brüsten, seine große Hand zwischen ihren Beinen.

Lieber Gott im Himmel, so ein Gefühl hatte sie noch nie gehabt!

Sie dachte an die Monate, die sie mit Matthew verbracht hatte. Kein einziges Mal hatte er das Verlangen in ihr geweckt wie Leif. Kein einziges Mal hatte sie Leidenschaft empfunden, wenn er sie küsste. Am Ende würde sie heiraten müssen, doch sie glaubte nicht, dass sie je wieder wahre Leidenschaft erleben würde. Es gab keinen Mann wie Leif. Keiner würde fähig sein, sie das fühlen zu lassen, was er sie hatte fühlen lassen.

Seufzend griff Krista nach ihrem silbern schillernden Retikül und verließ das Zimmer.

Wäre es denn wirklich so schlimm, nur für einen kurzen Augenblick das Leben so zu erleben, wie sie es nie mehr würde tun können? Wäre es wirklich eine so große Sünde, ein wenig von der verbotenen Frucht zu genießen?

Sie stieg die geschwungene Treppe hinab und verlangsamte ihre Schritte, als sie ihn am Fuß der Treppe erblickte. Er wartete auf sie. Mit seinen goldblonden Haaren, den fein geschnittenen Zügen und den erstaunlich blauen Augen sah er so gut aus, dass es ihr eng ums Herz wurde.

Er sah auf und lächelte. „Du bist schön, *honning* …“ Die mit tiefer, verführerischer Stimme gesprochenen Worte weckten erneut Sehnsucht in ihr. Sein heißer Blick verriet, dass er sich erinnerte, auf welch intime Weise er sie berührt und wie sie darauf reagiert hatte.

Krista errötete. „Du sollst mich nicht so nennen, Leif. Zumindest nicht in Gesellschaft. Es ist viel zu vertraut. Die Leute werden denken …“

„Dass du mein bist.“

„Ich sagte dir …“

„Komm, dein Vater wartet in der Kutsche auf uns.“

Krista sagte nichts mehr. Wenn es an der Zeit war, würde er die Wahrheit schon erkennen.

Doch diese Zeit war noch nicht gekommen, und eine leise Stimme in ihr flüsterte: Was macht es schon, wenn du für eine Weile so tust, als wärst du sein? Wie es wohl sein mochte, einem so außerordentlich männlichen Mann wie Leif zu gehören?

Während sie beide das Haus verließen, musste sie immerzu daran denken.

Crockford’s in der Curzon Street in Mayfair war vor mehr als zehn Jahren von einem Mann namens Crockford, einem Fischhändler, gegründet worden, der in einer Nacht am Spieltisch ein beachtliches Vermögen gewonnen hatte. Mit seinen venezianischen Glaskandelabern und den mit Blattgold eingelegten Decken war es bekannt als das exklusivste Spielcasino Londons. Krista war noch nie in solch einem Etablissement gewesen, und je näher die Kutsche ihrem Ziel kam, desto aufgeregter wurde sie.

In einem tief dekolletierten Kleid aus türkisgrüner Seide und silberfarbenem Tüll, das dem bevorstehenden Abend angemessen war, schritt sie an Leifs Arm. Den Anstandsregeln entsprechend begleitete ihr Vater sie.

So als wäre er tatsächlich der Gentleman, als der er auftrat, geleitete Leif sie an den Spieltischen vorbei. Sie blieben bei den Erfrischungen stehen, bis jeder von ihnen etwas zum Trinken erhalten hatte. Leif bestellte ein Bier, auch wenn das nicht gerade als sehr vornehm galt, während Krista und ihr Vater Champagner wählten.

„Ich glaube, ich habe eben einen Freund gesehen", sagte der Professor. „Wenn du mich bitte einen Augenblick entschuldigen würdest ..."

„Natürlich, Vater", murmelte Krista. Sie und Leif wanderten ein wenig zwischen den elegant gekleideten Stammgästen umher, Männern in bestickten Westen und weißen Seidenkrawatten, Frauen in Kleidern aus Taft und bestickter Seide. Die Damen trugen bemalte Fächer oder Fächer aus Federn und hatten juwelenbesetzte Diademe oder Federn im Haar.

Sie gingen weiter zu den grün bespannten Tischen im hinteren Teil des Hauptsalons, in dem Karten gespielt wurde. Da sie beide das größte Paar im Raum waren, begannen sie, Aufmerksamkeit zu erregen. Köpfe drehten sich in ihre Richtung, und Krista bemerkte, wie ein weibliches Augenpaar nach dem anderen Leif musterte. Immer folgte der Musterung ein Lächeln deutlicher Bewunderung.

Während Krista an ihrem Champagner nippte, stellte sie erstaunt fest, wie sehr sie diese lockenden Blicke störten, obwohl Leif sie gar nicht wahrzunehmen schien. Stattdessen fiel sein Blick immer wieder auf ihr Dekolleté, das mehr von dem schattigen Tal zwischen ihren Brüsten zeigte als je zuvor.

„Mit gefällt dein Kleid", flüsterte er, und sein warmer Atem streifte ihren Nacken. „Aber so geht es jedem Mann hier. Sie träumen alle von deinen hübschen Brüsten, doch sie können sich höchstens vorstellen, wie weich und voll sie sich anfühlen."

Unter dem Rock ihres Seidenkleids bekam Krista weiche Knie. „Um ... um Himmels willen, Leif, du musst aufhören, solche Sachen zu sagen. Es gehört sich nicht, so zu einer Dame zu sprechen."

Ganz zu schweigen von der Wirkung, die diese Worte auf sie hatten!

Er hob eine Braue. „Ist das noch so eine von deinen Regeln?"

Krista öffnete ihren Fächer aus Straußenfedern und fächelte sich eilends Luft zu, um ihr heißes Gesicht zu kühlen. „Ja. Und es ist eine, die du unbedingt lernen musst."

„Ich werde versuchen, sie nicht zu vergessen …", meinte er und schaute dabei herausfordernd auf ihren wohlgerundeten Busen. „… wenn du es willst."

Dieser Mann war ein Ausbund an männlicher Kraft. Krista betete, er möge genug Selbstbeherrschung besitzen, diesen Abend ehrenvoll hinter sich zu bringen.

Sie schlenderten noch eine Weile umher, und Leif bekam so die Gelegenheit, sich daran zu gewöhnen, wie die Leute sich bewegten und sprachen, wie sie aussahen und wie sie sich anhörten. Am anderen Ende des Raums sah Krista ihren Vater. Er war im Gespräch mit Phillip Carlton, Lord Argyle, Matthews älterem Bruder, und sie fragte sich, ob ihr Vater wohl gerade versuchte, die Annullierung ihrer Verlobung zu beschönigen und ihren leicht angekratzten Ruf wiederherzustellen.

Entschlossen, an diesem Abend nicht länger darüber nachzudenken, wandte sie sich wieder ihrem Begleiter zu. Dabei entdeckte sie etwas, das ihr bis jetzt entgangen war. Immer wenn sie sich in Gesellschaft befunden hatte, hatte sie sich wegen ihrer ungewöhnlichen Größe linkisch und unattraktiv gefühlt. Doch nun stand sie neben einem Gentleman, der wesentlich größer war als sie, einem blonden, blauäugigen Mann, der ungelogen der schönste im ganzen Raum war.

Diese Tatsache schien alles zu ändern. Und anstatt das Objekt des Mitleids und der Spekulationen zu sein, erhielt sie von den Männern nun die gleichen bewundernden Blicke wie Leif von den Frauen.

„Sie sind eifersüchtig“, sagte er. „Die Narren haben nicht erkannt, was sie Wunderbares hätten haben können. Jetzt wird ihnen klar, dass sie zu spät kommen.“

Krista wusste nicht so recht, was sie dazu sagen sollte. Sie spürte, wie ein warmes Gefühl in ihr aufstieg, und das verdankte sie Leif, der sie an diesem Abend begleitete und der sich so besitzergreifend benahm.

„Nun, das ist aber einmal eine Überraschung.“ Diana Cormack, Viscountess Wimby, schlenderte am Arm eines hübschen schwarzhaarigen Mannes, der ihr Begleiter zu sein schien, auf sie zu.

„Viscountess“, sagte Krista und versank in einem Hofknicks. „Es ist mir eine Freude, Sie wiederzusehen.“

„Mir ebenfalls, meine Liebe.“ Sie warf dem Herrn, der sie begleitete, einen raschen Blick zu. „Das ist Marcus Lambs, ein enger Bekannter meines Gatten. Wir sind hier in Begleitung von Lord und Lady Paisley. Arthur zuliebe war Marcus so nett, mir heute Abend seine Begleitung anzubieten.“

„Sehr erfreut, Miss Hart.“ Der Herr beugte sich galant über ihre Hand.

„Darf ich Ihnen Leif Draugr vorstellen, ein enger Freund meines Vaters. Er ist aus Norwegen zu Besuch hier.“

Dianas blaue Augen musterten eingehend Leifs kraftvollen Körper, dann verzog sie den Mund zu einem herausfordernden Lächeln. „Nun, jetzt ist völlig klar, wieso Sie der Meinung sind, dass Matthew und Sie nicht zusammenpassen.“

Krista errötete.

„Krista ist eine sehr leidenschaftliche Frau“, sagte Leif. „Sie braucht einen Mann, der ihre Bedürfnisse befriedigt. Carlton ist kein Mann für sie.“

Diana öffnete den Mund, um etwas zu sagen, schloss ihn aber wieder. Krista wäre am liebsten im Boden versunken.

Sie zwang sich zu einem Lächeln. „Es … es tut mir leid. Leif ist mit unseren Sitten nicht vertraut. Manchmal missversteht er die Bedeutung gewisser Worte oder spricht offener, als er sollte.“

Wieder ließ Diana den Blick über ihn gleiten, vermerkte die breiten Schultern, die kräftige Brust, seine langen Beine und die kraftvollen Schenkel.

Ihr Lächeln konnte man fast schon nicht mehr sittsam nennen. „Ich mag es, wenn ein Mann seine Meinung sagt. Ich werde mit Arthur reden. Vielleicht haben Sie und Mr. Draugr Lust, uns einmal in die Oper zu begleiten.“

Krista traute ihren Ohren nicht.

Leif lächelte nur. „Ich habe noch nie eine Oper gesehen. Ich glaube, es würde mir gefallen, so etwas einmal zu erleben.“

Erneut verzog Diana die hübschen Lippen zu einem Lächeln. Sie war nach der letzten Mode gekleidet, und der Ausschnitt ihres schwarz-goldenen Abendkleids war so tief, dass die Brüste herauszufallen drohten. „Wie ich schon sagte, ich werde mit Arthur reden.“

Leifs erstaunter Blick glitt über die verführerisch schwellenden Hügel, doch er schien nicht übermäßig beeindruckt zu sein. Schnell wandte er seine Aufmerksamkeit wieder Krista zu, die völlig unerwartet eine Welle der Erleichterung verspürte. Da sah sie ihren Vater auf sie zukommen und hätte ihn für seine Rückkehr zur rechten Zeit küssen mögen. Man stellte sich einander vor, und dann gingen Diana und ihr Begleiter zu ihren Freunden zurück, die an den Spieltischen eifrig würfelten.

„Es ist Zeit für ein Spiel“, sagte Leif, während sein Blick zu dem hinteren Teil des Raumes schweifte. Krista hatte ihm bereits das nötige Geld gegeben, das er brauchte, um sein Glück – oder auch seine Geschicklichkeit – zu probieren. Es war eine relativ bescheidene Summe, wenn man bedachte, dass Leif genug gewinnen wollte, um sich ein Schiff zu kaufen.

Ein Schiff. Krista sah ihn an, und die Brust wurde ihr eng. Wenn er erst einmal ein Schiff besaß – und sie war sich sicher, dass er einen Weg finden würde, eines zu bekommen –, würde er fortgehen.

Sie ertappte sich dabei, wie sie sich von ganzem Herzen wünschte, Leif möge verlieren.

Leif gewann nicht.

Unglücklicherweise verlor er auch nicht.

Krista saß in ihrem Büro hinter dem Schreibtisch und gähnte. Es war spät geworden gestern Nacht. Auch wenn Leif einige Zeit gespielt und dabei einiges gewonnen und einiges verloren hatte, beendete er den Abend mit nicht mehr als den paar goldenen Sovereigns, mit denen er angefangen hatte.

Und er war voll überschäumender Hoffnung gewesen.

„Ich weiß jetzt, was ich falsch mache", sagte er, während die Kutsche durch die dunklen Straßen rollte. „In diesem Spiel muss man mehr tun, als nur die Karten zu zählen und zu erkennen, welche Karte wohl als nächste ausgespielt wird. Ich kenne das Wort nicht – es ist so etwas wie erraten, was dein Gegner als Nächstes tun wird. Darin kann der Unterschied zwischen deinem Gewinn und deinem Verlust liegen."

Er hatte gegen fünf andere Männer „Loo" gespielt, ein Spiel mit sehr hohem Einsatz. Es war dafür bekannt, selbst sehr reiche Gentlemen zum Bettler machen zu können.

„Von dem wenigen, das ich weiß", meinte Krista zu ihm, „kann ich dir sagen, dass du ihre Gesichter beobachten musst. Wenn du lernst, in ihren Mienen zu lesen, kannst du erraten, was sie in der Hand haben."

„Das habe ich gemeint."

„Eines ist gewiss, Leif. Wenn es leicht wäre, würde jeder gewinnen."

Er nickte. „Ich werde heute Abend wieder hingehen und nur zuschauen. Morgen Abend will ich dann spielen."

„Selbst wenn du in allem, was das Spiel betrifft, sehr gut bist, wirst du vielleicht trotzdem nicht gewinnen. Auch wenn du noch so geschickt spielst, es hängt alles vom Glück ab."

Er schien es einzusehen, doch ihre Worte entmutigten ihn nicht. Selbst im schwachen Licht der Messinglampe konnte Krista sehen, dass ihm die Gedanken nur so durch den Kopf wirbelten und er überlegte, was er tun musste, um erfolgreich zu sein.

Krista seufzte, während sie so dasaß und über die Ereignisse des letzten Abends nachdachte. Was immer Leif sich in den Kopf gesetzt hatte, er ließ sich nicht aufhalten.

„Du lächelst." In einem einfachen, aber eleganten Tageskleid aus bedrucktem apricotfarbenen Musselin trat Coralee durch die Tür, die fast immer offen stand. „Wenn ich es nicht besser wüsste, könnte man glauben, du hängst sehr unschicklichen Gedanken nach."

Krista lachte. „Nicht in diesem Augenblick, auch wenn mir vor Kurzem einige dieser Dinge wieder durch den Kopf gegangen sind, die wir in dem Buch gelesen haben, das wir damals im Keller von Briarhill fanden."

Coralee machte große Augen. „Du liebe Zeit!"

„Ich habe so das Gefühl, wir könnten uns geirrt haben, Corrie. Die Liebe ist vielleicht gar nicht so schrecklich."

Corrie lachte. „Vielleicht nicht." Sie hielt ihr über den Schreibtisch hinweg ein Blatt Papier hin. „Das hier kam gerade für dich." Krista hob den Kopf. „Noch eine Drohung?"

„Ich glaube nicht. In so einem Fall dürfte dein Name wohl kaum in eleganten Schnörkeln auf sehr teurem Briefpapier stehen."

Krista brach das Wachssiegel und begann zu lesen. „Es ist von Cutter Harding. Er ist der Besitzer von Harding Textilien. Er möchte, dass ich mir seinen Standpunkt in der Streitfrage bezüglich der Streiks anhöre." Sie trommelte mit den Fingern auf das Papier. „Er möchte wissen, ob ich vielleicht bereit bin, in seine Fabrik zu kommen und mir selbst ein Bild über die dortigen Zustände zu machen."

„Das klingt vernünftig."

Krista blickte von dem Brief auf und lächelte. „Langsam fange ich an zu glauben, dass *Heart to Heart* sehr gute Arbeit leistet, Coralee. Zuerst heuert der Aufseher von Consolidated Mining jemanden an, um mich daran zu hindern, die Bergwerksgesetzesvorlage zu unterstützen. Jetzt hält der Besitzer einer der größten Textilfabriken unseres Landes unsere Zeitung für so einflussreich, dass sie ihm eine persönliche Einladung zu einer Besichtigung seiner Fabrik wert ist. Wie es scheint, ist unsere harte Arbeit tatsächlich zu etwas gut."

„Zum größten Teil ist es deine harte Arbeit", entgegnete Corrie. „Ich schreibe nur die Gesellschaftskolumne."

„Du kümmerst dich um alle Frauenthemen, nicht nur um die Gesellschaftskolumne. Die Wahrheit ist, dass du mir hilfst, diese Zeitung herauszugeben, und dass ich es ohne dich nicht schaffen würde."

Corrie schien sich über ihre ehrlich gemeinten Worte zu freuen. „Also, was ist jetzt mit Mr. Harding?"

„Ich werde natürlich zusagen. Denn ich bin äußerst interessiert an seiner Fabrik." Sie lächelte. „Und wenn er will, dass ich mir seine Meinung anhöre, muss er sich auch meine anhören."

Das Treffen wurde für das kommende Wochenende verabredet. Krista hatte vor, mit der Kutsche zu der kleinen Stadt Beresford-on-Quay zu reisen, in der sich die Fabrik befand. Außer ihrem stämmigen Kutscher Mr. Skinner wollte auch Leif unbedingt mitkommen, und wenn Krista auch protestierte, war sie im Geheimen doch erleichtert darüber.

Besonders nach dem, was letzte Nacht passiert war. Kurz nach Mitternacht waren die Büros des London Beacon, einer viel gelesenen Wochenzeitung, bis auf die Grundmauern abgebrannt. Ein Feuerwehrmann war ernstlich verletzt worden, und einer der Angestellten, ein alter Mann, der in einem der oberen Räume schlief, war an Rauchvergiftung gestorben.

Das Feuer war mit Sicherheit gelegt worden, denn der *Beacon* setzte sich noch lautstärker für soziale Reformen ein als *Heart to Heart.*

Die Herausgabe einer Zeitung war zu einer gefährlichen Angelegenheit geworden.

Seitdem sie und ihr Vater mit Leif bei Crockford's gewesen waren, war der Wikinger jeden Abend dorthin gegangen, um Karten zu spielen. Er kam immer erst am frühen Morgen nach Hause. Dann hörte sie seine schweren Schritte auf der Treppe. Nach einigen wenigen Stunden Schlaf quälte er sich wieder aus dem Bett und begleitete sie zu ihrer Arbeit.

Heute war es nicht anders. Krista wusste, dass er erschöpft war, doch inzwischen gewann er immer wieder. Er war gut, sehr gut sogar. Und er hatte nicht vor aufzuhören, bis er das Geld beisammen hatte, das er brauchte.

Der Gedanke schnürte ihr die Kehle zu.

Es war Donnerstag, am späten Nachmittag – der Tag, an dem die Gazette gedruckt und gebündelt wurde. Morgen würde sie dann in die Wagen geladen, damit sie am Samstag verteilt werden konnte. Coralee würde die Arbeit beaufsichtigen, während Krista und Leif zu der Verabredung mit Harding fuhren. Ihrem Vater hatte der Brief natürlich nicht sehr gefallen, denn sie würde die Zeit mit Leif ohne eine Anstandsdame verbringen.

„Es geht hier um meine Arbeit, Vater", hatte Krista zu ihm gesagt. „Nicht um Ferien auf dem Lande. Außerdem werden wir vor Einbruch der Dämmerung zurück sein."

Er hatte gemurrt, schließlich aber widerstrebend zugestimmt. Immerhin war er mit der Gründerin der Zeitung verheiratet gewesen und wusste, dass so ein Unternehmen

Unabhängigkeit und auch eine gewisse Missachtung der gesellschaftlichen Regeln forderte.

Krista stand von ihrem Schreibtisch auf und ging in den Hauptraum des Verlags, vorbei an der schweren, laut ratternden Stanhope-Presse, mit der die Seiten der aktuellen Ausgabe gedruckt wurden. Einige Fuß entfernt davon saß Coralee an ihrem Tisch. Ihr kupferrotes Haar schimmerte, während sie sich über ein Blatt Papier beugte. Sie arbeitete bereits an der Kolumne für die nächste Woche.

Krista setzte ihren Weg fort und ging zum Hinterzimmer, das dank Leif wieder benutzt werden konnte. Er war gerade dabei, Freddie zu helfen, einige schwere Kisten ins Lager zu bringen.

„Sieht aus, als wärt ihr zwei bald fertig."

„Das ist die letzte Kiste", sagte Leif und hob sie mit Leichtigkeit hoch, wobei er ein Gähnen unterdrückte. Obwohl er immer spät nach Hause kam, arbeitete er weiterhin hart, beklagte sich nie und versuchte nie, sich zu drücken, ganz egal, welche Arbeit Krista ihm auch auftrug.

„Da du jetzt fertig bist, kannst du mit mir kommen." Sie wandte sich zum Gehen und hörte gleich darauf seine schweren Schritte hinter sich.

„Wo gehen wir hin?", fragte er.

„Hinauf."

Da er nichts erwiderte, nahm Krista an, dass er deshalb kein großes Interesse zeigte, weil er so müde war. Als sie den zweiten Stock erreicht hatten, ging sie den Korridor hinunter und öffnete die Tür zum Aufenthaltsraum. Mit einer Kopfbewegung forderte sie ihn auf einzutreten.

Er trat ein. Dann stand er da und sah sie unter schweren Lidern hervor an.

„Zieh die Schuhe aus."

Er hob den Kopf. Zum ersten Mal zeigte er einen Funken Interesse. „Warum?"

„Tu einfach, was ich dir sage. Ich bin deine Arbeitgeberin, falls du es vergessen haben solltest."

Er verzog den Mund, als würde er sich über ihre Bemerkung amüsieren. „Ich habe es nicht vergessen." Er setzte sich auf die Kante der Liege, zog seine Schuhe aus und stellte sie sorgfältig beiseite.

„Jetzt deine Jacke."

Er sah zu ihr hoch, und seine Augen verdunkelten sich. Er schlüpfte aus seinem Rock und gab ihn ihr. Krista hängte ihn über die Lehne eines Stuhls. Weil er so schwer heben musste, trug er keine Weste, und Krista ertappte sich bei dem Gedanken, wie gut er in dem weitärmeligen weißen Leinenhemd und den einfachen schwarzen Hosen aussah.

„Jetzt leg dich auf das Sofa."

Leif lächelte schelmisch. „Wenn das eine deiner Unterrichtstunden ist, *honning*, dann dürfte sie mir gefallen."

Entnervt verdrehte Krista die Augen, ging zum Fenster und ließ das Rollo herunter. Dann kehrte sie zu Leif zurück, der mit erwartungsvollem Blick dalag.

„Ich habe dich nicht hier heraufgebracht, um dich zu verführen. Ich möchte nur, dass du dich etwas ausruhst. Du schläfst ja fast schon im Stehen. Wenn du darauf bestehst, bis in die frühen Morgenstunden auszugehen, dann wirst du von nun an jeden Nachmittag mindestens zwei Stunden schlafen."

Er lächelte. „Ich werde mich hinlegen, wenn auch du dich hinlegst."

Krista ließ ein ärgerliches Brummen hören. „Du sollst dich ausruhen. Ich bezweifle, dass du an Schlaf denkst, wenn ich neben dir liege."

Er lachte leise, als sie zur Tür ging. „Schlaf jetzt", sagte sie weich. „Ich werde dich in ein paar Stunden wecken."

Im nächsten Moment fielen ihm bereits die Augen zu. Sein Kopf sank auf das Kissen, seine langen Beine ragten über die Liege hinaus, als er in Schlummer sank. Eine Zeit lang stand

Krista einfach nur in der Tür und betrachtete ihn. Seine breite Brust hob und senkte sich gleichmäßig, seine Wimpern lagen auf den hohen Wangenknochen. Sie waren dunkler als die goldblonden Haare.

Leise schloss Krista die Tür und fühlte einen seltsamen Schmerz in der Brust. Jede Nacht stieg sein Gewinn. Falls seine Geschicklichkeit sich nicht plötzlich in Luft auflöste oder das Glück ihn verließ, würde es nicht mehr lange dauern und er hätte das notwendige Geld für seine Abreise zusammen.

Er würde gehen, und sie würde bleiben.

Zum ersten Mal erkannte Krista, wie weh es tun würde, wenn er fort wäre.

16. KAPITEL

Die Reise nach Beresford-on-Quay dauerte länger, als Krista erwartet hatte. Die ganze Nacht hatte es geregnet. Jetzt waren die Straßen voller Furchen und tiefer Schlammpfützen. Dunkle Wolken, die sich drohend am Himmel ballten, waren ein Zeichen, dass der nächtliche Sturm zurückkehren konnte. Vor dem Kutschfenster dehnten sich wogende, kreuz und quer von niedrigen Steinmauern durchzogene Felder aus. Eine schmale Straße wand sich einen entfernten Hügel hinauf, von dessen Kuppe aus ein herrschaftliches Gut die Landschaft unterhalb überschaute.

Lächelnd genoss Krista die Aussicht. Als die Kutsche durch die Dörfer fuhr, entdeckte sie Kinder, die auf den Straßen Ball spielten. Der Wagen eines Kesselflickers, der vor ihnen fuhr, wich zur Seite, damit sie ihn überholen konnten. Als die Stunden sich hinzogen, schlug Leif ein Kartenspiel vor, und Krista lachte, weil er sie wieder und wieder haushoch verlieren ließ.

„Das kannst du sehr gut", meinte sie, als sein König ihren Buben schlug und Leif wieder einen – nur angenommenen – Gewinn einstrich. „Wie es scheint, zahlen sich deine Bemühungen aus."

„Ich muss gewinnen", sagte er schlicht. „Das ist die Chance, auf die ich gewartet habe."

Krista strich den Rock ihres taubengrauen Reisekleids glatt und spielte dann mit dem schwarzen Schnurbesatz auf ihrer Jacke. „Ist es wirklich so wichtig für dich, Leif, ein Schiff zu kaufen? Wäre es so schrecklich, wenn du in London bliebest?"

Er blickte sie mit seinen strahlend blauen Augen an. „Ich würde bleiben, wenn ich könnte. Hier gibt es so viel zu lernen. Jeder Tag bietet mehr Wissen. In meinem ganzen Leben könnte ich all das nicht lernen. Doch ich kann nicht bleiben.

Ich habe meinem Vater einen Schwur geleistet."
„Was für einen Schwur?"
Er starrte aus dem Fenster. „Als die Männer beschlossen, aus den Holzbalken des Wracks ein Schiff zu bauen, stritten mein Vater und ich miteinander. Er verbot mir zu gehen, doch ich sagte ihm, dass ich gehen müsse. Ich versprach ihm bei meiner Ehre zurückzukehren. Ich sagte ihm, dass ich meine Pflichten als ältester Sohn nicht vergessen würde. Was auch geschieht, ich muss diesen Eid halten."
Krista nickte. Sie wusste, was Ehre und Pflicht bedeuteten. Sie hatte selbst Pflichten zu erfüllen.
Sie sah zu Leif, der die Karten in seiner Hand studierte. Einen Augenblick lang erlaubte sie sich davon zu träumen, wie es wäre, wenn er ihr Ehemann würde. Sie stellte sich vor, wie es wäre, wenn er ihr das Kind schenken würde, das ihre Familie so nötig brauchte, einen goldblonden, schönen Knaben, so stark wie sein Vater.
Doch Leif konnte nicht bleiben, und sie würde in einer primitiven, weit entfernten Welt, die so anders als ihre eigene war, niemals glücklich werden. Ihr Platz – ihr Leben – war hier in England.
Wie immer auch ihre Zukunft aussah, sie würde sie nicht mit Leif teilen.
Am späten Nachmittag kamen sie in Beresford-on-Quay an, zwei Stunden später, als Krista geplant hatte. Die Textilfabrik, ein dreistöckiges Backsteingebäude, stand auf dem Steilufer hoch über dem Fluss. Dieser Platz war bewusst gewählt worden, denn der Fluss brachte die mächtigen Räder zum Laufen, die wiederum die schweren Maschinen im Innern der Fabrik antrieben.
„Ich denke, du wartest am besten hier", sagte Krista zu Leif. „Vermutlich möchte Mr. Harding lieber …"
„Nein."
„Es geht hier ums Geschäft, Leif. Ich bin wohl kaum in

Gefahr, denn ich glaube nicht, dass Mr. Harding mich hierher eingeladen hat, um mich umzubringen."

„Wenn du gehst, gehe ich auch."

Verärgert stieß sie die Luft aus. „Du bist wirklich unerträglich."

Leif lächelte nur.

Krista bezwang ihren Ärger und betrat das lange, schmale Gebäude durch die Tür, über der die große rote Inschrift *Harding Textilien* prangte. Sie wurde zu Cutter Harding geführt, der in seinem Büro arbeitete, den Kopf über einen Stapel Schreibarbeit gebeugt. Sein Sekretär, ein junger Mann in den Zwanzigern, der an einem Tisch im vorderen Teil des Büros arbeitete, hielt sie auf, bevor sie Harding erreichen konnte.

„Kann ich Ihnen helfen?"

„Mein Name ist Krista Hart. Das hier ist mein Kollege. Wir waren mit Mr. Harding verabredet, doch die Straßen erwiesen sich als schwieriger, als wir angenommen hatten. Deshalb kommen wir jetzt leider mit Verspätung zu unserer Verabredung."

Am anderen Ende des Raums erhob sich Harding von seinem Schreibtisch und kam zu ihnen. Er war Ende vierzig, hatte dichtes blondes Haar und hinkte leicht. „Miss Hart … ich glaubte schon, Sie hätten vielleicht Ihre Meinung geändert."

„Ganz und gar nicht, Mr. Harding. Wie ich schon sagte, verursachten uns die Straßen etwas mehr Schwierigkeiten als erwartet. Das ist mein Kollege, Mr. Draugr."

„Erfreut, Sie beide kennenzulernen." Der Blick, den Harding Leif schenkte, drückte klar aus, dass er wusste, warum Leif hier war. Und der Blick, mit dem Leif ihn ansah, warnte ihn vor dem, was geschehen würde, wenn hier nicht alles mit rechten Dingen zuging.

„Nun, dann kommen Sie mit. Es ist sicher noch nicht zu spät für mich, Sie herumzuführen. Wenn Sie erst einmal einen Rundgang durch die Fabrik gemacht haben, werden Sie erkennen, dass vieles von dem, was Sie und ihre reformfreudigen Freunde glauben, einfach nicht wahr ist."

„Ich hoffe es."

Harding führte sie aus dem Büro, und die nächste halbe Stunde besichtigten sie das Hauptgeschoss der Fabrik. Das riesige Rad, das den Strom für die Fabrik erzeugte, dominierte den Raum und machte einen unangenehmen Krach. Doch die Maschine war ein notwendiger Teil des Arbeitsablaufes.

„Tut mir leid wegen des Lärms", sagte Harding. „Ich brauche Strom, um die Fabrik zu betreiben. Und das heißt, das große Rad muss sich drehen."

Daran kann man wohl nichts ändern, vermutete Krista. Das Geklapper wurde nur noch von den Spinnmaschinen übertroffen – Spinn-Jennys genannt –, die in Reihen auf dem Dielenboden aus Eichenholz standen. Auch wenn die Luft staubig war und die Arbeiter dicht an dicht saßen, sah Krista doch kein Kind unter dem gesetzlich vorgeschriebenen Arbeitsalter von neun Jahren. Auch war der große Raum relativ sauber.

„Was ist oben?", fragte sie, als der Rundgang beendet war.

„Nur Lagerräume", erwiderte Harding.

„Und unten?"

„Eine ähnliche Betriebshalle. Doch ich befürchte, ich habe nicht mehr die Zeit, sie Ihnen zu zeigen. Ich habe noch eine Verabredung und bin bereits etwas spät dran. Wie ich schon sagte, ich glaube, Sie haben Ihre Meinung geändert."

„Das ist ganz richtig. Ich habe gesehen, was ich sehen wollte. Die Arbeit in einer Fabrik ist nicht die angenehmste. Doch es hat auch nicht den Anschein, als würden Sie irgendein Gesetz brechen oder ihre Arbeiter schlecht behandeln."

„Kaum. Diesen Leuten wird ein fairer Lohn gezahlt. Sie werden von keinem eine Klage hören."

Nein, die Männer und Frauen, mit denen Krista gesprochen hatte, konnten nichts Schlechtes über Mr. Harding oder ihren Arbeitsplatz sagen. Da Harding danebenstand, hatte Krista das natürlich auch nicht erwartet.

Harding machte gerade Anstalten, sie wieder zum Büro zu geleiten, als die Tür an der gegenüberliegenden Seite des Raumes aufflog und ein kleiner Junge, der von unten heraufkam, in den Raum stürzte. Seine Kleider waren abgetragen und zerrissen, seine dunklen Haare zottig und ungekämmt, und Tränen standen ihm in den großen dunklen Augen. Er raste auf den Ausgang zu. Und vielleicht wäre ihm die Flucht auch gelungen, hätte Leif nicht die Arme ausgestreckt und das Kind hochgehoben.

„Lass mich los, du Mistkerl! Ich wollte diese verdammte Spule nicht zerbrechen, und ich lass mich deswegen nicht wieder schlagen. Ist mir ganz egal, wie nötig mein Vater die Arbeit braucht."

„Mal langsam, Bürschchen", beruhigte Leif den Jungen, bändigte seine wild um sich schlagenden Arme und drückte das Kind an seine Brust. „Niemand wird dir etwas tun."

„Lass mich los, hab ich gesagt!"

Krista blickte Harding wütend an. „Was geht hier vor, Mr. Harding? Dieses Kind ist nicht älter als sechs Jahre. Es ist gegen das Gesetz, dass es an einem Ort wie diesem arbeitet."

„Turnbull!", brüllte Harding, und ein stämmiger Mann mit großem Schnurrbart kam angerannt. „Bring dieses Kind wieder hinunter zu seinem Vater."

„Sie haben meine Frage nicht beantwortet, Mr. Harding."

Turnbull griff nach dem Kind, und der kleine Junge fing an zu schluchzen. Er umklammerte Leifs Hals und wollte nicht loslassen. Schützend legte Leif die starken Arme um ihn.

„Ich werde ihn zu seinem Vater bringen", sagte er.

„Das dürfen Sie nicht", erklärte Turnbull. „Unten haben nur Arbeiter Zutritt."

„Ach wirklich?" Krista warf einen Blick auf Harding. „Vielleicht sollten wir alle zusammen das Kind zu seinem Vater bringen.“ Sie nickte Leif zu und ging zur Treppe. Harding fluchte leise, während er und Leif ihr folgten.

Als der kleine Rodney Schofield zu seinem Vater zurückgebracht worden war – dem Leif das Versprechen abnahm, dass der Junge nicht bestraft werden würde –, hatte Krista herausgefunden, was Harding vor ihr hatte verbergen wollen. Das Untergeschoss der Fabrik besaß nur wenige, hohe Fenster, die eine dicke Schmutzschicht trübte. Der Raum war verräuchert und so voller Fusseln und Staub, dass Krista kaum atmen konnte.

Hier wurde an großen Webstühlen das Garn der Spinnmaschinen vom oberen Stockwerk zu Wollstoffen verarbeitet. Und jeder Zoll Boden, auf dem keine Webstühle standen, war von Menschen besetzt. Jeder hatte gerade genug Platz, um seine Arbeit zu verrichten, und der Geruch der verschwitzten Körper hing schwer in der Luft und erzeugte Übelkeit.

Noch schlimmer war, dass mindestens dreißig der mehr als hundert Arbeiter Kinder waren, viele von ihnen weit jünger als neun Jahre.

„Sie brechen das Gesetz, Mr. Harding. Offensichtlich scheren Sie sich nicht drum.“

„Das hier ist eine Fabrik, Miss Hart. Wir brauchen Arbeiter, die gerissene Fäden zusammenknüpfen oder leere Garnspulen gegen volle austauschen. Kinder sind als Einzige klein genug, um in die Zwischenräume der Webstühle schlüpfen zu können.“

„Sie sind verabscheuungswürdig.“ Krista wollte gehen, doch Harding hielt sie am Arm fest.

„Eine Fabrik zu betreiben ist Männersache, Miss Hart. Sie sind eine Frau. Ich war ein Narr, Sie hierher zu holen. Ich hätte wissen müssen, dass Sie es nicht verstehen würden.“

„Ich verstehe zur Genüge, Mr. Harding. Und jetzt lassen Sie bitte meinen Arm los.“

Drohend kam Leif näher, und Harding ließ Krista los. Ein verbissener Ausdruck lag auf dem Gesicht des Mannes, als er sich jetzt umdrehte und davonstolzierte.

Krista spürte Leifs Hand auf ihrer Taille, als sie die Fabrik verließen. Er sagte nichts, während er sie zur Kutsche führte und ihr hineinhalf. Anstatt wie üblich ihr gegenüber Platz zu nehmen, setzte er sich neben sie.

„Es gibt immer Elend im Leben", sagte er leise, „ganz gleich, wo man lebt. Es tut mir leid, dass du das hier sehen musstest."

Krista schüttelte den Kopf und bemühte sich, die Tränen zu unterdrücken. „Kein Wunder, dass im ganzen Land die Arbeiter streiken. Ich könnte mir nicht vorstellen, unter solch bedauernswerten Bedingungen zu arbeiten." Zitternd holte sie Luft. „Ich muss die Behörden davon unterrichten, dass Harding das Gesetz gegen Kinderarbeit bricht. Ich muss diesen Kindern helfen."

Leif nahm ihre Hand und streifte ihr den staubigen Handschuh ab. Dann führte er ihre zitternden Finger an die Lippen und küsste jeden einzelnen. „Du wirst deine Artikel schreiben und ihnen damit helfen."

Krista schluckte schwer. Sie war froh, dass Leif sie begleitete und jetzt bei ihr war. Sie dachte daran, wie sanft er den Jungen gehalten hatte, und es schnürte ihr noch mehr die Kehle zu. Und sie erkannte, dass sie mehr und mehr von ihm abhängig wurde. Immer hatte sie ihre Unabhängigkeit verteidigt, doch irgendwie schien es in Ordnung, dass sie dies ein wenig vergaß, wenn er da war.

Sie wandte sich zu ihm um. Es war seltsam. Sie hatte an ihn als den Mann gedacht, den sie sich zum Ehegatten wählen würde, hatte sich sogar vorstellen können, ein Kind von ihm zu bekommen.

Doch bis zu diesem Augenblick war ihr nicht klar gewesen, dass sie sich in ihn verliebt hatte.

Die Kutsche rollte in Richtung London.

Während die Dunkelheit sich über das Land senkte, wurde Leif zunehmend besorgter.

„Es ist spät geworden", sagte er. „Räuber und Ganoven lauern auf der Straße, und jederzeit kann der Sturm losbrechen. Es wäre besser, eine Unterkunft für die Nacht zu suchen und unsere Reise erst am Morgen fortzusetzen."

Krista neben ihm schüttelte den Kopf. „Ich muss zurück, Leif. Mein Vater wird sich Sorgen machen."

Wie immer war sie um den Professor besorgt, und Leif kannte die gesellschaftlichen Regeln gut genug, um zu wissen, wie unziemlich es wäre, wenn sie die Nacht mit ihm allein verbringen würde.

Im Stillen jedoch fluchte er. Er wollte Krista zur Frau, und auf dem Weg dahin hatte er bereits gewisse Fortschritte gemacht. Er war gut im Kartenspiel – sehr gut. Er hatte die Kunst des Wettens studiert und gelernt, sein Geld klug einzusetzen. Er hatte gelernt, in den Gesichtern der anderen Spieler zu lesen, zu erkennen, wer am geschicktesten spielte, wer ohne Rücksicht auf Verluste wettete und wer den größten Verlust verkraften konnte.

Wenn er sorgsam vorging, würde er bald genug Geld für sein Schiff besitzen. Dann konnte er mit Kristas Vater wegen der Hochzeit sprechen. Wenn sie erst einmal verheiratet waren, brauchte Krista sich wegen der Anstandsregeln nicht länger zu beunruhigen, und er würde dafür sorgen, dass sie auch im Bett zufrieden sein würde.

Der Gedanke erregte ihn. Verbotene Bilder stiegen in ihm auf, wie ihr üppiger Körper unter ihm lag, wie es sich anfühlte, wenn ihre vollen Brüste sich an ihn schmiegten, wie sie sich mit ihm im gleichen Rhythmus bewegte. Seine Erregung wuchs und wurde fast schmerzhaft.

Er begehrte sie, wie er noch nie eine Frau begehrt hatte. Und bald würde er sie besitzen.

Und doch lauerte da irgendwo in seinem Kopf der Gedanke, sie könnte ihn auch in Zukunft zurückweisen. Aber mithilfe der Götter würde er einen Weg finden, seine Träume wahr zu machen.

Leif zwang sich, wieder an die Gefahr zu denken, die auf der Straße lauern mochte, und spähte aufmerksam in die Dunkelheit. Er wünschte, er hätte Kristas Protest ignoriert und darauf bestanden, irgendwo in Sicherheit den Tagesanbruch abzuwarten.

Nach einer weiteren Stunde Fahrt auf der aufgeweichten Straße hörte er ein lautes Knirschen, dann ein Krachen, wie wenn dickes Holz entzweibrach. Die Kutsche schlingerte heftig nach links und warf Krista vom Sitz. Leif fing sie auf und zog sie sicher auf seinen Schoß.

Ihre Wangen röteten sich leicht, als sie sich wieder neben ihn setzte. „Danke."

Am liebsten hätte er ihr gesagt, dass er sie gern gehalten hatte, nickte aber nur. Dann drehte er den Türknauf und stieß den Schlag auf.

„Was ist geschehen, Mr. Skinner?", rief er dem Kutscher zu.

Der kräftige Kutscher kletterte von seinem Sitz herunter. „Verdammte Achse … die Achse ist gebrochen, Sir."

„Bleib hier", sagte Leif zu Krista, stieg aus der Kutsche und trat neben den Kutscher. Sein Blick schweifte über die bewaldete Umgebung und die sanft hügeligen Felder, die er im schwachen, meist von Wolken verdeckten Mondlicht nur schemenhaft ausmachen konnte. Sein Schwert lag unter seinem Sitz. Doch dieses Mal hatte er auch eine Pistole mitgenommen, die er letzte Nacht beim Kartenspiel gewonnen hatte. Und er trug ein Messer im Stiefel.

Trotzdem gefiel es ihm nicht, mitten in der Nacht hier auf der Straße festzusitzen. Denn Krista hatte sich heute einen Mann namens Cutter Harding zum Feind gemacht; allerdings glaubte Leif nicht, dass Harding bereits genügend Zeit gehabt hatte, um einen Anschlag auf sie zu planen.

„Wie lange wird es dauern, bis das hier repariert ist?", fragte er.

„Das kann nicht vor morgen früh gemacht werden. Ich muss das Rad zu einem Schmied bringen. Aber wir sind gerade an einem Wirtshaus vorbeigefahren. Sollte kein allzu langer Spaziergang bis dorthin sein."

Leif nickte. Er erinnerte sich, den Gasthof Swan and Sword gesehen zu haben. Er half Krista aus der Kutsche.

„Wir müssen die Nacht im Gasthof verbringen", erklärte er ihr. „Jetzt haben wir keine andere Wahl mehr."

„Ja, ich habe gehört, was Mr. Skinner sagte."

Leif und der Kutscher spannten die beiden Braunen aus und führten die Tiere in Richtung Gasthof. Krista, die es abgelehnt hatte zu reiten, trug ihre kleine Reisetasche. Leif vermutete, dass nicht sehr viel darin war, da sie nicht vorgehabt hatte zu übernachten.

Es war noch keine Stunde vergangen, da erreichten sie den Gasthof. Da Krista statt der üblichen weichen, flachen Schuhe feste Wanderstiefel trug, hatte Leif sie nicht tragen müssen, auch wenn ihn das nicht gestört hätte, wie er sich eingestand.

Der Gasthof war eine Schenke, die tatsächlich im oberen Stockwerk Zimmer bereithielt. Allerdings war es keine Unterkunft, die Leif für eine Dame gewählt hätte. Aber wenigstens würden sie ein Dach über dem Kopf haben.

„Ich werde mich um die Pferde kümmern", meinte Skinner und nahm Leif die Zügel aus der Hand. „Ich kann mir draußen in der Scheune ein Bett herrichten und mich dann morgen früh sofort um das Rad kümmern."

„Danke, Mr. Skinner", sagte Krista.

Leif ließ den Kutscher gehen, und ohne auf den stürmischen Wind und die ersten Regentropfen zu achten, führte er

Krista zum Eingang der Schenke, einem alten, zugigen Steingebäude mit rohen Holzfußböden. Schwere Eichenbalken, die der Ruß des großen offenen Kamins schwarz gefärbt hatte, stützten die niedrige Decke des Schankraums. Eine Gruppe lärmender Stammgäste, offensichtlich halb betrunken, saß in einer Ecke an einem langen Holztisch.

Als Leif und Krista zu dem Wirt gingen, einem fetten Mann mit langen Koteletten und einer Schürze um den dicken Bauch, ergriff Krista das Wort.

„Wir suchen für heute Nacht eine Unterkunft“, sagte sie. „Unser Kutscher wird im Stall schlafen. Er braucht etwas zu essen, und unsere Pferde benötigen Hafer und Heu.“

„Der Junge soll nach Ihrem Bediensteten und den Pferden schauen.“ Der Wirt musterte Kristas hohe weibliche Gestalt und verzog seine Lippen zu einem lüsternen Grinsen. „Wie viele Räume?“

Leif erstarrte, als er in den kleinen Schweinsäuglein des Mannes erkannte, wie der in Gedanken Krista die Kleider auszog. „Zwei“, antwortete er, obwohl er das seine wohl wenig benutzen würde. Er würde wach bleiben müssen, um sicherzugehen, dass niemand Krista belästigte. „Die Dame braucht ein eigenes Zimmer.“

Das schlüpfrige Lächeln des Mannes blieb. „Nun, dann gibt es ein Problem. Heute Nacht ist nur noch ein Zimmer frei. Doch es hat ein breites Bett. Viel Platz für zwei.“

Leif sah Krista an, die unsicher seinen Blick erwiderte. „Gut, wir nehmen das Zimmer.“

Der Dicke kicherte. „Hab mir schon gedacht, dass Sie das tun werden.“

Leif unterdrückte das Bedürfnis, ihn zu verprügeln.

Krista hingegen brachte ein Lächeln zustande. „Das müssen wir ja wohl. Wir haben keine andere Wahl.“

Nein, sie hatten absolut keine andere Wahl, nicht bei dem immer stärker werdenden Sturm und ohne eine Fahrmöglichkeit. Sie würden das Zimmer miteinander teilen und die Nacht miteinander verbringen. In diesem Augenblick begriff Leif, was für ein Geschenk er da gerade erhalten hatte. Er hatte die Götter um Hilfe gebeten. Wie es schien, war sein Gebet erhört worden.

„Haben Sie schon gegessen?", fragte der Wirt.

„Wir haben zuvor nirgends angehalten. Vielleicht hätten Sie in der Küche ja noch etwas übrig", antwortete Krista.

„Das Mädchen soll ein Tablett hinaufbringen und das Feuer anzünden. Kostet aber extra." Er händigte Leif einen großen Eisenschlüssel aus. „Das Zimmer ist oben, am Ende des Flurs."

Leif griff in die Innenseite seines Rocks, um die Rechnung zu zahlen. Als er seine Börse hervorzog, sah er, wie Krista gleichzeitig ihren Retikül öffnete.

Er warf ihr einen warnenden Blick zu. „Denk ja nicht daran, zu bezahlen."

Sie sah zu ihm hoch. „Ich habe nur …"

„Heute Nacht bin ich der Mann."

Sie zog die blonden Brauen hoch. „Schön", meinte sie ein wenig spitz, drehte sich um und ging zur Treppe.

Mit dem Schlüssel in der Hand holte Leif sie ein, bevor sie den Treppenabsatz erreicht hatte. Sie ging vor ihm den Gang entlang, doch als sie an die Tür kamen, fanden sie sie unversperrt.

„Bleib hier", befahl Leif und trat leise ein, um sicherzugehen, dass alles in Ordnung war. Er traf auf ein vollbusiges Dienstmädchen, das eben ein Tablett mit kaltem Fleisch, Brot und Käse auf einen rohen Holztisch in der Ecke stellte. Sie hatte eine Lampe angezündet und im Kamin ein kleines Kohlenfeuer angefacht. Im sanften Schein der Lampe konnte Leif erkennen, dass sie jung und hellhaarig war.

Als sie ihn bemerkte, drehte sie sich um und betrachtete ihn von oben bis unten mit hochgezogenen Brauen. „Na, du bist aber mal einer von der hübschen Sorte." Mit schwingenden Hüften, einer Einladung so alt wie die Zeit, ging sie auf ihn zu. „Du brauchst etwas Gesellschaft, Hübscher. Ich heiße Betty Rose. Noch nie hatte ich einen Mann deiner Größe. Wenn dein bestes Stück so groß ist wie der Rest von dir, berechne ich dir nur den halben Preis."

Bevor Leif ihr Angebot ablehnen konnte, trat Krista ins Zimmer. „Für diesen Abend hat er bereits Gesellschaft, und ich berechne ihm nichts."

Die Frau errötete. Sie erkannte ihren Irrtum und trat rasch zurück. „Tut mir leid, Miss." Damit floh sie aus dem Zimmer und schloss leise die Tür.

Leif sperrte mit dem Eisenschlüssel ab. Als er sich umdrehte, erkannte er, wie wütend Krista war. Das war nicht eben das, was er sich vorgestellt hatte.

„Da es nur ein Bett gibt", sagte sie, „wirst du vermutlich auf dem Boden schlafen müssen. Außer du willst die Nacht mit Betty Rose verbringen."

Leif trat zu ihr, warf den Schlüssel auf den Toilettentisch und legte den Arm um Krista. „Ich möchte nicht mit diesem Mädchen schlafen. Das Bett, in dem ich schlafen möchte, ist deins."

Kristas Augen weiteten sich. „Was … was redest du da? Nur weil wir ein Zimmer miteinander teilen …"

„Ich habe das nicht geplant, Krista, und du auch nicht. Heute Nacht haben die Götter gesprochen. Erkennst du das denn nicht? Alles, was geschehen ist … es hat uns hierher an diesen Ort geführt, in dieses Zimmer, zu diesem Bett, wo ich dich für mich haben will."

Ihre weiten Röcke wirbelten um ihre Füße, als sie vor ihm fliehen wollte, doch er hielt sie am Arm fest. „Hab keine Angst. Ich werde alles tun, um dich nicht zu verletzen. Doch du sollst wissen, Krista, dass ich vorhabe, dich heute Nacht zu besitzen."

Krista schluckte und sah ihn mit festem Blick an. „Sicher hast du … hast du nicht vor, mich zu zwingen."

Leif zog sie enger an sich, bis ihre vollen Brüste weich gegen seine Brust drängten. „Sag mir, dass du es nicht willst – dass du mich nicht willst –, und ich werde aufhören. Wenn du diese Worte jedoch nicht sagen kannst, dann gehörst du heute Nacht mir, Krista Hart."

17. KAPITEL

Draußen zuckte in der Ferne ein Blitz auf, der Donner war aber noch zu leise, als dass man ihn hätte hören können. Wie hypnotisiert stand Krista da, als Leif den Kopf beugte und sie küsste. Feste, sanfte Lippen strichen über die ihren, erkundeten ihren Mund und ließen Krista den seinen erkunden. Sie fühlte, wie Leifs ganzes Wesen sie einhüllte, sie spürte die Kraft seines starken Körpers, den sauberen Geruch nach Seife und Mann. Leifs Kuss wurde leidenschaftlicher, wurde heiß und wild. Er öffnete mit der Zunge ihre Lippen, nahm sich, was er wollte, und verlangte nach mehr.

Krista erkannte, dass er zu allem entschlossen war. Aber in ihrem Herzen wusste sie auch, dass sie ihn dazu bringen konnte, aufzuhören.

Sag ihm, dass du ihn nicht willst. Sag es, bevor es zu spät ist.

Doch schon klammerte sie sich an ihn, schon fing ihr Körper Feuer. Sie versuchte sich zu den Worten zu zwingen, aber die Lüge wollte ihr nicht über die Lippen kommen. Sie begehrte ihn, wollte wissen wie es war, wenn er sie besaß. Bei Gott, noch nie hatte sie sich etwas so sehr gewünscht.

Der Kuss wurde einen Augenblick lang sanfter, dann erneut wild und stürmisch. Krista merkte, dass Leif sich an den Verschlüssen ihrer Jacke zu schaffen machte, dann streifte er sie von ihren Schultern. Er öffnete die Knöpfe ihres Kleids und schob es ihr zusammen mit den Trägern des Hemdes über die Schultern.

Jetzt waren ihre Arme und Schultern nackt. Leif küsste ihren Hals, knabberte zärtlich an der empfindlichen Stelle nahe dem Ohr. Seine Lippen wanderten hinunter zu ihren Brüsten, während er an den Schlaufen ihrer Unterröcke zupfte und einen nach dem anderen über ihre Hüften schob. Schließlich hob er Krista aus der Stofffülle, die sich um ihre Beine bauschte.

Krista glaubte, er würde nun innehalten und etwas über das Korsett sagen, das er so hasste. Doch er konzentrierte sich voll und ganz darauf, sie aus ihren Kleidern zu befreien. Er drehte sie zu sich um und zog an der Schleife, welche die Bänder des eng geschnürten Fischbeinkorsetts zusammenhielt, und die Bänder lockerten sich. Sie hatte gar nicht bemerkt, dass er ein Messer benutzte, bis sie fühlte, wie die Klinge unter die Korsettschnüre glitt, und sie dann die kühle Luft spürte, als das Korsett von ihr abfiel. Sie hatte gerade noch Zeit, tief durchzuatmen, als auch schon sein Mund sich wieder über dem ihren schloss.

Schließlich zog er ihr das Hemd aus. Krista hielt seine Schultern umschlungen, als er ihre Brüste umfasste. Ihre Knospen waren so empfindlich, so hart und fest. Er schien genau zu wissen, wie er sie berühren musste, damit sie bei jeder seiner Liebkosungen erbebte. Jetzt hatte sie nur noch ihre Strümpfe, Strumpfbänder und Schuhe an. Er küsste sie noch einmal und kniete dann vor ihr nieder.

„Es ist an der Zeit, dass das hier verschwindet." Rasch zog er ihr die Schuhe aus, dann die Strümpfe, einen nach dem anderen. Langsam fuhr er mit den Fingerspitzen über ihre Waden und ließ seine Hand aufwärts, zur Innenseite ihrer Schenkel, gleiten. Bei jeder Berührung, jeder zarten Liebkosung war Krista, als schieße ein heißer Blitz durch sie hindurch, und in ihrem Innersten erwachte ein schmerzliches Sehnen.

„Leif …" Sie zitterte und schwankte leicht. Er erhob sich, während sie nackt vor ihm stand und die zügellose Begierde in seinen Augen brennen sah.

„Du bist schön", sagte er. „Schön wie eine Göttin."

Als er sie hochhob und zum Bett trug, fühlte sie sich auch wie eine Göttin, fühlte, wie sehr er sie begehrte, spürte sein machtvolles Verlangen nach ihr.

Leif brauchte nicht annähernd so lange, um sich seiner Kleider zu entledigen. Fasziniert sah Krista zu, wie im Schein des Kaminfeuers nach und nach jeder Teil seines wunderbaren Körpers sichtbar wurde. Sein mächtiger, muskulöser Brustkorb war mit einem leichten goldenen Flaum bedeckt, sein Bauch war flach und muskulös.

Seine Hose fiel als Letztes und rutschte an seinen langen Beinen hinunter. Leifs Blick folgte dem ihren, der auf seine beachtliche Männlichkeit fiel, die aus einem Nest gelockter blonder Haare groß und hart hervorragte.

Krista schluckte schwer, als er jetzt, ohne sich seiner Nacktheit zu schämen, zum Bett trat. Sie hätte Angst haben müssen, doch alles, was sie fühlte, war eine wilde Sehnsucht danach, ihn zu berühren, ihm über die Haut zu streichen und die Muskelstränge zu spüren, die bei jeder Bewegung hervortraten.

Leif legte sich neben sie, küsste sie erneut und liebkoste ihre Brust. Dann benutzte er den Mund statt der Hand, und als er die Knospe zwischen die Zähne nahm, überliefen Krista heiße Schauer.

Sie stöhnte.

Leifs Augen wurden dunkler. „Du setzt mein Blut in Flammen. Ich muss in dir sein, Krista. Ich muss spüren, wie du dich unter mir bewegst."

Zitternd hielt sie den Blick auf ihn gerichtet. Er spielte mit den Locken, die ihre Weiblichkeit bedeckten. Zart suchte er sich mit den Fingern einen Weg. Leif fing an, Krista an ihrer empfindlichsten Stelle zu streicheln. Ihr Verlangen wurde so groß, dass sie laut seinen Namen rief.

„Sag mir, dass du es willst. Sag mir, dass du mich so sehr willst wie ich dich."

Sie zitterte am ganzen Körper und schluckte schwer. Dann gestand sie ihm die Wahrheit. „Ich will dich. Oh Leif, ich will dich so sehr."

Mit den Knien drückte er ihr die Beine auseinander und legte sich auf sie. Einen Moment lang war Krista sich nicht mehr sicher. „Was … was ist, wenn ich ein Kind bekomme?"

„Es gibt Wege … Dafür ist es noch nicht an der Zeit." Langsam drang er in sie ein und bemühte sich dabei, ihr nicht wehzutun.

„Du bist so groß … ich weiß nicht …"

„Vertraue mir, *honning*. Du bist wie für mich gemacht. Überlasse alles mir."

Das waren Worte, denen sie nicht widerstehen konnte. Immer war sie die Starke, besonders seitdem ihre Mutter gestorben war. Nie kümmerte sich jemand um sie – bis Leif kam.

Sie entspannte sich, als er sie küsste. Es waren lange, hingebungsvolle, berauschende Küsse, die sie erbeben ließen, leidenschaftliche Küsse, bei denen sie begann, sich unruhig hin und her zu winden.

„Du bist noch Jungfrau, doch das wird sich jetzt ändern. Im Namen der Götter fordere ich dich für mich. Du gehörst mir, Krista Hart." Und damit drang er tief in sie ein, zerriss das dünne Häutchen ihrer Jungfräulichkeit. Als der Schmerz sie durchzuckte, bäumte sie sich auf und versuchte sich von Leif zu befreien.

„Bewege dich nicht", flüsterte er. „Ich will dir nicht wieder wehtun, und ich weiß nicht, wie lange ich mich noch zurückhalten kann."

Sie zitterte. Die Knospen ihrer Brüste rieben sich an seiner Brust. Langsam ließ der Schmerz nach, und an seiner Stelle erwachte ein süßes Feuer.

Krista konnte nicht anders, sie musste sich bewegen.

Leise stöhnte Leif auf und presste sich an sie, umarmte sie leidenschaftlich und drang tiefer in sie ein. Der letzte Rest von Schmerz verschwand unter dem Ansturm einer unaussprechlichen Glut. Wieder bäumte Krista sich auf, nahm Leif ganz in sich auf und fachte seine Leidenschaft noch mehr an. Gefangen in wilden Gefühlen, gab sie sich ganz dieser köstlichen Spannung hin, die sich in ihr aufbaute.

Leif presste die Zähne zusammen, doch er hörte nicht auf.

Wieder und wieder drang er in Krista ein, bis sie glaubte, die Lust keinen Moment länger mehr ertragen zu können. Etwas Süßes und Wildes erblühte in ihr, öffnete sich und ergoss sich in all ihre Glieder. Winzige Sterne explodierten hinter ihren geschlossenen Augen, und auf ihrer Zunge hatte sie den Geschmack von Honig. Mächtige Wellen der Lust ließen sie erbeben, und sie biss sich auf die Lippen, um nicht laut zu schreien. Sie spürte, wie Leif die Muskeln anspannte, spürte, wie er den letzten Rest seiner Beherrschung verlor, einen Augenblick, bevor er sich aus ihr zurückzog und seinen Samen neben ihr auf die Laken fließen ließ.

Kristas Herz raste. Leif hielt sie fest umfangen, und sie spürte seinen Puls im Rhythmus des ihren hämmern. Sie fühlte sich entspannt und satt, und immer noch durchfuhr sie ab und zu ein leichtes lustvolles Beben.

Leif drehte sich auf die Seite und sah sie an. Mit dem Finger fuhr er die Linie ihrer Wange nach. „Zweifelst du noch daran, dass du mir gehörst, Krista?“

Sie schüttelte nur den Kopf. In diesem Augenblick, in dem ihr Körper immer noch vor Wollust bebte, hegte sie nicht den geringsten Zweifel.

Leif und Krista lagen eng aneinandergeschmiegt da. Krista kuschelte sich mit dem Rücken an seine kraftvolle Brust und blickte in die langsam verglimmenden Flammen des Kohlenfeuers auf dem Kaminrost. Heute Nacht hatte sie einen Mann geliebt, der nicht ihr Ehemann war, nie ihr Ehemann sein konnte, und doch war noch nie etwas so richtig und in Ordnung gewesen. „Ich habe dir doch nicht allzu wehgetan?“, fragte Leif leise.

Sie drehte den Kopf, um ihm ins Gesicht sehen zu können. „Nein, du hast mir nicht wehgetan. Nur ein wenig und nur einen Moment lang.“ Sie lächelte zärtlich. „Ich habe zwar keine Vergleichsmöglichkeiten, aber ich habe das Gefühl, als wärst du in der Liebe genauso gut wie im Kartenspiel.“

Seine Brust bebte, als er lachte. „Ich freue mich, dass ich dir gefallen habe."

„Ich weiß nicht warum … da war etwas an der Art, wie du mich berührt hast … als würdest du die Stelle ganz genau kennen … und genau wissen, was mir gefällt. Ich hätte nicht geglaubt, dass ein Wikinger sich über den Genuss, den eine Frau dabei empfindet, Gedanken macht."

„Ich habe viel gelernt, seitdem ich hierhergekommen bin."

Scharf sah sie ihn an. „Erzähl mir ja nicht, du hättest das von dem Milchmädchen gelernt."

Als er herzlich lachte, wusste sie, dass es nicht so war.

„Nun gut, wie bist du darauf gekommen?"

„Auf dem gleichen Weg, wie ich auch Karten spielen lernte. Ich habe es in einem Buch gelesen."

Krista machte große Augen. „Doch sicher keins aus unserer Bibliothek."

„Ich fand die Bücher auf einem hinteren Regal. *Die Perle der Leidenschaft* hat einige besonders interessante Stellen." Er rollte Krista auf den Rücken und legte sich auf sie. Zart küsste er ihre Lippen. „Soll ich sie dir zeigen?"

Sie fühlte sich erschöpft und ein wenig schwindelig. „Ich glaube, ich bin noch nicht bereit für etwas Neues. Es fällt mir schon schwer genug zu akzeptieren, was wir gerade getan haben."

„Du hast recht. Für den Anfang musst du dich einfach nur daran gewöhnen, mich in dir zu spüren." Und damit küsste er sie erneut. Krista hielt den Atem an, als er ihre Beine auseinanderschob und in sie eindrang. Doch dieses Mal ging es viel leichter und war weit weniger unangenehm.

„Dein Körper und meiner passen perfekt zusammen."

Es schien wirklich so. Und als er sich zu bewegen begann, war Krista überzeugt, dass er recht hatte.

Die Morgensonne strahlte ins Zimmer und weckte Krista aus einem tiefen Schlaf voller Träume. Leif, der sich Sorgen wegen der Reparatur der Kutsche machte, war bereits aufgestanden und nach unten gegangen. Skinner war auf dem einen ihrer Kutschpferde ins Dorf geritten – es hieß Marley-in-Wood – und hatte dabei das andere am Zügel geführt. Auf dem Rücken des Ersatzpferdes hatte er dann das schwere, mit einem Eisenreifen beschlagene Rad befestigt.

Mit Leif, der half, die Kutsche anzuheben, dauerte es nicht lange, das Rad wieder zu befestigen. Bald waren sie auf dem Heimweg. Im hellen Tageslicht erschienen Krista die Ereignisse der letzten Nacht wie ein Traum.

Vielleicht wollte sie es auch nur so sehen, auch wenn es ihr schwerfiel.

Denn während der Kutschfahrt schmerzte ihr Körper an Stellen, die zuvor noch nie geschmerzt hatten. Und immer wenn sie Leif ansah, stiegen angenehme Erinnerungen an genossene Freuden in ihr auf. Sie fragte sich, was er wohl dachte, und wusste, dass sie eigentlich über das, was zwischen ihnen geschehen war, hätten sprechen müssen. Doch sie fand nicht den Mut dazu.

Eines war gewiss. Leif glaubte, sie gehöre ihm. Auf gewisse Weise hatte er recht, denn nie würde es einen anderen Mann geben, der so gut zu ihr passte, nie würde es einen Mann geben, der in ihr so eine Leidenschaft erweckte.

Oder Liebe.

Doch welche Gefühle sie auch immer für Leif hegte oder er für sie, nichts hatte sich geändert.

Er hatte immer noch vor fortzugehen.

Und sie konnte nicht mit ihm kommen.

Die plötzliche Beklemmung in der Brust beachtete sie nicht.

Leif bewegte sich auf seinem Sitz. „Ich will heute Abend spielen“, beendete er das lange Schweigen. „Wenn ich weiterhin gewinne wie bisher, habe ich bald das nötige Geld beisammen.“

Krista wurde das Herz schwer. „Schiffe sind sehr teuer, Leif. Du solltest das nicht unterschätzen.“

„Ich brauche ja kein großes. Es muss nur groß genug sein, um mich sicher nach Hause zu bringen. Aber ich habe mir gedacht …“

„Ja?“

„Die Leute hier in England geben Geld aus für Dinge, die von den verschiedensten Orten kommen. Ich denke, wenn ich erst einmal ein Schiff habe, könnte ich einen Handelsweg zwischen Draugr und England etab… etab…“

„Etablieren?“

„Ja. Einen Handelsweg zwischen Draugr und England etab-lieren.“

„Womit würdest du denn handeln?“

„Einige aus unserem Volk sind sehr gute Kunsthandwerker. Sie weben sehr feine Wollstoffe mit komplizierten Mustern, schnitzen Broschen und Kämme aus den Panzern von Schildkröten und stellen Anhänger aus dem Elfenbein von Tierzähnen her. Sie machen auch schöne Anhänger und Messergriffe aus Hirschhorn. Ich glaube, die Leute hier würden einen guten Preis für solche Sachen zahlen.“

„Ja, das würden sie vielleicht.“ Mit einem Mal wurde sie ganz aufgeregt. „Wenn du das tätest, könntest du hier in England bleiben, Leif. Du könntest in London wohnen und dir dein Geschäft aufbauen. Natürlich müsstest du hin und wieder nach Hause segeln, um Waren zu holen, aber …“

„Mein Heim muss dort sein. Ich habe eine Pflicht meinem Vater und meinem Clan gegenüber. Eines Tages werde ich der Chief sein.“

Mit wehem Herzen sank Krista in den Sitz zurück. Leif ergriff ihre Hand. „Schau nicht so traurig drein. Wie du schon sagtest, ich habe ein Schiff, und wir können auf Besuch hierher zurückkommen. Du wirst deinen Vater und deine Freunde sehen können, und mit der Zeit wirst du auch in deiner neuen Heimat Freunde gewinnen.“

Krista sah ihn an. Sie hatte gewusst, dass es zu diesem Gespräch kommen würde, doch sie hatte gehofft, es aufschieben zu können. Hatte gehofft, sich noch ein wenig länger im Schein ihrer Liebe zu sonnen.

„Ich weiß, du möchtest gerne, dass ich mit dir komme, und du kannst dir nicht vorstellen, was mir das bedeutet. Doch ich kann nicht mit dir gehen, Leif. Mein Heim ist hier in England. Das, was gestern Nacht zwischen uns geschehen ist, ändert nichts daran."

Seine goldblonden Augenbrauen zogen sich zusammen. „Alles hat sich geändert. Letzte Nacht hast du mir das Blut deiner Jungfräulichkeit zum Geschenk gemacht. Du gehörst jetzt mir, wie die Götter es beschlossen haben. Ich werde mit deinem Vater sprechen, und du wirst mit mir als meine Frau nach Draugr zurückkehren."

Entschieden schüttelte Krista den Kopf. „Ich kann nicht. Ich muss hier einen Zeitungsverlag führen. Mein Vater braucht mich und auch meine Familie. Ich habe auch Verantwortung zu tragen, genau wie du. Ich versuchte, es dir zu sagen – es dir klarzumachen."

Seine Miene verhärtete sich. „Ich verstehe nur eines. Wenn du mich nicht heiraten willst, dann hast du dich zur Hure gemacht. Warum, Krista? Warum hast du dich mir hingeben und weigerst dich jetzt, mich zu heiraten?"

„Weil ich dich wollte! Gerade so, wie du mich wolltest!"

„Willst du mich immer noch?" Sein Blick ließ den ihren nicht los. Seine Augen waren so blau, so durchdringend, dass sich ihr Herz zusammenkrampfte. „Die Wahrheit, Krista."

„Gott helfe mir, ja!"

„Dann gibt es keine Diskussion mehr. Als ich deinen jungfräulichen Körper in Besitz nahm, habe ich Anspruch auf dich als meine Frau erhoben. Und meine Frau wirst du auch werden."

In Krista erwachte die Wut. Ja, sie wollte ihn. Tatsächlich war sie in ihn verliebt. Doch das spielte keine Rolle.

„Du besitzt mich nicht, Leif Draugr, ganz gleich, was deine Götter auch sagen. Und ich will dich nicht heiraten! Ich kann nicht!“

Leif sagte nichts mehr, doch an seinem Kiefer zuckte ein Muskel. Er kreuzte die Arme vor der mächtigen Brust, drehte sich von Krista weg und starrte aus dem Fenster. Krista kochte innerlich. Sie war in dieses große, arrogante Ungeheuer verliebt. Selbst jetzt brauchte sie ihn nur anzusehen, und schon erwachte das Verlangen in ihr.

Die Kehle wurde ihr eng.

Lieber Gott, was sollte sie nur tun?

Eine weitere Stunde verging, bis sie endlich ihr Stadtpalais erreichten. Der Sturm der letzten Nacht hatte die Straßen noch aufgeweichter und schwerer befahrbar zurückgelassen, und die Rückkehr nach London dauerte länger als üblich.

Krista fand ihren Vater im Salon, wo er besorgt auf dem Perserteppich auf und ab ging. Als sie näher trat, wandte er sich um. „Krista! Liebling, dem Himmel sei Dank, es geht dir gut!“

Krista eilte in seine Arme. Hinter ihr trat Leif in den Salon. Sie wusste, dass er immer noch wütend war. Und sie betete, dass er ihrem Vater nichts sagen würde.

„Es tut mir leid. Das Rad unserer Kutsche ist gebrochen, und wir mussten in einem Gasthof übernachten, damit Mr. Skinner es am Morgen wieder herrichten lassen konnte. Wir sind so früh wie möglich aufgebrochen.“

„Ich muss gestehen, dass ich krank vor Angst war. Nach dem, was in jener Nacht in der Gasse passiert ist, dann dieses entsetzliche Feuer im *Beacon* …“

„Ja, ich weiß. Wir hatten allerdings keine andere Wahl als zu bleiben.“

Keine andere Wahl. Krista versuchte nicht daran zu denken, welche Probleme diese Worte letzte Nacht verursacht hatten. Sie sah auf und bemerkte, dass Leif ihr einen bohrenden Blick zuwarf, und sie wusste, dass er an das Gleiche dachte.

Krista zwang sich zu einem Lächeln. „Auf jeden Fall sind wir heil und gesund heimgekehrt.“ Außer, dass sie nicht länger eine Jungfrau war. Was hatte sie da nur für ein Durcheinander angerichtet. Sie wünschte, ihre Freundin Coralee wäre hier. Vielleicht könnten sie dann zusammen herausfinden, was jetzt zu tun war.

„Und wie gestaltete sich dein Treffen mit Mr. Harding?“, fragte ihr Vater, während er sie zum Sofa führte.

„Ich fürchte, das war die reinste Katastrophe.“

„Wirklich? Wollt ihr beide mir nicht all das bei einer Tasse Tee erzählen?“

„Ja, Krista“, warf Leif von der Tür her ein. „Warum eigentlich nicht? Du kannst deinem Vater berichten, was bei Harding passiert ist, und ich erzähle ihm, was auf dem Heimweg geschah.“

Krista erstarrte. *Das würde er doch sicher nicht tun.* Als sie zu ihm schaute und seine harten Gesichtzüge sah, wusste sie jedoch, dass er es sehr wohl tun würde. Sie biss sich auf die zitternden Lippen und flehte ihn im Stillen an zu schweigen. Er musste ihr stummes Flehen bemerkt haben und ließ Gnade walten, denn er stieß einen tiefen Seufzer aus.

„Ich werde den Tee nicht einnehmen können. Ich muss eine Weile üben. Heute Abend will ich wieder zu Crockford's gehen.“

Krista sah ihm nach. Doch erst als er verschwunden war, beruhigte sich ihr Herzschlag.

Leif spielte an diesem Abend und an allen weiteren Abenden dieser Woche. Als eine Einladung von Lord und Lady Wimby eintraf, die zu einer Hausparty im exklusiven Stadtpalais des Viscounts einluden, drängte Leif Krista anzunehmen.

„Lady Wimby ist eine leidenschaftliche Spielerin“, meinte er. „Bei ihren Partys wird immer gespielt.“

Krista brauchte nicht zu fragen, woher er das wusste. Langsam errang er als Spieler eine gewisse Berühmtheit, und seine Größe und sein gutes Aussehen machten ihn bei den Damen nur zu beliebt. Krista versuchte nicht eifersüchtig zu sein, als die Einladungen nur so hereinströmten.

„Frauen lieben ihn“, gestand Coralee eines Nachmittags, als sie arbeiteten. „Wenn man ihn anschaut, muss einen das nicht wundern.“

Krista verspürte einen kleinen Stich, doch sie achtete nicht weiter darauf. „Sprichst du von den Frauen, die bei Crockford's spielen?“

„Nun ja. Das ist einer der beliebtesten Treffpunkte der feinen Welt. Früher oder später gehen die meisten hin. Die Damen sagen, er sei ein Original.“

„Das ist sicher noch eine Untertreibung. Man weiß nie, was Leif sagen wird, höchstens, dass es wahrscheinlich die unverblümte Wahrheit sein wird.“

„Leif ist ein Wikinger. Die Leute wissen es vielleicht nicht, aber die Frauen scheinen zu spüren, dass er anders ist. Er ist männlich und voller Kraft, und er fackelt nicht lange. Sie nennen ihn einen einzigartigen, sehr männlichen Mann.“

Krista verdrehte die Augen. Natürlich entsprach das der Wahrheit. Sie erinnerte sich an seine heißen Küsse und daran, wie er sie mit seiner Hand kühn zwischen den Beinen gestreichelt hatte.

„Du wirst ja rot“, sagte Corrie und hob eine ihrer rotblonden Brauen. „Ich rate lieber nicht, warum.“

„Besser, du versuchst es erst gar nicht.“

„Krista …“

„Lass mich bitte weiterarbeiten. Ich muss den Artikel über Cutter Harding und die Arbeitsbedingungen in seiner Fabrik fertig schreiben, und ich glaube, du hast auch noch so einiges zu tun.“

Coralee lächelte. „Für eine Weile lass ich dir deinen Willen. Aber vergiss nicht, es ist mein Beruf, interessante Informationen aufzustöbern. Und ich habe so das Gefühl, dass diese Information wirklich höchst interessant sein könnte."

Krista nahm den Köder nicht an und ging in ihr Büro. Sie war entschlossen, ihren Artikel zu Ende zu schreiben. Dass Harding Kinder für seine Arbeit in der Fabrik ausnutzte, hatte sie den Behörden bereits mitgeteilt, doch sie war sich nicht sicher, ob das etwas bewirkt hatte. Die Zeitung war ihr bestes Mittel, den Arbeitern in ihrer Notlage zu helfen.

Sie setzte sich an den Schreibtisch und versuchte, Ordnung in ihre Gedanken zu bringen. Stattdessen kam ihr immer wieder das Wochenende in den Sinn. Corrie hatte zugestimmt, Leif, Krista und deren Vater zu Lord Wimbys Hausparty zu begleiten.

Und wieder einmal betete sie, dass Leif nicht genug Geld für sein verdammtes Schiff gewinnen würde.

18. KAPITEL

Das herrschaftliche Haus quoll beinahe über von Gästen. Große Vasen voller Rosen und Chrysanthemen schmückten den Eingang und den Salon, den Ballsaal im oberen Stockwerk und den Spielsaal unten in der Halle. Diana Cormack, Viscountess Wimby, ließ die Blicke schweifen und freute sich, dass ihre Einladung sich so glänzend gestaltete.

Nachdem sie und Arthur all ihre Gäste begrüßt hatten, war sie durch die Halle zu dem Salon gegangen, in dem das Kartenspiel stattfand. Hier wollte sie den größten Teil des Abends verbringen. Nun stand sie unter der Stuckdecke neben einer Kübelpalme, trank Champagner mit ihrer besten Freundin Caroline Burrows, Countess of Brentford, und beobachtete eine kleine Gruppe, die sich neben den Spieltischen unterhielt.

Sie öffnete ihren schwarzen Fächer aus Straußenfedern, der perfekt zu ihrem schwarzen Haarschmuck aus Federn und der goldfarbenen, mit Schwarz besetzten Robe passte.

„Du starrst", sagte Caroline.

„Ich kann nicht anders. Der Mann ist hinreißend." Ihr Blick glitt über den großen blonden Riesen mit den verblüffend blauen Augen in seinem perfekt sitzenden Abendanzug. Er spielte Karten mit jener tiefen Konzentration, mit der er alles zu tun schien. Nur selten hatte Diana gegen ihn gewonnen. Um die Wahrheit zu sagen, hatte sie gestern Abend bei Crockford's zwanzigtausend Pfund an ihn verloren.

Sie lächelte. Es war die Sache wert gewesen, einfach nur am Tisch zu sitzen und zu spüren, wie ein Blick aus diesen blauen Augen gelegentlich ihre Brüste streifte. Es war zu erkennen, dass er ihre unausgesprochene Einladung sehr gut verstand, ebenso war zu erkennen gewesen, dass er nicht die Absicht hatte, sie anzunehmen. „Was würde ich darum geben …"

Caroline lächelte. „Ja, nur wie es aussieht, wird nichts

draus.“ Caro und Diana waren im gleichen Alter und beide mit viel älteren Männern verheiratet. Während Diana schwarzhaarig und vollbusig war, war die Freundin blond, blauäugig und schlank. Beide waren sie sehr diskret in der Wahl ihrer Liebhaber, und doch schienen ihre Gatten die Einzigen zu sein, die nichts von ihren gelegentlichen Jagdzügen außerhalb des Ehebettes bemerkten. „Ich glaube nicht, je einen Mann gesehen zu haben, der so … so …“

„Außerordentlich männlich ist?“

Caro lachte. „Genau. Nebenbei bemerkt, keiner scheint viel über ihn zu wissen.“ Sie betrachtete sein gut geschnittenes, schönes Gesicht. „Er ist ziemlich geheimnisvoll.“

„Ich weiß nur, dass er ein norwegischer Freund von Sir Paxton ist. Es geht tatsächlich das Gerücht um, er sei eine Art skandinavischer Prinz.“

„Gewiss sieht er wie einer aus.“ Ein katzenhaftes Lächeln umspielte Caros Lippen. Sie beugte sich zu ihrer Freundin hinüber. „Es wird auch getratscht, Letitia Morgan hätte den Versuch unternommen, ihn in ihr Bett zu bekommen.“

Dianas dunkle Brauen schossen in die Höhe. „Wie ich Letitia kenne, überrascht mich das nicht.“

„Ich hörte, sie hätte sich ihm bei Crockford’s genähert und ihm erzählt, ihr Mann würde die nächsten Wochen auf dem Land verbringen. Und sie hat ihn in ihr Haus eingeladen.“

„Was geschah dann?“

„Anscheinend antwortete er sinngemäß, man könne erkennen, dass sie es nötig habe, von einem Mann einmal so richtig hergenommen zu werden, aber er wäre im Augenblick anderweitig in Anspruch genommen.“

„Ach du lieber Gott!“ Beide Frauen kicherten wie Schulmädchen, und Diana nippte an ihrem Champagner. „Er sagte, er wäre anderweitig in Anspruch genommen? Ich frage mich, von wem?“

„Ich kann mir nicht vorstellen, dass er weiblichen Trost

ablehnt, wenn er ihm so bereitwillig angeboten wird."

Diana ließ den Finger um den Rand ihres Glases kreisen. „Er scheint nur sehr wenige Bekannte zu haben. Ich sehe ihn kaum mit jemand anderem als Professor Hart und seiner Tochter."

Ein verschlagener Ausdruck legte sich auf Carolines Gesicht. „Jetzt, wo du es erwähnst – er und Miss Hart geben ein erstaunliches Paar ab."

Diana dachte darüber nach. „Krista war immer schon eine sehr hübsche junge Frau. Ich nehme an, es war ihr Aussehen, das Matthew anzog – neben ihrer sehr beachtlichen Mitgift natürlich. Ich persönlich fand sie ja immer zu groß und ein bisschen zu kräftig, um wirklich anziehend zu sein. Doch wenn ich sie jetzt so neben Draugr sehe, scheint sie … nun, sie sieht wirklich schön aus."

„Vielleicht hat Matthew erkannt, was der Rest von uns übersehen hat. Sie ist tatsächlich erstaunlich, nicht wahr?" Caroline studierte die Gruppe, die aus Leif Draugr, Coralee Whitmore, Krista und ihrem Vater bestand. „Du denkst doch nicht …"

„Wie du sagst, dieser Mann ist sehr männlich. Es fällt schwer zu glauben, dass er seine Bedürfnisse verleugnet." Sie lächelte. „Warten wir es ab. Irgendwie kommt die Wahrheit immer an den Tag."

Sie sahen, wie Leif sich entschuldigte, den Raum durchquerte und an einem der Spieltische Platz nahm. Es wurden einige Runden gespielt, kurz darauf warf Lord Elgin die Karten auf den Tisch und stand auf, um zu gehen.

Caroline stellte ihr Glas einem vorbeigehenden Diener aufs Silbertablett. „Es scheint, da ist ein Platz frei geworden. Ich denke, ich sollte mich dem Spiel anschließen."

Diana sah ihrer Freundin nach. „Viel Glück", rief sie ihr hinterher. Die Countess war auch nicht annähernd eine so gute Spielerin wie sie selbst, eher eine schlechtere, wenn ein hübsches Gesicht sie ablenkte. Doch Caros Gatte hatte fast noch mehr Geld als Dianas, und ihrer Freundin machte es nichts aus, es auf die verschiedensten ihr angenehmen Arten auszugeben.

Diana lachte bei dem Gedanken, wie viele Tausend Pfund Leif Draugr heute Abend wohl mit nach Hause nehmen würde.

Krista beobachtete Leifs zielstrebiges Spiel und sah, wie der Stapel Coupons vor ihm immer höher wurde.

„Leif ist einer der besten Spieler, die ich je gesehen habe", sagte ihr Vater mit Stolz in der Stimme. „Er hat das unglaublichste Gedächtnis. Bei den Glücksspielen, die er spielt, ist das von unschätzbarem Wert."

„Er ist sicher sehr gut", stimmte ihm Corrie bei.

Krista sagte nichts. Sie wollte gar nicht an all das Geld denken, sie wollte nicht, dass er genug gewann, um sich sein teuflisches Schiff zu kaufen.

Ein Gast gesellte sich zu ihnen. „Ich vermute, dass Ihr Freund irgendwann noch die Stadt verlassen muss."

Krista drehte sich um, als sie die männliche Stimme erkannte. Es war Matthew Carlton. Sie betrachtete den groß gewachsenen Mann, den sie seit seinem Duell mit Leif nicht mehr gesehen hatte.

„Matthew, mein Junge!", grüßte ihr Vater und strahlte den jungen Mann an, der ihm einer der liebsten war. „Es tut gut, Sie zu sehen!"

„Gleichfalls, Professor." Matthews dunkle Augen wandten sich Krista und Coralee zu. „Krista. Miss Whitmore."

Corrie nickte und machte eine höfliche Bemerkung.

Krista zwang sich zu einem Lächeln. „Nett, dich zu sehen, Matthew."

„Du siehst reizend aus heute Abend, Krista."

Seine Worte überraschten sie. Früher hatte er nie viele

Komplimente gemacht, und sie wunderte sich über diese Veränderung. „Danke."

„Ich habe deinen Artikel über die Harding'sche Textilfabrik gelesen. Er war sehr gut geschrieben, doch du hast dir Cutter Harding jetzt sicher zum Feind gemacht."

„Wahrheit bleibt nun mal Wahrheit, wie sehr du sie auch verschleiern möchtest."

„Wie ich schon sagte, das war sehr gut."

„Danke", wiederholte sie, und Matthew lächelte. Krista hatte ihn nie für besonders charmant gehalten, aber als er sich mit Corrie und ihrem Vater unterhalten hatte, war er voll überströmenden Charmes gewesen. Jetzt nahm er ihre Hand und forderte sie auf, einige Schritte mit ihm zu gehen. Widerstrebend folgte sie ihm.

„Es ist schon zu lange her, Liebling. Ich vermisse dich, Krista. Eigentlich hoffte ich, auch du könntest mich vermisst haben."

Sie entzog ihm ihre Hand und wählte ihre Antwort sehr sorgfältig. „Wir waren Freunde, Matthew. Ich vermisse deine Freundschaft."

„Es gab eine Zeit, da waren wir mehr als nur Freunde. Wir wollten heiraten, Krista."

„Ich weiß, Matthew, aber ..."

„Liebst du ihn?"

Die Frage überraschte Krista, und sie errötete. „Ich ... ich weiß nicht, was du meinst."

„Du weißt ganz genau, was ich meine."

Um sich zu beruhigen, holte sie tief Luft und atmete dann langsam aus. „Er kehrt wieder nach Hause zurück, Matthew. Es ist nur eine Frage der Zeit. Was immer ich auch für ihn empfinde, ich werde nicht mit ihm gehen."

„Bist du dir sicher?"

„Ganz sicher."

Matthew schien sich zu entspannen. „Dann werde ich dir

fürs Erste deine Verblendung nachsehen und hoffen, dass du mit der Zeit wieder vernünftig wirst."

Krista wusste nicht so recht, was sie darauf erwidern sollte. „Man kann die Zukunft nur schwer voraussagen, Matthew." Doch sie gab ihm keinen endgültigen Korb. Gestern hatte sie einen Brief von ihrem Großvater erhalten. Sie hatte ihm vorher von ihrer gelösten Verlobung berichtet, und jetzt war der Earl wütend. So wütend, dass er tatsächlich beabsichtigte, von seinem Landsitz in Kent nach London zu kommen. In seinem Brief stand, er wolle „ein Machtwort sprechen". Sie solle „ihre Pflicht tun, sonst ..."

Krista wusste nicht, was er zu unternehmen gedachte, doch es war auch nicht wichtig. Sie hatte ihrer Familie gegenüber Verpflichtungen, und früher oder später würde sie ihnen nachkommen müssen.

Und wenn Leif erst einmal nicht mehr da wäre, würde es ihr egal sein, welchen Mann sie heiratete. Das war die bittere Wahrheit. Die Heirat würde nur eine Vertragsangelegenheit sein, eine lieblose Verbindung zum Wohl beider Parteien. Sie war zwar nicht länger Jungfrau, doch die Höhe ihrer Mitgift würde das wettmachen.

Und Matthew Carlton war immer noch interessiert ...

Er nahm ihre Hand und hob ihre behandschuhten Finger an die Lippen. „Wir werden uns wieder unterhalten. Bald."

„Es gibt keinen Grund für ein Gespräch", sagte in diesem Moment eine tiefe Stimme hinter Krista. „Miss Hart ist nicht für Sie bestimmt."

Matthews Züge verhärteten sich. „Warten wir es doch ab, dann werden wir ja sehen."

„Leif, bitte!", murmelte Krista in der Hoffnung, eine Szene verhindern zu können.

Leif warf ihr einen Blick zu, der einen zu Stein hätte erstarren lassen können.

Matthew machte eine tiefe Verbeugung. „Ich fürchte, du

musst mich entschuldigen. Mit einem Mal ist die Luft hier so drückend." Er wandte sich um und ging zur Tür.

Kaum war er verschwunden, wandte Krista sich an Leif. „Das war jetzt wohl nicht nötig gewesen. Der Mann machte nur Konversation."

„Du gehörst mir", erklärte Leif. „Wenn du das vergessen hast, werde ich es jedem Mann hier im Raum klarmachen."

Kristas Augen weiteten sich. „Du … du benimmst dich lächerlich. Matthew war nur höflich."

Leif verzog die Mundwinkel. „Ich werde höflich zu dir sein, wenn wir zu Hause sind. Du brauchst nur die Tür deines Zimmers unverschlossen zu lassen."

Krista wurde dunkelrot. Noch schlimmer war, dass ihr Puls zu rasen begann. Tief in ihrem Innern züngelte eine kleine Flamme hoch, und die Knospen ihrer Brüste zogen sich unter ihrem Kleid zusammen.

„Sag so etwas nicht", flüsterte sie. „Das kann ich nicht tun, und das weißt du auch."

Er wirkte amüsiert. „Wie jammerschade."

Krista unterdrückte ein Lachen. Die Spannung zwischen ihnen wich. „Lieber Himmel, du klingst von Tag zu Tag englischer."

Er lächelte nur.

Und er lächelte immer noch, als er zum Spieltisch zurückkehrte. Am Ende des Abends hatte er unter der Spielerelite dieser Stadt einen neuen Rekord aufgestellt, was den Gewinn innerhalb einer einzigen Nacht betraf.

Als er sich am Morgen zum Hafen aufmachte, um über den Kauf eines Schiffes zu verhandeln, wusste Krista, dass er dabei war, ihr das Herz zu brechen.

Leif war bei Crockford's nicht länger willkommen. Die Gäste begannen ihre Verluste zu beklagen, und man bat ihn diskret, nicht mehr zu erscheinen. Er spielte an einigen anderen Orten, einschließlich eines sogar noch eleganteren Spielclubs namens 50 St. James. Gestern Abend hatte er die Einladung zu einem privaten Kartenspiel in das Haus eines Spielers namens Alexander Cain angenommen, dessen Vergangenheit fast so geheimnisvoll war wie Leifs eigene.

Alex Cain war einer der besten Spieler Londons, was Leifs magere Gewinne in dieser Nacht bezeugten. Als er Cains Stadthaus verließ, schätzte Leif sich glücklich, dass sein bescheidenes Vermögen doch einigermaßen unversehrt geblieben war.

Etwas Gutes hatte der Abend dennoch gehabt. Er und Cain hatten einen gewissen Respekt voreinander gewonnen. Wie Leif hielt auch dieser Mann sein Privatleben vor der Öffentlichkeit geheim. Doch Cain war auch ein sehr gerissener Geschäftsmann, und eine seiner erfolgreichsten Bemühungen mündete in der Partnerschaft mit dem wohlhabenden Schiffseigner Dylan Villard. Ihr Unternehmen hieß Continental Shipping.

„Wie ich höre, brauchen Sie ein Schiff", sagte Cain nebenbei zu Leif, während sie in seinem Arbeitszimmer saßen, Brandy tranken und Zigarren rauchten – ein Laster, das Leif kürzlich entdeckt hatte und dem er gern hin und wieder nachging.

„Ich möchte Handel betreiben", erwiderte Leif. „Ich brauche ein Schiff, das leicht zu handhaben ist und für das man nur eine kleine Mannschaft braucht. Mit der Zeit hoffe ich zu expandieren, doch im Augenblick halte ich nach so etwas Ausschau."

„Lassen Sie mich mit Dylan reden. Mal sehen, ob er etwas Passendes weiß, das zum Verkauf angeboten wird."

„Ich werde einen Kapitän und eine Mannschaft anheuern müssen, Männer, die bereit sind, für mindestens ein Jahr unterwegs zu sein. Und die den Mund halten können."

Cain ließ den Brandy in seinem Glas kreisen. „Interessant … aber Sie sind sowieso ein verblüffend interessanter Mann."

Leif lächelte nur. Er mochte Alex Cain mit seinen intelligenten grünen Augen und dem braunen Haar. Zudem war er größer als die meisten Engländer. Auch die Frauen mochten ihn, das war Leif bekannt, obwohl Cain außerhalb seines Bettes nur wenig Verwendung für sie zu haben schien. Alex Cain war ein Mann mit eigenen Geheimnissen, und doch spürte Leif, dass man ihm vertrauen konnte.

Innerhalb einer Woche machte Cain die Besichtigung dreier Schiffe aus: einer Brigantine, eines wieder instand gesetzten Postdampfers, der früher Passagiere die Küste entlang befördert hatte, und eines sechzig Fuß langen Schoners mit Toppsegel.

Der Schoner war genau das, was Leif suchte.

Es war ein schönes Schiff und glich ganz und gar nicht dem Schiff, das er und die Männer von Draugr aus vom Salzwasser gebleichten Balken gebaut hatten. Er war schnittig, gut gearbeitet und besaß zwei schöne Maste aus Fichtenholz. Hier besaßen Schiffe einen Namen, und dieses hier hieß *Lily Belle*. Zu Leifs Erstaunen änderte Cain den Namen in *Sea Dragon.* Er malte ihn in großen Buchstaben ans Heck.

Erstaunt sah Leif ihn an. „Wie konnten Sie das wissen?"

„Was wissen?", fragte Cain und schaute ihn mit seinen klugen Augen prüfend an.

Leif erkannte seinen Irrtum und zuckte nur die Schultern. Es war nur ein Zufall. Alex Cain konnte nicht wissen, dass man ihn auf Draugr Leif the Dragon-hearted, Drachenherz, nannte. Er hatte sich diesen Namen wegen seiner wilden Kampfeswut in der Schlacht erworben. „Sea Dragon, das gefällt mir."

Cain lächelte. „Das dachte ich mir. Es schien irgendwie passender."

Sie wurden langsam Freunde, und wenn Leif auch bald

aufbrechen würde, war es doch gut zu wissen, dass er anfing, sich in diesem Land einzuleben. Er mochte auch Cains Partner, den dunkelhaarigen, dunkeläugigen Dylan Villard. Noch mehr mochte er Villards Vorschlag, Leif solle, nachdem er eine Handelsroute aufgebaut und Waren zur Verfügung hatte, immer zuerst mit Cain und Villard sprechen, bevor er mit jemand anderem verhandelte.

„Continental Shipping ist daran interessiert zu expandieren", sagte Villard bei einem Treffen in seinem Büro an den Docks. „Und wir sind sehr erpicht auf neue Anlaufhäfen."

„Das ist gut. Möglich … dass wir eines Tages miteinander ins Geschäft kommen."

Als Leif sich verabschiedet hatte und eine Droschke herbeirief, um nach Hause zu fahren, fühlte er sich entspannt wie schon seit Wochen nicht mehr.

Er hatte viel mehr Geld, als er benötigte. Er hatte ein Schiff für sich gefunden und würde bald eine Mannschaft haben.

Was er jetzt noch brauchte, war eine Frau.

Er dachte an Krista. Er wollte sie zurück in sein Bett haben. Er wollte sie besitzen, wann immer und wie immer er es wünschte.

Es war an der Zeit, mit Kristas Vater zu sprechen.

Zwei Tage später, am frühen Abend, ergab sich dafür eine Gelegenheit. Leif fragte den Professor, ob sie miteinander sprechen könnten, und setzte sich dann mit ihm an den runden Mahagonitisch in der Ecke des Arbeitszimmers.

Er verlor keine Zeit, erklärte sein Anliegen und endete mit der Geldsumme, die er anzubieten gedachte.

„Sicher habe ich Sie nicht richtig verstanden", sagte der Professor und beugte sich ein wenig vor.

„Tut mir leid, Professor, habe ich mich denn nicht richtig ausgedrückt? War etwas falsch?"

„Vielleicht. Ich glaube verstanden zu haben, dass Sie mir

zwanzigtausend Pfund für Krista anbieten."

Leif sprang auf. „Ich habe Sie beleidigt. Sicher hätte ich mehr anbieten sollen. Ihre Tochter ist viel mehr wert als ..."

„Setzen Sie sich, mein Junge. Sie haben mich nicht im Geringsten beleidigt."

Leif sank auf seinen Stuhl zurück.

„Zwanzigtausend Pfund sind in der Tat richtig viel Geld. Ich bin überzeugt, Krista wäre sehr geschmeichelt. Doch die Wahrheit ist, dass ich Ihr sehr großzügiges Angebot nicht annehmen kann. In England verkaufen wir unsere Töchter nicht."

„Das sagten Sie schon zuvor, und doch kommen Ihre Frauen mit einer Mitgift zu einem Mann. Ist das nicht dasselbe?"

„Nun, vermutlich auf eine andere Art, aber ..."

„Ich bin der richtige Mann für sie. Das sehen Sie doch sicher ein."

Der Professor seufzte. „Man kann erkennen, dass sie eine Menge für Sie übrighat, Leif, doch selbst wenn ich der Meinung wäre, ihr beide würdet gut zusammenpassen, so würde das überhaupt keine Rolle spielen. Die Entscheidung liegt allein bei Krista."

„Aber Sie sind ihr Vater. Es ist Ihre Pflicht, sie angemessen zu verheiraten."

Paxton Hart wandte den Blick ab. „Ich wünschte, ich könnte Ihnen helfen, mein Sohn, aber wenn Sie nicht in England bleiben wollen ..."

„Ich muss zurückgehen, das wissen Sie."

„Dann glaube ich nicht, dass Krista Sie heiraten wird."

Leif spürte einen bitteren Geschmack auf der Zunge. „Es geht um ihre Pflichten Ihnen und ihrem Großvater gegenüber."

„Vielleicht glaubt sie das, aber ich bin mir nicht ganz sicher. Die Wahrheit ist, dass Kristas Leben sich hier in England abspielt. Ihre Familie ist hier, und sie liebt ihre Arbeit in der Zeitung. Diese Zeitung hat bereits sehr geholfen, wichtige Reformgesetze durchzubringen, und es gibt noch viel mehr zu tun."

„Sie ist eine Frau. Und sie braucht einen Ehemann, einen Mann, der für sie sorgt."

Langsam stand der Professor auf. „Ich wünschte, dieser Mann könnten Sie sein, Leif, wirklich. Doch sie kann nicht mit Ihnen gehen. An einem Ort wie der Insel Draugr würde sie ganz einfach nicht glücklich sein."

Auch Leif erhob sich. „Verbieten Sie diese Verbindung?"

„Nein. Wie ich schon sagte, die Entscheidung liegt bei Krista. Ich möchte sie nur glücklich sehen."

Leif schob dem Professor die schwere Kassette mit dem Geld hin, die er mitgebracht hatte. „Wenn Sie den Brautpreis für Krista nicht annehmen wollen, dann nehmen Sie das Geld zur Begleichung meiner Schuld Ihnen gegenüber. Ich habe monatelang von Ihrer Großzügigkeit gelebt. Sie haben mich gekleidet, genährt, mir einen sehr schönen Platz zum Schlafen gegeben. Sie haben mich in diesen vergangenen Monaten mehr gelehrt, als ich zu erhoffen wagte. Dafür werde ich immer in Ihrer Schuld stehen."

„Das ist eine viel zu hohe Summe, Leif. Und es gibt wirklich keinen Grund dafür, mir etwas zurückzubezahlen. Wir hatten ein Abkommen, und Sie haben fürwahr Ihren Teil davon gehalten."

„Das Geld gehört Ihnen, Professor." Damit ließ Leif die Kassette auf dem Tisch stehen und verließ das Arbeitszimmer.

Er ging nicht zu Krista, da er bereits wusste, was sie sagen würde.

Vermutlich erkannte sie sehr wohl, dass sie zu ihm gehörte, doch sie war eigensinnig wie eine Hochlandgeiß, und ihr Wille war genauso stark wie seiner. Aber das war unwichtig. Wenn sie nicht wusste, was das Beste für sie war, er wusste es.

Schon immer hatten die Wikinger sich ihre Frauen geraubt.

Wenn seine *Sea Dragon* nach Hause segelte, würde Krista Hart an Bord sein.

19. KAPITEL

Der Oktober war windig und kalt, aber der Himmel war klar, und der Vollmond schien herab auf Londons Straßen. Die vergangenen Tage hatte Krista versucht, sich auf Leifs Abreise vorzubereiten. Doch jetzt, da die Zeit gekommen war, war sie ganz und gar nicht darauf vorbereitet.

War es nicht erst gestern gewesen, dass sie ihn in Ketten entdeckt hatte, wie er an den Stäben seines erbärmlichen Käfigs rüttelte? Nie würde sie vergessen, wie sie ihn das erste Mal ohne seine zotteligen Haare gesehen hatte, glatt rasiert, mit nacktem Oberkörper und lächelnd.

Der schönste Mann, den sie je erblickt hatte.

Es schien unbegreiflich, wie er sich in den vergangenen Monaten derart weitergebildet hatte. Ein Vermögen hatte er gemacht und der halben Damenwelt Londons den Kopf verdreht.

Das Herz voller Traurigkeit, ging Krista wie ein Gespenst durchs Haus.

Es schien unmöglich, dass er morgen bereits aufbrechen wollte.

Doch Leif hatte die letzten Vorbereitungen schon getroffen. Gestern hatte er sie und ihren Vater stolz zu dem Schiff geführt, das ihn nach Hause tragen würde. Wie er sagte, war es ein Sechzigfußschoner, klein genug, um von ihm, dem Kapitän und zwei Matrosen, die er angeheuert hatte, gesteuert zu werden.

Er hatte Krista und ihren Vater dem Kapitän vorgestellt, einem kräftigen Mann namens Cyrus Twig, und danach den zwei Seeleuten, einer davon ein lederhäutiger, sonnenverbrannter Mann mit Namen Felix Hauser, der andere ein kleinerer Bursche namens Bertie Young mit einer Augenklappe. Wie Leif erklärte, hatten die beiden ihre Verträge unterschrieben, weil sie keine Familien hatten, aus Abenteuerlust und da er ihnen eine Beteiligung an der künftigen Handelsgesellschaft versprach.

Nachdem sie einander vorgestellt worden waren, hatte Leif sie auf eine Besichtungstour mitgenommen. Er zeigte ihnen die Mannschaftsquartiere achtern und die kleine, aber zweckmäßige Kapitänskajüte am Heck, die ihm für die Überfahrt als Unterkunft dienen würde.

„Sie wird schon ausreichen", sagte er mit einem Lächeln, „obwohl ich die Koje lieber etwas größer hätte."

Groß wie er war, füllte er die winzige Kajüte aus. Als Krista das Schiff verließ, war sie den Tränen nahe.

Leif schien nichts zu bemerken. Nachdem sie nach Hause zurückgekehrt waren, wartete er, bis ihr Vater wieder in seinem Studierzimmer arbeitete, und führte sie dann in den Salon.

„Komm mit mir", sagte er rundheraus. „Du hast mein Schiff gesehen. Es ist ein gutes Schiff, nicht wie jenes, das mich hierher brachte. Es wird uns sicher zur Insel bringen."

„Es … es ist ein sehr schönes Schiff, Leif."

Er lächelte. „Ich freue mich, dass es dir gefällt. Es ist jetzt an der Zeit für uns zu heiraten. Sag, dass du meine Frau werden willst."

Leifs einfache Worte bedeuteten ihr mehr als alle Schmeicheleien, die Matthew Carlton je zu ihr gesagt hatte. Sie liebte Leif so sehr. Ihr Herz war schwer vor Verlangen nach ihm, und doch konnte sie sein Angebot nicht annehmen. „Ich wünschte, ich könnte dich heiraten, Leif. Du kannst dir nicht vorstellen, wie sehr."

„Dann sprich die Worte aus. Sag, dass du mit mir kommst."

Sie schluckte schwer. „Ich kann nicht. Ich kann aus dem gleichen Grund nicht gehen, aus dem du nicht bleiben kannst."

„Du bist für mich bestimmt. Willst du das leugnen?"

Sie schüttelte den Kopf, und die Kehle wurde ihr immer enger. „Auf gewisse Weise werde ich dir immer gehören." Sie wollte *Ich liebe dich* sagen, doch sie tat es nicht. Es war schmerzlich genug, ihn zu verlieren, und sie wollte es nicht noch schlimmer machen.

Es ging ihr durch den Sinn, dass Leif ihr nie solche Worte gesagt hatte. Vielleicht waren für einen Wikinger Liebe und Verlangen nicht dasselbe. Vielleicht schmerzte ihn die Trennung weit weniger als sie.

„Gibt es denn nichts, womit ich deine Meinung ändern kann?"

Wieder schüttelte sie den Kopf.

„Dann soll es so sein." Mehr sagte er nicht. Wenig später verließ er mit entschlossenem Gesicht und hartem Blick den Salon. Krista wusste, dass er wütend war, und sah ihm nach, wie er den Flur hinunterging.

Morgen würde er sie verlassen.

Die Stunden vergingen. Das Abendessen wurde serviert, doch Leif ließ sich entschuldigen. Stattdessen wollte er ausgehen. Krista und ihr Vater sagten kaum ein Wort während des Essens, sondern brüteten düster vor sich hin. Der Professor schien genauso unglücklich darüber zu sein, den Mann zu verlieren, der ihm wie ein Sohn ans Herz gewachsen war, wie Krista darüber, den Mann zu verlieren, den sie liebte.

Es wurde spät, doch Leif kehrte nicht zurück. Trotzdem wartete sie, gab es jedoch schließlich auf und zog sich in ihr Zimmer zurück.

Es war schon weit nach Mitternacht, als sie seine Schritte auf der Treppe hörte. Bei Tagesanbruch wollte er abreisen. Sicher würde er nicht ohne ein Abschiedswort gehen.

Doch Leif kam nicht, und als Krista dalag, das Herz voller Liebe für ihn, wusste sie, was sie zu tun hatte.

Sie warf sich ihr Umschlagtuch aus blauer Seide über das Nachthemd und ging auf bloßen Füßen zur Tür.

Nachdem sie sich vergewissert hatte, dass niemand draußen war, der sie sehen könnte, trat sie auf den Gang hinaus und lief leise zu Leifs Zimmer. Als sie die Tür erreichte, legte sie das Ohr an das Holz und lauschte auf ein Geräusch. Doch drinnen war alles still.

Eigentlich wollte sie zurück in ihr Schlafzimmer gehen, doch ihre Füße weigerten sich. Stattdessen streckte sie die Hand nach dem silbernen Türknauf aus, fand die Tür unverschlossen und trat ein.

Eine einzige Kerze brannte auf dem Nachttisch, und in deren flackerndem Licht sah Krista, dass Leif auf dem Bett lag und wach war. Er trug nur seine Hosen, keine Schuhe oder Strümpfe und nichts, das seine muskulöse Brust verbarg. Mit seinen strahlend blauen Augen blickte er sie an, während sie näher trat.

„Ich … ich bin gekommen, um Lebewohl zu sagen."

„Ich mag Abschiede nicht", erwiderte er düster.

„Ich … ich mag sie eigentlich auch nicht, aber ich … ich wollte dich ein letztes Mal sehen, bevor du fortgehst."

Wie ein Löwe, dessen Schlaf gestört worden war, erhob er sich vom Bett und sah sie unverwandt mit hartem Blick an, während er auf sie zukam. „Vielleicht wolltest du mich nicht nur sehen. Vielleicht wolltest du mich noch einmal in dir spüren."

Sie schüttelte den Kopf. „Nein, ich …" Warmes Rot stieg ihr in die Wangen. Er sagte die Wahrheit, und sie wusste es. Sie wollte, dass er sie liebte, wollte die Erinnerung daran in ihrem Herzen tragen, wenn er fort war.

Er sah ihr ins Gesicht. „Sag es. Sag mir, warum du gekommen bist."

Krista fuhr sich mit der Zunge über die Lippen, die mit einem Mal ganz trocken waren. „Ich musste dich sehen. Ich möchte … ich möchte, dass du mich liebst."

Er rührte sich nicht, doch sein Blick war jetzt von brennender Wildheit. „Und doch willst du mich nicht heiraten."

In ihren Augen standen Tränen. „Ich kann nicht."

Sie hatte geglaubt, er würde sich einfach abwenden, doch stattdessen begann er, seine Hose aufzuknöpfen. Er ließ sie zu Boden fallen und stieg heraus. Darunter war er nackt, und Krista konnte sehen, wie erregt er war.

„Zieh dich aus."

An der Art, wie er es sagte, war etwas, das sie zum Gehorsam zwang. Mit leicht zitternden Händen nahm sie das Umschlagtuch ab und löste das Band ihres Nachthemds. Es rutschte über ihre Hüften und fiel zu Boden.

Lange Zeit stand er nur da und ließ den Blick über ihre Brüste gleiten, betrachtete ihre Taille, den Schwung ihrer Hüften. Plötzlich bewegte er sich. Es ging so schnell, dass Krista einen erschrockenen Aufschrei unterdrücken musste. Sie erbebte, als er sie hochhob und zum Bett trug. Er legte sie hin und streckte sich neben ihr aus. Krista dachte, dass er sie jetzt küssen würde. Stattdessen packte er sie um die Taille und hob sie auf sich, spreizte ihre Beine weit, sodass sie sich verletzlich und ausgeliefert fühlte, aber auch auf gewisse Weise verrucht. Nie zuvor hatte sie sich so gefühlt. Sie sah die Glut in seinen Augen, spürte seine erregte Männlichkeit unter sich und empfand, wie plötzlich auch die eigene weibliche Kraft in ihr aufstieg.

„Löse dein Haar."

Ihr Puls schlug schneller, als sie gehorsam das Band des Zopfes löste, mit den Fingern durch die blonden Strähnen fuhr und die schwere, seidige Masse wie einen Mantel über ihre Schultern gleiten ließ. Leif legte ihr die Hand in den Nacken und zog sie zu einem wilden, leidenschaftlichen Kuss an sich. Er streichelte ihre Brüste, umfasste und presste sie, liebkoste ihre Knospen, bis sie sich aufrichteten.

Ein Feuermantel schien Krista einzuhüllen, sie brannte vor Verlangen. Leifs Lippen umschlossen ihre Knospen, und er begann, daran zu saugen. Noch nie hatte Krista solch verzehrende Lust gespürt. Mit zurückgeworfenem Kopf gab sie sich Leifs Liebkosungen hin.

Leif stöhnte. „Ich werde dir geben, weswegen du gekommen bist.“ Wieder umfasste er mit festem Griff ihre Taille. Er hob sie hoch, und sie spürte, wie seine harte Männlichkeit in sie eindrang, bis er sie ganz damit ausfüllte.

„Heute Nacht wirst du mich reiten“, sagte er. „Du wirst dir nehmen, was du von mir willst.“

Und so lernte sie begierig, wie sich bewegen musste, was sie tun musste, um ihn noch tiefer in sich aufzunehmen, wie sie sich heben und senken musste, um Wellen der Wollust zu genießen.

Die Glut in ihr wuchs, und Krista biss sich in die Lippen, um nicht aufzuschreien, während er sie festhielt und anfing, hart in sie zu stoßen.

Ein leises Wimmern kam über ihre Lippen. Diese Lust war einfach zu wild, zu süß, zu groß, um sie zu ertragen. Doch Leif hörte nicht auf, bis die innere Anspannung sich einen Weg brach und Krista in tausend Stücke zu zerreißen schien. Wellen der Lust stürzten über ihr zusammen, ein Chaos der Gefühle, das so köstlich war, dass Krista laut Leifs Name rief.

Leif hob sie in letzter Minute von sich herunter und ergoss seinen Samen neben sie.

Krista redete sich ein, dass sie ihm deswegen dankbar sein musste. Sie würde kein Kind bekommen müssen, dass keinen Vater hatte. Doch sie wurde von Traurigkeit erfasst. Kein goldhaariges Baby. Kein Sohn von Leif, der sie in den vor ihr liegenden leeren Tagen an ihn erinnern würde. Niemand, der der einsamen, lieblosen Zukunft, die sich vor ihr ausbreitete, einen Sinn geben würde.

Sie konnte die Tränen nicht länger zurückhalten und begann zu weinen. Und sie spürte, wie Leif ihr zärtlich die Lippen auf die Stirn presste.

„Sei nicht traurig, *elsker*, bald wird alles gut."

Das Wort bedeutete „Geliebte", und sie musste noch mehr weinen. Doch sie hatte kein Recht zu weinen. Die trostlose Zukunft hatte sie sich selbst zuzuschreiben.

Verzweifelt kuschelte sie sich in Leifs Arme, und so schliefen sie eine ganze Weile. Sie durfte aber auf keinen Fall riskieren, dass jemand sie in seinem Bett entdeckte. So ließ sie ihn schlafen, zog sich schließlich leise an und kehrte in ihr Zimmer zurück.

Und am Ende weinte sie sich in den Schlaf.

Langsam erwachte Krista. Es war immer noch dunkel, doch ein Geräusch in ihrem Schlafzimmer, eine Bewegung nahe der Tür, hatte sie aufgeweckt. Dann sah sie den Schatten des Eindringlings neben ihrem Bett. Sie wollte schreien, doch kaum hatte sie den Mund geöffnet, wurde ihr auch schon ein Knebel zwischen die Zähne gestoßen und rasch die Hände auf den Rücken gebunden, damit sie sich nicht befreien konnte. Einen Moment lang hatte sie Angst. Doch als der Knebel festgebunden und ihre Füße gefesselt wurden, erkannte sie das große blonde Scheusal. Es wickelte ihr Nachthemd um sie und warf sie sich über die Schulter, als hätte sie kein Gewicht.

Eine ohnmächtige Wut ergriff Krista. Sie versuchte Leif zu treten und wollte schreien. Doch sie konnte nur ein gedämpftes Krächzen ausstoßen. Sie wollte ihm mit den Fäusten auf den muskulösen Rücken trommeln, ihn als gefühllose Bestie beschimpfen, doch es war zu spät. Bevor noch irgendjemand etwas merken konnte, hatte er sie die Hintertreppe hinunter und aus der Tür getragen und sie in ein Laken gewickelt in eine Mietdroschke geworfen.

Er nahm sie mit zur Insel Draugr.

Er entführte sie gegen ihren Willen.

Und das würde Krista ihm nie verzeihen.

Zu dieser Nachtstunde war es still im Hafen. Eine steife Brise kam vom Meer herein und trieb kleine Wellen über die Wasseroberfläche, doch der Himmel war klar, die Luft kalt und sauber.

In der Kajüte des Schiffseigners lag Krista zugedeckt auf Leifs Koje, die, wie sie jetzt bemerkte, groß genug für zwei war, ganz gleich, was Leif davon halten mochte. Den Knebel hatte er nicht entfernt. Andernfalls hätte sie sich die Seele aus dem Leib geschrien.

Er hatte sie auch nicht von den Fesseln befreit. Vielleicht hätte Krista ihn dann umgebracht.

Sie lauschte den Schritten der Mannschaft, die über ihr an Deck hin und her ging und die Bugleinen löste, um lossegeln zu können. Mit Ächzen und Knarren entfernte sich das Schiff schwankend vom Anlegeplatz und glitt in den Hafen hinaus. Als es Fahrt aufnahm, befahl der Kapitän einem der Matrosen in die Takelage zu klettern und das oberste Segel loszumachen. Dann wurden die restlichen Segel gesetzt. Das Schiff lag im Wind und bewegte sich rasch auf die offene See hinaus.

Durch die Schiffsplanken hindurch hörte Krista, wie Kapitän Twig weitere Befehle brüllte. Leif mochte ein Wikinger sein, und die Wikinger waren einmal die besten Seeleute der Welt gewesen. Doch in fast dreihundert Jahren hatte sich die Bevölkerung von Draugr zu Landbewohnern gewandelt, und Leif war klug genug, seine Grenzen zu erkennen.

Dragon. Wie gut der Name zu ihm passte! Sie hatte ihn mit einem Löwen verglichen, doch Drache passte besser zu ihm. Herzlos, gefühllos und nur an sich selbst denkend. Ein Mann, der entschlossen seinen Weg ging, koste es, was es wolle.

Mindestens drei Stunden waren vergangen, seit sie London verlassen hatten, als er in die Kabine kam. Krista taten von der unbequemen Haltung in der Koje die Arme weh. Sie war erschöpft und wütend wie noch nie in ihrem Leben.

Im Schein der Messinglampe, die an der Wand hing, sah sie Leif in die Kabine treten.

„Ich werde deinen Knebel lösen, aber nur, wenn du versprichst, nicht zu schreien. Doch selbst wenn du es tust, wird keiner kommen.“

Am liebsten hätte sie das ganze Schiff zusammengeschrien, doch sie wusste, dass es ihr nicht helfen würde. Also nickte sie und wartete, während er das Tuch um ihren Mund löste und den Knebel entfernte.

„Wie konntest du nur?“, stieß sie zwischen zusammengebissenen Zähnen hervor. „Wie konntest du das tun, obwohl du wusstest, wie ich empfinde?“

„Du gehörst mir“, sagte er knapp. „Hast du wirklich geglaubt, ich würde etwas zurücklassen, das mir gehört?“

„Ich bin nicht *dein!*“, schrie Krista. „Ich bin kein Besitz, der dir oder sonst irgendjemandem gehört!“

Warnend hielt er den Knebel hoch, und sie bändigte ihre Wut. „Bitte, binde mich los. Ich kann doch nirgendwo hingehen – außer über Bord springen – und das werde ich ganz sicher nicht tun.“

Ohne zu zögern trat er zu ihr, zog ein Messer aus seinem schwarzen kniehohen Stiefel und schnitt ihre Fesseln durch.

Langsam setzte Krista sich auf. „Jetzt bin ich also deine Gefangene.“

„Du bist meine Verlobte.“

„Seltsam, ich erinnere mich nicht, einer Heirat zugestimmt zu haben.“

Er zuckte die Schultern. „Wenn du nicht die Absicht hattest, mich zu heiraten, hättest du dich mir nicht hingeben dürfen.“

„Aber ich … du …“ Sie holte tief Luft. „Was ist mit meinem Vater? Er wird sich zu Tode ängstigen.“

„Ich habe ihm eine Nachricht hinterlassen. Ich glaube, in seinem Herzen weiß er, dass ich das Richtige getan habe.“

„Was ist das *Richtige*? Zu irgendeiner primitiven, gottverlassenen Insel des sechzehnten Jahrhunderts zu segeln? Mich zu zwingen, mein Heim zu verlassen? Und meine Arbeit? Hältst du das für das Richtige?“

Leif schenkte ihren Worten keine Beachtung. Er streckte die Hand aus und fasste sie am Kinn. „Schlaf ein wenig, *kaereste*.“ Süße. „Morgen wirst du die Dinge klarer sehen.“

Krista verbiss sich eine Antwort. Was für ein eingebildeter, herrschsüchtiger Mann! Er brachte sie zur Weißglut! Am liebsten hätte sie ihm diese Worte ins Gesicht geschrien, doch dann hätte sie sich zweifellos erneut gefesselt in der Koje wiedergefunden.

Stattdessen stand sie, kaum dass er gegangen war, auf und ging in der Kabine auf und ab. Leif mochte ein Mann sein, der sich nach Abenteuern sehnte, doch Krista war nicht wie er.

Sie liebte ihr Leben so, wie es war. Sie liebte London, trotz der rußigen Luft, der viel zu belebten Straßen und des nebeligen Wetters. Sie liebte ihre Familie: ihren Vater, ihren Großvater, ihre Tante und die Cousins, die manchmal zu Besuch kamen.

Und sie liebte es, ihre Zeitung herauszugeben. Die Gazette war ihre Leidenschaft, ihre Freude, die Herausforderung, die ihr Leben interessant machte. Leif hatte das nie verstanden. Jetzt war es zu spät, es ihm zu erklären.

Sie atmete tief durch, und mit einem Mal ließ ihr Zorn nach. Wie Leif schon bemerkt hatte, war sie todmüde, und die Reise hatte erst begonnen. Sie legte sich in die Koje und zog die Decken bis zum Kinn hoch. Bis zur Ankunft auf Draugr hatte sie noch fast eine Woche vor sich. Es war also noch genügend Zeit. Inzwischen würde sie darüber nachdenken, wie sie ihn dazu veranlassen konnte, sie wieder nach Hause zu bringen.

Vielleicht konnte sie auch den Kapitän und die Mannschaft überzeugen. Es waren Engländer, keine Wikinger. Engländer entführten keine Frau und zwangen sie zur Heirat. Sie würden ihr sicher helfen.

Doch als sie sich vorzustellen versuchte, was mit den Männern geschehen würde, sollten sie sich gegen Leif stellen, kamen ihr doch Zweifel. Bei zwei Gelegenheiten hatte sie ihn kämpfen gesehen. Konnte sie die Männer in solche Gefahr bringen?

Was sollte sie nur tun? Schließlich wiegten die Wellen sie in einen unruhigen Schlaf. Als das erste Morgenlicht in die Kajüte drang, träumte sie von Leif und von zu Hause.

Krista hörte nicht, wie Leif in die Kajüte zurückkehrte. Erst in den Morgenstunden entdeckte sie, dass sie an ihn gekuschelt dalag. Vielleicht hätte sie es sich erlaubt, die angenehme Wärme seines Körpers zu genießen, wenn sie nicht gemerkt hätte, dass er seinen Mund auf ihren Nacken presste.

Kochend vor Wut sprang sie aus dem Bett.

„Wenn du auch nur eine Minute lang glaubst, dass du mich jetzt lieben kannst, dann hast du dich gründlich getäuscht. Ich werde mich mit aller Kraft gegen dich wehren. Ich werde nicht zulassen, dass du mich auch nur anrührst, Leif Draugr! Diese Zeiten sind vorbei!“

Leif verzog ein wenig die Mundwinkel. „Komm wieder ins Bett, Süße. Ich werde dich nicht anfassen, wenn du es nicht willst. Aber du bist eine leidenschaftliche Frau, Krista. Bald wirst du nach den Freuden verlangen, die ich dir verschaffen kann.“

„Geh zur Hölle!“, rief sie und wirbelte fort von ihm. Es war kalt in der Kajüte, und auf dem kalten Holzboden froren ihre Füße zu Eis. Sie hörte Leif leise fluchen, während er aus dem Bett stieg und barfuß zu ihr kam. Krista wehrte sich nur halbherzig, als er sie hochhob, zurück ins Bett trug und die Decken über ihren zitternden Körper warf.

„Schlaf weiter. Es ist Zeit, dass ich mich wieder an meine Arbeit begebe.“

Und so ließ er sie zurück, während sie unter den Decken

bibbernd versuchte, ein Gefühl von Liebe zu ignorieren, das in ihr aufstieg, weil er sich um sie sorgte. Dann dachte sie an all das, was sie hinter sich gelassen hatte, und an das Leben, das er für sie bereithielt. Noch sind wir nicht dort, dachte sie und wappnete sich gegen den bevorstehenden Kampf.

20. KAPITEL

Logik nützte nichts. Überredungskünste, Schmeichelcien und Wutanfälle halfen ebenfalls nicht. Und als Krista sich an die Mannschaft um Hilfe wandte, brachte ihr das nur Ärger ein.

„Ihr Zukünftiger sagt, dass er Ihnen die Unschuld genommen hat, Miss“, sagte Kapitän Twig. „Und das nicht ohne Ihre Einwilligung. Er tut das Richtige für Sie. Sie sollten dankbar sein.“

Der einäugige Mr. Young stimmte ihm zu. „Wie man sich bettet, so liegt man, Miss, wenn ich das mal so sagen darf. Und Mr. Draugr scheint doch ein netter Kerl zu sein.“

Krista konnte es kaum glauben. Leif hatte den Männern erzählt, dass sie sich geliebt hatten! Doch da sie Männer waren, war es vermutlich das Einzige, was sie verstanden.

Es war am zweiten Tag, als sie den Suthers-Jungen Jamie entdeckte. Und der kleine Affe Alfinn war auch an Bord.

„Jamie! Gott im Himmel, er hat dich doch nicht auch entführt!“

Der schlaksige Junge von ungefähr vierzehn Jahren mit braunen Haaren und dunklen Augen grinste nur. „Ich habe Mr. Draugr gefragt, ob ich und Alf mitkommen könnten, und er sagte, wir dürfen, wenn wir wollen. Er sagte, dass Sie beide heiraten würden. Mr. Draugr ... er versprach, sehr gut auf Sie aufzupassen.“ Sein Grinsen wurde noch breiter. „Warten Sie es nur ab, Miss. Das wird ein feines Abenteuer werden.“

„Ich will kein Abenteuer! Ich will nach Hause!“

Doch der Junge schrubbte weiter das Deck, wie er es zuvor getan hatte. Einige Fuß weit entfernt erblickte sie Alfinn, der an einer der Webeleinen hing und sie mit Augen betrachtete, die noch dunkler waren als die von Jamie. Der Affe schwang sich hinunter und hüpfte auf Krista zu. Sie bückte sich und hob ihn hoch.

„Und was ist mit dir, kleiner Freund? Stehst du auch auf Leifs Seite?“

Alf schnatterte eine Antwort. Da er männlich war, nahm Krista an, dass er wahrscheinlich den anderen die Treue hielt.

Die Reise verlief einigermaßen ruhig. Es gab hin und wieder raue Böen, und die See wurde unruhig, doch solange Krista ausreichend frische Luft hatte, wurde sie nicht krank. Boshafterweise hoffte sie, dass Leif wenigstens ein wenig unter der Seekrankheit litt. Doch als sie ihn nach seinem Befinden fragte, lächelte er nur.

„Meine letzte Reise war weit rauer als diese hier. Zuerst ging es mir gar nicht gut. Doch ich bin ein Wikinger. Wir haben das Meer im Blut.“

Vielleicht stimmte das. Er schien sich an Bord sehr wohlzufühlen, als wäre sein Platz der am Steuerrad eines Schiffes. Er verbrachte viel Zeit mit dem Kapitän und lernte von ihm alles über das Schiff, die Winde und die Launen des Meeres. Er arbeitete sogar noch härter als die anderen Mitglieder der Mannschaft und verbrachte längere Zeit am Ruder. Doch wenn er in die Kabine kam, konnte Krista die Glut in seinen Augen sehen, die Begierde nach ihr, die nicht abgenommen hatte.

Sie selbst verbarg ihr eigenes Verlangen. Leif war ein starker, unglaublich attraktiver Mann, aber das Leben, dem sie an seiner Seite entgegensah, hatte so gar nichts Attraktives für sie. Doch je vertrauter sie miteinander umgingen, desto eher konnte sie seinem Zauber erliegen, und das sollte nicht geschehen.

Auch die folgenden fünf Tage glitt die *Sea Dragon* durch das Wasser zielstrebig auf die Insel Draugr zu. Eines Morgens dann, als Krista über Deck ging, sah sie die zerklüfteten Gipfel einer gebirgigen Insel durch eine entfernte Nebelschicht ragen. Das Land selbst war in grauen Dunst gehüllt und dem Blick fast völlig verborgen.

„Du hast deine neue Heimat fast schon erreicht, *kaereste.*“

„Hör auf, mich so zu nennen. Ich bin nicht deine Süße. Nicht mehr.“

Einen Moment lang lächelte er. „Fünf Tage, und dein Zorn hat sich immer noch nicht abgekühlt?“

„Fünf Jahre werden dazu nicht ausreichen.“

Sein Lächeln verschwand, und seine Züge wurden hart. „Es ist an der Zeit, dass du aufhörst, dich wie ein Kind zu benehmen. Du wirst bald meine Frau sein. Und das solltest du allmählich akzeptieren.“

„Ich werde dich nicht heiraten, Leif. Das habe ich dir wieder und wieder gesagt.“

Leif beachtete sie jedoch nicht weiter, drehte sich um und ging davon. Aus Überlieferungen wusste sie, dass die Wikinger eine Frau nicht gegen deren Willen zur Heirat zwangen, doch das hier war Draugr, und Krista konnte sich nicht sicher sein.

Ein leichter Schauder überlief sie. Solange sie unverheiratet blieb und sich weigerte, Leifs Frau zu werden, gab es eine Chance heimzukehren. Bis ihr die Flucht gelingen würde, war sie dazu verdammt, auf der Insel zu leben.

Voller Angst sah Krista, wie sie dem felsigen, unwirtlichen Land immer näher kam. Jetzt konnte sie auch sehen, warum dieser Ort mehr Legende als Wirklichkeit war. Die Küste war eine Felsmauer aus mehr als hundert Fuß hohen Klippen, bewacht von wind- und seegepeitschten Felsbrocken.

Nebelfetzen hüllten die Insel ein und ließen sie feindlich und ungastlich erscheinen. Manchmal blies der Wind den Dunst fort und enthüllte schroffe Felsen, an denen Gischtfontänen etwa fünfzig Fuß hoch in die Luft schossen.

Als Krista Leif kommen hörte, drehte sie sich um. „Wie werden wir an Land kommen, ohne von den Felsen und den Wellen in tausend Stücke zerschlagen zu werden?“

„Die raue äußere Erscheinung der Insel ist unser Schutz.

Über die Jahre hinweg ist mehr als nur ein Schiff zerstört worden. Doch auf der anderen Seite gibt es einen Durchschlupf zwischen den Felsen. Wenn man nicht weiß, wo man ihn suchen muss, ist er unmöglich zu sehen."

Krista zitterte. Sie wusste nicht, ob es wegen der Kälte oder wegen dem war, was sie in Leifs Heimat erwartete.

„Du frierst", sagte er, verschwand die Leiter hinunter und kehrte mit einer Decke zurück, die er ihr um die Schultern legte. Die ersten zwei Tage hatte sie das weiße Nachthemd getragen, in dem er sie entführt hatte. Deswegen war sie gezwungen gewesen, in ihrer Kajüte zu bleiben.

Am Ende des zweiten Tages hatte Leif ihrem Flehen nachgegeben und ihr Männerkleidung gebracht.

„Das hier gehört Mr. Young. Es ist ungefähr deine Größe."

Aufgeregt zog sie die Sachen an, denn sie hatte noch nie zuvor Männerhosen getragen. Doch ihr gefiel die bequeme Kleidung. Sie entdeckte, wie leicht sie sich darin bewegen konnte. Und das lose sitzende Hemd war die reinste Wohltat, verglichen mit der Enge ihres Korsetts. Ganz besonders freute sie Leifs finsteres Gesicht, als sie in diesen Kleidern über Deck ging.

„Du wirst die Begierde der Männer erregen", meinte er finster. „Die Kleider zeigen dein hübsches Hinterteil und deine schönen Brüste."

Krista versuchte sich von seiner Eifersucht nicht geschmeichelt zu fühlen. „Wenn dir nicht gefällt, wie ich aussehe, hättest du mir etwas von meiner eigenen Kleidung bringen sollen."

Er verzog die Mundwinkel. „Oh, mir gefällt, wie du aussiehst. Jedes Mal wenn ich sehe, wie du dich nach vorne beugst, möchte ich dich von hinten nehmen."

Krista wurde feuerrot. „Du … du bist der abscheulichste Mann, den ich kenne!" Doch das Bild hatte sich jetzt eingebrannt – sie beide nackt, Leifs breite Brust, wie sie sich an ihren Rücken presste. Krista wusste nicht so recht, wie man sich in dieser Stellung liebte oder warum der Gedanke daran so erregend war. Doch er ging ihr nicht mehr aus dem Kopf.

„Es sind gute Männer", fuhr Leif fort. „Doch sie sind auch nur Menschen. Führe sie nicht zu sehr in Versuchung."

Krista sagte nichts dazu. Sie wusste nicht, ob sie ärgerlich oder geschmeichelt sein sollte. Bevor Leif aufgetaucht war, hatte sie sich für unscheinbar gehalten und für zu groß, um anziehend zu sein. Und nun hielt Leif sie für eine Verführerin.

Fast musste Krista lächeln. Erstaunlich, wie gut das ihrem Selbstbewusstsein tat.

Bis die *Sea Dragon* sich Zoll für Zoll ihren Weg durch die enge Einfahrt gesucht hatte, die in einen von außen nicht einsehbaren, geschützten Hafen mündete, hatten sich ungefähr vierzig Menschen am Sandstrand versammelt. Das letzte Segel war geborgen, der Anker geworfen und das Schiff in einer ruhigen Bucht festgemacht, wo ihm die wilden Wellen der nicht weit entfernten Küste nichts anhaben konnten.

Die Mannschaft ließ das Beiboot zu Wasser und alle, einschließlich Alfinn, der auf Jamies Schulter saß, kletterten von Bord. Als das Boot sich dem Strand näherte, stand Leif auf, stellte sich an den Bug und fing an, der wartenden Menge zuzuwinken. Ein lautes Freudengeschrei ertönte. Allem Anschein nach erkannten sie ihn sogar in seiner englischen Kleidung.

Doch bei seiner großen, kraftvollen Gestalt und dem glänzend blonden Haar war das wohl auch nicht allzu schwierig.

Leif trug das Haar ein wenig länger, aber einen Bart hatte er sich bis jetzt noch nicht wieder wachsen lassen.

„Nur weil ich auf die Insel zurückkehre, heißt das noch nicht, dass ich vergesse, was ich in England gelernt habe", hatte er gesagt.

Krista beobachtete ihn, als er wie ein Eroberer am Bug des kleinen Bootes stand, das mächtige Schwert um die schmale Taille geschnallt. Das Boot stieß an Land, und Leif sprang ins seichte Wasser. Er hob Krista hoch und trug sie an Land, während die anderen Männer aus dem Boot kletterten und es höher auf den Strand hinaufzogen.

„Wir laden später aus“, sagte Leif zu ihnen und begann dann, zu der Gruppe zu sprechen, die sich um ihn versammelt hatte. Auch wenn Krista nicht jedes Wort verstand, wusste sie, dass er ihnen erzählte, er sei zurückgekommen, um jetzt zu bleiben.

„Ich habe Freunde mitgebracht“, erklärte er. „Diesen Männern könnt ihr vertrauen. Aus dem Land, in dem ich einige Zeit gelebt habe, habe ich auch Geschenke mitgebracht. Und ich führe die Frau mit mir, die meine Braut sein wird.“

Die Menge stieß ein Freudengebrüll aus. Doch Krista bemerkte eine Gruppe von Frauen, die gar nicht glücklich aussahen. Eine von ihnen stürzte vor und umarmte Leif. Sie war so groß wie Krista, und ihre Haare waren so hell, dass die Strähnen in der Sonne wie Silber glänzten.

„Leif! Das meinst du nicht wirklich! Wir wollten doch heiraten. Dein Vater wollte es so. Schon immer!“

Leif befreite sich von ihr. „Die Götter haben anders entschieden, Hanna. Ich kann es nicht ändern.“ Er sah zu Krista hinüber. „Noch will ich es ändern.“

Ein warmes, süßes Gefühl stieg in Krista auf, das sie von Herzen wünschen ließ, sie könnte ihn heiraten. Sie ließ den Blick über die unfruchtbare, felsige Insel schweifen, die Leifs Heimat war, über die rauen, bärtigen Riesen in ihren pelzbesetzten Tuniken und über die Frauen in ihren langen, gerade geschnittenen, einfachen Gewändern und wusste, dass es nie sein konnte.

Leif stand am Strand, blickte über die Menge von vertrauten Gesichtern und atmete tief die saubere, nach Meer schmeckende Luft ein. Endlich war er zu Hause, auch wenn er eine Zeit lang geglaubt hatte, die Heimat nie wiederzusehen.

„Wo ist meine Schwester?“, fragte er einen der Männer. In dem Moment sah er sie den Hügel der Siedlung hinunterlaufen. Ihr rotes Haar flatterte wie eine Fahne hinter ihr her. Sie hatte erst neunzehn Sommer erlebt und war bis jetzt noch unverheiratet. Sie war die Jüngste seiner Sippe, und als einziges Mädchen hatte sie in Leifs Herzen schon immer einen besonderen Platz innegehabt.

„Leif! Leif! Ich kann nicht glauben, dass du es bist.“

Er breitete die Arme aus, und sie warf sich an seine Brust. Er drückte sie fest an sich.

„Runa. Kleine Schwester, du bist eine Frau geworden, seitdem ich dich das letzte Mal sah.“

„Ich habe nicht mehr an deine Rückkehr geglaubt. Ich dachte, du wärst tot.“ Sie klammerte sich an ihn, und je heftiger sie ihn umarmte, desto unruhiger wurde Leif.

Schließlich schob er sie ein wenig von sich, damit er ihr Gesicht sehen konnte. „Was ist los, Kleines? Was ist geschehen, während ich fort war?“

Ihre hübschen grauen Augen füllten sich mit Tränen. „Vater ist tot, Leif. Es ist schon einen Mond her, dass er sich auf die Reise in die Andere Welt begab.“

Leif zog sich der Magen zusammen. Er hätte hier sein müssen. Nie hätte er gegen den Willen seines Vaters fortfahren dürfen.

Und doch fiel es ihm schwer, Reue zu empfinden. Wie sollte er auch bedauern, an diesem anderen Ort, der so weit von seiner eigenen Welt entfernt lag, solch ein unglaubliches Wissen errungen zu haben? Wie sollte er bedauern, dass er dort das Mädchen gefunden hatte, das seine Frau werden sollte?

„Wie ist es passiert?“, fragte Leif.

„Vater wurde krank. In ihm tobte ein entsetzliches Fieber, und selbst die alte Astrid konnte nicht herausfinden, was er hatte. Innerhalb von drei Tagen war er tot."

Leif hielt sie wieder eng umschlungen. Vor vielen Jahren hatten sie ihre Mutter verloren, und Leif konnte sich kaum mehr an sie erinnern. Doch sein Vater Ragnaar schien immer mehr als nur einfach ein Mensch gewesen zu sein. Er schien unbesiegbar. Leif hatte zu ihm wie zu einem Gott aufgeschaut. Bei dem Gedanken daran, wie sehr er ihn vermissen würde, schnürte es ihm die Kehle zu. „Wer führt seitdem den Clan?"

„Olav, denn nach dir ist er der Nächste in der Rangfolge. Onkel Sigurd berät ihn."

Leif nickte. „Das ist gut. Aber jetzt bin ich hier. Und ich verspreche, alles wird gut."

Lächelnd streichelte sie ihm die Wange. „Dein Bart ist fort. Du siehst anders aus – sogar noch hübscher."

Er lachte leise. „Auf gewisse Weise habe ich mich verändert." Sanft nahm er ihre Hand. „Komm. Da ist jemand, den du begrüßen solltest."

Leif führte sie zu Krista, die ein Stück entfernt wartete.

„Runa, das ist die Frau, die meine Gattin wird. Ihr Name ist Krista Hart." Er wandte sich an Krista. „Krista, das ist meine Schwester Runa. Ich hoffe, ihr zwei werdet gute Freundinnen."

Krista radebrechte einige Worte und murmelte schließlich: „Ich freue mich, dich kennenzulernen."

Stirnrunzelnd sah Runa ihren Bruder an. „Und was ist mit Hanna? Sie ist doch deine Verlobte."

„Hanna und ich waren nie verlobt. Die Götter haben Krista zu meiner Gattin erwählt." Er warf Krista einen Blick zu. Einen Moment lang schien sie ihm widersprechen zu wollen, doch ausnahmsweise schwieg sie, und er war ihr dankbar dafür.

„Es ist gut, dass du da bist", sagte Runa, die immer noch Kristas Begrüßung ignorierte. „Der Hjalmar-Clan unternimmt wieder Raubzüge. Gleich nach Vaters Tod haben sie damit angefangen. Vielleicht hat Rikard der Wilde uns unter Olavs

Führung für schwächer gehalten." Sie lächelte. „Sie werden bald merken, dass Leif Drachenherz zurück ist."

Leif sah zu Krista und bemerkte, dass sie erstaunt die blonden Brauen hob. „Leif Drachenherz?", wiederholte sie.

Er zuckte die Achseln. „So nennt mich mein Volk."

„Es gibt etliche Namen, dir ich dir geben möchte", meinte sie auf Englisch zu ihm, „doch für den Augenblick will ich mich zurückhalten."

Leif musste lächeln. „Es ist besser, wenn du so oft wie möglich Altnordisch sprichst. So wird es leichter werden. Wir sprechen Englisch, wenn wir allein sind. Ich möchte die Sprache nicht vergessen, die ich mit so viel Mühe gelernt habe." Da sie ihm nicht widersprach, ergriff er ihre Hand und geleitete sie zu der Straße, die zu seinem Gehöft führte.

Als er durch die Menge ging, kam eine Gruppe Frauen auf ihn zu. In der einen erkannte er Elin, die Frau eines entfernten Cousins. „Du bist zurück, Leif", sagte sie. „Doch was ist mit den anderen? Wo ist mein Sohn Bodil?"

„Es tut mir leid, Elin. Das Boot war nicht gut genug, um die Reise zu überdauern. Der Fremde, der es uns segeln half, dein Sohn Bodil und die anderen, keiner von ihnen überlebte."

„Aber du lebst."

Leifs Gesicht versteinerte bei der schrecklichen Erinnerung an den Sturm, die sterbenden Männer und die eisige tückische See. „Es war der Wille der Götter."

Die Frau begann, heftig über den Verlust ihres Sohnes zu jammern, und einige der anderen Frauen stimmten mit ein.

Gemeinsam mit Krista und Runa ging Leif weiter. „Krista wird Kleider brauchen", sagte er zu seiner Schwester, „etwas, das zu der zukünftigen Frau eines Chiefs passt. Ich überlasse das dir."

Runa sah nicht gerade erfreut aus, doch sie nickte. Mit ihren grauen Augen betrachtete sie die fremde Kleidung, die er und Krista trugen. „Ich werde Olav von deiner Rückkehr unterrichten und dafür sorgen, dass eure Unterkunft vorbereitet wird." Sie warf Krista einen finsteren Blick zu. „Wo wird die Frau schlafen?"

„Bereite im Langhaus einen Raum nahe dem meinen vor", sagte er. „Bis wir verheiratet sind, kann sie dort wohnen."

Runa eilte vor ihnen den Hügel hinauf, und Krista beugte sich zu ihm hinüber. „Wikinger zwingen ihre Frauen nicht, gegen ihren Willen zu heiraten – ist das nicht so?"

„Üblicherweise ja."

„Nun, ich werde in diese Heirat nicht einwilligen."

Leif seufzte. „Du wirst mich heiraten. So oder so."

„Werde ich nicht", erwiderte sie eigensinnig.

Und zum ersten Mal, seitdem er beschlossen hatte, sie hierher zu bringen, machte Leif sich Sorgen.

Krista kletterte den steilen Hang zur Wikingersiedlung hinauf, während Leif ungewöhnlich schweigsam neben ihr herging. Vielleicht dachte er über ihre Weigerung, ihn zu heiraten, nach. Aber wohl eher dachte er an seinen Vater.

„Ich weiß nicht, ob ich es richtig verstanden habe", sagte sie zu ihm. „Dein Vater ist tot?"

Er nickte. „Vor einem Monat starb er an einem Fieber. Ich hätte hier sein sollen."

Sie nahm seinen Arm. „Du musstest gehen, Leif. Du hast mir doch gesagt, wie wichtig es für dich war zu sehen, was jenseits der Insel liegt."

„Ich weiß."

„Es tut mir leid. Es tut mir sehr leid."

Er drehte sich zu ihr und legte zärtlich die Hand auf ihre Wange. „Immer sorgst du dich um andere. Obwohl du immer noch wütend bist, bekümmert dich mein Schmerz."

Mit klopfendem Herzen wandte Krista sich ab.

Sie stiegen weiter den Hügel hinauf. Der Wind wurde stärker, und Krista zitterte unter den Böen, die an ihren Hosenbeinen zerrten. Sie zog den Mantel enger um sich. Als sie den Gipfel erreichten, blieb sie stehen. Zwischen der bergigen Küste und den anderen Bergen in der Ferne erstreckte sich ein üppig grünes Tal vor ihr. Der eisige Wind ließ allmählich nach, und die Sonne wärmte ihr Gesicht. Anscheinend konnte man ihr die Überraschung am Gesicht ablesen, denn Leif lächelte.

„Du dachtest wohl, es würde überall so ausschauen wie an der Küste."

„Ja, das habe ich angenommen." Stattdessen lag eine grasbewachsene, sanft hügelige Ebene vor ihr, durchzogen von Wassergräben und Dämmen. Kuhherden streiften über das Grasland, und große, erst kürzlich abgeerntete Felder erstreckten sich weiter, als Krista sehen konnte.

„Gefällt es dir?"

Krista seufzte. „Es ist egal, wie es aussieht, Leif. Draugr ist nicht meine Heimat und wird es niemals sein."

„Mit der Zeit wirst du das anders sehen."

Sie verkniff sich die Antwort. Es war eine schöne Insel für einen Besuch, aber sie, Krista, war ein Mädchen aus der Stadt, und dies hier war kein Ort, an dem sie glücklich leben konnte. Sie gingen das Tal entlang, bis sie eine Ansammlung von Gebäuden erspähte, die von niedrigen Hügeln eingeschlossen wurden.

In den Büchern ihres Vaters hatte Krista Zeichnungen der Überreste von Wikingersiedlungen gesehen, die man auf den Orkneys, den Shetlands, in Irland und in Schottland entdeckt hatte. Sie wusste, wie solche Siedlungen aussahen, und diese hier passte perfekt ins Bild.

„In unserem Clan haben wir neunzig Höfe. Der Bauernhof meiner Familie ist der größte. Wir bauen das meiste Korn an, züchten die meisten Rinder und beschäftigen die meisten Arbeiter. In vergangenen Zeiten besaßen wir auch Sklaven, doch nachdem die Priester unsere Vorfahren davon überzeugten, dass Sklaverei gegen den Willen der Götter ist, begannen wir, unsere Arbeiter zu bezahlen. Und seitdem ist es dabei auch geblieben."

Vor ihr erstreckte sich der Bauernhof; er war größer, als sie ihn sich vorgestellt hatte. Die Gebäude waren rund um ein Langhaus angelegt, das mindestens hundert Fuß maß. Sie waren aus Stein und Rasensoden errichtet, einige waren in die Hügel hineingebaut. Alle besaßen mit Soden oder Stroh gedeckte Dächer.

„Da drüben ist ein Schmied, und das ist die Scheune, in der wir Heu und Korn aufbewahren, das wir brauchen, um Brot zu backen und Bier zu brauen. Dort ist ein Ziegen- und ein Schweinestall. Und da hinten, gerade am nördlichen Ende vom Haus, ist ein Abort."

Leif deutete auf ein Steingebäude mit niedrigem Dach, das wie eine rechteckige Scheune geschnitten war, an die man einen Raum nach dem anderen angefügt hatte. „Und dort werden wir leben."

Krista unterdrückte ein Stöhnen. Auch wenn die Umgebung zauberhaft war, so sah der Ort doch genauso primitiv aus, wie sie es befürchtet hatte. Ein Schauer überlief sie, und Leif legte den Arm um sie.

„Komm. Lass uns hineingehen, wo es warm ist. Ich werde dich dem Rest der Familie vorstellen." Krista wusste, dass sie alle zusammenleben würden. So war es Sitte bei den Wikingern.

Sie holte tief Luft, um sich Mut zu machen, und ließ sich von ihm in das Langhaus führen, dessen niedrige Decke von schweren Treibholzbalken gestützt wurde. Das Langhaus war weniger trostlos, als sie erwartet hatte, und besaß eine Eingangshalle, gefolgt von einer riesigen Haupthalle mit erhöhten Podesten zu beiden Seiten. Vielleicht waren es Schlafplätze. Doch es war kaum die Art von Unterkunft, an die Krista gewöhnt war.

Sie betrachtete den Boden. Den festgestampften Lehm wärmten dicke Wollteppiche mit bunten geometrischen Mustern. An einer Wand war ein großer Kamin, in dem ein niedriges Feuer brannte. Man benutzte zum Feuern wohl Treibholz und Kuhdung, vermutete Krista, da es auf Draugr keine Wälder gab. Doch das Feuer spendete eine beachtliche Wärme, und bald war ihr warm genug, dass sie den Mantel ablegen konnte.

„Die Küche ist weiter vorne. Es gibt noch einen Raum, in dem gewebt wird, und auch einen, in dem die Milchprodukte aufbewahrt werden. Einen weiteren Raum füllen wir mit Eis und benutzen ihn zur Aufbewahrung von Fisch und Fleisch." Er deutete mit dem Kopf auf die gegenüberliegende Seite der Halle. „Komm. Ich will dir zeigen, wo du schlafen wirst."

Ziemlich niedergeschlagen folgte sie ihm. Womit sollte sie sich an einem solchen Ort beschäftigen? Wolle spinnen oder Kleidung weben? Butter machen? Für Leif und die Männer das Essen kochen?

Sie musste einen Weg finden, ihm klarzumachen, dass sie so nicht leben konnte, dass ihr Verstand abstumpfen und sie mit der Zeit einfach dahinschwinden würde.

„Wir werden den Raum meines Vaters bewohnen", sagte Leif und führte sie in ein großes Zimmer, das aussah, als wäre es erst kürzlich frei gemacht worden. Das Zimmer verfügte über eine eigene kleine Feuerstelle. „Olav und seine Frau müssen hier gewohnt haben. Von Rechts wegen gehört es jetzt mir … und meiner Frau."

Krista betrachtete den Raum, dessen Luft man mit Kräutern aufgefrischt hatte. Das riesige Bett auf einem Podest bedeckten mehrere Lagen Felle. Was immer Leif an Besitz zurückgelassen hatte, als er von Draugr davonsegelte, war wohl in diesem Zimmer aufbewahrt worden. Ein über und über verzierter Lederschild, eine Kampfaxt und eine Lanze lehnten an der Wand.

„Gehört das dir?"

„Ja. Meine Lieblingswaffen hatte ich mitgenommen, doch

außer meinem Schwert liegen sie jetzt alle auf dem Grund des Meeres."

Eine rubinrote Tunika lag auf dem Bett ausgebreitet, zusammen mit weiten kniekurzen Hosen, die man daruntertrug. Pelzbesetzte kniehohe Stiefel standen daneben.

Kristas Blick ging zu einer Tür. „Was ist dort?", fragte sie und versuchte sich nicht vorzustellen, wie er wohl in Wikingerkleidung aussah.

„Du hast ein Badezimmer in unserem Haus. Hinter dieser Tür liegt das Becken, das ich einmal erwähnte. Es ist eine natürliche vulkanische Quelle, aufgeheizt von dem Gebirge, das sich in der Mitte der Insel erhebt. Es gibt eine ganze Anzahl solcher heißer Quellen im Tal und auch in den Hügeln."

Sein Blick glitt über das Männerhemd und die Hosen, die sie trug und die ihre weiblichen Formen so sehr hervorhoben. „In unserer Hochzeitsnacht werde ich dich baden und in dem Wasserbecken lieben."

Krista hielt den Atem an. Sie kämpfte gegen die Vorstellung an, wie sie beide sich nackt im heißen Wasser liebten. Kein Wunder, dass die Frauen so bezaubert waren von ihm! Einen *äußerst männlichen Mann* hatten sie ihn genannt, und das stimmte wirklich.

„Wo … wo werde ich schlafen?", fragte sie, verzweifelt bemüht, das Thema zu wechseln.

„Bis du meine Frau sein wirst, schläfst du in dem Raum neben dem meinen."

Sie wandte sich einer Tür an der gegenüberliegenden Seite zu. In einem Langhaus gab es keine Gänge, nur Zimmer, an die andere Zimmer anschlossen, obwohl die Schlafbereiche an diesem Ende des Hauses eher abgeschirmt zu sein schienen.

Krista dachte an die Tage und Nächte, die sie in dem Raum neben dem seinen verbringen würde, dachte an seine Entschlossenheit, sie zu heiraten, und an die Kämpfe, die sie würde ausfechten müssen – nicht nur mit ihm, sondern auch mit sich selbst. Sie liebte ihn, doch selbst mit dem Hauch von Komfort war dies hier kein Ort, an dem sie leben konnte.

Sie sah ihn an, und ihre Augen füllten sich mit Tränen. „Ich kann das nicht, Leif. Bitte, bring mich nach Hause."

Lange blickte er sie forschend an. Dann verhärtete sich sein Gesicht. „Du gehörst mir. Was die Götter beschlossen haben, kann man nicht ändern."

„Und was ist, wenn die Götter sich getäuscht haben?"

„Es sind Götter. Sie täuschen nicht nie."

„Und wenn *du* dich getäuscht hast? Du bist nur ein Mensch, Leif. Menschen sind keine Götter, und sie täuschen sich oft. Was, wenn du die Götter missverstanden hast und ich nie hätte mit dir kommen sollen?"

Eindringlich sah er sie an. „Du gehörst mir – täusche dich da nicht. In drei Tagen werden wir heiraten, und du wirst mir wieder das Bett wärmen. Wenn ich erst wieder in dir bin, wirst du erkennen, dass unsere Verbindung gut und richtig ist."

Er nahm sie beim Arm, führte sie in das Zimmer neben dem seinen und drängte sie zu dem mit Fellen bedeckten Bett hin. „Ruhe dich etwas aus. Ich gehe meine Brüder suchen. Meine Schwester wird dir Kleider bringen. Du kannst im Becken baden, bevor du dich umziehst. Ich komme dann und hole dich zum Abendessen."

Krista schluckte schwer und nickte nur.

21. KAPITEL

In aufgewühlter Stimmung verließ Leif das Langhaus. Oft hatte er sich in Gedanken ausgemalt, wie es sein würde, zur Insel zurückzukehren. In seinem Käfig eingesperrt hatte er endlose Stunden damit verbracht, darüber nachzudenken, wie es wohl sein würde, die Heimat wiederzusehen – falls er überlebte. Doch nichts hatte ihn auf die Wirklichkeit vorbereitet.

Vielleicht sah er sein Heim nun durch die Augen einer Fremden, einer sehr reichen Frau, welche in einem Luxus aufgewachsen war, den er sich vor seiner Ankunft in England nie hätte vorstellen können. Vielleicht waren es die Monate, die er in einer so anderen Welt verbracht hatte, oder es lag an all dem, was er in den Tagen seit seiner Abreise gelernt hatte.

Jetzt war er ein anderer Mann als der, der damals aufgebrochen war. Und zum ersten Mal fragte er sich wie Krista, ob er an diesem Ort, der einmal seine Heimat gewesen war, je wieder würde glücklich sein können.

Er dachte an ihren flehenden Blick, und alles zog sich in ihm zusammen. Er wollte sie glücklich sehen. In seiner Fantasie hatte er sich vorgestellt, wie sie lachend mit den Kindern spielte, die er ihr schenken würde, den Söhnen und Töchtern, von denen er wusste, dass Krista sie sich genauso wünschte wie er.

Er redete sich ein, dass es mit der Zeit schon so werden würde. Die Götter hatten sein Leben verschont. Sie hatten ihm Krista geschickt, um ihn von seinem grausamen Schicksal zu befreien. Sie war groß, stark und schön, wie geschaffen für ihn. Keine andere Frau hatte je so vollkommen zu ihm gepasst, hatte je ein so großes Verlangen in ihm entzündet.

Und doch …

Leif schüttelte den Kopf. Es war erst sein erster Tag zu Hause, und es gab so viel zu tun, so viel verlangte nach seiner

Aufmerksamkeit. Er dachte daran, wie lange er gebraucht hatte, sich in dem englischen Leben zurechtzufinden, sich dort einen Platz zu erobern. Krista war eine starke, gewandte Frau. Sie würde sich ihr Leben hier auf der Insel schon einrichten, würde die Frau sein, die er brauchte.

Tief holte er Luft und überquerte den freien Platz vor dem Langhaus, während seine Gedanken von Krista zu seinen Brüdern wanderten. Olav und seine Frau Magda hatten, wie zuvor auch Leif, in dem Langhaus gewohnt, in dem auch ihr Vater gelebt hatte. Doch Thorolf und Eirik, seine beiden jüngsten Brüder, hatte sich eigene Höfe gebaut. Als er fortgegangen war, hatten sie noch nicht vorgehabt zu heiraten. Er fragte sich, ob in dem Jahr seiner Abwesenheit einer von ihnen eine Frau genommen hatte.

Bei dem Gedanken lächelte er. Beide waren große, kräftige Männer und auch hübsch, jedenfalls schienen die Frauen das zu denken. Er freute sich darauf, sie zu sehen und zu erfahren, wie es ihnen ergangen war. Auch wollte er mehr über die Raubüberfälle des Hjalmar-Clans wissen. Heute Abend würden sie im Langhaus seine Rückkehr feiern. Sie würden ihren Vater betrauern und die Männer, die der See zum Opfer gefallen waren. Und Leif würde seiner zukünftigen Frau seine Brüder vorstellen.

Krista sah sich das Zimmer an, das Leif ihr zugewiesen hatte, und ging dann in seinen Raum, in der Hoffnung, dort etwas mehr über ihn zu entdecken. Auf einem Holztisch an der Wand fand sie einen Ledergürtel mit einer Schnalle, die aus einer mit Schnitzereien verzierten Austernschale gefertigt war, ein ledernes, mit Silber besetztes Stirnband und eine verzierte Brosche aus Austernschale, wie man sie benutzte, um die Tunika eines Mannes an der Schulter zu befestigen. Dann gab es da noch eine Lederbörse und etliche Armbänder. Auf einem war der Kopf eines Drachen eingraviert. An einem Lederband hing ein Elfenbeinamulett mit dem gleichen Drachenzeichen.

Sie hatte gerade das Amulett genommen, als sie merkte, dass sie nicht länger allein war. Aufgeschreckt drehte sie sich um und sah Runa in der offenen Tür stehen.

„Ich habe deine Kleider gebracht." Sie ging an Krista vorbei zu Leifs großem Bett und breitete die Kleider auf den Fellen aus. Die hölzernen Fensterläden standen offen, und im Sonnenlicht bemerkte Krista goldene Strähnen in dem flammend roten Haar der jungen Frau. Runa hatte sie mit einem gewebten Band im Nacken zusammengebunden.

„Danke … Runa."

Wie die meisten Frauen auf der Insel war Leifs Schwester groß und gut gebaut. Sie war außergewöhnlich hübsch, besaß sehr feine Gesichtszüge und ungewöhnlich graue, leicht schräge Augen.

„Du sprichst unsere Sprache", sagte Runa. „Hat mein Bruder sie dich gelehrt?"

„Mein Vater lehrte sie mich."

Neugier stahl sich in Runas Blick. „Wo du herkommst spricht man unsere Sprache?"

„Nein, aber mein Vater ist ein … ein …" Ihr fiel das Wort nicht ein. Schließlich sagte sie: „Ein Ratgeber. Er studierte eure Kultur, und so lernte ich eure Sprache, obgleich ich nur gerade das Nötigste weiß."

Runa ging um das Bett herum und strich das Kleid glatt, das sie gebracht hatte. Es war ein langes, hellblaues Kleidungsstück aus einer weich aussehenden Wolle. Ihr Blick glitt über Kristas Hosen und das Hemd. „Kleiden sich die Frauen dort, wo du herkommst, so?"

„Nein. Solche Kleidung tragen Männer. Meine Kleider waren … Ich borgte sie mir von einem der Männer auf dem Schiff."

Runa deutete auf den Rock aus blauer Wolle und die anderen Sachen auf dem Bett, einschließlich einem Paar ovaler

Broschen aus Schildpatt, die mit winzigen Silberbändern verbunden waren, und einem passenden Schal aus blauer Wolle mit einem gestickten Muster entlang des Saums.

„Das hier ist für dich“, sagte Runa. „Heute Abend gibt es ein Fest. Wenn du willst, kannst du baden, bevor du dich anziehst.“

„Danke.“

Begierig darauf, das warme Wasser der Quelle zu genießen, ging Krista zu dem Baderaum, doch Runa machte keine Anstalten, sie allein zu lassen.

„Mein Bruder sagt, ihr beide wollt heiraten.“

Krista blieb stehen und drehte sich um. „Dein Bruder irrt sich.“

Runa legte die Stirn in Falten. „Er irrt sich? Wie kann das sein?“

„Ich möchte ihn nicht heiraten, Runa. Ich komme aus einer anderen Welt. Ich gehöre nicht hierher und möchte wieder nach Hause zurückkehren.“

Runas graue Augen wurden riesig. „Was redest du da für einen Unsinn? Die Hälfte der Frauen auf Draugr möchte meinen Bruder heiraten. Er hat dich erwählt. Das ist eine sehr große Ehre.“

„Wenn die Dinge anders lägen, wäre Leif der Mann, den ich mir erwählen würde. Aber mein Heim ist nicht hier. Es ist in England, und ich möchte dorthin zurückkehren.“

Missbilligend sah Runa sie an. „Du bist eine Närrin“, meinte sie nur und verließ das Zimmer. Die Türhalterung aus schwerem Leder knarrte leise, als sie die Tür hinter sich schloss.

Mit einem Seufzer ging Krista in den Baderaum, zog ihre geborgten Kleider aus und stieg die schmalen Felsstufen hinunter ins Wasser. Es war wunderbar heiß. Zu Hause hatte sie sich nie den Luxus leisten können, lange im Bad zu verweilen, denn in der kleinen Badewanne dort wurde das Wasser schnell kalt.

Nicht so hier. Das Becken war groß genug für drei oder vier Personen, und entlang der Seiten gab es unter Wasser Steine, auf die man sich setzen konnte.

Krista tauchte unter und benutzte eine Art Seife, die sie am Beckenrand gefunden hatte, um sich die Haare zu waschen. Danach schloss sie die Augen, blieb regungslos sitzen und ließ sich von dem Dampf und der Hitze durchwärmen.

Sie musste eingeschlafen sein, denn sie träumte, Leif wäre neben ihr. Er küsste ihren Hals, seine Hände umfassten ihre Brüste und kneteten zart ihre Knospen. Krista stieß einen leisen Seufzer aus, als seine Hand tiefer glitt und er sie mit geschickten Fingern zwischen den Beinen streichelte.

Ein heißes Lustgefühl durchströmte sie, und sie öffnete langsam die Augen. Beim Anblick von Leifs blondem Kopf, der sich über sie beugte, ihre nackten Schultern mit kleinen Küssen bedeckte und an ihrem Hals knabberte, wurde sie blitzschnell wach. Sie fuhr so heftig hoch, dass das Wasser über die Felsen des Beckenrandes schwappte.

W…was machst du da?“

„Ich bade, so wie du. Ich habe dieses Becken sehr vermisst.“

„Du kannst … du darfst nicht hier sein. Was wird deine Familie denken?“

„Keiner kann uns sehen.“

Krista schluckte. Leifs goldblondes Haar war feucht vom Dampf, der von der Quelle aufstieg. Wassertropfen glitzerten auf seiner stattlichen Brust, und in diesem Augenblick hätte sie sich nichts mehr gewünscht, als dass er sie liebte.

Stattdessen ging sie zu den schmalen Felsstufen und kletterte aus dem Wasser. Sie versuchte nicht daran zu denken, dass sie nackt war und er sie betrachtete. Auf einem Felsen in der Ecke lag ein Stapel Leinentücher. Sie nahm eines und trocknete sich eilig ab.

Schnell warf sie einen Blick zu Leif und sah, dass er an die

Wand des Beckens gelehnt dasaß und sie mit funkelnden Augen beobachtete.

„Du bist mein“, sagte er leise. „Dein Körper weiß das, selbst wenn du es nicht erkennen willst.“

Immer noch pulsierte die Lust in ihren Knospen und zwischen ihren Beinen. Mein Gott, wie hatte sie nur so töricht sein können, sich in einen Mann zu verlieben, der die Macht besaß, sie zu zerstören?

Krista eilte aus dem Baderaum, nahm schnell das hellblaue Wollkleid von Leifs Bett, zusammen mit einem leinenen Untergewand, das dazuzugehören schien, und flüchtete sich in die relative Sicherheit des angrenzenden Raumes.

Im Schlafzimmer war es eiskalt. Rasch streifte Krista das dünne Hemd aus feinem Leinen über und dann den lose sitzenden blauen Wollkittel, der, wie sie entdeckte, eigentlich aus zwei Teilen bestand. Ein Teil wurde unter dem rechten Arm hindurchgezogen und dann über die linke Schulter gelegt, während man es mit dem anderen umgekehrt machte. Mit den Schildpattbroschen, die sie zuvor gefunden hatte, steckte sie das Gewand fest.

Es klopfte kurz, und als sie sich umdrehte, sah sie Leif das Zimmer betreten. Er trug nun die knielange rubinrote Tunika und die locker sitzenden Kniehosen, dazu die pelzbesetzten Stiefel. Er sah noch größer und stärker aus als sonst, ganz wie der Wikinger, der er einmal gewesen war. Nichts erinnerte mehr an den Mann, in den sie sich verliebt hatte, und Kristas Verzweiflung wuchs.

Leif schien es nicht zu bemerken. Er ließ den Blick über ihren bestickten Rock gleiten und in seinen Augen leuchtete Bewunderung auf. „Dein Wikingerblut kommt dir zugute. Ich wusste doch, dass du von Kopf bis Fuß wie eine Wikingerfrau aussehen würdest. Komm. Ich habe in meinem Zimmer ein Feuer entzündet. Du kannst dich davorsetzen und deine Haare trocknen.“

Sie wollte nicht mit ihm gehen, denn sie traute diesem großen blonden Wikinger, der da vor ihr stand, nicht. Einen Moment lang schloss sie die Augen und versuchte sich das Bild von Leif in eleganter Abendkleidung zurückzurufen, das Bild, wie er sich über Tante Abbys Hand beugte, doch es wollte ihr nicht gelingen.

Mit zitternden Fingern griff sie nach dem geschnitzten Hornkamm, den sie unter den Sachen auf dem Bett gefunden hatte, und folgte ihm in sein Schlafzimmer. Leif ließ sie auf einem Stuhl Platz nehmen, doch als sie Anstalten machte, sich zu kämmen, nahm er ihr den Kamm aus der Hand.

„Las mich das machen."

Wortlos verharrte sie, während er sich auf einem dreibeinigen Hocker niederließ und sorgfältig den Kamm durch ihr feuchtes, zerzaustes Haar zog. Sein Tun war fast so intim wie seine Berührung im Wasser, und unter dem einfachen blauen Gewand richteten sich Kristas Knospen auf. Doch Leif zog nur den Kamm durch ihre nassen Locken und vermied es diesmal gewissenhaft, sie zu berühren.

Als er alle Strähnen geglättet hatte, ließ er die schwere Haarfülle auf Kristas Schultern fallen, erhob sich und ging zur Tür. „Ich werde dir das Mädchen schicken, damit sie dich bedient. Sie heißt Birgit und wird sich ab jetzt um deine Bedürfnisse kümmern."

Also würde Krista wie zu Hause eine Zofe haben.

Sie dachte an ihre Freunde in England, an ihren Vater und wie sehr er sie brauchte, an ihre Zeitung, für die sie so hart gearbeitet hatte, um sie zu einem erfolgreichen Unternehmen auszubauen, und die Kehle war ihr wie zugeschnürt. Verzweifelt wandte sie ihren Blick ab und kämpfte mit den Tränen.

22. KAPITEL

Fröhliches Lachen und Rufen erfüllte das Langhaus. Die Wikinger hatten ihre besten Kleider angezogen: Die Frauen trugen lange, fließende Gewänder ähnlich denen Kristas; manche waren mit komplizierten Stickereien, andere mit Pelz verziert. Die Männer hatten Tuniken und Kniehosen an, einige auch Westen mit Gürteln. Die meisten trugen verzierte Armbänder, Stirnbänder, Broschen und Anhänger aus Silber, Perlen oder Muscheln.

Viele der Frauen waren erstaunlich schön – unter ihnen Runa, Leifs Schwester – und *groß*. Zum ersten Mal war Krista einfach eine Frau, nicht anders als die anderen. Die Männer waren ebenfalls groß, schwer gebaut, und einige von ihnen sahen selbst mit ihren langen Haaren und dichten Bärten ausgesprochen gut aus.

Für das Fest hatte man lange Reihen von Tischen aufgestellt, und im Kamin loderte ein Feuer, sodass der Raum angenehm warm war. Während Krista neben Leif auf einem Podest am entfernten Ende des Raumes saß, musste sie daran denken, wie sehr ihr Vater sich darüber freuen würde, hier unter diesen Menschen zu sein, wie er dieses Abenteuer genießen würde, das sie so sehr hasste.

Endlich waren die Reden vorüber. Leif hatte erklärt, dass er diesen Abend der Trauer um seinen Vater und um die Männer, die auf See umgekommen waren, widmen wollte. Aber er sollte auch ein Fest sein, weil ein neuer Chief Ragnaars Platz als Führer des Ulfr-Clans einnahm. Krista wusste, dass das Wort *Wolf* bedeutete. Jetzt verstand sie auch das Silberarmband, das Leif über dem Band mit dem geschnitzten Drachenkopf trug, dazu noch ein Elfenbeinamulett am Hals.

Clanmitglieder der Siedlung füllten die Halle, wie auch andere, die von Leifs Rückkehr gehört hatten und nun gekommen waren, um an dem Fest teilzunehmen. Olav, Leifs jüngeren Bruder, und Olavs Frau Magda hatte Krista bereits kennengelernt.

„Willkommen zu Hause, Bruder", hatte Olav Leif mit einem kräftigen Schulterschlag begrüßt. „Wir alle hatten schon die Hoffnung aufgeben, dich wiederzusehen."

„Die Götter hatten Erbarmen, und so lebe ich noch." Leif lächelte. „Es tut gut, dich zu sehen, Bruder. Und es tut mir leid, vom Tod meines Vaters zu hören. Ich werde immer bedauern, dass ich nicht hier war, als er starb. Doch ich kann nicht behaupten, dass ich bereue, gereist zu sein."

„War es dort wirklich so anders?", fragte Olav.

„Ein ganzes Leben würde nicht ausreichen, dir die Wunder zu beschreiben, die ich gesehen habe."

Olav schüttelte den Kopf. Er war blond und blauäugig, nicht so groß wie Leif, und seine Gesichtzüge waren nicht so fein geschnitten. Doch sah er auf eine gewisse Art gut aus. „Mir gefällt es hier so wie schon immer."

Leif wandte sich um. „Olav, das ist Krista, die Frau, die ich heiraten werde."

„Sie ist eine Schönheit", erwiderte Olav, als wäre Krista gar nicht da.

„Und die Frau, die gerade auf uns zukommt, ist Olavs Frau Magda", sagte Leif zu Krista, die den einzigen Gruß wiederholte, den sie kannte.

„Es ist gut, euch beide zu sehen."

Olav lächelte und nickte, doch Magda übersah sie völlig. „Dann bist du also endlich zurückgekommen", sagte die Frau zu Leif. „Wir glaubten schon, du hättest uns im Stich gelassen." Sie schien einige Jahre älter zu sein als Krista, besaß eine helle Haut, rabenschwarze Haare und ein apartes Gesicht. Wegen ihrer ungewöhnlichen Haarfarbe fragte sich Krista, ob sie vielleicht von einem Menschen abstammte, der einst als Gefangener hier gewesen war.

„Es ist gut, auch dich zu sehen, Magda“, sagte Leif mit einem Anflug von Sarkasmus.

„Du und deine Dummheit hat gute Männer das Leben gekostet.“

„Sie kannten das Wagnis.“

Magda schaute finster drein. „Und was ist mit deiner Clanspflicht? Wenn dein Bruder nicht gewesen wäre, hätten die Hjalmar alles geraubt.“

„Ich bin Olav dankbar ... und dir, Magda. Doch ich sagte Olav bereits, dass ich meine Reise nicht bereue. Außerdem bin ich jetzt wieder zu Hause, und nur das zählt.“

Magda sagte nichts mehr. Man sah, dass Olav glücklich war, seinen Bruder heil und gesund wiederzusehen, doch Magda schien weit weniger erfreut zu sein. Sie war die Frau eines Chiefs gewesen, wenn auch nur für einige Zeit, und wie es schien, gelüstete es sie immer noch nach dieser gesellschaftlichen Position.

Noch zwei Männer traten zu Leif, und während er das Wort an sie richtete, legte er besitzergreifend den Arm um Kristas Taille. „Die zwei Gauner da sind Thorolf und Eirik, meine jüngsten Brüder.“

„Es ist gut, euch zu sehen“, sagte Krista mit schwachem Lächeln. Alle Brüder waren hübsch. Erstaunlich hübsch. Thorolf hatte dunkle Haare, die im Licht des Feuers leicht rötlich schimmerten. Er war schlanker als Leif, mit hochgewachsenem, nicht ganz so muskulösem Körper und den gleichen strahlend blauen Augen.

Eirik ähnelte Leif stärker, war ebenso muskulös, seine Haare waren jedoch von einem etwas dunkleren Goldblond, und seine schönen Augen waren grün.

„Und das hier ist mein Onkel Sigurd. Er und mein Vater waren Brüder.“

Sigurds Lächeln war offen und herzlich. Er war älter, vielleicht in seinen Fünfzigern, mit eisgrauem Haar und einer

Narbe über der rechten Augenbraue, die sich von seiner hellen Haut abhob.

„Dann hat mein Neffe also endlich eine Braut gefunden." Mit seinen hellblauen Augen musterte er Krista, nahm ihre vollen Lippen, ihre hohen Wangenknochen, die leicht gelockten blonden Haare wahr, die an den Seiten von Schildpattkämmen gehalten wurden. Sein Blick glitt über sie hinweg, maß ihre Größe, ihre Gestalt, die Größe ihres Busens, und alles schien ihm zu gefallen. „Wie es scheint, hat sich das Warten gelohnt."

Leif lächelte. „Krista ist schön, aber sie ist auch intelligent und unerschrocken. Sie ist ein Geschenk der Götter, für das ich wirklich dankbar bin."

Er sah sie mit so viel Wärme an, dass sie die Worte nicht über die Lippen brachte, die seinem Onkel und den anderen mitgeteilt hätten, dass sie Leif nicht heiraten wollte. Es war Leifs erster Abend zu Hause, und den wollte sie ihm nicht verderben. Morgen war es früh genug, den Kampf wieder aufzunehmen.

Stattdessen begrüßte sie den Onkel auf die übliche Weise und bemerkte, wie er sie weiterhin begutachtete. Als Leifs Gattin würde sie ein mächtiges Mitglied der Gemeinschaft sein. Verständlich, dass er hoffte, sein Neffe habe eine gute Wahl getroffen.

Der Abend nahm seinen Lauf. Leif auf ihrer einen Seite, den Onkel auf der anderen, saß Krista auf dem Podest. Neben Sigurd saß der Priester der Siedlung, und neben diesem Kapitän Twig. Unterhalb des Podestes, doch an einem Platz, der bedeutenden Gästen vorbehalten war, saß Jamie Suthers neben Felix Hauser und Bertie Young. Und auf Jamies schmaler Schulter hockte der kleine Alfinn und schnatterte fröhlich zu den anderen in der Halle hinüber.

Die kleine Gruppe Engländer sah zufrieden und glücklich aus, und Krista seufzte. Sie fühlte sich noch niedergeschlagener als bei ihrer Ankunft. Denn es gab keinen Weg, wie sie die Männer überzeugen konnte, die *Sea Dragon* zu stehlen und mit ihr nach London zurückzukehren. Zumindest bis jetzt noch nicht.

Vielleicht würden die Männer mit der Zeit ihrer primitiven Umgebung müde werden und erklärten sich einverstanden, Krista nach Hause zu bringen.

Sie dachte gerade über diese Möglichkeit nach, als ihr knurrender Magen sie ablenkte. Bevor die Bediensteten mit schwer beladenen Tabletts in der Halle erschienen waren, hatte sie gar nicht bemerkt, dass sie Hunger hatte. Ein Holzbrett wurde zwischen sie und Leif auf den Tisch gestellt, und sie erinnerte sich, dass im Mittelalter die Menschen auf diese Art gegessen hatten.

Das deprimierte sie noch mehr, und sie vergaß beinahe, dass sie eben noch Hunger gehabt hatte.

„Du magst Fleisch", sagte Leif und schob einen Brocken Rindfleisch auf ihre Seite des Bretts. „Es gibt noch Hammel und Fisch und verschiedene Sorten Käse. Unser Essen ist einfach, aber du wirst nie hungern müssen."

Wieder knurrte ihr Magen. Sie sah auf das Essbesteck neben dem Brett, ein großes Messer mit einem Griff aus Hirschhorn und einen Löffel. Der Löffel würde nicht helfen. Sie nahm das Messer, packte es auf die gleiche Art wie Leif und stieß es in das große Stück Fleisch. Sie wusste nicht genau, was sie jetzt zu tun hatte, und als sie hilfeflehend Leif anschaute, sah sie, wie er die Stirn runzelte. „Es ist schon in Ordnung", sagte er leise. „Du kannst die Finger benutzen. Hier ist das richtig so." Doch als er sah, wie sie das Fleisch auseinanderriss und es sich in den Mund stopfte, verfinsterte sich sein Gesicht, und er presste die Lippen zusammen. „Morgen werde ich dir zeigen, wie man das Messer benutzt."

Krista dachte an den Unterricht, den sie ihm im eleganten Speisezimmer ihres Stadthauses gegeben hatte. Hier gab es kein Kristall, kein Leinen, keine goldgeränderten Platten, auf denen das köstliche Essen serviert wurde, das die Köchin abends zubereitete. Krista war keine Mimose. Wenn es sein musste, konnte sie wie diese Menschen hier leben.

Aber lieber Gott, wie sehnte sie sich nach ihrem Zuhause!

Leif beobachtete Krista während des ganzen Abends. Er hatte sie jedem in der Halle vorgestellt, und wenn sie auch müde sein musste, so betrug sie sich doch wie die hochgeborene Dame von Adel, die sie war. Nie war er stolzer auf sie gewesen.

Nur einmal hatte sie sich ihm widersetzt. Als er aufstand, um ihre bevorstehende Hochzeit zu verkünden, hatte sie die Lippen zusammengepresst und entschieden den Kopf geschüttelt. Es war eine Warnung vor dem gewesen, was geschehen würde, wenn er es tat.

„Bei allen Göttern", hatte er leise zu ihr gesagt. „Du kannst einen wirklich ärgern, Krista Hart." Seine vom lauten Stimmengewirr und Gelächter in der Halle gedämpften Worte schienen sie nicht zu beunruhigen. Wütend und seltsam niedergeschlagen wandte er sich an die Feiernden, die still wurden, als er jetzt stattdessen den Becher zu einem Toast auf seinen Vater erhob.

„Lasst uns auf Ragnaar trinken!", rief er, „den größten Chief, der je Ulfrvangr regierte." Er setzte den Becher an die Lippen, trank ihn aus, und die Halle brach in Hochrufe aus.

Noch mehr Toasts wurden ausgebracht. Einen auf ihn als den nächsten großen Chief des Clans, einen auf die Männer, die auf See umgekommen waren. Und ein Toast wurde auf Eirik ausgebracht, auf den Wikinger mit den glättesten Wangen von allen Burschen und wie hübsch er aussähe. Es war ein Toast, der die ganze Halle zum Lachen brachte.

In der Hoffnung, damit seinen Ärger und seine Enttäuschung zu betäuben, leerte Leif den Becher jedes Mal, wenn er gefüllt wurde. Sein Kopf wurde benebelt, und er fing zu lallen an. Nur verschwommen bemerkte er, wie Thorolf Krista aus der Halle geleitete. Doch kaum hatte sie das Podest verlassen und war Thorolf zu ihrem Zimmer gefolgt, erschien auch schon Inga. Leif erinnerte sich an das letzte Mal, als er sie gesehen hatte. Es war nachts in der Scheune gewesen, und er hatte sie im Heu genommen.

„Sie ist gegangen und hat dich alleingelassen", sagte Inga und drückte ihre üppigen Brüste an ihn. „Es ist nicht in Ordnung, dass ein Mann in seiner ersten Nacht zu Hause allein ist." Lächelnd strich sie ihm über den Hals und griff ihm ins Haar. „Ich will dir geben, was du brauchst, Leif." Und sie legte ihm die Hand auf die Wange und beugte sich vor, um ihn zu küssen. Doch er wandte den Kopf ab.

„Ich werde heiraten, Inga. Lass mich."

„Sie wird dich nicht heiraten. Sie hat es deiner Schwester gesagt." Inga streichelte sein glatt rasiertes Kinn. „Sie will dich nicht, aber ich. Erinnerst du dich, wie gut es zwischen uns war? Nimm, was ich dir freiwillig anbiete."

Er schüttelte nur den Kopf.

„Selbst wenn du heiraten solltest, will ich noch zu dir kommen. Ich will als deine Konkubine leben. Das will ich für dich tun, Leif."

Langsam stellte er seinen Becher auf den Tisch. Plötzlich war er todmüde. „Es ist spät geworden, Inga. Heute Nacht brauche ich Schlaf, keine Frau." Zumindest nicht diese Frau, dachte er.

Unsicher machte er sich auf den Weg zu seinem Zimmer. Er setzte sich auf die Bank am Fußende seines Bettes, zog seine Stiefel aus, legte sich nach einem letzten Blick auf Kristas Zimmertür auf die Felle und fiel in tiefen Schlaf.

Krista hingegen konnte nicht schlafen. Sie hatte beobachtet, wie Leif einen Becher voll Bier nach dem anderen trank, bis seine Sinne benebelt waren und er in dem hochlehnigen geschnitzten Sessel, der einst seinem Vater gehörte, hin und her schwankte. Noch nie hatte sie ihn so maßlos trinken gesehen. Sie war seinem Bruder Thorolf – Thor genannt – dankbar dafür, dass er zu ihrer Rettung herbeigeeilt war und sie ohne großes Aufsehen in ihr Schlafzimmer gebracht hatte.

„Es ist nicht seine Art, so viel zu trinken." Er grinste. „Du musst ihm verzeihen. Ihm geht eine Menge durch den Kopf."

Dann ließ Thor sie allein. Krista wollte zu Bett gehen, doch stattdessen ertappte sie sich dabei, dass sie wieder zur Halle zurückging. Sorgfältig darauf bedacht, nicht gesehen zu werden, suchte ihr Blick nach Leif. Sie erstarrte, als sie eine üppige Blonde neben ihm auf dem Podest entdeckte. Er nannte sie *Inga*.

Krista erinnerte sich an die Nacht, in der Leif auch sie so genannt hatte. Diese Frau also hatte er in der Scheune geliebt. Die meisten Gäste schliefen jetzt oder waren betrunken, sodass Krista jedes Wort verstehen konnte, obwohl das Paar ein Stück entfernt von ihr stand.

Und sie bekam mit, dass die hübsche Inga Leifs Konkubine werden wollte.

Wie hatte Krista nur vergessen können, dass Wikinger neben den eigenen Frauen auch noch andere in ihren Haushalt aufnahmen? Frauen, die die Gelüste ihrer Wohltäter befriedigten.

Es spielt keine Rolle, sagte sie sich. Sie würde ihn ja nicht heiraten. Es war ihr völlig egal, wie viele Nebenfrauen er sich in sein Bett holte.

Aber es war ihr nicht egal. Der Gedanke, ihn mit einer anderen Frau und vielleicht sogar mit mehr als nur einer teilen zu müssen, machte sie krank.

Wenig später lag Krista auf den dicken Pelzdecken und versuchte, den Gedanken aus ihrem Kopf zu verbannen und an nichts mehr zu denken, um einschlafen zu können. Doch als der Morgen dämmerte und der Himmel sich purpurn färbte, lag sie immer noch wach und starrte zu dem Dach aus Grassoden hinauf.

Schließlich schlief sie ein. Nicht lange, und Magda, Olavs Frau, weckte sie, um ihr zu sagen, es wäre an der Zeit, ihren Platz unter den anderen Frauen einzunehmen und entweder auf den Feldern oder in der Webstube zu arbeiten. Krista fragte sich, ob Leif sie schickte, denn die Tür zu seinem Zimmer stand offen. Offensichtlich war er schon fort.

In dem Leinenhemd, das sie schon letzte Nacht getragen hatte, und den einfachen Kleidern, die Magda ihr brachte – einem schlichten weiten Rock, zusammen mit dem doppelt gefalteten Kleidungsstück, das man darübertrug, um sich gegen die Kälte zu schützen –, folgte sie der Frau hinaus. Als sie durch Leifs Schlafzimmer gingen, fragte Krista sich erneut, wo er wohl sein mochte.

Sie wusste, dass er am Abend zuvor nicht mit Inga gegangen war. Auch hatte er die Frau nicht in sein Bett eingeladen. Doch ein neuer Tag dämmerte herauf. Hanna mit dem schimmernden Silberhaar und seine Geliebte Inga begehrten ihn. Und Krista fragte sich, ob Leifs Gelüste ihn in die Arme einer der beiden treiben würde.

Leifs Kopf dröhnte, sein Magen rebellierte, und gelegentlich zitterte seine Hand. Was war nur in ihn gefahren, letzte Nacht wie ein Narr zu trinken? Er war ein Mann, der auf seine Selbstbeherrschung stolz war. Er war der Chief eines Clans, und doch hatte er Erleichterung in bierseligem Vergessen gesucht.

Verärgert schüttelte er den Kopf und spürte, wie das Hämmern dadurch nur noch stärker wurde. Laut stöhnte er auf.

Es lag an Krista – und an dem schmerzhaften Verlangen nach ihr. Er brauchte sie, wie er noch nie eine Frau gebraucht hatte, und wäre sie auch noch so stolz und eigensinnig.

Und es war die Angst, dass es ein Fehler gewesen sein könnte, sie nach Draugr zu bringen.

Seine Gedanken wanderten zu dem Fest des vergangenen Abends zurück, zu dem ordinären Gelächter und der Trunkenheit. Sie hatte alles erduldet, obwohl es ihr nicht gefiel, wie er sehr wohl wusste. Vor seinem inneren Auge sah er sie beim Abendessen, sah, wie ihre zarten, blassen Finger das schwere Hirschhornmesser umfasst hielten statt einer feinen Silbergabel. Und er erinnerte sich, dass ihm dies einen Stich versetzt hatte.

Sie war eine Dame, eine Frau, die sich in Samt und Seide kleidete. Und wenn er auch das abscheuliche Korsett hasste, das sie trug, so gefiel ihm doch, wie weiblich sie in ihren Kleidern aussah. Er mochte die kleinen, mit Blumen besetzten Strumpfbänder, den Duft ihres teuren Parfüms, die weichen Schuhe aus Ziegenleder, die ihre schlanken Füße umhüllten. Er liebte sie so, wie sie war, und ihr Anblick gestern Abend in der Halle inmitten der betrunkenen Clansleute hatte ihm das Herz schwer gemacht.

Und doch glaubte er immer noch in seinem Innersten, dass Krista für ihn bestimmt war.

Er ignorierte eine neue Welle der Benommenheit und klopfte an Onkel Sigurds Tür. Einige Minuten später knarrten die Lederangeln, und die Tür öffnete sich.

„Neffe. Du bist früh auf, wenn man die Ausschweifungen der vergangenen Nacht bedenkt."

Leif ging an ihm vorbei ins Haus. „Ich brauche deinen Rat, Onkel."

Sigurd nickte. Er war ein dünner Mann mit einem blassen Gesicht und fast völlig ergrauten Haaren. Doch Leif wusste, dass er der weiseste Mann der ganzen Siedlung war. Wenn ihm irgendjemand helfen konnte, dann Sigurd. Sie gingen zum Kamin und setzten sich auf dreibeinige Hocker, die um einen kleinen Holztisch standen.

„Du siehst mitgenommen aus heute Morgen", sagte Sigurd. „Zu viel Bier letzte Nacht?"

„Viel zu viel."

„Das sieht dir nicht ähnlich." Prüfend sah er ihn an. „Du hast gestern Abend deine bevorstehende Hochzeit nicht verkündet, und du hast getrunken, als wäre der Strom ausgetrocknet. Habe ich unrecht, wenn ich vermute, dass diese Frau die Quelle deiner Sorgen ist?"

Leif fuhr sich mit der Hand übers Gesicht. Er fühlte die morgendlichen Bartstoppeln, die er sich noch abrasieren musste. „Sie weigert sich, mich zu heiraten, Onkel. Ich habe versucht, sie zu überzeugen, doch nichts, was ich sage, scheint ihre Meinung ändern zu können."

„Wenn ich euch beide so beieinander sehe, würde ich vermuten, dass du das Mädchen bereits in deinem Bett gehabt hast."

Leif nickte.

„Und, ist sie freiwillig mitgegangen?"

Leif hob den Kopf. „Ich würde sie nie zwingen. Aus freiem Willen beschenkte sie mich mit ihrem jungfräulichen Blut."

„Doch seit deiner Rückkehr hast du sie nicht mehr in deinem Bett gehabt."

„Woher weißt du das?"

Sigurd lächelte. „Du hast nicht den zufriedenen Blick eines Mannes, der kürzlich eine Frau besessen hat."

Leif schaute zur Seite. „Sie braucht Zeit, um die Dinge so zu akzeptieren, wie sie sind. Da wir noch nicht verheiratet sind, gebe ich ihr diese Zeit."

„Sie begehrt dich immer noch. Ich kann es in ihren Augen lesen, wann immer sie dich ansieht."

„Ich glaube, das stimmt. Und doch will sie mich nicht heiraten. Was soll ich nur tun?"

„Du kannst sie nicht zwingen, dich zu heiraten. Das ist

nicht deine Art. Aber vielleicht gibt es außer Worten noch einen anderen Weg."

„Ich wäre froh, wenn ich ihn wüsste."

„Deine Frau begehrt dich so sehr wie du sie. Nütze dieses Verlangen, um sie zurück in dein Bett zu holen. Hast du sie erst einmal dort, wird sie die Notwendigkeit einer Heirat schon verstehen. Es gibt keine Frau auf Erden, die nicht lieber die Gattin eines Mannes als nur seine Geliebte sein möchte."

Das machte Sinn.

„Ich will darüber nachdenken." Und da sein Onkel üblicherweise recht hatte, würde er anfangen zu überlegen, wie er Krista zurück in sein Bett holen konnte. Leif lächelte, als er sich erinnerte, was er alles bei der Lektüre von *Miss Boots Bekenntnisse* und *Die Perle der Leidenschaft* gelernt hatte.

„Es gibt noch etwas, das ich mit dir besprechen muss", sagte er. „Es betrifft dich und die Mitglieder des Rats. Ich möchte den Ältesten vorschlagen, einen Handel mit der Welt da draußen zu eröffnen."

Leif beugte sich mit wachsender Erregung vor. „Ich habe viele erstaunliche Dinge gesehen, Onkel. Einige davon habe ich mitgebracht – Licht, das vom Öl aus dem Fett eines gigantischen Fisches genährt wird, Ballen eines schimmernden Stoffes, der aus den Fäden des Kokons einer Motte gewebt wird. Eine Substanz, die man Glas nennt. Du kannst durchsehen. Es kann für Fenster verwendet werden, lässt die Sonne herein und hält die Kälte draußen."

„Das hört sich sehr interessant an."

„Es gibt noch mehr, Onkel. So viel mehr. Ich habe Waffen gesehen, mächtiger als alles, was du dir vorstellen kannst. Sie heißen *Gewehre*, und sie können über eine große Entfernung hinweg einen Feind töten. Wir können uns mit solchen Gewehren bewaffnen, und niemand könnte uns mehr besiegen. Wenn wir einen Handel eröffnen, werden wir eine Unzahl an

Wundern hierher bringen können."

Sein Onkel erhob sich von seinem Stuhl. „Diese Dinge, von denen du da sprichst … sind sie immer noch auf deinem Schiff?"

„Ich hatte vor, sie heute auszuladen."

„Lass sie noch dort. Ich werde mit dem Rat darüber sprechen. Sie werden hören wollen, was du dazu zu sagen hast, doch …"

Auch Leif stand auf. „Doch was, Onkel?"

„Doch ich warne dich, Neffe. Seit dreihundert Jahren leben wir in relativem Frieden und annähernd sicher auf dieser Insel. Unsere einfache Lebensweise ist unser Schutz. Es ist möglich, dass die Ältesten deine Geschenke nicht wollen und dir verbieten, sie an Land zu bringen. Es ist sogar möglich, dass sie von dir verlangen, dein Schiff zu zerstören, damit keiner der Männer, die mit dir hierherkamen, wieder fortfahren und erzählen können, was sie gesehen haben."

Leif erschrak. „Wenn sie die Wunderdinge erst einmal gesehen haben …"

„Sei vorgewarnt. Solltest du sie überzeugen können, wird das Leben hier nie wieder dasselbe sein. Veränderungen werden auf Draugr stattfinden und nicht alle zum Besten der Insel. Du musst dir sicher sein, ob du das willst."

Leif verließ das Haus mit der Überzeugung, dass sein Onkel sich irrte. Doch Sigurds Worte gingen ihm trotzdem nicht aus dem Kopf. Was, wenn der Rat dem Handel ablehnend gegenüberstand? Was, wenn sie von ihm verlangten, sein Schiff zu zerstören und er nie mehr die Insel verlassen und Krista nie mehr zurückbringen konnte, damit sie ihren Vater, ihre Familie, ihre Heimat wiedersah?

Was, wenn er dann in genau dem Leben gefangen sein würde, dem er zu entkommen versucht hatte?

Leifs Magen krampfte sich zusammen, und das nicht wegen des Biers, das er letzte Nacht getrunken hatte.

Die nächsten Tage hielt Leif sich von Krista fern und wartete darauf, vor den Rat gerufen zu werden. Er musste nachdenken, musste entscheiden, was zu tun war. Mehr und mehr fürchtete er, sein Onkel könnte recht haben. Wenn erst einmal der Handel mit England begänne, würde sich auf Draugr alles verändern.

Er war jetzt der Chief. War es das, was er sich für sein Volk wünschte? War das wirklich im Interesse seines Clans? Oder war das eigentliche Motiv seines Traums der egoistische Wunsch, in diese von ihm entdeckte fremde Welt zurückzukehren und mehr zu erfahren von all dem, was er gerade erst zu lernen begonnen hatte?

Da er verzweifelt nach einer Antwort suchte, sprach er mit seiner Schwester und bat sie, bis zu seiner Rückkehr nach Krista zu sehen. Dann legte er eine Decke und einen leichten Sattel auf eines der zottigen Inselpferde, schnallte seine Waffen um, nahm einen Sack mit Essensvorräten mit und machte sich bereit, zu seinem ganz speziellen Ort in den Hügeln zu reiten.

„Wenn es Schwierigkeiten gibt, weißt du, wo du mich finden kannst“, sagte er zu Runa. „Sende mir eine Botschaft, wenn die Ältesten bereit sind, mich anzuhören. Höre ich nichts von dir, kehre ich in drei Tagen zurück.“

Er schwang sich auf in den Sattel, riss das Pferd herum und ritt davon.

23. KAPITEL

Den nächsten Tag und die folgenden arbeitete Krista Seite an Seite mit den Frauen. Zu dieser Jahreszeit schnitten sie Schilf, das rund um kleine Weiher in der Mitte des Tales wuchs. Es wurde gebündelt, auf Karren geladen und zurück in die Siedlung transportiert, wo es kürzer geschnitten und mit Talg getränkt wurde. Dieses Schilf, das man dann in hohle Holzstücke steckte, nannte man Binsenlichter. Sie brannten im Innern des Langhauses, um für Helligkeit zu sorgen.

Krista entdeckte, dass es ihr recht gut gefiel, draußen in der frischen Luft und im Sonnenschein zu sein. Allerdings langweilte die eintönige Arbeit sie. Und die Frauen ignorierten sie völlig, selbst Runa. Sie lachten und machten ihre Späße über Kristas ungeschickten Umgang mit der Sense. Und wenn sie ihnen nahe kam, flüsterten sie nur noch.

Krista kümmerte sich nicht weiter darum. Sie hatte den Frauen ohnehin nichts zu sagen und verstand auch kaum, was sie über sie redeten. Wenigstens war sie durch die Arbeit beschäftigt, obwohl ihre Gedanken selbst jetzt, wo sie am Rand des flachen Teichs Schilfrohr schnitt, oft zu Leif abschweiften. Sie dachte an Inga und an das Leben, das Leif für sie, Krista, bereithielt, und die Verzweiflung drückte sie nieder.

Warum hatte er ihr nichts gesagt? Er war kein Lügner, und er würde ihr selbst aus Rücksicht nicht die Wahrheit verschweigen. Glaubte Leif also, sie wüsste es bereits? Von ihrem Vater hatte sie viel über die Kultur der Wikinger gelernt, und sie hatte mehr als einmal über die Frauen im Haushalt eines Mannes gelesen und dass dieser Haushalt seine Frau und manchmal seine Konkubinen mit einschloss.

Wie hatte sie das nur vergessen können? Vielleicht hatte Leif es sie vergessen lassen.

Es spielt keine Rolle, sagte sie sich zum hundertsten Mal

und versuchte sich einzureden, sie müsste nur weiterhin seinen Heiratsantrag ablehnen. Dann war er gezwungen, eine der Wikingerfrauen zu heiraten, vielleicht Inga oder Hanna, und musste Krista wieder nach Hause bringen. Doch sie bezweifelte, dass er das tun würde, und wurde vom Heimweh gepackt. Das Herz tat ihr weh.

Seit dem Fest hatte sie Leif oder Inga nicht mehr gesehen, und die Vorstellung, dass sie jetzt beieinander sein könnten, machte sie krank.

Um auf andere Gedanken zu kommen, stürzte Krista sich in die Arbeit. Am Ende des zweiten Tages waren ihre Hände rot vom Schwingen der Sense, und auf den Handflächen bildeten sich langsam Blasen. Als Runa am nächsten Tag die Striemen sah, führte sie Krista nicht nach draußen, sondern in die Webstube und ließ sie die Wolle kämmen, die man in großen Körben in die niedrige Steinkammer gebracht hatte. Die Arbeit ging langsam voran und war eintönig. Am Ende des Tages war Krista erschöpft. Sie musste unbedingt Leif sehen, doch als sie Runa nach ihm fragte, sagte das Mädchen nur, er wäre in die Hügel gegangen. Krista hoffte, dass er Inga nicht mitgenommen hatte.

Todmüde und mit roten, brennenden Händen saß sie in ihrem Zimmer, als Leif plötzlich in der Tür auftauchte. Krista sprang auf. Ihr Blick fiel auf sein Gesicht, das ihr so unglaublich teuer war, und Tränen stiegen ihr in die Augen.

„Krista!" Schon war er neben ihr, nahm sie in die Arme und schmiegte die Wange an ihre. Sie konnte seine rauen Bartstoppeln fühlen und fragte sich, ob er sich entschlossen hatte, wieder zu dem Wikinger zu werden, der er einmal gewesen war.

„Es tut mir leid, dass ich dich alleingelassen habe", flüsterte er auf Englisch an ihrer Wange. „Ich brauchte Zeit zum Nachdenken. Das kann ich am besten in den Hügeln. Ich hätte dir erklären sollen, warum ich gehen musste. Es tut mir leid, *honning.*"

Mit wehem Herzen wandte sie sich von ihm ab, auch wenn sie es eigentlich gar nicht wollte. Leif war ein Wikinger. Er lebte, wie Wikinger eben lebten. Das war nicht zu ändern.

Er folgte ihr, legte ihr sanft die Hände auf die Schultern und streichelte sie sehr zart. „Sag mir, was los ist."

Sie musste schlucken. Zitternd brachte sie ein einziges Wort heraus. „*Inga.*" Es klang wie ein Schluchzer, und sie hasste sich dafür, dass sie ihn merken ließ, wie sehr er sie verletzt hatte.

„Inga?" Er drehte ihr Gesicht zu sich. „Was hat sie getan?", fragte er mit ernster Miene.

Krista schüttelte den Kopf. „In der Nacht des Festes habe ich gehört, wie sie sich dir anbot. Ich ... ich weiß, dass du sie zu einer deiner ... deiner Frauen machen willst."

Seine Augen wurden dunkel. „Wenn du uns zugehört hast, dann weißt du auch, dass ich ihr Angebot nicht annahm, noch habe ich vor, es zu tun. Was immer Inga und ich miteinander teilten, es ist lange vorbei. Sie besitzt jetzt keine Anziehungskraft mehr auf mich. Es gibt nur eine Frau, die ich in meinem Bett haben will, und das bist du."

Krista wandte den Blick ab. „Selbst wenn wir heiraten, nimmt ein Wikinger oft andere Frauen in seinen Haushalt, in sein Bett. Meinst du ...?"

„Ich sage dir, dass ich nicht vorhabe, mir eine andere zu suchen. Mein Vater hatte eine Frau und sonst keine. Er war meiner Mutter treu bis zum Tag ihres Todes – so treu, wie ich es dir sein werde." Leif umfasste Kristas Kinn und küsste sie zärtlich. „Sag, dass du mich heiratest."

Krista spürte seine Wärme, den Duft seiner Haut, und sie fühlte seine Stärke. Ihre Augen füllten sich mit Tränen, die ihr über die Wangen rollten.

„Ich kann nicht." Sie wischte sich über die Wangen. „Tief in deinem Herzen weißt du, dass ich nicht hierher gehöre. Du weißt es so gut wie ich, Leif."

Er wandte sich ab und ging zur Tür. Unwillkürlich ballte er die Hände zu Fäusten und blieb einen Augenblick in starrer Haltung breitbeinig stehen.

Als er sich umdrehte, war sein Gesicht wieder eine undurchdringliche Maske. „Runa erzählt, du hättest zusammen mit den anderen Frauen Rohr geschnitten. Ich hätte dir sagen sollen, dass du das nicht tun musstest." Er trat auf sie zu. „Sie sagt, du hättest hart gearbeitet, härter als alle anderen. Sie meint, ich hätte anscheinend eine gute Wahl getroffen."

Krista versuchte ihre Überraschung zu verbergen. „Es war nett von ihr, das zu sagen." Nachdem Leif für ein paar Tage verschwunden war, hatten die anderen Frauen sie ignoriert oder ihr unangenehme Aufgaben zugeschoben. Runa hatte da keine Ausnahme gemacht. Doch als sie jetzt von den lobenden Worten seiner Schwester erfuhr, überlegte Krista unwillkürlich, ob Runa und sie eines Tages vielleicht doch Freundinnen werden könnten, wenn sie nur lange genug auf der Insel blieb.

„Ich muss ein Bad nehmen", erklärte Leif. „Es würde mich freuen, wenn du mir dabei Gesellschaft leisten würdest." In seinen Augen leuchtete wieder das Verlangen auf, das er seit ihrer Ankunft zu unterdrücken versuchte.

„Ich … ich glaube nicht, dass das klug wäre."

„Mir erscheint es sehr klug." Mit brennendem Blick starrte er sie eine Weile an. Dann schaute er auf ihre Handflächen.

„Bei allen Göttern!" Er nahm ihre Hände und betrachtete sie. Wieder fluchte er leise – diesmal auf Englisch – und führte sie in sein Schlafzimmer zu einem Tisch, auf dem einige seiner Dinge standen. Er öffnete einen kleinen Krug aus Speckstein, der mit einer Heilsalbe gefüllt war. Sanft strich er sie über Kristas mit Blasen übersäte, von der Arbeit raue Hände.

„Morgen und jeden folgenden Tag wirst du zu Hause bleiben, bis deine Hände geheilt sind. Dafür wird mir meine Schwester bezahlen."

„Es ist nicht Runas Schuld. Ich bin nur nicht an diese Art von Arbeit gewöhnt, das ist alles. Als deine Schwester die Blasen sah, hat sie mich in die Webstube gebracht. Und so schlimm sind sie gar nicht."

Mit finsterem Gesicht hob Leif eine ihrer wehen Hände an die Lippen und küsste die Fingerspitzen. „Morgen wirst du im Bett bleiben." Er lächelte sie liebevoll an. „Ich wünschte nur, du würdest mich einladen, dir dabei Gesellschaft zu leisten."

Krista krampfte sich das Herz zusammen. Sie wusste, dass sie es nicht tun würde. Doch nicht deshalb, weil sie es sich nicht wünschte.

Der Morgen kam und mit ihm eine steife Brise, die das Gras im Tal zauste. Aufgewühlt verließ Leif die Versammlungshalle und trat in die schwache Herbstsonne hinaus. An diesem Morgen hatte der Ältestenrat nach ihm gesandt, und er war hingegangen, um mit den Männern zu sprechen und ihnen die Gründe für die Eröffnung eines Handels mit England darzulegen. Zu seinem Erstaunen hatte er sich dabei viel unsicherer gefühlt, als er geglaubt hatte.

Jetzt ging er von der Versammlungshalle, einem kleinen Steingebäude am entlegenen Rand der Siedlung, zur Scheune. Er wollte eines der zottigen braunen Pferde satteln und in die Hügel reiten, um seine Gedanken zu ordnen.

„Leif! Einen Augenblick, bitte!" Es war sein Onkel Sigurd, eines der ältesten Mitglieder des Rats. Leif wartete, während Sigurd zu ihm in den Schatten der Scheune trat.

„Ich weiß, dass du enttäuscht bist, Neffe. Ich hoffe, du wirst versuchen, uns zu verstehen."

„Sie wollen keinen Handel. Sie wollten ihn nie. Ich hätte wissen müssen, wie hoffnungslos der Versuch sein würde, ihre Meinung zu ändern."

„Denk doch nur einmal an unsere Geschichte, Leif. Über Hunderte von Jahren hinweg verschmolz unsere Kultur mit anderen Kulturen, bis sie beinahe verschwand. Bevor wir hierherkamen, waren wir schon die letzten echten Wikinger und das auch nur, weil Grönland so abgesondert lag. In einer so feindlichen Welt war es aber schwer, ja fast unmöglich zu überleben. Und so begannen wir, nach einem anderen, besseren Ort zu suchen. Einem Ort, wo wir bleiben konnten, wie wir waren und auch sein wollten."

„Ich kenne unsere Geschichte, Onkel. Ich weiß, dass die Götter uns segneten, indem sie Harald den Weg zu dieser Insel zeigten."

Sigurd nickte. „Wir folgten ihm, weil wir glaubten, dass wir an diesem Ort in Sicherheit wären und dass unsere Kultur und unsere Lebensweise hier geschützt sein würden."

„Und so war es dann ja auch."

„Ja, aber nur, weil wir uns alle Mühe gaben, andere hier nicht einzulassen und unsere Gebräuche, die uns so teuer sind, zu erhalten."

Leif seufzte. Seit Tagen dachte er über das Gleiche nach, nämlich dass er für die Sicherheit seines Volkes verantwortlich war und ihm helfen musste, so weiterzuleben, wie es schon seit Hunderten von Jahren lebte.

„Ich verstehe, Onkel. Und in meinem Herzen glaube ich dir. Wahrscheinlich haben die anderen recht. Mein ganzes Leben lang wollte ich die Welt jenseits der unseren kennenlernen. Und da ich sie jetzt gesehen habe, fällt es mir schwer, nicht einige der Wunder, die ich gesehen habe, mit euch zu teilen. Und doch kann ich erkennen, wie sehr diese Dinge unser Leben von Grund auf ändern würden."

„Das wollen wir nicht."

Leif blickte zur Seite. „Das weiß ich jetzt. Ich hätte es allerdings vorher erkennen sollen."

Sein Onkel klopfte ihm auf den Rücken. „Du bist ein starker Anführer, Leif, und ein großherziger dazu."

Leif nickte. „Ich werde mein Bestes tun, dich und die anderen nicht zu enttäuschen.“ Er wollte gehen, doch die Stimme seines Onkels hielt ihn zurück.

„Da ist noch eine unbeantwortete Frage.“

„Welche?“

„Bist du sicher, dass dein Platz hier ist und nicht an diesem Ort, den du England nennst?“, fragte Sigurd mit verhaltenem Lächeln. „Als du ein Junge warst, entdeckte ich in deinen Augen einen Wissensdurst, wie ich ihn noch nie zuvor bei jemandem gesehen habe. Und ich kann ihn immer noch sehen, auch wenn du sagst, dass du zurückgekommen bist, um dein Volk zu führen.“

„Es ist meine Pflicht. Ich will keine Schande über meinen Vater bringen, indem ich es nicht tue.“

„Manchmal gibt es größere Pflichten. Vielleicht liegen deine woanders, Leif.“

„Ich habe einen Schwur geleistet, und den will ich nicht brechen. Und hier werde ich gebraucht.“

„Und doch hegst du tief in dir drinnen Zweifel, ob du hierher gehörst. Willst du das leugnen?“

Leif gab keine Antwort.

„Denk über meine Worte nach, Neffe.“ Damit ging Sigurd aufrecht, die Schultern gestrafft, zu seiner Behausung am Rande der Siedlung. Leif stieß einen Seufzer aus und setzte seinen Weg zur Scheune fort.

Wenigstens hatten sie nicht von ihm verlangt, sein Schiff zu zerstören. Außer Sichtweite eines jeden Schiffes, das vorbeifuhr, lag es verborgen in der Bucht, und die Ältesten glaubten nicht, dass es eine Gefahr darstellte. Kapitän Twig und seinen Männern würde man erlauben zurückzusegeln, wann immer sie wollten, denn ohne Leifs Hilfe wäre es ihnen ohnehin nicht möglich, noch einmal den Weg zur Insel zu finden. Im Augenblick schien es ihnen hier auf der Insel jedoch sehr gut zu gefallen, wo man sie als Ehrengäste behandelte und sie sich gut mit den Frauen verstanden.

Nur für Leifs Seelenfrieden bedeutete das Schiff eine Gefahr. In seinem Kopf glitzerten Englands Wunder wie Sterne am dunklen Nachthimmel und riefen ihn zurück. Und er musste auch an Krista denken. Als er sein Pferd sattelte und sich auf dessen Rücken schwang, versuchte er den Gedanken zu verscheuchen, was die Entscheidung des Rates für sie, ihren Vater und den Rest ihrer Familie bedeutete. Mit schwerem Herzen trieb er sein Pferd in die Hügel hinauf.

Seit dem frühen Morgen hatte Krista Leif nicht mehr gesehen. Während des Tages kümmerte sich Birgit um sie, half ihr, neue Wörter zu lernen, nähte neue Kleider für sie und kochte ihre Mahlzeiten. Am Nachmittag langweilte sich Krista und wanderte ziellos im Langhaus umher. Es zog sie in die Webstube, und sie setzte sich neben Runa an den Webstuhl.

Schon als sie das erste Mal hier gewesen war, hatte sie bemerkt, welch exquisite Arbeiten die Wikingerfrauen herstellten. Sie spannen die Wolle zu unterschiedlich starken Fäden. Manche waren unglaublich fein. Diese feinen Fäden wurden zu weichen Wollstoffen verwoben oder für Stickereien benutzt. Mit den dickeren Fäden wurden die Pelze zusammengenäht oder Teppiche und Wandbehänge hergestellt, um Böden und Wände zu wärmen.

Runa und auch die anderen Frauen missachteten sie nicht länger. Nachdem Krista draußen tagelang Seite an Seite mit ihnen gearbeitet hatte, behandelten sie sie jetzt schon fast wie eine der ihren. Doch Leifs Schwester verstand immer noch nicht, warum Krista sich weigerte, ihren Bruder zu heiraten.

„Liebst du einen anderen Mann?“, fragte sie, als sie vor den Webstühlen saßen und Runa ihr wieder einmal zeigte, wie Krista das Specksteinschiffchen durch die Fäden vor- und zurückzuführen hatte.

„Ich liebe deinen Bruder, aber ich gehöre nicht hierher. Dort in England, wo ich herkomme, habe ich ein eigenes

Leben. Und ich habe Pflichten und Verantwortung zu tragen, so wie Leif hier."

„Was für Pflichten?"

Krista wusste nicht, wie sie ihr die Arbeit in der Zeitung und ihre Verpflichtung ihrem Vater und Großvater gegenüber erklären sollte. Mit ihrem begrenzten Wortschatz eine Welt zu erklären, die so ganz anders war als die, welche Runa kannte, war so gut wie unmöglich. Trotzdem versuchte sie ihr Bestes.

Als sie geendet hatte, schien Runa über ihre Worte nachzudenken. „Der Ort, den du da beschreibst – er erscheint mir so unwirklich."

„Er ist sehr wirklich. Du kannst deinen Bruder fragen."

„Er hätte noch viel von seiner Reise zu erzählen, aber ich glaube, irgendwie spricht er nicht gerne darüber."

„Er war dabei, sich dort einen Platz zu erobern. Es war erstaunlich, wie gut er sich in die Gesellschaft einfügte."

„Sein Leben ist hier auf Draugr. Er sagt, auch du gehörst hierher." Runa richtete die grauen Augen auf Kristas Gesicht. „Manchmal bescheren die Götter uns ein anderes Leben, als wir es uns wünschen. Vielleicht ist es bei dir so."

„Das glaube ich nicht. Vielmehr denke ich, Leif beging einen Fehler, als er mich hierher brachte. Und ich glaube ganz und gar nicht, dass es der Wille der Götter war."

Runa erstarrte. „Mein Bruder ist Chief. Wenn er sagt, du wurdest ihm zur Braut bestimmt, dann ist das so."

„Was wäre, wenn du gezwungen würdest, einen Mann zu heiraten, den du nicht heiraten willst?"

„Du liebst ihn. Das hast du gesagt."

„Ja, aber ich werde zu Hause gebraucht."

„Vielleicht braucht mein Bruder dich mehr."

Krista zog sich das Herz zusammen. Was, wenn es so war? Was, wenn sie sich irrte, und ihr Schicksal lag doch hier auf der Insel, zusammen mit Leif? Fast wünschte sie, sie könnte sich das einreden.

Die Frauen unterhielten sich noch eine Weile, doch jetzt über weniger persönliche Dinge. Sie sprachen über das Wetter und wie sie sich auf die vor ihnen liegenden kälteren Monate vorzubereiten hatten. Dann erhob sich Runa, verließ die Webstube, und Krista nahm ihren Platz am Webstuhl ein. Das Schiffchen vor und zurück durch die Fäden zu bewegen war eine einfache Aufgabe, die sie zumindest eine Weile lang beschäftigte, wofür sie dankbar war.

Trotzdem schweiften ihre Gedanken immer wieder zu Leif, und sie fragte sich, wann er wohl zurückkehren würde. Er hatte Jamie Suthers, der jetzt in der Scheune arbeitete, vor einiger Zeit zu ihr geschickt und ihr sagen lassen, er wäre in die Hügel geritten, würde aber vor Einbruch der Nacht zurück sein. Sie wusste, dass er sich an diesem Morgen mit dem Ältestenrat getroffen hatte. Doch bis jetzt kannte keiner das Ergebnis des Treffens.

Krista betete, dass sie sich für Leifs Vorschlag entschieden hatten. Sein Schiff würde zwischen Draugr und England hin- und hersegeln, und früher oder später würde sie ihn überreden können, sie nach Hause zu bringen. Als die Stunden vergingen, konnte sie es kaum noch abwarten, das Ergebnis zu hören. Doch am Ende des Tages war er immer noch nicht heimgekehrt.

Eher müde wegen der Sorgen als wegen ihrer monotonen Arbeit verließ Krista die Webstube und ging zurück in ihr Schlafzimmer. Der Stapel weicher Pelzdecken lockte, und sie legte sich nieder, um vor dem Abendessen ein kleines Nickerchen zu machen. Bald war sie in einen unruhigen Schlaf gefallen.

Krista war wieder zu Hause. Sie arbeitete mit Coralee in der Redaktion und machte die Wochenausgabe fertig, damit sie am nächsten Tag auf die Wagen geladen werden konnte. Die fertigen Seiten von *Heart to Heart* wurden aus der Presse genommen und in den Gemeinschaftsraum getragen, um dort gebündelt zu werden. Ihr Vater war oben in seinem provisorischen Arbeitszimmer und wartete geduldig darauf, bis sie fertig war und er sie nach Hause begleiten konnte.

„Dein Artikel in dieser Woche gefällt mir“, sagte Corrie zu ihr und sah auf die noch druckfrische Seite. „Du hast Cutter Harding einen weiteren verdienten Stoß versetzt. Vielleicht bringt das seine Arbeiter dazu, sich gegen ihn zu erheben und ihn zu zwingen, sich ihre Beschwerden anzuhören.“

„Ich weiß nicht ... der Mann ist äußerst hartherzig. Wir brauchen mehr Gesetze, um die Arbeitsbedingungen festzulegen, und mehr Leute, die diese Gesetze durchsetzen.“

In dem Moment kam ihr Vater die Treppe herunter. „Seid ihr zwei jetzt damit fertig, die Probleme dieser Welt zu lösen – zumindest für heute Abend?“

„Wir stapeln gerade die letzten Bündel auf.“

„Gut. Ich dachte, dass du mir morgen früh, bevor du mit deiner Arbeit beginnst, vielleicht bei dem Forschungsbericht helfen könntest, den ich geschrieben habe.“

Sie war in letzter Zeit so beschäftigt gewesen. „Ich würde mich freuen, deinen Bericht zu lesen, Vater“, erwiderte sie und sah ihn liebevoll an.

„Großartig!“ Er schenkte ihr sein gewinnendes Lächeln, und eine Welle der Zärtlichkeit stieg in ihr hoch.

Sie beendeten ihre Arbeit. Coralee ging nach Hause, und Krista und ihr Vater schlossen ab und bestiegen ihre Kutsche. Krista wusste nicht recht, warum, doch aus irgendeinem seltsamen Grund tat es gut, ihm einfach nur gegenüberzusitzen. Sie bemerkte, wie müde er aussah, während sie die Furchen betrachtete, die sich in sein Gesicht eingegraben hatten. In letzter Zeit hatte er zu viel gearbeitet. Sie musste dafür sorgen, dass er sich ein wenig mehr ausruhte.

Krista reichte hinüber und nahm seine Hand. „Ich habe dich so vermisst, Vater“, sagte sie, konnte sich aber nicht vorstellen, warum sie es sagte, schließlich sah sie ihn doch jeden Tag.

Etwas regte sich in ihrem Gedächtnis, etwas, an das sie sich nicht erinnern wollte …

„Krista! Wach auf! Sie kommen! Die Eindringlinge kommen!“

Blinzelnd erwachte sie. Einen Augenblick lang wusste sie nicht, wo sie war. Dann erkannte sie Runa, die am Fußende des Bettes stand. Verzweiflung stieg in ihr hoch. Sie war gar nicht zu Hause, sondern immer noch auf Draugr.

„Schnell! Sie kommen!“

„Wer kommt?“

Runa packte sie bei der Hand und zerrte sie von den Felldecken. „Die Hjalmar!“ Sie zog Krista zum Fenster, schob die Läden auf und enthüllte die dunkle Landschaft, die sich jenseits des Tals bis zu den Hügeln ausdehnte.

„Siehst du die Fackeln dort? Die sind von den Hjalmars. Sie reiten von den Bergen herunter.“

Kristas Puls begann, schneller zu schlagen. „Wo ist Leif?“

„Er ist noch nicht zurück. Wir müssen Olav suchen!“ Runa rannte zur Tür, und Krista folgte ihr. Sie wusste zwar nicht, was die räuberischen Hjalmar im Schilde führten, doch plötzlich schoss es ihr durch den Kopf, dass sie vorbereitet sein musste. Sie stürmte in Leifs Zimmer zurück und ergriff die Lanze, die an der Wand lehnte. Dann beeilte sie sich, Leifs Schwester einzuholen.

„Bleib hier!“, befahl Runa, als sie die Tür erreichten. „Ich suche Olav und bin gleich wieder da!“

„Was soll ich tun?“

Runa deutete auf die Gruppe von Reitern, welche sich vom Hügel her näherten. „Bete, dass es Hjalmar sind und keine Berserker.“

„*Berserker*? Was sind …?“ Doch Runa war bereits fort. Jetzt erinnerte sich Krista vage daran, was das Wort bedeutete. Es waren ruchlose Wikinger, Männer, die gegen die Gesetze des Landes verstoßen hatten, Gesetzlose, die keine Regeln befolgten und kein Gewissen zu haben schienen.

Das Herz schlug ihr bis zum Hals, und sie betete tatsächlich, es mögen Hjalmar sein, die man anscheinend für weniger gefährlich hielt. Draußen vor dem Fenster stürmten mit Schwert und Schild, Kampfäxten und Lanzen bewaffnete Männer aus den flachen Steinhäusern. Einige trugen Helme aus Metall oder Leder. Mit einer Mischung aus Furcht und Entsetzen beobachtete Krista, wie die Reiter das Tal entlangdonnerten, über die nahen Felder ritten und in die Ansiedlung stürmten. Die Männer des Ulfr-Clans stellten sich ihnen in den Weg und schwangen ihre schweren Äxte und Schwerter.

„Großer Gott!“, flüsterte Krista, als Runa ins Haus gerannt kam.

„Berserker!“, schrie das rothaarige Mädchen über das Klirren der Waffen und die wilden Schreie der Krieger hinweg. „Und die Hälfte unserer Männer ist auf der Jagd!“

Krista hatte sie am Morgen aufbrechen sehen. Als sie jetzt sah, wie viele in der Ansiedlung zurückgeblieben waren, sank ihr der Mut. „Vielleicht …“ Sie schluckte und begann noch einmal, diesmal auf Altnordisch. „Vielleicht haben die Berserker bemerkt, wie sie aufgebrochen sind.“

„Ja, vielleicht haben sie nur auf eine Gelegenheit gewartet.“

Zitternd packte Krista Leifs Lanze fester. „Was … was sollen wir tun?“

„Unsere Männer werden zurückkommen. Wir können nur beten, dass die, die hier sind, Kraft genug haben, um die Siedlung so lange zu verteidigen, bis die anderen da sind.“

Doch Krista sah einen Ulfr-Mann unter den brutalen Schlägen der feindlichen Waffen fallen und dann noch einen. Die Ulfr-Männer würden geschlagen werden. Und wenn sie die Frauen nicht mehr verteidigen konnten, was würde dann aus ihnen werden?

Sie unterdrückte ein Schluchzen während sie mit ansah, wie ein Mann, den sie vom Fest her kannte, von der Axt eines Berserkers niedergestreckt wurde. Ein heller Blutstrom tränkte die Erde, als er zusammenbrach. Sie erkannte Leifs Onkel Sigurd, der heldenhaft mit zwei Männern gleichzeitig kämpfte und sich erstaunlich gut behauptete. Sie sah auch Olav, der meisterlich sein Schwert schwang. Und doch wurden die Ulfr immer weniger.

„Bleib hier!“, rief Runa und verschwand durch die Tür. Krista sah, dass sie einen Dolch bei sich trug. Entsetzt beobachtete sie, wie Runa sich in den Kampf stürzte, sah einen Berserker fallen und bemerkte dann, dass Kapitän Twig und die zwei englischen Mannschaftsmitglieder, jeder mit einem kurzen Säbel bewaffnet, nach vorn stürmten und sich ins Getümmel warfen.

Ein Berserker riss sein Pferd herum und ritt genau auf Runa zu. Und einen Augenblick lang glaubte Krista, dass die junge Frau jetzt mit Sicherheit sterben musste. Dann lenkten dröhnende Pferdehufe ihren Blick ab. Fast blieb ihr das Herz stehen, als sie Leif auf den Kampfplatz reiten sah.

Stolz und aufrecht saß er im Sattel, schwang mit starken Armen mühelos sein schweres Schwert und schlug einen Mann nach dem anderen nieder. Dann lenkte er sein Pferd zu Runa und erledigte ihren Angreifer.

„Geh zurück ins Haus!“, befahl er, und erstaunlicherweise gehorchte ihm seine Schwester und rannte zurück in das schützende Langhaus. Jetzt tauchten auch Eirik und Thorolf auf. Die Nachricht von dem Angriff hatte anscheinend ihre Höfe erreicht. Auch sie konnten geschickt mit Schwert und Axt umgehen, und bald wendete sich das Blatt.

Ein Berserker nach dem anderen fiel. Die übrig gebliebenen Eindringlinge begannen sich zu zerstreuen, und einige ritten so schnell sie konnten auf die Hügel zu. Es sah schon aus, als wäre die Schlacht gewonnen, als ein bärtiger Riese von einem Mann Leif angriff. Von Anfang an war es ein Kampf zwischen zwei gleich starken Gegnern. Beide Männer waren geschickte Krieger und benutzten meisterhaft Schild und Schwert.

Krista war entsetzt. Vor Angst zitterte sie am ganzen Leib und betete: „Lieber Gott, mach, dass er nicht verletzt wird!" Einen Moment später sah sie einen zweiten Eindringling hinter Leif auftauchen. Leif konnte ihn nicht sehen. Auch wenn Krista ihm eine Warnung zuschrie, hörte er sie nicht in dem Lärm von aufeinanderkrachendem Stahl und wiehernden Pferden.

Jetzt blieb keine Zeit mehr, um lange nachzudenken oder Angst zu haben. Leif war in Gefahr, getötet zu werden, und Krista durfte das nicht zulassen.

Die hoch erhobene Lanze in der Faust, stürmte sie aus dem Haus, genau auf den Mann hinter Leif zu. In diesem Augenblick drehte der Mann sich um und entdeckte sie. Krista sah die Wut in seinem Gesicht. Und sie wusste, dass sie jetzt sterben würde.

24. KAPITEL

„Krista!" Leifs Schrei ging im Lärm unter. Sein Herz raste und schien ihm aus der Brust springen zu wollen. Er konnte fast nicht glauben, dass die Frau, die sich seinem Angreifer in den Weg stellte, seine Braut war. Einen Augenblick lang sah sie zu ihm, bevor sie losstürmte, die Lanze fest in der Hand. Einen Augenblick, bevor sie die bösartige Eisenspitze in die Brust des bärtigen Kriegers stieß, einen Augenblick, bevor sie selbst hätte sterben können.

„Krista!" Erneut schrie er ihren Namen, doch wieder schien sie ihn nicht zu hören. Mit riesigen Augen starrte sie auf den Mann zu ihren Füßen. Die Lanze, die dem Mann durch die Brust gedrungen war, deutete jetzt zum Himmel. Kristas Haar hatte sich gelöst und fiel ihr wie ein goldglänzender Mantel um die Schultern. Tränen strömten über ihre Wangen.

Leif wollte zu ihr, als er einen zweiten Angreifer entdeckte, der auf Krista zustürmte. Wieder stieg Entsetzen in ihm auf, so stark, dass er es in seinem Mund schmecken konnte. Einen Moment lang war er unfähig, sich zu rühren. Dann riss er sein Pferd herum und stürzte sich dazwischen, schwang sein Schwert und trennte mit einem einzigen Schlag den Kopf des Angreifers vom Rumpf. Wieder wendete er sein Pferd, packte Krista, als er an ihr vorbeiritt, und hob sie aufs Pferd.

Er setzte sie vor sich und hielt sie fest umschlungen. Eine Angst, wie er sie noch nie gekannt hatte, ließ ihn am ganzen Körper zittern. „Krista …", flüsterte er und presste die Lippen auf ihr Haar. Sie schien ihn immer noch nicht zu hören, sondern klammerte sich nur an ihn und barg das Gesicht an seiner Schulter.

„Du bist in Sicherheit", murmelte er. „Ich bin jetzt da."

Leif, sah, dass der Kampf gewonnen war. Die Eindringlinge galoppierten davon, um die sicheren Hügel zu erreichen. Einige Männer des Clans schwangen sich auf ihre Pferde, um sie zu verfolgen. Leif ließ sein Pferd in Schritt fallen und ritt zurück in die umzäunte Siedlung. Vor dem Langhaus hielt er an. Das Tier tänzelte und schnaubte mit weit geblähten Nüstern, weil es immer noch Blut roch. Jamie Suthers rannte herbei, mit Alfinn auf der Schulter, der sich fest an den Hals des Jungen klammerte. Jamie ergriff die Zügel, und Leif glitt mit Krista auf dem Arm aus dem Sattel.

„Ist alles in Ordnung?“, fragte Jamie besorgt.

„Ich glaube schon.“

Der Junge grinste. „Sie war großartig, nicht wahr?“

Ein eigenartiges Gefühl erfüllte Leifs Brust. „Ja, das war sie, mein Junge.“ Er sah, dass Krista voller Blut war. Auch wenn Leif sie für unverletzt hielt, wollte er sichergehen und trug sie vorsichtig ins Langhaus.

Endlich schien sie aus ihrem tranceartigen Zustand zu erwachen. „Habe … habe ich ihn getötet?“, fragte sie leise.

„Ja, Liebes. Du bist doch nicht verletzt, oder?“

„Nein … ich glaube nicht.“ Sie sah ihn an. „Sind sie fort?“

Er nickte. „Wie die Feiglinge, die sie in Wirklichkeit auch sind, galoppierten sie zurück in die Hügel.“

Sie bog den Kopf zurück, um ihn genau zu betrachten. „Du bist nicht verletzt?“

„Mir geht es gut.“ Er trug sie in den Baderaum und setzte sie am Rand des Beckens ab. Als sie leicht schwankte, stützte er sie. „Bei Odin, was hast du dir dabei gedacht, so dein Leben aufs Spiel zu setzen?“

Ihre Wangen bekamen wieder ein wenig Farbe. „Er hätte dich getötet. Ich konnte doch nicht dastehen und zusehen.“

Die Erinnerung an die schreckliche Angst, die ihn ihretwegen erfüllt hatte, weckte seinen Zorn. Er packte sie an den Schultern. „Du kleine Närrin, du hast keine Ahnung vom Kämpfen. Du hättest getötet werden können.“

„Deine Schwester kämpfte Seite an Seite mit den Männern."

„Meine Schwester ist genauso närrisch wie du."

Krista riss sich von ihm los. „Du undankbarer ..."

„Ich bin nicht undankbar. Nie werde ich den Anblick vergessen, wie du auf mich zugestürmt bist und dein Leben riskiert hast, um mich zu retten. Und ich werde diese entsetzliche Angst nie vergessen, die ich in diesem Moment um dich hatte – noch wie stolz ich war, dass du meine Frau bist."

Erneut füllten sich Kristas Augen mit Tränen. „Ach Leif, ich hatte solche Angst, du könntest getötet werden."

Er nahm sie fest in die Arme. „Versprich mir, dass du dich nie mehr in solche Gefahr bringst. Versprich es mir."

Krista schüttelte den Kopf. „Solch ein Versprechen kann ich dir nicht geben. Wenn dein Leben in Gefahr wäre, würde ich das Gleiche wieder tun."

Etwas in Leif krampfte sich zusammen. Zorn und Angst und etwas viel Stärkeres verschmolzen in einer heißen Glut des Verlangens. „Krista ... meine tapfere kleine Walküre." Er beugte den Kopf und küsste sie voller Leidenschaft, bis sie beide nach Atem rangen und ihre Herzen wild rasten.

Schließlich trat er einen Schritt zurück, löste die Schildpattbroschen an ihren Schultern und streifte ihr die blutbefleckten Kleider ab.

„Was ... was machst du da?"

„Du bist mit dem Blut unserer Feinde besudelt. Du musst baden und ich auch."

Sie betrachtete ihr einfaches Gewand und sah die dunklen Flecken. Ein Schauder überlief sie. Entschlossen zog Leif ihr auch noch das letzte Kleidungsstück aus und streifte seine eigenen Sachen ab. Dann hob er Krista hoch und trug sie ins warme Wasser.

Er stellte sie vor sich ins Wasser und begann, sie mit einem

Leinentuch zu säubern, rieb ihr einen blutigen Fleck von der Stirn und reinigte ihre Hände. Winzige Wellen umspülten ihre Brüste, und Leif spürte seine wachsende Erregung.

Allmählich schien Krista wieder ruhiger zu werden, und die Qual in ihren Augen begann zu verschwinden. „Du hast mir nie von den Berserkern erzählt."

Leif seufzte. Nun bereute er, es nicht getan zu haben. Er benutzte das nasse Tuch, um Wasser über ihre Schultern zu schöpfen und ließ es in kleinen Rinnsalen über ihre Brüste hinabrieseln. „Meist bleiben sie in den Hügeln unter sich. Doch es sind sehr gefährliche Männer, wie du heute Nacht gesehen hast."

Er erinnerte sich wieder, dass er sie fast verloren hätte, und wurde erneut zornig. „Ich schwöre dir, Krista, wenn du es wagst, noch einmal so ein Risiko einzugehen, versohle ich dir mit meinem Gürtel dein hübsches Hinterteil."

Entschieden warf Krista den Kopf zurück und sah ihn von oben herab an. „Ich glaube nicht, dass du mich schlagen würdest."

„Um dich zu beschützen, würde ich alles tun. Ich warne dich, Krista. Du bist mein, und ich will nicht, dass du verletzt wirst."

Er sah das Glitzern in ihren hübschen grünen Augen und wusste, dass sie mit ihm streiten wollte. Doch er zog sie einfach an sich und küsste sie. Es war ein heißer, brennender Kuss, der deutlich sagte, dass sie ihm gehörte.

Sie wehrte ihn nicht ab, wie er zuerst befürchtete, sondern erwiderte seinen Kuss mit dem gleichen verzehrenden Verlangen, das auch in ihm brannte.

Krista hatte für ihn ihr Leben riskiert. Wenn er je daran gezweifelt hatte, dass es klug gewesen war, sie hierher zu bringen, so tat er es nun nicht mehr.

Sie war sein, und heute Nacht würde er sie für sich fordern, wie er es schon längst hätte tun sollen.

Krista küsste Leif, wie sie ihn noch nie zuvor geküsst hatte. Sie konnte ihn in jeder Pore ihres Körpers spüren, fühlte die Hitze seiner Haut auf der ihren, die Kraft seiner Arme, den harten Druck seiner Männlichkeit. Wie Feuer loderte das Verlangen nach ihm in ihrem Blut. Ein Verlangen, das noch nie so stark gewesen war.

Sie konnte nicht glauben, dass sie in dieser Nacht einen Mann getötet hatte. Schließlich war sie doch eine Dame, eine behütet aufgewachsene, zivilisierte junge Frau, die bei dem Anblick von so viel Blut in Ohnmacht hätte fallen müssen. Doch all das zählte nicht. Nicht in dem Augenblick, in dem sie erkannte, dass sie den Mann zu verlieren drohte, den sie liebte.

Weil sie ihre Chance genutzt hatte, weil sie getan hatte, was sie hatte tun müssen, war Leif noch am Leben. Es war Krista unmöglich, auch nur einen Funken Reue aufzubringen. Und während sie nackt im Wasser beieinanderstanden, legte sie den Kopf in den Nacken, als Leif mit den Lippen ihren Hals liebkoste. Seine Hände umfassten ihre Brüste, kniffen zärtlich ihre Knospen, sodass sie hart wurden. Dann beugte er den Kopf und nahm sie zwischen die Lippen.

Seine Hand strich über die flache Stelle unterhalb ihres Nabels, suchte sich dort, wo ihre Schenkel sich trafen, den Weg durch das Nest aus hellem Haar und begann, sie zu streicheln. In Krista erwachte stark und mächtig das Verlangen. Einen Augenblick lang gab sie sich ihm und der Liebe, die sie zu überwältigen drohte, hin. Noch nie hatte sie sich so sehr nach etwas gesehnt wie jetzt nach der Vereinigung mit Leif. Noch nie war sie mehr in Versuchung gewesen, all seinen Wünschen nachzugeben.

Doch sie entzog sich ihm. Mit einem bedauernden Blick watete sie durch das Wasser zu der Felsentreppe. Ohne etwas zu sagen, folgte Leif ihr.

Als sie das Wasser verlassen hatte, griff sie nach einem Leinentuch, um sich abzutrocknen, doch er nahm es ihr aus der Hand.

„Lass mich das tun."

Sie widersprach nicht, denn sie wollte seine Hände auf sich spüren, die Glut in seinen strahlend blauen Augen sehen, während er ihre fiebrige Haut abtrocknete. Er nahm ein zweites Tuch, um sich selbst abzutrocknen, und zog sie dann in seine Arme. Wieder küsste er sie.

Die Begierde in Krista wurde so groß, dass sie kaum bemerkte, wie Leif sie auf die Arme nahm und in sein Schlafzimmer trug, hin zu seinem Bett. Erst als sie die Wärme der Pelzdecken auf der nackten Haut spürte, stieß sie ihn von sich.

„Bitte … ich bitte dich, Leif. Ich kann nicht."

Seine Miene verfinsterte sich. „Du verlangst von mir aufzuhören und doch begehrst du mich? Oder willst du das leugnen?"

Sie erzitterte bei seiner sanften Berührung. „Nein, ich kann es nicht abstreiten. Ich wünsche es mir genauso sehr wie du, doch ich kann das Risiko nicht eingehen. Ich kann nicht deine Frau werden, und deshalb …"

„Und deshalb wirst du weiterhin gegen mich kämpfen … und gegen dich selbst."

Sie spürte, wie ihr die Tränen kamen. „Ich muss."

Sein Gesicht zeigte Entschlossenheit. „Dann will ich es dir leicht machen."

Er ging durch den Raum, kam mit etwas zurück, das er in der Hand hielt, und begann, sie wieder zu küssen. Sie konnte sein kaum zu zügelndes Verlangen spüren, und das steigerte nur noch ihr eigenes. Oh Gott, sie wollte ihn so sehr. Vielleicht nur dieses eine Mal …

Fast hatte sie sich selbst schon überredet, ihrem mächtigen Begehren nachzugeben, als sie fühlte, wie ein weicher Stoff über ihre Handgelenke glitt. Bevor sie noch begriff, was geschah, war auch schon ihr zweites Handgelenk gefesselt.

„Was … was machst du da?“

„Ich gebe dir, wovon wir beide wissen, dass du danach verlangst. In deinem Land habe ich viel gelernt. Wir wollen doch mal sehen, ob das, was ich aus den Büchern über die Liebeskunst erfahren habe, auch dir gefällt.“

Du lieber Himmel! „Leif, du kannst doch nicht …“

„Doch, ich kann.“ Mit noch mehr weichen Stoffschnüren band er ihre Fußgelenke an die hölzernen Bettpfosten des Bettes, sodass sie mit weit gespreizten Beinen vor ihm lag. Sie war ihm völlig ausgeliefert und errötete.

Krista wusste, dass sie jetzt gegen ihn kämpfen oder ihn bitten müsste, damit aufzuhören. Vielleicht würde er es tun. Vielleicht würde er sich aber auch einfach nur nehmen, was er wollte. So wie sie ihn dazu ermutigt hatte, konnte sie ihm wohl keinen Vorwurf daraus machen.

Doch ihr Kampfeswille war dahin, war mit jedem seiner brennenden Küsse ein wenig mehr verschwunden. In Wahrheit wollte sie sich ihm gar nicht länger verweigern. Sie wollte ihn in sich spüren, wollte, dass er sie ganz ausfüllte, wollte wieder die feurige Leidenschaft erleben, die er ihr geschenkt hatte.

Leif trat vom Bett zurück und betrachtete die Frau, die vor ihm lag.

„Du bist so schön. Wie eine grünäugige, goldhaarige Göttin. Bevor ich dich ausfülle, möchte ich dich schmecken. Wir wollen erst sehen, ob du es genauso sehr magst wie Miss Boots.“

Guter Gott! Krista erinnerte sich zwar an das erotische Buch, das er zuvor schon einmal erwähnt hatte, doch sie wusste nicht, was darin stand.

Ein kleiner erwartungsvoller Schauder überlief sie.

Leif drückte sie in die Felldecken und legte sich auf sie, während er sein Gewicht mit den Ellbogen abstützte. Mit den Fingern griff er in ihr Haar und begann, sie zu küssen.

Sanft brachte er sie dazu, die Lippen zu öffnen. Krista war, als würde seine Hitze ihre Haut verbrennen. Ihre Brüste begannen zu prickeln, als seine Brusthaare sich an ihren Knospen rieben. Sie erwiderte seine Küsse, und ihr Widerstand schmolz dahin.

Leif knabberte an ihrem Ohr, ihrem Hals, glitt dann tiefer und begann, an ihren Brüsten zu saugen. Immer stärker reizte er sie, reizte mit der Zunge ihre Knospen und erregte sie mit kleinen Bissen, sodass Krista alle Beherrschung brauchte, um ihn nicht anzuflehen, sie auf der Stelle zu nehmen.

Sicher würde er es tun. Wenn er sie auch nur halb so stark begehrte wie sie ihn, konnte er nicht warten. Doch stattdessen glitt er immer tiefer, legte eine Spur von Küssen, verhielt einen Augenblick an ihrem Nabel und umkreiste die keine Mulde mit seiner Zunge.

Er hatte gesagt, er wolle sie schmecken. Sie keuchte erschrocken, als sein Mund ihre weiblichste Stelle liebkoste und er mit der Zunge über die kleine empfindliche Knospe im Innern glitt.

„Leif, du kannst doch nicht … kannst unmöglich …“ Doch der Satz wurde nie beendet. Krista stöhnte und presste die Hüften gegen Leifs Mund. Eine Welle wilder Lust ergriff sie, und ihre Muskeln spannten sich wie die Sehne eines Bogens.

Laut rief sie Leifs Namen, als sie zum Höhepunkt kam, und überließ sich der Wollust wie Wolken dem Sturm.

Da Kristas Hände nicht sehr fest zusammengebunden waren, konnte sie sie mit einem einzigen Ruck befreien. Leif legte sich auf sie und drang mit einem tiefen Stoß in sie ein. Eine neue heiße Welle der Lust stieg in ihr auf, und mit einem Stöhnen schlang sie die Arme um Leifs Hals.

„Du gehörst ganz mir“, sagte er. „Das musst du doch merken.“

Er küsste sie, und sie küsste ihn wieder, während sie sich

im gleichen Rhythmus bewegten. Und als er sie mit langen, tiefen Stößen nahm, dachte Krista, dass er vielleicht wirklich recht hatte.

Vielleicht war sie diejenige, die sich täuschte, und ihr Schicksal lag nicht in England, sondern hier auf dieser Insel, bei Leif.

25. KAPITEL

Es war später Nachmittag, und der Wind fegte an diesem kühlen Herbsttag gelbe und orangefarbene Blätter durch die Londoner Straßen. Im eleganten Stadtteil Mayfair fuhr Coralees Kutsche vor Kristas zweistöckigem, aus Backstein erbautem Palais vor. Ein Diener öffnete den Wagenschlag.

„Wir sind angekommen, Miss."

„Ja, danke." Sie ergriff die behandschuhte Hand des Dieners und ließ sich von ihm aus der Kutsche helfen. Dann folgte er ihr über den gepflasterten Gehweg zum Eingangsportal. Er klopfte einmal mit dem Türklopfer, der einen Löwenkopf darstellte, dann noch einmal, und die verzierte Holztür öffnete sich.

Butler Giles erkannte Coralee sofort, und ein Lächeln erhellte sein faltiges Gesicht. „Miss Whitmore. Es ist mir eine Freude, Sie zu sehen. Bitte, kommen Sie herein."

„Ich hoffte, Professor Hart sprechen zu können. Ist er vielleicht anwesend?"

Der Butler zog die buschigen Silberbrauen zusammen. „Er ist zu Hause, Miss. Seit Miss Krista verschwand, hat er das Haus kaum verlassen."

„Das habe ich befürchtet. Wo ist er?"

„In seinem Arbeitszimmer, Miss. Ich werde ihn wissen lassen, dass Sie hier sind." Der Butler ging den Gang hinunter, wie immer in tadellos aufrechter Haltung, und Coralee folgte ihm. Giles verkündete ihre Ankunft, und als der Professor sie hereinbat, betrat sie den holzgetäfelten Raum mit seinen vielen Büchern.

Sie hatte erwartet, Kristas Vater wie immer hinter seinem Schreibtisch bei der Arbeit anzutreffen, und war deshalb erstaunt, ihn stattdessen in einem Sessel vor dem Fenster vorzufinden. Eine wollene Decke über den Knien, starrte er nach draußen. Als er sich zu ihr umwandte, bemerkte sie sein blasses, hageres Gesicht und ihr wurde bewusst, wie sehr er sich seit ihrem letzten Besuch in sich selbst zurückgezogen hatte. Coralee nahm sich vor, ihn in Zukunft öfter zu besuchen.

Mit einem gespielt fröhlichen Lächeln trat sie auf ihn zu. „Professor Hart, es ist so schön, Sie zu sehen!" Er wollte sich erheben, doch sie winkte ab. „Bemühen Sie sich nicht. Ich schaue nur für einen Augenblick vorbei."

„Ich freue mich darüber. Warum setzen Sie sich nicht, und ich lasse Tee servieren."

„Ich fürchte, so viel Zeit habe ich nicht." Trotzdem nahm sie ihm gegenüber in einem Sessel Platz. Seine zusammengesunkenen schmalen Schultern und die Blässe seines Gesichts machten ihr Sorgen.

„Ich hatte vor, in die Redaktion zu kommen, doch in letzter Zeit habe ich mich nicht sehr wohlgefühlt."

Nein, er war nicht mehr er selbst, seitdem er Leifs Nachricht gefunden hatte, in der dieser ihm mitteilte, er habe Krista mit auf seine Insel im Nordmeer genommen.

Corrie ergriff die Hand des älteren Mannes. „Ich weiß, dass Sie sich Sorgen machen um sie, Professor. Aber wenigstens wissen Sie, wo sie ist."

„Tu ich das? Ich habe keine Ahnung, wo Draugr sein könnte, noch weiß es der Rest der Welt."

„Leif hätte sie nicht mitgenommen, wenn sie ihm nicht lieb und teuer wäre. In dem Brief steht, dass er sie heiraten will. Er wird für ihre Sicherheit sorgen."

Der Professor blickte zur Seite, doch Corrie hatte noch sehen können, dass ihm die Tränen in den Augen standen. „Es ist alles mein Fehler. Ich hätte wissen müssen, was geschieht. Immerhin ist der Mann Wikinger. Seit Jahrhunderten rauben sie Frauen. Als er darauf gedrängt hat, Krista zu heiraten, hätte ich wissen müssen …"

„Wie hätten Sie es denn wissen sollen? Sie lehnte seinen

Antrag ab, und Leif schien es zu akzeptieren. Vielleicht hat sich in dieser letzten Nacht etwas geändert. Vielleicht ging Krista freiwillig mit."

Der Professor schüttelte den Kopf. „Das würde sie nie tun, ganz gleich, wie sehr sie ihn mag. Ihr Leben ist hier in London. Für sie ist es unmöglich, auf solch primitive Art zu leben und dabei glücklich zu werden. Sie wusste es, auch wenn Leif es nicht wahrhaben wollte."

Corrie stand auf und ging zum Fenster. Welke Blätter bildeten einen dicken gelben und orangeroten Teppich auf dem Kiesweg, der sich durch den Garten zog.

„Leif ist ein guter Mann, Professor", sagte sie. „Sonst hätte Krista sich nicht in ihn verliebt."

„Gesagt hat sie nie etwas, aber ich habe es kommen sehen und hätte etwas unternehmen müssen. Ich hätte sie nicht so viel Zeit miteinander verbringen lassen sollen."

Corrie kehrte zu ihrem Stuhl zurück. „Vielleicht erkennt Leif den Fehler, den er gemacht hat, und bringt sie zurück."

„Vielleicht ..." Doch die Miene des Professors zeigte deutlich, dass er nicht daran glaubte, seine Tochter jemals wiederzusehen.

„Ich kam auch noch aus einem anderen Grund als nur dem, Ihnen einen Besuch abzustatten", sagte Corrie. Sie wusste nicht, ob sie dem armen Mann noch mehr Sorgen bereiten sollte. Doch vielleicht war es gut für ihn, wenn er sich noch um etwas anderes sorgen konnte als um sein vermisstes Kind. „Wir haben bei *Heart to Heart* ein Problem."

Das weckte seine Aufmerksamkeit. „Was für ein Problem?"

„Nun, ohne Krista gibt es niemanden, der den Leitartikel schreiben könnte. Ohne den Leitartikel sind die Abonnements zurückgegangen. Und gestern Abend kam einer der führenden Reformer, ein Mann namens Feargus O'Conner, um mit mir zu sprechen."

„Ich kenne Mr. O'Conner. Er unterstützt ziemlich offen die Streiks in den Fabriken."

„Eigentlich kam er, um Krista zu sprechen, doch dann nahm er mit mir vorlieb. Er flehte mich an, dass in unserer Zeitung weiterhin solche Artikel wie der über die Harding'sche Textilfabrik geschrieben werden sollten."

„Und was haben Sie ihm gesagt?"

„Ich sagte, ich würde mit Ihnen sprechen."

Der Professor schob die Wolldecke auf seinem Schoß beiseite und stand ein wenig unsicher auf. „Was könnten wir Ihrer Meinung nach denn tun? Sie glauben doch sicher nicht, dass ich die Leitartikel schreiben werde. Ich kann kaum mit dem politischen Geschehen Schritt halten, und über Reformen weiß ich sogar noch weniger. Das alles war Kristas Spezialgebiet. In diesen Angelegenheiten vertraute ich ihrer Meinung."

„Ich weiß. Ich dachte nur ... vielleicht könnten wir etwas tun, bis ... bis sie zurückkommt."

Doch woher sollten sie wissen, ob sie jemals zurückkehrte? Vielleicht war Krista bereits mit Leif verheiratet und steckte jetzt für immer auf seiner gottverlassenen Insel fest.

Seit ihrem Verschwinden grassierten die wildesten Vermutungen, von einer möglichen Ermordung bis hin zu dem Gerücht, sie sei mit dem geheimnisvollen und reichen skandinavischen Prinzen durchgebrannt, mit dem man sie oft zusammen gesehen hatte, bevor sie vermisst wurde.

Letzteres kam natürlich der Wahrheit am nächsten. Corrie und der Professor hatten sich auf die Version geeinigt, dass Krista ihrer schwer erkrankten Tante Abby einen Besuch auf dem Land abstattete und dass man bis jetzt keine Nachricht erhalten hatte, wann sie zurückkäme.

Doch Krista war die Seele von *Heart to Heart.* Ohne sie war es fast unmöglich, die Zeitung herauszubringen.

„Vielleicht könnte ich die Leitartikel schreiben", meinte

Corrie zögernd. „Das heißt … wenn Sie damit einverstanden wären, mir zu helfen."

Kristas Vater hob den Kopf. „Wie ich schon sagte, weiß ich wenig über Politik und Reformen."

„Aber Sie kennen viele Menschen. Sie könnten Ihren Club besuchen und ein paar Fragen stellen und hören, wie die Dinge stehen. Und ich könnte mit einigen der führenden Reformer sprechen und mir ihre Meinung über die verschiedenen Gesetzesentwürfe einholen, die dem Parlament vorliegen."

„Ich weiß nicht …"

„Die Zeitung braucht Sie, Professor."

Er seufzte. „Nun, wir könnten es versuchen."

Corrie sprang auf und umarmte ihn liebevoll wie eine Tochter. „Wenn Krista nach Hause kommt, wird sie sehr stolz auf Sie sein."

Sein schmales Gesicht hellte sich auf. „Glauben Sie wirklich, sie könnte wiederkommen?"

Corrie zwang sich zu einem Lächeln. „Die Möglichkeit besteht auf jeden Fall, Professor. Was auch immer geschieht, Sie müssen glauben, dass sie glücklich ist. Mehr können Sie ihr nicht wünschen."

Er nickte und setze sich eben wieder in seinen Sessel, als Lärm auf dem Gang erklang. Einen Moment später flog die Tür auf, und ein grauhaariger Mann in den Siebzigern stürmte ins Zimmer. Corrie erkannte in ihm sofort Kristas Großvater, den Earl of Hampton.

„Also, wo ist sie? Ich verlange, sofort meine Enkelin zu sehen!"

Wieder erhob sich der Professor von seinem Sessel. „Krista ist nicht hier, Mylord. Ich wünschte, sie wäre es."

„Was ist mit ihr geschehen?" Der Earl sah ihn scharf an, dann kniff er misstrauisch die Augen zusammen. „Ist es möglich, dass das Gerede stimmt und sie nach Gretna Green durchgebrannt ist? Sagen Sie mir die Wahrheit, Paxton."

„Ich kann Ihnen nicht sagen, wo sie ist, Mylord, nur, dass sie nicht länger in London weilt."

Corrie entging nicht der Funken Hoffnung in den hellblauen Augen des Earls. „Was ist mit dem Prinzen? Wie ich hörte, war der Mann sehr in sie verliebt?"

Der Prinz, dachte Corrie. Wenn Lord Hampton wüsste!

Einen Moment lang schien es dem Professor die Sprache zu verschlagen. „Da dies eine Familienangelegenheit ist, rechne ich mit Ihrer Diskretion."

„Natürlich." Der Earl warf Corrie einen vagen Blick zu.

„Miss Whitmore ist die beste Freundin meiner Tochter und bereits in die Umstände eingeweiht."

„Kommen Sie zum Punkt, Mann."

„Krista wurde gegen ihren Willen entführt."

„Du lieber Himmel, warum haben Sie nicht die Obrigkeit informiert? Wir müssen sie finden und sie zurückbringen, bevor ihr Ruf auf immer ruiniert ist."

„Man kann sie nicht finden. Der Mann, der sie in seiner Gewalt hat, ist außer Landes gesegelt. Wenn er Krista nicht zurückbringt, können wir nichts machen."

„Das ist lächerlich. Ich bin der Earl of Hampton, ein äußerst mächtiger Mann."

„Es tut mir leid, Thomas. Ich weiß, wie sehr Sie darauf zählten, Krista würde heiraten und Ihnen einen Erben schenken."

Ein berechnender Ausdruck lag auf dem Gesicht des alten Mannes. „Wenn sie mit einem Mann auf und davon ist, wird es sehr wahrscheinlich früher oder später ein Kind geben. Wir müssen ihn nur zwingen, sie zu heiraten. Noch ist nicht alles verloren."

„Vielleicht kehrt sie niemals zurück", sagte der Professor traurig.

Plötzlich sah der Earl gealtert aus. „Ich bin keiner, der seine Gefühle zeigt", meinte er leise, „doch Krista bedeutet mir viel.

Was immer auch geschieht, Paxton, ich hoffe, Sie halten mich auf dem Laufenden."

Kristas Vater nickte nur. Nachdem Lord Hampton das Arbeitszimmer verlassen hatte, sank er in seinen Sessel zurück und legte sich die Decke über die Knie.

„Kann ich irgendetwas tun, Professor?", fragte Corrie.

„Beten Sie für Krista", sagte er. „Beten Sie für die beiden."

Corrie verabschiedete sich und verließ das Arbeitszimmer. Sie wusste nicht, ob er wirklich bei den Artikeln helfen würde, wie er es versprochen hatte, doch sie hoffte es. Mit dem Schreiben der Gesellschaftskolumne und der Leitung der Zeitung hatte sie bereits alle Hände voll zu tun. Wenn Krista nicht bald zurückkehrte, würde Corrie jemanden einstellen müssen, der ihr half.

Sie seufzte. Wenn Krista nicht bald zurückkehrte, würde es bald vielleicht keine Zeitung mehr geben.

Krista wurde wach, da Leif unruhig im Zimmer umherging. Es war Morgen. In der Nacht hatten sie sich zweimal geliebt und dann noch einmal in der Morgendämmerung. Jeder Gedanke, sich Leif zu verweigern, war dahin. Krista wollte ihn. Was immer auch geschehen mochte, sie war es müde, gegen diese heftige Anziehung anzukämpfen, die zwischen ihnen bestand.

Doch wenn sie an die Endgültigkeit einer Heirat dachte, an das Leben, das sie an Leifs Seite führen müsste, zog sich ihr Inneres zu einem schmerzhaften Knoten zusammen. Vielleicht erriet Leif ihre Gedanken, denn er überredete sie nicht länger, ihn zu heiraten, sondern raffte nur einige der Pelzdecken seines Bettes zu einem Bündel zusammen, in dessen Mitte er Kleider zum Wechseln stopfte.

„Wohin gehst du?", fragte Krista, während sie ihm zuschaute.

„Bis du bereit bist, mich zu heiraten, gehen wir in die Hügel." Als sie nichts darauf sagte, fuhr er im gleichen bestimmten Ton fort: „Du wirst Kleider zum Wechseln brauchen. Meine Schwester hat dir einen pelzbesetzten Mantel gebracht. Den kannst du über deinen Kleidern tragen, damit dir nicht kalt wird. Und deine Stiefel sind auch warm gefüttert."

„Ich verstehe nicht. Warum brechen wir auf?" Krista stieß die Pelzdecke fort, unter der sie geschlafen hatte, und ergriff das Gewand aus feiner Wolle, das Leif ihr zuwarf.

„Meine Leute sind nicht dumm. Sie werden wissen, was letzte Nacht hier geschah. Da du nicht meine Frau bist, bist du meine Konkubine. Und als solche werden sie dich behandeln."

Krista wurde blass. Sie hatte nicht an die Konsequenzen gedacht, die die vergangene Nacht mit sich bringen würde. Doch Leif hatte sehr wohl daran gedacht. Er band einen Lederriemen um das Bündel und drehte sich zu ihr um.

„Ist es das, was du dir wünschst, Krista? Meine Hure zu sein statt meine Frau?"

Ihre Unterlippe zitterte. „Ich weiß … ich weiß gar nichts mehr." Ihre Augen füllten sich mit Tränen. „Ich brauche Zeit, Leif."

Er ging zu ihr und zog sie fest an sich. „Weine nicht, mein Liebling. Wenn du Zeit brauchst, dann sollst du sie haben." Sanft schob er sie von sich. „Geh jetzt. Packe zusammen, was du für unsere Reise brauchst."

Sie nickte und wischte sich die Tränen von den Wangen. „Ist es sicher, die Ansiedlung zu verlassen? Was ist mit den Überfällen?"

„Die Berserker werden Wochen brauchen, um ihre Wunden zu lecken, und die Hjalmar werden von ihrer Niederlage hören und fortbleiben, vielleicht bis zum Frühjahr."

Krista warf einen wehmütigen Blick zum Baderaum. „Habe ich noch Zeit zu baden, bevor wir aufbrechen?"

Leif schenkte ihr ein zärtliches Lächeln. „Wir werden in einem Teich in den Hügeln baden. Geh. Ich werde mich um den Proviant für unsere Reise kümmern."

Sie ging zurück in ihr Zimmer und fragte sich, ob sie nach ihrer Rückkehr wohl weiterhin hier schlafen würde oder bei Leif. Jetzt war sie seine Konkubine. Seine *Hure*. Und alle Dorfbewohner wussten es.

Diese Erkenntnis lag ihr wie ein Stein im Magen.

26. KAPITEL

Krista bereitete sich innerlich auf den Ritt in die Hügel vor. Was immer sie auch erwartete, sie wollte nicht daran denken. Die Traurigkeit würde sie überwältigen, und das konnte sie nicht zulassen. Stattdessen war sie fest entschlossen, die Tage mit Leif zu genießen.

Auf zottigen kleinen Inselpferden folgten sie dem gewundenen Pfad in die felsigen Hügel. Als der Weg schmaler wurde, ritt Leif voran. Hier und dort hielt er an, damit Krista die eindrucksvolle Aussicht auf die steilen Klippen und das kristallblaue Meer unten genießen konnte. Als die Sonne direkt über ihnen stand, hatten sie seinen geheimen Platz hoch oben in den Bergen erreicht. Eine Mauer aus Granit schützte diesen Ort, und eine warme Quelle wärmte ihn.

„Wir werden die Felldecken neben dem Teich ausbreiten und die Nacht hier verbringen. Runa hat für Essen und Bier gesorgt. Zuerst wollen wir essen. Dann zeige ich dir ein wenig mehr von meiner Insel."

Sie aßen kaltes Hammelfleisch und eine Art schaumigen Quark. Krista hätte alles darum gegeben, jetzt etwas Obst oder Gemüse essen zu können. Doch sie genoss Leifs Gesellschaft und erfreute sich daran, Geschichten aus seiner Kindheit zu hören und ihm Fragen über die Insel zu stellen.

„Erzähle mir etwas über die Hjalmar", sagte sie. „Wer genau sind sie?"

„Auf Altnordisch heißt Hjalmar ‚Helm', weil die Bucht, in der sie leben, so eine Form hat. Sie sind Wikinger, nicht viel anders als wir, nur Mitglieder eines anderen Clans."

„Wie kamen sie hierher?"

„Zu Anfang waren wir alle ein Volk. Vor vielen Jahren gab es dann Meinungsverschiedenheiten zwischen den Anführern, und einige Familien wanderten auf die entgegengesetzte Seite der Insel. Mit der Zeit vergaß man, um was es bei dem Streit eigentlich ging, doch es waren zwei verschiedene Clans entstanden."

„Und sie sind Plünderer?"

Leif verzog ein wenig die Mundwinkel. „Ja, aber das sind wir alle. Meistens rauben wir den Viehbestand der anderen. Gelegentlich stiehlt ein Mann sich die Frau eines anderen Clans. Es ist mehr ein Spiel und nicht wirklich gefährlich."

Krista wirkte verstimmt. „Die Clans stehlen einander die Frauen, so wie du mich gestohlen hast."

Er zuckte die kraftvollen Schultern. „Das ist nun einmal unsere Art."

„Es ist aber nicht meine Art, Leif."

Ohne zu antworten erhob er sich von dem Stein, auf dem er gesessen hatte, sammelte das übrig gebliebene Essen ein und legte es für später zur Seite. Dann zog er Krista auf die Füße.

„Komm, ich will dir meine Lieblingsplätze zeigen."

Er führte sie den Berg hinauf und blieb stehen, als sie einige schroffe Granitfelsen erreicht hatten. Tief unten konnte Krista die weiße Gischt der Brandung sehen, die an die Felsen draußen im Wasser donnerte. Robben lagen auf den Felsen und wärmten sich in der schwachen Herbstsonne. Fasziniert beobachtete Krista, wie die Tiere nach Fischen tauchten. Sie war so gefesselt von dem Bild, dass sie nicht bemerkte, wie Leif hinter sie trat.

„Vieles hier ist anders", flüsterte er ihr ins Ohr. „Manches ist besser, anderes schlechter. Hier ist der Himmel klar, und der Wind riecht nicht nach Schmutz und Ruß." Er küsste ihren Nacken. „Und unsere Gewänder sind praktischer. Du hast ja schon entdeckt, wie gut die Kleider unserer Frauen geschnitten sind. Kein entsetzliches Korsett, keine Unterröcke. Nichts unter den Kleidern als dein weicher, glatter Körper."

Krista überlief ein Schauder, als er ihr über die Brüste strich, die Hände über ihre Hüften und Schenkel gleiten ließ und sie mit seinem warmen Atem streifte.

„Ich muss nur dein Gewand hochheben, und du bist mein."

Sie stöhnte auf, als er ihr den Saum des Kleides über die Hüften hinaufschob und sich an sie drängte, sodass sie seine harte Männlichkeit fühlen konnte. Sie wollte sich zu ihm umdrehen, doch Leif hielt sie fest.

„Ich werde dich auf diese Art nehmen, so wie ein Wolf seine Gefährtin nimmt." Wartend blieb sie mit dem Rücken zu ihm stehen und erzitterte, als er ihr zwischen die Schenkel griff und sie dort zu liebkosen begann. Er knabberte an ihrem Ohrläppchen, während er mit der Hand sanft ihre Brust streichelte. Währenddessen vollführte die andere Hand ihr Zauberwerk, rieb zärtlich, dann fester, erregte Krista, ließ sie nass werden und bereit, ihn aufzunehmen.

„Hast … hast du das auch aus dem Buch gelernt?", fragte sie atemlos.

„Ich habe nicht alles aus einem Buch gelernt." Und dann spreizte er ihre Beine. Er drückte Krista nach vorn, bis sie sich mit den Handflächen auf einen Felsen vor ihr stützte, die Hüften in die Luft gereckt. Krista zitterte, als er sie fest um die Taille packte und tief in sie eindrang. Sie konnte ihn fühlen, seine starke Erregung spüren und wurde von einer Welle der Lust ergriffen. Leif bewegte sich langsam, drang immer wieder in sie ein.

Er nahm sie, bis ihr Körper vor Verlangen schmerzte, nahm sie, bis sie nur noch an ihn denken konnte und an die Lust, die er ihr schenkte. Bis sie ihn anflehte, nicht aufzuhören.

Sie erreichten den Höhepunkt zusammen. Laut schluchzend rief Krista seinen Namen in die Stille der Hügel, und sein tiefes Stöhnen war ihr Echo. Er hielt sie fest, während sie sich wieder beruhigten und sie seinen zarten Kuss im Nacken spürte.

Dann ließ er den Rock über ihre Hüften gleiten, nahm

ihre Hand und küsste die Handfläche. Er führte sie zurück zu dem verborgenen Platz, wo das heiße Wasser lockte. Sie zogen ihre Kleider aus, kletterten in den dampfenden Teich und lehnten sich gegen die warme Felswand.

Während das Wasser ihre Brüste umspülte, dachte Krista wieder an ihr Liebesspiel und daran, dass er erneut seinen Samen neben sie hatte fließen lassen.

„Ist es … ist es schlimm für dich, dich aus mir zurückzuziehen, so wie du es bei unserem Liebesspiel machst?"

Leif verzog ein wenig den Mund. „Es wäre schlimmer, dich gar nicht zu besitzen."

„Du sagst, du willst mich heiraten. Würde es dann nicht deinem Vorsatz dienen, wenn du mich schwängern würdest?"

„Ich möchte kein uneheliches Kind. Ich will, dass mein Sohn von der Frau geboren wird, die meine Gattin ist." Er fuhr sich mit der Hand durch das goldblonde Haar. „Es könnte trotzdem passieren, doch ich habe mein Bestes getan, dich zu schützen."

Immer versucht er, mich zu schützen, dachte Krista. Sie sah in sein entschlossenes Gesicht und war mit einem Mal so von Liebe überwältigt, dass ihr der Atem stockte. In diesem Augenblick wurde ihr klar, dass sie sich einen Sohn von Leif wünschte und dass sie ihm Kinder schenken wollte, ein ganzes Haus voller Kinder.

Und zum ersten Mal wurde Krista das ganze Ausmaß ihrer Liebe zu ihm bewusst. Sie erkannte, dass der Gedanke, ihn zu verlieren, schmerzlicher für sie war als die Vorstellung, für immer auf der Insel Draugr zu bleiben.

Krista erkannte, dass sie ihn mehr liebte als ihr Leben.

Während sie in dem heißem Becken saß, versuchte sie schweigend, mit dieser neuen Erkenntnis fertig zu werden. Auch Leif schwieg. Am späteren Nachmittag liebten sie sich auf den Pelzdecken, und danach schlummerte Leif neben ihr eine Weile ein. Doch Krista konnte nicht schlafen.

Sie dachte an Leif und daran, was sein Verlust wirklich für sie bedeuten würde – und an das leere Leben, das sie ohne ihn führen müsste.

Nach einer unruhigen Nacht mit wenig Schlaf kleidete Krista sich müde für den vor ihr liegenden Tag an. Leif hatte ihr versprochen, sie an einen Ort zu bringen, wo er und seine Clansleute die Falkenjagd betrieben. Die Vögel wurden auf Eiriks Hof gehalten, den sie zuerst besuchen wollten. Danach würden sie in die Berge zurückkehren. Krista war sicher, dass es ihr gefallen würde zuzusehen, wie er mit den schönen Greifvögeln arbeitete, die die Wikinger zur Jagd benutzten.

Während sie Vorbereitungen trafen, das Lager zu verlassen, beobachtete sie Leif dabei, wie er seine Tasche mit Tagesproviant füllte, und das Herz tat ihr weh vor lauter Liebe. Etwas war mit ihr geschehen, und all die rastlosen Stunden, die sie damit zugebracht hatte, sich eine Zukunft mit ihm vorzustellen, schienen jetzt in einen einzigen, kristallklaren Gedanken zu münden.

Die Kehle wurde ihr eng. Leif musste es ihrem Gesicht angesehen haben, wie aufgewühlt sie war, denn er unterbrach seine Arbeit und erwiderte ihren Blick.

„Was ist denn, *honning?*"

Krista holte tief Luft. „Es gibt etwas, das ich dir sagen möchte, Leif. Etwas, das ich schon seit geraumer Zeit im Innersten weiß. Doch ich hatte Angst, es dir zu gestehen. Ich wusste, dass es alles nur noch schlimmer machen würde für uns beide, und deshalb habe ich geschwiegen."

Leif ließ die Tasche fallen und kam zu ihr, ohne den Blick von ihrem Gesicht zu wenden. Er nahm ihre Hand, und Krista versuchte, nicht zu zittern.

„Sag mir, was los ist, Liebes. Bitte, weine nicht."

Ihr war gar nicht bewusst, dass sie weinte, bis sie blinzeln musste und die Tränen ihr über die Wangen liefen. „Ich kann es nicht auf Altnordisch sagen. Ich weiß noch nicht einmal, ob es in deiner Sprache ein Wort dafür gibt. Ich möchte nur, dass du weißt, dass ich dich liebe, Leif. Mein Herz fließt über vor Liebe zu dir."

Er nahm sie in die Arme und hielt sie einfach nur fest. Erstaunt merkte sie, dass er zitterte.

„Ich will dich nicht verlieren", murmelte Krista an seiner Wange. „Nie." Zitternd rang sie nach Luft, entschlossen, alles zu sagen, bevor sie der Mut verließ. „Wenn du mich immer noch heiraten willst, dann werde ich dich heiraten."

Leif presste sie fester an sich. Sie konnte seinen Herzschlag spüren, der viel schneller ging als ihr eigener. „Es ist mein größter Wunsch, mein größtes Verlangen, dass du meine Frau wirst."

Krista schluckte schwer und versuchte, nicht zu weinen. Doch immer mehr Tränen rollten über ihre Wangen. Das Herz tat ihr weh, aber der Gedanke, Leif zu verlieren, schmerzte sie noch mehr.

Er streckte die Hand aus und wischte ihr die Tränen fort. „Diese Zeit hier gehört uns, wie ich es dir versprochen habe. Morgen werden wir zurückreiten, und ich werde meinem Onkel und den anderen die Neuigkeit mitteilen. In drei Tagen wird der Priester uns verheiraten."

Krista nickte nur und schmiegte sich wieder in seine Arme. Alles wird gut werden, sagte sie sich im Stillen. Sie würde einen Weg finden, glücklich zu werden, einen Weg, sie beide glücklich zu machen.

Bei Leif zu sein – das war nun alles, was zählte.

Als sie wieder in der Siedlung waren, sprach Leif jedoch weder mit seinem Onkel noch mit irgendeinem anderen darüber. Er wusste nicht, warum, sondern spürte nur, dass etwas ihn zurückhielt.

Krista hatte gesagt, dass sie ihn liebte. Sein Vater hatte seine

Mutter geliebt, doch der Grund, warum die Männer des Wikingervolkes heirateten, war eher ihre Begierde nach einer Frau und weil sie eine Familie brauchten, weniger die Liebe. Leif hatte nie geglaubt, dieses Gefühl einmal selbst kennenzulernen.

Doch gestern, als er in Kristas schönes Gesicht geblickt hatte, während sie ihm sagte, dass sie bereit war, alles für ihn aufzugeben, da hatte er gewusst, dass er sie über alle Maßen liebte.

Er hatte gewusst, dass er sein Leben für sie hingeben würde, so wie sie beinahe ihr Leben für ihn gegeben hatte. Er hatte gewusst, dass Kristas zukünftiges Glück wichtiger war als sein eigenes und dass er sie, obwohl er sie so sehr liebte, nicht heiraten würde.

Er beobachtete sie an diesem Morgen, als sie in der Webstube des Langhauses am Webstuhl saß, so wie er sie während der letzten zwei Tage beobachtet hatte. Sie sah so zerbrechlich aus wie nie zuvor. Das innere Licht in ihren Augen war erloschen. Und das hatte er ihr angetan. Als er sie auf seine Insel brachte, hatte er etwas in ihr zerstört.

Das wusste er jetzt. Er hatte die Götter missverstanden. Krista war nie für ihn bestimmt gewesen.

Ein grausamer Schmerz ergriff sein Herz.

Auf der anderen Seite des Raumes erhob Krista sich nun von ihrem Hocker und trat zu ihm. Sie ergriff seine Hand und führte sie an die Lippen. „Etwas stimmt nicht", sagte sie. „Ich kann es in deinen Augen lesen. Warum hast du noch nicht mit deinem Onkel und den anderen gesprochen? Weshalb hast du den Priester nicht verständigt?"

„Du bist es, mit der ich sprechen muss, mein Liebling. Komm. Es gibt etwas, das ich dir sagen muss."

„Was ist es?" Sie sah zu ihm hoch, und ihr besorgter Blick tat ihm im Herzen weh.

Er suchte nach Worten und wusste doch, dass er die richtigen nie finden würde. „Ich habe einen großen Fehler begangen, und jetzt muss ich einen Weg finden, ihn wiedergutzumachen."

Ihre Besorgnis schien zu wachsen. „Wovon ... wovon redest du?"

„Es war falsch von mir, dich hierher zu bringen. Dein Platz ist nicht hier. Ich werde dich wieder nach Hause bringen."

Krista schwankte ein wenig. „Das kann doch nicht sein. Du ... du hast doch gesagt, du wolltest mich heiraten."

Er hätte sie gern berührt, doch er tat es nicht. „Nichts auf Erden möchte ich lieber."

„Dann ..."

„Sag mir, dass ich mich irre. Überzeuge mich davon, dass das hier der Ort ist, wo du sein möchtest. Dass das hier das Leben ist, das du leben möchtest."

„Ich möchte bei dir sein."

Leif schüttelte den Kopf. Ihm war, als würde ein Dolch ihm das Herz in der Brust zerschneiden. „Du bist für mehr als nur das hier bestimmt. Du hast versucht, es mir zu erklären, doch ich wollte nicht zuhören. Ich war blind für alles, bis auf meine eigenen Bedürfnisse. Du musst zurückkehren, Krista. Bevor es zu spät ist, bevor dieses Leben dich zerstört und du mich deswegen zu hassen beginnst."

„Ich könnte dich nie hassen."

„Da bin ich mir nicht so sicher." Er legte die Hand an ihre Wange, und Krista schmiegte das Gesicht hinein. „Dein Platz ist in England. Dort hast du eine Aufgabe. Es gibt Menschen, die von dir abhängig sind. Du wusstest das von Anfang an."

„Ja, aber ..."

„Ich habe bereits mit Kapitän Twig und seinen Männern gesprochen. Morgen werden wir segeln. Am Ende der Woche wirst du zu Hause sein."

Verzweiflung legte sich über Kristas Gesicht. Leif konnte den Schmerz in ihren Augen sehen und wusste, dass auch in seinen Augen die gleiche Qual stand.

„Sag, dass du bei mir bleiben wirst, wenn ich zurückkehre."

Er schüttelte den Kopf. „Du weißt, dass ich das nicht kann."

Ihre Augen füllten sich mit Tränen. „Ich will dich nicht verlassen."

„Ich habe dich einmal enttäuscht, mein Liebling. Ich will es kein zweites Mal tun." Leif beugte den Kopf und küsste sie unendlich sanft. Er verhielt einen Moment auf ihren Lippen, nahm ihre Weichheit in sich auf, fühlte, wie sie unter den seinen zitterten. Dann trat er zurück.

„Heute Nacht werde ich woanders schlafen. Morgen früh brechen wir auf." Damit drehte er sich um und ging davon, während ein vernichtender Schmerz ihm den Hals zuschnürte.

„Leif!", rief Krista hinter ihm her. „Leif, bitte!" Doch er ging einfach weiter.

Sein Entschluss war gefasst. Die Wahrheit war klar zu erkennen, so wie sie immer zu erkennen gewesen war, wäre er nicht zu blind gewesen, sie zu sehen. Ganz gleich, wie sehr es ihn auch schmerzte, er würde Krista nach Hause bringen, zurück in das Leben, für das sie bestimmt war. Er würde sie nicht noch einmal enttäuschen.

Krista weinte sich in den Schlaf. Sie träumte von zu Hause und von ihrem Vater. Und in ihrem Traum sah sie, wie glücklich er war, sie wiederzusehen. Dann träumte sie von Leif, sah ihn neben ihrem kleinen blondhaarigen Sohn stehen, sah, wie er ihr zuwinkte, sie solle zu ihnen kommen. Und sie lief über die Wiese in seine Arme.

Als Runa sie wecken kam, streckte Krista gerade lächelnd den Arm nach Leif aus, doch er war nicht da.

„Mein Bruder erwartet dich", sagte Runa. „Du musst dich auf die Reise vorbereiten."

Krista holte tief Luft und zwang sich aufzustehen. Ihre Beine fühlten sich wie Blei an, als sie sie über die Bettkante schwang. „Ich will nicht fort, Runa. Ich liebe ihn zu sehr."

Die junge Frau nahm ihre Hand. „Mein Bruder weiß, was das Beste ist. Du musst ihm vertrauen."

Krista sagte nichts mehr. Wochenlang hatte sie Leif angefleht, sie nach Hause zu bringen. Jetzt, wo er entschlossen war, es zu tun, war es das Letzte, was sie sich wünschte.

Und doch wusste sie tief in ihrem Herzen, dass es so richtig war.

Sie ließ sich von Runa in ein einfaches braunes Wollgewand helfen und befestigte es an den Schultern mit den Schildpattbroschen. Dann packte sie ein weiteres Gewand für die Reise in ein Bündel, nahm ihren fellgefütterten Mantel und folgte Leifs Schwester hinaus.

„Die Männer sind schon zur Bucht hinuntergegangen", sagte Runa. „Sie laden Vorräte auf und überprüfen das Schiff, ob es fahrtüchtig ist. Ich bringe dich zu ihnen."

Krista ging neben Runa den kurzen Weg durch das Tal, und schließlich erreichten sie den Lehmpfad, der den Hang hinunter zum Meer führte. Kaum hatten sie auf der Klippe den Schutz der Berge hinter sich gelassen, traf Krista die eisige Meeresbrise, ließ ihren Mantel flattern und zerrte an ihren Haaren, die sie im Nacken mit einem Band zusammengefasst hatte. Schützend schlang sie den Mantel enger um sich und ging den Weg hinunter zum Fuß der Klippe.

In der schmalen Bucht war es windstill, da der kleine Ankerplatz fast völlig verdeckt war von hohen Felsen. Krista konnte unten das Schiff sehen und entdeckte Leif, der zusammen mit dem Kapitän und seinen Männern arbeitete. Ihr Herz krampfte sich vor Liebe zu ihm zusammen.

Als sie und Runa die Bucht erreichten, ruderte Leif gerade das kleine Beiboot ans Ufer. Krista erblickte die kleine Gruppe, die sich versammelt hatte, um ihn zu verabschieden. Leifs Brüder Thor und Eirik und sein Onkel Sigurd waren darunter.

Als Leif aus dem Boot sprang und es auf den Sand zog, sprang Thor hinzu, um ihm zu helfen. Erstaunt stellte Krista fest, dass er sich den dichten Bart abrasiert hatte. Da er dabei anscheinend bei Weitem nicht so geschickt war wie Leif, zeigte sein hübsches Gesicht hier und da Kratzer, und an der Kehle hatte er ein oder zwei Schnitte.

„Ich möchte mit dir fahren", sagte Thor. „Ich habe lange darüber nachgedacht. Wie du möchte ich Neues sehen und lernen."

Leif musterte Thors frisch rasiertes Gesicht. „England ist ein schwieriger Ort für Ausländer, Bruder."

„Und doch wolltest du dorthin zurückkehren und hast selbst vor dem Rat darüber gesprochen."

„Ich habe mich getäuscht."

„Trotzdem möchte ich diese neue Welt sehen, die du entdeckt hast."

Leif sah zu Krista. „Glaubst du, der Professor würde Thor unterrichten, wie er mich unterrichtete?"

Krista wusste, dass ihr Vater über die Gelegenheit, seine Studien fortsetzen zu können, begeistert sein würde und nickte. „Sicher wird er es tun."

„Hier gibt es nichts für mich", drängte Thor. „Ich habe keine Frau und anders als du auch keine Pflichten, die mich zwingen zu bleiben."

Leif wandte den Blick ab. „Dir steht es frei zu gehen. Doch hier ist dein Zuhause. Bist du dir sicher, dass du es wirklich verlassen willst?"

„Ich bin mir sicher."

„Die *Sea Dragon* ist gut gebaut und seetüchtig, nicht wie das Schiff, das wir zuvor zu segeln versuchten. Wenn du dir sicher bist, nehme ich dich mit."

Thor zeigte ein strahlendes Grinsen.

Da trat Sigurd auf sie zu. Krista sah, dass er einen geschnitzten Holzkasten in den Händen hielt. „Ich habe etwas, das ich dir gerne mitgeben möchte", sagte er zu Leif.

„Was ist es?"

„Wenn du in England bist und immer noch Zweifel hast, ob du nach Draugr zurückkehren sollst, möchte ich, dass du den Kasten öffnest. Wenn du es tust, wirst du wissen, warum ich ihn dir gab."

„Ich habe eine Pflicht, Onkel."

„Nimm die Schachtel", sagte Sigurd. „Öffne sie nur, wenn deine Zweifel wiederkehren."

Leif antwortete mit einem kurzen Nicken. Als die Männer Anstalten machten, das Boot wieder zum Schiff zurückzurudern, sah Krista zu Runa, die die Hand ausstreckte und Kristas Hand festhielt.

„Leb wohl, Schwester", sagte sie. „Ich bete, dass die Götter dir helfen, den richtigen Weg zu finden."

Krista stiegen Tränen in die Augen. Spontan nahm sie das schlanke rothaarige Mädchen in die Arme, das ihr inzwischen zur Freundin geworden war. „Mögen die Götter dich schützen und leiten", sagte sie. Dann wandte sie sich ab und ging zu den Männern.

Leif nahm ihr kleines Bündel entgegen und half ihr ins Boot. Als Krista seinen Blick auffing, entdeckte sie tiefe Traurigkeit, Verlorenheit und Bedauern in seinen Augen – den gleichen Schmerz, den auch sie fühlte.

Es war Zeit aufzubrechen. Krista fragte sich, wie sie es wohl überleben würde, wenn Leif sie in England zurückließ und ohne sie in seine Heimat zurückkehrte.

27. KAPITEL

Müde lehnte Coralee sich in die Samtpolster der Kutsche zurück. Es war erst Dienstag, doch wie in der Nacht zuvor und in allen Nächten der vergangenen Woche hatte sie noch bis spät in der Redaktion gearbeitet. Die Ausgabe der letzten Woche war am Samstag verteilt worden. Getreu zu seinem Wort stehend, hatte Professor Hart ihr geholfen, einen Leitartikel zur Unterstützung der Reform der Chartisten zu verfassen – eine Bewegung, die die Regierung dazu bringen wollte, mehr Menschen das Wahlrecht zuzugestehen.

Es war eine höchst kontrovers und äußerst heftig diskutierte Idee, die in den höheren Ständen sehr unpopulär war. Doch sie und der Professor hatten dafür plädiert, nur nach gewaltfreien Mitteln zu greifen, um ans Ziel zu kommen. Corrie war stolz auf ihre gemeinsame Arbeit.

Trotzdem schien die Arbeit in der Zeitung, da Krista nicht da war, kein Ende nehmen zu wollen. Und während die Kutsche durch die dunklen stillen Straßen heimwärts rollte, fühlte Corrie sich erschöpft. Sie war ein wenig eingenickt, als sie merkte, wie die Räder mit einem Ruck zum Stehen kamen. Einen Augenblick später wurde der Schlag aufgerissen, und ein ganz in Schwarz gekleideter Mann zerrte sie von ihrem Sitz.

„Lassen Sie mich los!"

Sie schlug um sich, während er sie aus der Kutsche zog und dann gegen die Wagenseite stieß. Es war ein großer, breitschultriger Mann, der sich ein Taschentuch vors Gesicht gebunden hatte. Außer sich vor Angst suchte Corrie nach dem Kutscher und entdeckte ihn mit erhobenen Händen auf dem Kutschbock. Nicht weit davon stand ihr Diener. Ein zweiter Angreifer zu Pferde hielt beide mit zwei schweren Pistolen in Schach.

„Was ... was wollen Sie?" Sie zitterte und hoffte, dass er es nicht bemerkte. In ihrem Retikül befand sich nur ein kleiner

Geldbetrag, und sie betete, dass beide Männer sich damit zufriedengeben würden.

„Ich will, dass Sie aufhören, diese verdammten Artikel zu schreiben. Harts Tochter ist fort. Es gibt also keinen Grund für Sie und dieses lächerliche Frauenblättchen, sich weiterhin in Dinge einzumischen, die Sie nichts angehen."

Coralee bemerkte, dass er sich gepflegt ausdrückte. Doch die harten braunen Augen über dem Taschentuch, die sich in die ihren bohrten, strahlten eine Rücksichtslosigkeit aus, die sie nicht missverstehen konnte.

„Sie müssen nicht die Schlacht eines anderen schlagen, Miss Whitmore. Wenn Sie es versuchen sollten, werden Sie dabei verletzt werden."

„Sie können mir nicht drohen."

Er trat näher, sodass sie den Rücken noch enger an die Kutsche pressen musste. „Das nächste Mal wird es keine Drohung sein. Schreiben Sie Ihre Gesellschaftskolumne und halten Sie sich aus der Politik heraus." Mehr sagte er nicht. Mit einem Kopfnicken in Richtung des zweiten Mannes schwang er sich auf sein Pferd, und beide ritten davon.

Corrie zitterte am ganzen Leib, als der Diener zu ihr gelaufen kam. „Sind Sie in Ordnung, Miss?"

Sie nickte. „Nur ein bisschen durcheinander." Mehr als ein bisschen, gestand sie sich im Stillen und versuchte, ihre zitternden Glieder unter Kontrolle zu bekommen.

„Ich und der Kutscher wussten nicht, was wir tun sollten, Miss, wo doch die Pistolen auf uns gerichtet waren und so."

„Es ist schon in Ordnung. Es war schon richtig so. Bitte, ich möchte jetzt nach Hause, Mr. Pots."

„Natürlich, Miss", sagte der Kutscher.

Sie stieg wieder in die Kutsche und sank in die tiefen Samtpolster. Corrie wusste nicht recht, was sie jetzt tun sollte. Wenn sie ihrem Vater davon erzählte oder zur Polizei ging und er davon erfuhr, würde er ihr verbieten, in die Zeitung zurückzukehren. Und doch konnte sie nicht einfach alles auf sich beruhen lassen.

Sie entschied sich, am nächsten Tag zu Professor Hart zu gehen. Er hatte schon früher einmal einen Detektiv engagiert, und danach hatte sich die Lage für einige Zeit beruhigt. Jetzt begann nach einem einzigen Artikel der ganze Ärger von Neuem.

Besorgt seufzte Corrie auf. Sie wünschte, Krista wäre hier und würde ihr helfen herauszufinden, was jetzt zu tun war.

Es war schon später Nachmittag, als Corrie endlich ihrer Arbeit bei *Heart to Heart* entkommen konnte und sich auf den Weg zum Haus des Professors machte. Sie hatte ihm bereits die Nachricht geschickt, dass sie ihn zu sehen wünschte, und er hatte geantwortet, er würde sich auf ihren Besuch freuen.

Als ihre Kutsche jetzt vor dem zweistöckigen Backsteinhaus anhielt, hoffte Corrie, dass sie auch das Richtige tat. Der Professor war seit Kristas Verschwinden nicht mehr derselbe, und sie wollte ihn nicht noch mehr aufregen.

Andererseits gehörte ihm die Zeitung genauso gut wie Krista, und die Bedrohung betraf sie schließlich alle. Um sich gegen die Novemberkälte zu schützen, zog sie ihren pelzbesetzten Mantel ein wenig enger um sich, überprüfte kurz die Bänder, die ihre Locken bändigten, und eilte die Stufen empor, um an der Tür zu klopfen.

Fast augenblicklich wurde ihr von Giles geöffnet. „Miss Whitmore, treten Sie ein!“ Er lächelte, wie er die ganze Zeit nicht mehr gelächelt hatte, was Corrie sofort in Alarmbereitschaft versetzte.

„Was ist los, Giles? Was ist geschehen?“

„Miss Krista, sie ist zurück, Miss! Vor weniger als einer Stunde ist sie angekommen.“

Corrie stieß einen kleinen Freudenschrei aus. „Oh Giles, das ist ja wunderbar! Wo ist sie?“

„Im Arbeitszimmer, Miss. Ich werde Bescheid sagen, dass Sie da sind."

Er verließ sie kurz, kehrte dann wieder und winkte ihr, ihm den Gang hinunter zu folgen. Lächelnd stieß Corrie wenig später die Tür zum Arbeitszimmer auf und blieb bei Leifs Anblick in voller Wikingerkleidung wie angewurzelt stehen. Über lose fallende knielange Hosen trug er eine Art gegürtete Tunika und dazu fast kniehohe fellbesetzte Stiefel. Er stand neben Krista, die ein kittelartiges blaues Wollgewand trug. Die blonden Haare hatte sie im Nacken zusammengebunden.

„Corrie!" Krista drehte sich um und lief quer durch den Raum auf sie zu, um sie zu umarmen.

„Ich bin so froh, dass du wieder zu Hause bist!" Noch nie hatte Corrie etwas ehrlicher gemeint.

„Es ist gut, wieder da zu sein. Ich habe euch alle so sehr vermisst."

Doch Corrie entgingen nicht die Schatten in den grünen Augen ihrer Freundin, und sie wusste, dass etwas nicht so war, wie es sein sollte.

Das herauszufinden musste allerdings warten, bis sie beide allein waren. Sie warf Leif einen Blick zu. Der blonde Riese blickte genauso bedrückt drein. Dann entdeckte sie einen dritten Mann im Raum. Er war fast so groß wie Leif, dunkelhaarig, unglaublich gut aussehend und ebenfalls wie ein Wikinger gekleidet.

„Das ist Leifs Bruder Thor", stellte Krista vor. „Er spricht noch kein Englisch, doch mein Vater hat sich bereit erklärt, ihn zu unterrichten."

Ein wenig verunsichert durch diesen sehr anziehend wirkenden Mann, gelang Corrie ein Lächeln. „Sag ihm, dass es mich freut, ihn kennenzulernen."

Krista übersetzte, und Thor nickte kurz.

Corrie richtete ihre Aufmerksamkeit nun auf Leif. „Dann

bleiben Sie und Ihr Bruder in London?", fragte sie und hoffte um Kristas willen dass sie recht hatte. Jedes Mal wenn die beiden sich ansahen, konnte Corrie ihre Liebe zueinander erkennen. Und dieser Gedanke versetzte ihrem Herzen einen seltsamen Stich.

„Leif ist Chief seines Clans", erklärte Krista leise. „Er wird morgen abreisen und nicht wiederkommen."

„Ich verstehe." Und plötzlich verstand Corrie wirklich. Sie sah, dass Leif Krista zurückgebracht hatte, obwohl er es nicht wollte, da er sich nichts so sehr wünschte, als sie zu heiraten. Sie sah, dass Krista, obwohl sie Leif liebte, hier in England bleiben würde, weil sie hierher gehörte und nicht auf die Insel Draugr.

Corrie litt mit beiden.

Man unterhielt sich eine Weile, auch ein wenig über das Leben auf der Insel. Am meisten machte Krista sich wegen der Zeitung Sorgen. Corrie berichtete ihr einiges von dem, was in der Zwischenzeit geschehen war. Anscheinend wurde es Krista in diesem Moment erst bewusst, dass Corrie mitten an einem Arbeitstag hier aufgetaucht war.

„Es muss etwas passiert sein", sagte sie rundheraus und sah Corrie an. „Sonst wärst du nicht hier. Was ist es?"

Corrie biss sich auf die Lippen. Sie hasste es, ihre Freundin so bald nach deren Rückkehr mit einer schlechten Nachricht zu überraschen. „Du bist gerade erst angekommen. Wir können in ein paar Tagen darüber sprechen. Vielleicht bist du dann …"

„Sag es mir, Coralee. Wieso kommst du zu meinem Vater?"

Corrie seufzte. „Es gibt ein Problem, und ich hoffte, der Professor könnte mir dabei helfen."

Durchdringend sah Leif sie mit seinen blauen Augen an. „Was für ein Problem?", fragte er.

„Letzte Woche half mir der Professor dabei, einen Leitartikel zur Unterstützung der jüngsten Reformbestrebungen zu schreiben. Es war der erste Artikel in dieser Art, seitdem Krista … gegangen ist. Wir druckten ihn in der Samstagsausgabe der Gazette."

„Und …?", drängte Krista.

„Und letzte Nacht wurde meine Kutsche überfallen."

Leif straffte die Schultern. „Sie wurden nicht verletzt?"

„Nein, es war nur eine Warnung. Der Mann sagte, da Krista fort wäre, bestünde kein Grund für mich oder die Zeitung, sich weiterhin in die Politik einzumischen."

„Es war nur ein Mann?", fragte Leif.

„Eigentlich waren es zwei, doch nur einer sprach mit mir. Er schien der Anführer zu sein."

Der Professor stand von seinem Stuhl auf. „Wir müssen sofort nach der Polizei schicken."

„Eigentlich hoffte ich, wir könnten die Sache auf andere Art erledigen", meinte Corrie. „Die Polizei ist immer so beschäftigt, und ich kann den Beamten sowieso kaum Informationen geben." Mehr musste sie gar nicht sagen. Krista und ihr Vater wussten beide, wie sehr Corries Eltern ihre Arbeit in der Zeitung hassten. Wenn sie auch nur einen Moment lang glaubten, sie könnte in Gefahr sein …

„Vielleicht haben Sie recht", sagte der Professor. „Doch ich möchte, dass man den Mann findet und mit ihm abrechnet. Ich werde Mr. Petersen einen Brief schreiben. Diese Sache muss ein für allemal ein Ende haben." Er ging zum Schreibtisch, nahm einen Federhalter und kritzelte eine Nachricht.

Leif sagte etwas auf Altnordisch zu seinem Bruder, und dieser nickte. Dann wandte sich Leif an Krista. „Solange du in Gefahr bist, reise ich nicht ab."

„Es wird immer Leute geben, die mit dem, was wir drucken, nicht einverstanden sind, Leif. Es ist nicht notwendig, dass du bleibst."

„Nicht alle, die nicht deiner Meinung sind, sind auch eine Bedrohung für dich. Ich bleibe, bis wir mehr wissen."

Corrie hätte nicht sagen können, ob Krista erleichtert oder beunruhigt war darüber, dass Leif blieb. Vielleicht ein wenig von beidem …

„Bis Mr. Petersen sich mit der Sache befasst hat“, sagte sie zu Corrie, „werden wir keine Leitartikel mehr schreiben. Es hat keinen Sinn, unnötige Risiken einzugehen.“

„Das erscheint mir vernünftig“, erwiderte Corrie erleichtert.

„Morgen werde ich an meine Arbeit zurückkehren.“ Krista lächelte, doch ihre Augen blickten leer. „Ich kann mir vorstellen, dass es eine Menge für mich zu tun gibt.“

„Mehr als nur eine Menge“, stimmte Corrie ihr zu. Sie spürte, dass ihre Freundin, etwas tun musste – irgendetwas –, um nicht an Leif denken zu müssen. „Ich kann dir gar nicht sagen, wie glücklich ich bin, dass du wieder zu Hause bist.“

Leif verbrachte die Nacht in dem Stadtpalais und begleitete Corrie und Krista am folgenden Morgen zur Arbeit. Wieder wie ein Gentleman in dunkelgraue Hosen, hellgraue Kaschmirweste und dunkelblauen Rock mit Samtkragen gekleidet, hätte er im elegantesten Salon Londons eine gute Figur gemacht. Doch Krista würde sich immer an ihn in Wikingertracht erinnern, an den Mann, der er wirklich war.

Trotzdem war da noch diese andere Seite an ihm, die Krista genauso stark anzog: sein scharfer Verstand und sein Wissensdurst, sein Wunsch zu lernen, der ihn vor einiger Zeit an Englands Küste getrieben hatte.

Auf der Reise hierher hatte er, außer wenn er sich mit Thor unterhielt, immer nur Englisch gesprochen. Wahrscheinlich wollte er für seinen kurzen Aufenthalt in London seine Sprachkenntnisse auffrischen. Ansonsten verbrachte er einen guten Teil seiner Zeit mit seinem Bruder, lehrte ihn einige englische Wörter und vermittelte ihm eine Grundkenntnis der Gebräuche und Sitten.

Jetzt, wo sie in London waren, hatte Thor sich von Leif

einige Kleidungsstücke geborgt. Meist war er mit Kristas Vater im Arbeitszimmer und vertiefte sich in eine von vielen Unterrichtsstunden, die auf ihn warteten. Wie Leif hatten auch Thor der Anblick und die Geräusche der Stadt und die Art, wie die Menschen hier lebten, verblüfft. Er schien davon genauso fasziniert zu sein wie Leif und fast genauso fest entschlossen zu lernen. Thor und der Professor hatten sofort Freundschaft geschlossen, und Krista glaubte, dass Leifs Bruder gute Chancen hatte, in England bleiben zu können, wie er es sich wünschte.

Was sie selbst anging, so konnte sie nicht leugnen, dass es guttat, wieder zu Hause zu sein. Und es war *richtig*, hier zu sein, ganz gleich, wie sehr ihr auch das Herz beim Gedanken an Leifs baldige Abreise wehtat. Tief in ihrem Innern wusste sie es, auch wenn sie Leif nie vergessen und niemals einen anderen Mann so lieben würde wie ihn.

Um ihren Schmerz zu betäuben, stürzte sie sich in die Arbeit, ging früh ins Büro und blieb bis spät am Abend. Leif begleitete sie und Coralee am Morgen und holte sie jeden Abend mit der Kutsche ab. Nach dem Angriff auf Coralees Kutsche hatte er beschlossen, im Stadtpalais zu wohnen, auch wenn er sich sehr gut ein Hotel hätte leisten können.

Auch Thor wohnte hier. Kapitän Twig und seine kleine Mannschaft blieben in Leifs Diensten und wohnten auf der *Sea Dragon*, während sie auf die Rückfahrt zur Insel warteten. Jamie und der kleine Alfinn wohnten wieder im Quartier der Stallburschen über den Ställen. Der niedliche Affe erinnerte Krista an Leif und all das, was sie miteinander erlebt hatten. Wann immer sie das winzige Wesen sah, packte sie hoffnungslose Verzweiflung.

Wie Coralee schon gesagt hatte, gab es in der Zeitung eine Menge zu tun: Lager durchzusehen, Vorräte einzukaufen und aufzustocken, zukünftige Artikel zu recherchieren. Während die Tage vergingen und die Gazette gedruckt wurde, drängte es Krista mehr und mehr, ihre Leitartikel zu schreiben. Sie vertrat feste Ansichten und wollte tun, was Feargus O'Connor verlangt hatte – weiterhin die Reformen unterstützen.

Drei Tage nach Kristas Rückkehr traf ihr Großvater ein. Krista hatte festgestellt, dass er aus Angst um sie in London geblieben war. Schon immer hatte sie geglaubt, dass er sie liebte. Als er sie jetzt mit Tränen in den Augen begrüßte, wusste sie, dass sie sich nicht getäuscht hatte.

„Mein geliebtes Mädchen. Ich bin so erleichtert, dass du wieder zu Hause bist."

„Es ist gut, wieder hier zu sein, Großvater."

Er umarmte sie kurz und schob sie dann von sich. „Der Mann, der dich entführte – ich werde dafür sorgen, dass er gefunden wird, das verspreche ich dir. Ich will ihn hängen sehen für das, was er dir angetan hat."

Sie schüttelte nur den Kopf. „So war es nicht, Großvater. Er wollte, dass wir heiraten. Er wusste, dass … dass er mir etwas bedeutet. Er glaubte, das Richtige zu tun."

Der Earl legte die Stirn in tiefe Falten, sodass seine buschigen Augenbrauen zusammenstießen. „Wenn dir an ihm etwas liegt und ihm an dir, wieso heiratet ihr zwei dann nicht?"

Krista holte tief Luft und wünschte, sie hätte dieses schmerzliche Thema vermeiden können. „Der Mann lebt in einem anderen Land, in einer anderen Welt weit weg von England, wo ich nicht mit ihm leben kann. Bald wird er dorthin zurückkehren, und es wird keinen Kontakt mehr zwischen uns geben."

Der Earl schien über ihre Worte nachzudenken, und Krista wusste, dass er beunruhigt war. „Du bist kompromittiert worden, Mädchen. Während der Zeit, in der du fort warst, hat dein guter Ruf sehr gelitten. Sicher ist dir bewusst, dass etwas unternommen werden muss."

„Ich weiß, welche Pläne Sie mit mir hatten, Großvater. Es tut mir leid, dass ich Sie enttäuscht habe."

Ein verschmitzter Ausdruck trat in seine Augen. „Das Füllen mag aus dem Stall geflohen sein, doch es gibt immer einen Weg zurück."

Krista wusste nicht, was seine geheimnisvollen Worte bedeuteten, und eigentlich war es ihr auch egal. Wenn Leif erst einmal fort war, würde sie sich auf ihre Arbeit konzentrieren. Mochte ihr Ruf auch ruiniert sein, sie hatte sich noch nie viel aus der feinen Gesellschaft gemacht, und daran hatte sich nichts geändert.

Bald nach ihrem Gespräch verließ der Earl das Haus. Seitdem hatte Krista ihn nicht mehr gesehen.

Als die Zeitung am Donnerstag wieder ohne einen Leitartikel in Druck ging, entschied Krista, dass sie das kein weiteres Mal zulassen würde. Sie würde nicht hinnehmen, dass irgendein Feigling, der hinter einer Maske versteckt Drohungen ausstieß, sie davon abhielt, die Arbeit zu tun, derentwegen sie nach Hause gekommen war. Sie gab zu viel auf, opferte ein Leben mit Leif für das, woran sie glaubte. All das sollte nicht umsonst sein.

Als sie Leif, ihrem Vater und Coralee ihren Entschluss mitteilte, waren ihr Vater und Coralee besorgt. Leif war wütend.

„Das werde ich nicht erlauben!", donnerte er. „Ich verbiete dir, dein Leben in Gefahr zu bringen!"

Entschieden schüttelte Krista den Kopf. „Damit hättest du vielleicht auf Draugr Erfolg gehabt, aber nicht hier. Hier habe ich eine Zeitung zu leiten. Ich habe Verpflichtungen, und ich werde sie nicht weiterhin ignorieren. Gerade du solltest das verstehen."

„Wenn ich dein Mann wäre ..."

„Aber du *bist* nicht mein Mann", erinnerte sie ihn leise und sah, wie Leif sich abwandte und im Salon auf und ab ging, die Hand zur Faust geballt. In burgunderfarbenem Rock und ebensolchen Hosen, die schneeweiße Krawatte perfekt gebunden, sah er glänzend aus – jeder Zoll ein Gentleman. Doch

Krista ließ sich nicht täuschen. Sie kannte den Mann, der hinter dieser zivilisierten Fassade steckte.

Sie liebte ihn.

Obwohl sie ihre Gefühle nicht mehr zeigte.

Und obwohl sie nie miteinander darüber gesprochen hatten, hatten sie sich nach und nach voneinander zurückgezogen. Sie sprachen kaum noch miteinander und wenn, dann nie über etwas Persönliches. Es war, als wären sie nur bekannt miteinander, als hätten sie sich nie geliebt, nie von Heirat gesprochen. Obwohl Leif sich weigerte abzureisen, bevor keinerlei Bedrohung mehr für Krista und Coralee bestand, sah Krista ihn nur selten. Sie wusste nicht, was er tat, wenn er seiner eigenen Wege ging. Vielleicht versuchte er herauszubekommen, wer hinter dieser jüngsten Drohung steckte. Und selbst wenn er sich im Haus aufhielt, blieb er meistens für sich.

Leif war nun auf der anderen Seite des Salons stehen geblieben und wandte sich zu ihr um. „Kannst du nicht wenigstens warten, bis du etwas von eurem Detektiv Mr. Petersen hörst?"

„Nein. Wir wissen ja nicht einmal, wie lange Mr. Petersen noch für seine Ermittlungen brauchen wird. Gerade jetzt diskutiert das Parlament über ein Gesetz zur Verbesserung der Arbeitsbedingungen in den Fabriken und Bergwerken, und ich möchte es nach Kräften unterstützen."

Sie schrieb den Leitartikel, und er kam in der samstäglichen Ausgabe heraus. Am Montag erhielten sie Besuch von Dolph Petersen.

Es war schon dunkel, als die Kutsche Corrie zu Hause abgesetzt hatte und schließlich vor Kristas Haus ankam. Während sie vorfuhren, entdeckte Leif, der wie gewöhnlich schwieg, ein kleineres Gefährt, das vor ihnen parkte.

„Weißt du, wem die Kutsche dort gehört?"

„Ich bin mir nicht sicher."

Er ging mit ihr zur Tür.

„Es ist Mr. Petersen, Miss", teilte ihnen Giles mit. „Er ist mit Ihrem Vater im Studierzimmer. Sie baten mich, Ihnen auszurichten, zu ihnen zu kommen, sobald Sie da sind."

Begierig auf Neuigkeiten, die der Detektiv vielleicht ausgegraben haben mochte, kam Krista eilig der Aufforderung nach. Leif folgte ihr. Als Krista das Zimmer betrat, standen Mr. Petersen und ihr Vater auf – Petersen dunkelhaarig und auf eine eher etwas brutale Art gut aussehend, ihr Vater dünn wie immer, auch wenn er nicht ganz so zerbrechlich wirkte wie bei ihrer Ankunft.

Krista setzte sich den Männern gegenüber auf das Ledersofa am Kamin, und Leif nahm in einem Sessel Platz, der ein Stück entfernt stand.

„Guten Abend, Mr. Petersen", sagte Krista.

„Miss Hart, Mr. Draugr."

„Sie haben Neuigkeiten mitgebracht?", fragte sie.

Petersen nickte. „Wie ich Ihrem Vater schon erzählte, ist es mir in den letzten paar Tagen gelungen, einige interessante Neuigkeiten zu erfahren."

„Ich würde sie sehr gerne hören."

Geschäftsmäßig setzte Petersen sich etwas aufrechter hin. „Um damit zu beginnen: Vor zwei Wochen wurde Cutter Harding für schuldig befunden, gegen das Bergwerksgesetz verstoßen zu haben, und wurde zu einer ziemlich hohen Geldstrafe verurteilt. Gerüchte besagen, Ihr Artikel hätte den Anstoß dazu gegeben. Jetzt ist Harding ziemlich wütend darüber."

Krista lächelte nur. „Tatsächlich? Dann muss ich meine Sache gut gemacht haben und kann mich nur darüber freuen."

„Die zweite Sache betrifft einen alten Freund von Ihnen, Lawrence Burton, den Hauptaktionär der Consolidated Mining. Wenn Sie sich erinnern, es war Mr. Burtons Aufseher, Harley Jacobs, der wegen des Anschlags auf Sie und Mr. Draugr ins Gefängnis ging."

„Das habe ich kaum vergessen, Mr. Petersen."

„Das glaube ich. Es scheint, dass Harley Jacobs seinen Zellengenossen gegenüber ziemlich redselig war. Er behauptete, der Angriff in dieser Nacht ginge auf Burtons Rechnung, nicht auf seine. Er prahlte herum, wie sehr ihm diese Geschichte genützt hätte und wie gut jetzt für ihn und seine Familie gesorgt würde."

Überrascht beugte Krista sich in ihrem Sessel vor. „Wollen Sie damit sagen, Harley Jacobs war nur der Sündenbock, der gegen Geld für Lawrence Burton die Schuld auf sich nahm?"

„Damit will ich sagen, dass Burton und nicht sein Aufseher die Männer angeheuert haben könnte, die Sie und Mr. Draugr in jener Nacht überfielen."

„Ich verstehe."

„Was ist mit der Drohung, die Miss Whitmore erhielt?", fragte Leif.

„In dieser Hinsicht habe ich noch nichts herausbekommen. Die Beschreibung von Miss Whitmores Angreifer passt auf verschiedene Personen. Bevor ich nicht mehr weiß, kann ich keine Anschuldigungen aussprechen."

Krista wünschte, Petersen hätte größere Fortschritte gemacht. Er beantwortete, was immer sie noch an Fragen hatten, und ging dann. Kaum war er fort, wandte sich Leif an Krista und ihren Vater.

„Ich werde mit meinem Bruder sprechen, ihm die neuesten Erkenntnisse mitteilen und ihn bitten, die Augen aufzuhalten, wenn ich nicht hier bin." Er ging einige Schritte, drehte sich noch einmal um und sah Krista fest an. „Weißt du, wie schwer das für mich ist? Daran zu denken, dass du in Gefahr schweben könntest, und gleichzeitig zu wissen, dass meine Anwesenheit hier für uns alles nur noch schwieriger macht?"

Krista krampfte sich das Herz zusammen. „Leif …"

„Versprich, dass du vorsichtig sein wirst. Sag, dass du nichts Dummes tun wirst, das dich in noch größere Gefahr bringt."

„Ich werde vorsichtig sein", erwiderte sie leise, unfähig, den Blick von diesen besorgten blauen Augen zu nehmen.

Sie würde vorsichtig sein – wie sie es versprochen hatte. Aber sie dachte bereits an den Ball, den Coralee erwähnt hatte. Ein verschwenderisches Fest, das ein Mann namens Miles Stoddard gab, Kopf einer der reichsten Industriellendynastien Londons. Die Klatschbasen redeten, Stoddard angle nach einem Titel für seine älteste Tochter und wäre bereit, jede Summe zu zahlen, um sich einen solchen zu sichern.

Corries Familie war natürlich eingeladen. Und wenn auch Coralees Vater, Viscount Selkirk, abgelehnt hatte, so hatte Lady Maybrook, Corries Tante, doch eingewilligt, als Anstandsdame ihrer Nichte zu fungieren. Man sagte, der Ball würde eine ungeheuer teure Angelegenheit und einer der extravagantesten Bälle des Jahres. Corrie hatte vor, für die Gesellschaftsseite der Zeitung einen Bericht darüber zu schreiben.

Es war nicht möglich herauszufinden, ob Cutter Harding anwesend sein würde, auf jeden Fall aber würde Lawrence Burton dort sein. Es war bekannt, dass seine Frau Cecilia sehr großen Wert auf ein Auftreten in der feinen Gesellschaft legte und bemüht war, auf der Leiter des gesellschaftlichen Rangs immer höherzusteigen. Sie war um Jahre jünger als Burton, eine attraktive Frau, in die Burton vernarrt war. Sie liebte verschwenderische Partys, genauso wie ihre beiden Töchter, die im heiratsfähigen Alter waren.

Wenn Krista Corrie also begleitete, würde sie vielleicht Gelegenheit haben, mit Mr. Burton zu sprechen und vielleicht ein paar Hinweise erhalten, ob er der Mann hinter den Drohungen gegen ihre Zeitung war.

„Krista ..." Sie fühlte Leifs Hand auf der Schulter, die sie zwang, ihre Aufmerksamkeit wieder auf ihn zu richten. „Mir gefällt dieser Ausdruck auf deinem Gesicht nicht."

Krista lächelte nur. „Keine Sorge. Ich sagte, ich würde vorsichtig sein."

„Ja … das hast du gesagt."

Doch Krista kannte ihn gut genug, um zu wissen, dass er nicht überzeugt davon war.

28. KAPITEL

Licht schimmerte aus jedem Fenster von Miles Stoddards riesigem Herrenhaus im Londoner Bezirk Shrewhaven. Es war eine der erst kürzlich bebauten Gegenden, und die Häuser gehörten zumeist der neureichen Elite. Hier wohnten keine Dukes oder Earls, und doch ähnelte jeder dieser Herrensitze einem Palast. Auch ein Zeugnis dafür, dass die Besitzer ihr Geld auf dem Rücken der armen Arbeiterklasse verdienen, dachte Krista zornig.

Trotzdem musste sie eingestehen, dass sie ein wenig ungerecht war. Über die Jahrhunderte hinweg hatte es immer wieder Machtmissbrauch gegeben. Eine Änderung war erst seit Kurzem durch die Bemühungen um eine Reform der Arbeitsbedingungen eingetreten. Abgesehen davon behandelten viele der Leute, die in Shrewhaven wohnten, ihre Arbeiter nicht ungerechter als irgendjemand anders.

Neben Corrie und ihrer Tante, Lady Maybrook, ging Krista die Stufen zu dem reich verzierten Portal hinauf. Sie hatte gewartet, bis Leif ausgegangen war, sich dann umgezogen und das Haus verlassen. Ihrem Vater, der mit Thor im Studierzimmer arbeitete, hinterließ sie ein kurzes Briefchen.

Sie wusste, sie hätte nicht herkommen sollen. Seit sie verschwunden war, hatte der Klatsch geblüht. Jetzt, mit ihrer Rückkehr, gab es noch viel mehr Gerede. Auch wenn ihr Vater, Großvater und Tante Abby all ihren Einfluss nutzten, um der Sache ein Ende zu bereiten, war sie sich ziemlich sicher, dass der Empfang für sie heute Abend nicht gerade überwältigend sein würde.

Bemüht darum, ihre plötzliche Nervosität zu bekämpfen, setzte sie ein Lächeln auf, hob das Kinn und trat durch die Tür, vorbei an zwei Dienern in Livree. In ihrem Kleid aus saphirblauer Seide mit einem Überwurf aus Tüll, der mit Silberfäden durchwebt war, musste sie unwillkürlich an die einfachen Gewänder denken, die sie auf Draugr getragen hatte. Heute konnte man in dem tiefen Dekolleté den Ansatz ihrer Brüste sehen. Das zog gelegentlich die Blicke gut gekleideter Herren auf sie und auch ein paar herumirrende Blicke tratschender Damen, die sich zweifellos fragten, was an den Geschichten über Krista stimmte.

Krista wappnete sich. Sie war wieder in London, war wieder in ein eng sitzendes Korsett und viele Unterröcke gekleidet, und sie hatte eine Aufgabe zu erledigen.

Während sie unter einer beeindruckenden Glaskuppel durch die majestätische Eingangshalle schritten, beugte sich Corrie zu ihr. „Bist du sicher, dass das eine gute Idee war, Krista?"

„Es war eine schreckliche Idee. Für den Tratsch ist heute Feiertag, und als Herausgeberin von *Heart to Heart* bin ich sowieso bei etlichen Gästen höchst unbeliebt."

„Nun, wir können nicht einfach wieder gehen, das würde alles nur noch schlimmer machen." Corrie sah sich um und bemerkte, genauso wie Krista auch, dass etliche Leute zu ihnen herüberstarrten.

„Ich habe nicht vor, wieder zu gehen", erwiderte Krista entschieden, auch wenn ihr die Knie zitterten.

„Was soll ich sagen, wenn man mich wegen deiner Rückkehr ausfragt?"

„Vater und Großvater erzählen den Leuten, dass ich bei meiner Tante auf dem Land war. Tante Abby war erkrankt, weißt du, aber jetzt ist sie, dank meiner selbstlosen Bemühungen, wieder auf den Beinen."

„Das klingt glaubwürdig."

„Vielleicht. Allerdings werden sie es wohl eher deshalb glauben, weil keiner sich den Zorn des Earl of Hampton zuziehen möchte … oder den Tante Abbys."

Corrie unterdrückte ein Lachen. „Sie ist wirklich eine wunderbare Person, deine Tante."

„So wie deine", sagte Krista und warf einen Blick auf die

stolze silberhaarige Dame. Lady Maybrook, nicht im Geringsten eingeschüchtert durch Leute, die sie als „arbeitende Klasse“ bezeichnete, steuerte zielstrebig auf die Punschbowle zu. Doch statt nach Punsch griffen Krista und Corrie lieber nach den Champagnergläsern.

„Um meine Nerven zu beruhigen“, erklärte Krista.

„In der Tat“, stimmte Corrie ihr zu und nahm einen großen Schluck.

Der Ballsaal war noch verschwenderischer geschmückt als das übrige Haus, mit unzähligen Kerzen in goldenen Kandelabern und großen Zweigen frischer Kamelien und Gardenien. Ein achtköpfiges Orchester, in strahlend blauen Satin gekleidet, spielte auf einer Bühne am Ende des Ballsaals.

Die Fragen über ihren Aufenthalt auf dem Lande beantwortete Krista, indem sie sich an die von ihrem Vater und Großvater erfundene Geschichte hielt.

„Es kam ganz unerwartet“, sagte sie zu der dicken Mrs. Clivesdale, Mutter eines reichen Eisenbahnunternehmers. „Normalerweise ist meine Tante sehr robust.“

„Ist sie hier?“, fragte die Frau und hob ihr Lorgnon, um über ihre kurze, breite Nase hinweg den Blick schweifen zu lassen.

„Leider nicht. Tante Abby muss sich noch erholen, müssen Sie wissen.“

„Natürlich, ich verstehe.“

Die Dame verstand überhaupt nichts, was Krista gerade recht war.

Der Abend verlief nicht ganz so unangenehm, wie Krista ihn sich vorgestellt hatte, denn auch einige Freunde ihres Großvaters waren anwesend.

Sie erkannte Lord und Lady Paisley wie auch den Earl und die Countess of Elgin. Alles Menschen, die sich ihrem Großvater gegenüber äußerst loyal verhielten. Matthew Carltons Vater war da, der Earl of Lisemore. Er stand neben seinem

Sohn Phillip Baron Argyll. Dann entdeckte Krista Matthew.

Mit seinen hellbraunen Haaren und den vornehmen Zügen war er so attraktiv wie eh und je, und sie dachte, dass ihr Leben so viel leichter, so viel weniger schmerzhaft verlaufen wäre, wenn sie sich in ihn hätte verlieben können. In diesem Moment sah er sie und hob den Kopf. Mit langen Schritten kam er auf sie zu.

„Krista, du bist wieder zu Hause. Dein Großvater sagte es mir. Eine Zeit lang glaubte ich, dich nie wiederzusehen."

„Ach ja? Ich war nur auf dem Land. Tante Abby wurde krank, und ich fuhr hin, um sie zu pflegen."

„Ja ... das hat der Earl gesagt."

„Aber du glaubst ihm nicht?"

„Es ist nicht wichtig. Es ist nur wichtig, dass du wieder da bist."

Da war etwas in seinem Gesicht, ein vertrautes Interesse, das sie schon lange tot geglaubt hatte. Er ergriff ihre behandschuhte Hand und führte sie an die Lippen. „Ich hoffe, dass wir jetzt, wo du zu Hause bist, mit der Zeit unsere ... Freundschaft erneuern können."

Er hegte doch wohl nicht die Hoffnung, ihr wieder den Hof machen zu können? Matthew wusste um ihre Gefühle für Leif. Sicher hatte er schon vermutet, dass sie während der vergangenen Wochen mit ihm zusammen gewesen war.

Bevor sie noch Zeit hatte, ihm zu antworten, kam Corrie von einer kurzen Unterhaltung mit einer Freundin zurück. „Guten Abend, Matthew."

„Miss Whitmore."

Die Miene ihrer Freundin versetzte Krista in Alarm.

„Es tut mir leid, wenn ich das Gespräch unterbreche", sagte Corrie und warf Krista einen drängenden Blick zu. „Aber ich muss dich in einer dringenden Angelegenheit sprechen."

Krista wandte sich Matthew zu. „Es tut mir leid, Matthew. Wenn du uns entschuldigen würdest ..."

Er machte eine leichte Verbeugung. „Natürlich."

Corrie zog Krista zur anderen Seite des Ballsaals. „Wir müssen uns beeilen!"

„Du lieber Himmel, Coralee, was ist denn los?"

„Ich habe ihn gesehen, Krista! Den Mann, der meine Kutsche überfiel und mich bedrohte!"

„Bist du sicher?"

„Wenn ich es dir doch sage! Er ist hier im Ballsaal."

„Wie kannst du dir sicher sein, dass er es ist? Du sagtest doch, er trug eine Maske."

„Keine Maske, ein Taschentuch, das er über Nase und Mund gebunden hatte. Ich habe seine Augen wiedererkannt. Sie sind gut wiederzuerkennen, weißt du. Von einem harten Dunkelbraun, fast schwarz. Und sie haben so etwas Rücksichtsloses. Man kann sie unmöglich verwechseln."

„Das ist alles? Du glaubst, seine Augen zu erkennen?"

„Da ist auch noch seine Gestalt. Der Mann ist groß, mit sehr breiten Schultern, genau wie der Mann, den ich gesehen habe. Doch was noch wichtiger ist, ich habe seinen Ring erkannt."

Krista runzelte die Stirn. „Du hast nie einen Ring erwähnt."

„Ich dachte nicht daran, jedenfalls damals nicht. Erst als ich ihn eben sah, fiel es mir wieder ein. Es ist ein blutroter Granat mit zwei eingelegten Säbeln. Er ist ziemlich einzigartig. Ich weiß nicht, wie ich das vergessen konnte."

„Wo ist der Mann jetzt?"

Corrie nahm Krista bei der Hand und führte die Freundin in den hinteren Teil des Ballsaals. „Dort, der Mann, der sich mit Mr. Stoddard unterhält."

„Stoddard ist reich wie Krösus. Bestimmt würde er sich nicht mit dieser Art von Schurken abgeben, wie du ihn beschreibst."

„Ich sage dir, er ist es!" Die grünen Augen weit aufgerissen, das kleine, feine Gesicht angespannt, sah sie sehr überzeugt aus.

„Nun gut, wenn du dir so sicher bist, müssen wir seinen Namen herausfinden."

„Warum fragen wir nicht Matthew? Er kennt sehr viele Leute. Vielleicht weiß er, wer das ist."

Matthew stand nicht weit entfernt und unterhielt sich mit Diana Cormack und ihrem Mann, dem Viscount Wimby. Krista zögerte, wieder mit Matthew zu sprechen. Doch wenn sie Lady Maybrook fragte, weckte sie vielleicht deren Misstrauen, und das wollte sie auch nicht. Also blieb ihr keine andere Wahl.

Ungeduldig warteten sie, bis Lord und Lady Wimby gingen, und näherten sich dann Matthew.

„Entschuldigen Sie bitte, wenn wir Sie stören, Matthew", sagte Corrie, „aber könnten Sie uns vielleicht helfen? Wissen Sie zufällig, wer dieser große Herr dort ist? Der dort bei der Tür steht, die auf die Terrasse hinausführt."

Groß wie er war, konnte Matthew über die Köpfe der anderen hinwegsehen. „Er steht neben der Tür, sagen Sie?"

„Ja."

„Der Mann ist Porter Burton. Warum fragen Sie?"

Kristas Augen weiteten sich. „Ist er mit Lawrence Burton von der Consolidated Mining verwandt?"

„Er ist Burtons ältester Sohn."

„Bist du dir sicher? Er scheint zu alt zu sein. Lawrence Burton hat eine Tochter, die halb so alt ist wie der Mann dort."

„Porter ist der Sohn von Burtons erster Frau Maryann. Sie starb im Kindbett, und er heiratete erst einige Jahre später ein zweites Mal. Warum fragst du?"

Krista brachte ein Lächeln zustande. „Aus keinem bestimmten Grund … nur … Corrie schreibt über diesen Ball, und sie versucht, einige der anwesenden Gäste aufzulisten."

Corrie setzte ein strahlendes Lächeln auf. „Für meinen Artikel – ja, das stimmt. Vielen Dank, Matthew."

Sie ließen ihn stehen. Verblüfft starrte er ihnen hinterher, während Krista ihre Freundin durch die Menge zog, ganz begierig darauf, mit Porter Burton zu sprechen.

„Es war Burtons eigener Sohn, der mich bedrohte!" Corrie zischte die Worte buchstäblich. „So eine Unverschämtheit!"

„Harley Jacobs sagte, Burton wäre eigentlich für den Anschlag auf mich und Leif verantwortlich. Wie es scheint, war es nicht der Vater, sondern der Sohn, der den Aufseher dafür bezahlte, dass er die Schuld auf sich nahm."

Abrupt blieb Corrie stehen. „Du glaubst doch nicht, dass er auch für das Feuer bei *Heart to Heart* verantwortlich ist?"

„Wahrscheinlich schon. Und vielleicht hat er auch befohlen, den *London Beacon* zu zerstören." Krista zog ihre Freundin weiter. „Komm, ich möchte mit ihm reden."

Doch Corrie ging keinen Schritt weiter und zwang auch Krista, stehen zu bleiben. „Also das hast du vor? Bist du verrückt?"

„Auf diesem Ball sind vierhundert Gäste. Ich bin hier völlig sicher. Und ich will hören, was der Mann zu sagen hat." Krista wartete gar nicht erst Corries Antwort ab, sondern ging einfach weiter. Sie hatte fast ihr Ziel erreicht, als Burton durch die hohe Glastür nach draußen auf die Terrasse ging.

„Du kannst da nicht hinausgehen", flüsterte Corrie. „Dein guter Ruf hängt bereits an einem seidenen Faden. Außerdem könnte es gefährlich sein."

„Der Mann wird mich wohl kaum vor all diesen Leuten angreifen!"

„Aber …"

„Keine Sorge, ich nehme eine andere Tür nach draußen. So wird mich niemand sehen."

Krista holte tief Luft und stürzte sich in das Gedränge. Wenige Minuten später schlüpfte sie durch eine andere Tür auf die Terrasse hinaus. Sie entdeckte Burton sofort. Er lehnte an der Wand. Sein Gesicht lag halb im Schatten verborgen, die andere Hälfte war beleuchtet vom flackernden Licht der Laternen entlang der Balustrade. Er war elegant gekleidet, sein Anzug war perfekt auf seine große Gestalt zugeschnitten, und doch ähnelte er tatsächlich irgendwie dem Rohling, für den Coralee ihn hielt. Er rauchte eine Zigarre. Die Spitze glühte in der Dunkelheit auf. Er warf sie fort, als Krista auf ihn zuging.

„Guten Abend, Mr. Burton. Mein Name ist …"

„Ich kenne Ihren Namen." Er entfernte sich von der Mauer. Die Dunkelheit verbarg seine Augen, und doch konnte Krista deren brennenden Blick spüren. „Sie sind Krista Hart. Ich hörte, Sie hätten London verlassen. Ich hatte gehofft, wir hätten Sie zum letzten Mal gesehen."

„Ihnen und Ihrem Vater hätte das gefallen, nicht wahr? Leider bin ich zurückgekehrt, und Ihre Drohungen und Einschüchterungen werden uns nicht hindern, die Wahrheit zu drucken."

„Die Wahrheit? Oder Ihre Auffassung von Wahrheit?"

„Das spielt keine Rolle. Es ist unser Recht zu drucken, was wir glauben."

Viel größer als sie, trat er einen Schritt auf sie zu. Es überraschte Krista, dass sie einen Augenblick lang Angst hatte, selbst hier unter all den Leuten.

„Es ist mir gleich, was Sie glauben", sagte er, „Sie und der Rest der Flammenden Herzen. Sie werden aufhören, dieses ganze Geschwätz zu drucken, oder Sie werden die Konsequenzen tragen müssen." Er verzog den Mund zu einem grausamen Lächeln. „Der *Beacon* kann sich kaum noch über Wasser halten. Noch ein Problem, und die sind raus aus dem Geschäft. Wenn Sie nicht möchten, dass mit Ihrer kleinen Zeitung das Gleiche passiert, sollten Sie lieber aufhören, sich einzumischen."

„Ich werde die Obrigkeit einschalten. Man wird Sie festnehmen, so wie Harley Jacobs."

Sein Grinsen verblasste, und er richtete sich zu seiner vollen Größe auf. „Versuchen Sie es, und Sie werden sich nur zum Narren machen. Sie können Ihre Anschuldigungen hinausposaunen, aber Sie haben nicht den geringsten Beweis dafür. Jacobs wird nicht reden und auch kein anderer. Es ist nur eine Frage der Zeit, und all dieser Unsinn hat ein Ende. Aber wir werden dann immer noch unsere Geschäfte machen." Er kam noch einen Schritt auf sie zu und zwang sie zurückzuweichen, bis ein Topf mit einer großen Zypresse ihr den Weg versperrte.

„Im Bergwerksgeschäft geht es um eine Menge Geld", sagte er, „und wir werden nicht zulassen, dass ihr Gutmenschen uns um unseren Anteil bringt."

Krista versuchte ihm zu entkommen, doch er trat ihr in den Weg. „Lassen Sie mich vorbei", forderte sie ihn auf.

Er rührte sich nicht, sondern starrte sie nur spöttisch grinsend und mit hartem Blick an.

In diesem Moment vernahm Krista ein leises Geräusch. Dann legte sich eine große Hand auf Burtons Schulter. „Tun Sie, was die Dame sagt."

Krista wünschte, sie hätte keine so große Erleichterung empfunden, als sie Leif hinter ihrem Gegner auftauchen sah. Burton drehte sich um. Er schien erstaunt darüber, dass Leif noch größer war als er, und nickte kurz.

„Genießen Sie den Abend." Krista überhörte den Sarkasmus in seiner Stimme. Sie sah ihm hinterher, wie er zurück in den Ballsaal ging, und wappnete sich gegen den Zorn, den sie in Leifs Miene erkannte.

„Wieso … wieso wusstest du, dass ich hier bin?"

„Ich habe von dem Ball heute Abend gehört. Und ich kenne dich gut."

Krista errötete bei dem Gedanken, wie gut er sie kannte.

„Du hast versprochen, vorsichtig zu sein", fuhr er fort. „Was tust du dann hier, im Lager deines Feindes?" In eleganter schwarzer Abendkleidung, die Haare frisch geschnitten und gebürstet, sah er hervorragend aus. Der geheimnisvolle skandinavische Prinz war zurückgekehrt, und seine Anwesenheit würde nicht unbemerkt bleiben.

Krista stöhnte innerlich. Jetzt würde es noch mehr Gerede und noch mehr Probleme für sie und ihre Familie geben.

„Ich hoffte, Lawrence Burton sprechen zu können", erklärte sie. „Stattdessen sprach ich mit seinem Sohn. Coralee sagt, Porter Burton sei der Mann, der sie bedrohte."

Leif erstarrte. „Und er ist der Mann, mit dem du hier draußen gesprochen hast?"

Als sie nickte, stieß Leif einen altnordischen Fluch aus, drehte sich um und schritt zur Tür. Krista musste laufen, um ihn einzuholen.

„Du kannst ihn jetzt nicht zur Rede stellen, Leif! Nicht hier!"

Er schien zu erkennen, welchen Ärger er damit heraufbeschwören würde, und bemühte sich sichtlich, seinen Zorn unter Kontrolle zu bringen. „Wie soll ich dich beschützen, wenn du fortfährst, Ärger zu stiften?"

„Es ist nicht deine Aufgabe, mich zu beschützen."

„Nein? Wenn du das glaubst, dann irrst du dich. Ich kann England nicht verlassen, bevor ich dich nicht in Sicherheit weiß."

Krista versuchte sich nicht über seine Fürsorge zu freuen und achtete nicht auf den besitzergreifenden Ausdruck auf seinem Gesicht. Sie streckte einfach nur die Hand aus und legte sie sanft auf seine Wange. „Dann wirst du vielleicht bleiben müssen."

Für einen Augenblick trafen sich ihre Blicke und hielten einander fest. Leif nahm ihre Hand, drehte sie um und küsste die Handfläche. Er sagte nichts. Sie beide wussten, dass er darauf nichts erwidern konnte.

„Wirst du der Polizei von Burton berichten?", fragte er schließlich.

„Wir haben keinerlei Beweise, nur Corries Aussage, dass sie die Augen und den Ring ihres Angreifers erkannt hat. Ich bezweifle, dass das vor Gericht Bestand hätte. Ich werde mit Vater und Mr. Petersen sprechen. Vielleicht wissen sie, was zu tun ist."

Leif blickte zum Ballsaal zurück, wo die in Samt und Seide gekleideten Damen in den Armen ihrer Begleiter zu den Klängen eines Walzers herumwirbelten. Krista fragte sich, ob er wohl an die Insel dachte und daran, wie anders das Leben hier war.

„Es ist kalt", sagte er. „Hol dein Umschlagtuch. Ich bringe dich nach Hause."

Krista schüttelte den Kopf. „Wir sind hier nicht auf Draugr, Leif. Ich kann unmöglich mit dir gehen. Ich sollte noch nicht einmal so lange hier draußen mit dir allein sein."

Ein Muskel zuckte an seiner Wange. Mit einem resignierenden Seufzer nickte er. „Ich lasse dich zu Corrie und deinen Freunden zurückgehen. Wenn du bereit bist aufzubrechen, werde ich dir in meiner Kutsche nach Hause folgen."

„Ich glaube nicht, dass du …"

Sein Blick ließ sie verstummen.

„Schon gut, ich werde Kopfschmerzen vorschützen. Corrie wird mir zwar nie verzeihen, aber darum geht es jetzt nicht. Auf jeden Fall wartet morgen eine Menge Arbeit auf mich."

Innerhalb einer Stunde verließen Krista und ihre Begleiter die Gesellschaft, Corrie wie immer unter Protest.

„Ich will noch nicht gehen", sagte sie, während sie ihre Umhänge entgegennahmen und Lady Maybrook ihre Kutsche holen ließ. „Es ist solch ein schöner Ball."

„Abgesehen von Porter Burton."

„Nun ja, abgesehen von Porter Burton."

Doch Burton *war* da und beobachtete, wie sie das Haus verließen. Plötzlich war Krista froh, dass Leif ihnen folgen würde.

„Wir werden die Sache vor Gericht bringen", entschied der Professor außer sich vor Zorn.

„Das würde nichts nützen", widersprach ihm Dolph Petersen. „Porter Burton hat recht – Sie haben keine Beweise."

„Was ist mit dem Ring?", fragte Krista. Sie saßen alle im Studierzimmer, Leif und ihr Vater in den Sesseln ihr und Mr. Petersen gegenüber. Da Thor erst anfing, Englisch zu lernen und dies hier eine Familienangelegenheit war, arbeitete er oben in seinem Zimmer. „Vater sagt, die zwei gekreuzten Säbel sind das Symbol der Consolidated Mining."

Petersen sah nicht sehr beeindruckt aus. „Es genügt nicht. Alles, was Sie haben, ist Miss Whitmores Aussage gegen den Sohn eines der reichsten Männer Englands."

„Coralee ist die Tochter eines Peers."

Er zuckte die Achseln. „Trotzdem steht hier nur ihr Wort gegen seines." Er lehnte sich zurück. „Wir können uns nicht an die Polizei wenden – zumindest jetzt noch nicht. Aber es könnte einen anderen Weg geben, Porter Burton davon abzuhalten, weiterhin eine Gefahr zu sein."

Leif richtete sich in seinem Sessel auf. „Und wie?", fragte er in seiner direkten Art.

Krista hatte ihn seit dem Ball nicht mehr gesehen. Sie versuchte, nicht darüber nachzudenken, wie er seine Zeit verbrachte, wenn sie nicht beisammen waren. Vielleicht war er an die Spieltische zurückgekehrt, obwohl sie das eigentlich nicht glaubte. Ihm hatte der Gedanke, mit dem Laster eines anderen Menschen Geld zu verdienen, nie sehr gefallen, und er hatte es nur getan, um sein Ziel zu erreichen.

„Die Polizei kann uns nicht helfen", fuhr der Detektiv fort, „doch vielleicht kann es ein anderer."

„Fahren Sie fort", drängte Leif.

„Porter Burton ist Lawrence Burtons Erbe. Sein Vater ermöglicht ihm einen königlichen Lebensstil, und wenn der alte Burton einmal tot ist, wird Porter immens reich sein. Üben Sie Druck auf den alten Mann aus. Er soll das Taschengeld seines Sohnes streichen und drohen, ihn zu enterben. Dann bleibt Porter gar nichts anderes übrig, als seine Angriffe zu unterlassen."

„Ich fürchte, ich verstehe nicht recht", sagte der Professor. „Warum sollte der ältere Burton dem zustimmen?"

„Ich habe so das Gefühl, dass der alte Mann nichts von dem schändlichen Treiben seines Sohnes weiß", erklärte Petersen. „Lawrence Burton hat eine junge Frau, die er anbetet, und zwei Töchter, für die Ehemänner gefunden werden müssen. Wenn die Aktivitäten seines Sohnes ans Licht kommen, wäre es für alle von großem Nachteil."

„Es wird nicht funktionieren", sagte Leif. „Wie Sie schon sagten, wir haben keinen Beweis."

„Sie brauchen gar keinen Beweis. Sie brauchen nur jemanden, der mächtig genug ist, Burton senior zu zwingen, etwas gegen seinen Sohn zu unternehmen – oder zumindest damit zu drohen. Miss Hart, Ihr Großvater, der Earl of Hampton, ist ein Mann, der solche Macht besitzt."

Krista dachte über die Worte des Detektivs nach. Ihr Großvater war ein äußerst mächtiger Mann und zu allem bereit, wenn es galt, seine Familie zu verteidigen. Wenn sie zu ihm ging und ihm erklärte, was sie über Porter Burton herausgefunden hatte, würde er ihr helfen, da war sie sich sicher.

„Sie sind wirklich Ihr Geld wert, Mr. Petersen", erklärte sie.

Er erhob sich. „Lassen Sie mich wissen, wie es läuft, ja?"

„Gewiss."

Petersen verließ das Haus, und die drei anderen besprachen, wie sie weiter vorgehen wollten.

„Ich bin diejenige, die mit Großvater reden muss", sagte Krista.

Der Professor nickte. „Er betet dich an, selbst wenn er es dir nicht so zeigt. Er sorgt sich entsetzlich, seitdem du diese Drohbriefe erhältst."

„Er weiß von diesen Briefen?"

„Es gibt wenig, was der Earl of Hampton nicht weiß."

Krista fragte sich, ob er von Leif wusste und ihrer Reise nach Draugr. Das Blut stieg ihr in die Wangen. Aus dem, was sie ihm nach ihrer Rückkehr erzählt hatte, hatte er sicher erraten können, dass sie und ihr Entführer ein Liebespaar waren.

Trotzdem tat er sein Bestes, ihren angeschlagenen Ruf zu retten, und sicher würde er ihr auch in dieser Sache wieder helfen.

29. KAPITEL

Leif weigerte sich, Krista allein zum Haus ihres Großvaters fahren zu lassen, und er willigte nur widerwillig ein, in der Kutsche auf sie zu warten. „Nach dem Ball und deinem Gespräch mit Burton schwebst du in noch größerer Gefahr als zuvor."

Sie wusste, dass er recht hatte, und so protestierte sie nur schwach. Die Kutsche fuhr vor dem Wohnsitz des Earls vor, einer dreistöckigen georgianischen Residenz am Rande der Stadt, welche schon seit über hundert Jahren im Besitz der Familie war. Ein junger blonder Diener half Krista aus der Kutsche, geleitete sie zum Portal und blieb dann dort stehen, um auf ihre Rückkehr zu warten. Krista konnte Leif durch die Kutschfenster sehen, das Gesicht angespannt, die Augen wachsam.

Sie ignorierte den schmerzhaften Stich, den ihr der Gedanke an seine baldige Abreise versetzte, und ging ins Haus. Man führte sie in einen der eleganten Salons des Earls.

Dort gesellte sich ihr Großvater dann zu ihr und setzte sich in die Ecke eines mit hellblauem Brokat bezogenen Sofas, während Krista am anderen Ende Platz nahm.

„Ich bin froh, dass du gekommen bist, Enkelin", sagte er. „Ich hatte ohnehin vor, dich im Laufe der Woche herzubitten."

„Ach ja?"

„Wir müssen miteinander reden, doch sag mir zuerst, wieso du mich sprechen willst."

Krista wusste nicht so recht, wo sie anfangen sollte. Also begann sie mit den Drohbriefen, die sie Monate zuvor erhalten hatte, und dem Feuer bei *Heart to Heart*, von dem er bereits wusste. Dann erzählte sie ihm von dem Anschlag auf sie, den Leif vereitelt hatte, wovon der Earl nicht unterrichtet war.

„Es sind verrufene Männer", sagte Krista. „Wenn mein …

Beschützer nicht gewesen wäre, ich glaube, sie hätten mir Gewalt angetan."

Die runzligen Wangen des Earls röteten sich. „Du hättest zu mir kommen sollen! Schließlich bist du die Enkelin des Earl of Hampton!"

„Wir haben einen Detektiv hinzugezogen, Großvater, einen Mann namens Dolph Petersen."

Er nickte, und sein Zorn ließ etwas nach. „Petersen. Guter Mann. Hätte selbst keinen besseren wählen können."

Sie fuhr fort, erklärte die Sache mit Harley Jacobs, dem Mann, der verurteilt worden war, weil er die Schurken anheuerte, die sie überfallen hatten. „Wir dachten, damit wäre die Angelegenheit erledigt. Dann wurde Coralee auf dem Weg von der Zeitung nach Hause mit Pistolen bedroht. Wir sind überzeugt, dass die Ereignisse etwas miteinander zu tun haben."

„Du sagst, dass Jacobs jetzt im Gefängnis sitzt?"

„Das stimmt. Doch wie sich herausgestellt hat, war er gar nicht der wirkliche Bösewicht." Sie fuhr fort und offenbarte ihrem Großvater, dass Porter Burton, Sohn des reichen Bergwerksbesitzers Lawrence Burton, in Wirklichkeit der Verantwortliche war und ihre Angreifer angeheuert hatte. Vermutlich hätte er auch das Feuer bei *Heart to Heart* gelegt. „Und er prahlte praktisch auch noch damit, den *London Beacon* zerstört zu haben."

Der Earl lehnte sich zurück und verschränkte die knorrigen Finger über der Brust. „Also bittest du mich jetzt endlich um Hilfe. Worum geht es? Was soll ich für dich tun, Mädchen?"

Sie erklärte ihm ihre Überlegungen und fragte ihn, ob er bereit wäre, mit dem älteren Burton zu sprechen und seine Macht und seinen Einfluss einzusetzen, um den Mann dazu zu bringen, seinen rücksichtslosen Sohn unter Kontrolle zu halten.

Der Earl richtete sich wieder auf. „Ich bin dein Großvater. Ich werde alles tun, um dich zu beschützen. Doch im Gegenzug möchte ich auch etwas von dir. Das ist auch der Grund, weshalb ich mit dir sprechen wollte."

Krista wurde vorsichtig. „Worum geht es?"

„Als Gegenleistung für meinen Schutz möchte ich, dass du heiratest. Ich möchte, dass du Matthew Carlton heiratest."

„Wie bitte?"

„Hör mir zu, Krista. Dein Ruf ist ein Scherbenhaufen. Heiraten ist der einzige Weg, um das wenige, was davon übrig geblieben ist, noch zu retten. Und du musst es bald tun."

„Aber … aber Matthew hat doch sicher kein Interesse an einer Heirat mit mir. Warum … warum sollte er eine Frau mit ruiniertem Ruf heiraten?" Doch sie sah wieder Matthews Gesicht vor sich, als sie mit ihm gesprochen hatte. Er hatte klar zu erkennen gegeben, dass er selbst jetzt, wo ihr Ruf befleckt war, immer noch an ihr interessiert war.

„Das Warum ist nicht wichtig. Tatsache ist, dass ich bereits mit dem Mann gesprochen habe und dass er bereit ist, deine … deine Verstöße, welche auch immer das sein mögen, zu übersehen."

Ihre Mitgift. Sie war ziemlich hoch, und zweifellos hatte ihr Großvater noch einen guten Teil mehr versprochen, falls Matthew immer noch bereit war, in eine Heirat einzuwilligen.

„Was sagst du dazu, Mädchen? Mit Matthew als Ehemann kannst du weiterhin deine Gazette herausgeben. Ich kümmere mich um Burton und seinen Sohn und um alle anderen Probleme, die vielleicht noch auftauchen. Es wird keine Drohungen und keine Gefahr mehr geben – darauf hast du mein Wort."

Ihr Inneres zog sich zu einem schmerzhaften Knoten zusammen, und mit einem Mal fiel Krista das Atmen schwer.

„Du hast dir immer eine Familie gewünscht", fügte der Earl etwas sanfter hinzu. „Dazu wird es im Augenblick wohl kaum kommen, außer du schenkst meinen Worten Beachtung und tust, was nötig ist."

Krista biss sich auf die Lippen, um das Zittern unter Kontrolle zu bringen.

„Matthew ist ein feiner Mann“, fuhr ihr Großvater fort. „Und er hat nicht aufgehört, Gefühle für dich zu hegen. Ich glaube, dass er dich gut behandeln wird, und vielleicht wird mit der Zeit deine Zuneigung zu ihm wachsen.“

Vielleicht. Aber sie würde ihn nie lieben. Nie würde sie einen Mann so lieben können, wie sie Leif liebte. Doch sie und Matthew waren Freunde gewesen. Vielleicht konnten sie es wieder sein. Tief in ihrem Innern wusste sie, dass ihr Großvater recht hatte. Wenn sie Matthew nicht heiratete, würde sie eine alte Jungfer werden. Nach den Wochen, die sie mit Leif verbracht hatte, wusste sie, wie gut es tat, von einem Mann in den Armen gehalten zu werden, seine Gesellschaft zu genießen, sich umsorgt und beschützt zu wissen.

Und da war ja auch noch das Thema Kinder. Schon immer hatte sie sich eine Familie gewünscht. Mit Leif würde sie nie Kinder haben. Doch Matthews Kinder würde sie lieben können, die Kinder, die sie gemeinsam haben würden.

Wenn sie Leif nicht heiraten konnte, was für eine Rolle spielte es dann noch, wen sie heiratete?

Sie musste auch an ihre Familie denken. Ihr Großvater brauchte einen Erben. Es war ihre Pflicht, für diesen Erben zu sorgen.

„Ich … ich würde einige Zeit brauchen, um … einige Zeit, bevor wir … bevor wir …“

„Wenn du dir Sorgen wegen der ehelichen Pflichten machst, so hat Matthew sich einverstanden erklärt, dir so viel Zeit zu geben wie du brauchst, bevor er sie einfordert.“

Krista schluckte. Sie würde alle Zeit brauchen, die er ihr zu geben bereit war, um sich an den Gedanken zu gewöhnen, sich einem anderen Mann als Leif hinzugeben.

Sie blickte in das liebe, zerfurchte Gesicht des Earls und sagte mit tränenerstickter Stimme: „Wenn Matthew mich immer noch heiraten will, werde ich zustimmen.“

In den trüben blauen Augen des alten Mannes leuchteten

Erleichterung und Freude auf. „Du bist ein gutes Mädchen, Krista. Das warst du immer. Morgen will ich mit Lawrence Burton sprechen. Wenn die Sache mit seinem Sohn erledigt ist, können Matthew und du mit einer Sonderlizenz heiraten. Wir werden die Hochzeit hier in Hampton House ausrichten, nur für einige wenige enge Freunde und für die Familie. Ich werde deine Tante Abby benachrichtigen. Wir beide werden uns um alles kümmern."

Krista erhob sich ein wenig unsicher vom Sofa, und auch der Earl stand auf. „Wirst du mich wissen lassen, was mit Burton geschieht?"

„Du kannst dich darauf verlassen. Spätestens übermorgen werde ich dir persönlich Bescheid geben."

Auf seinem Gesicht lag ein harter Ausdruck, wie Krista ihn selten an ihrem Großvater gesehen hatte. Und ihr wurde bewusst, dass der Earl selbst in seinen späten Lebensjahren noch ein äußerst gefährlicher Mann war. „Glaub mir, wenn ich mit ihm fertig bin, wird Porter Burton weder für dich noch für sonst jemanden noch länger eine Gefahr sein."

Krista antwortete nichts darauf. Sie glaubte ihm bedingungslos.

Als sie ging, hatte sie das Gefühl, ihre Beine wären aus Holz. Leif wartete in der Kutsche auf sie. Ihn zu sehen und zu wissen, dass sie bald gezwungen sein würde, einen anderen Mann zu heiraten, zerriss ihr fast das Herz.

Auf dem Heimweg sagte sie ihm nichts von ihrem Entschluss. Sie erzählte ihm nur, ihr Großvater hätte zugestimmt, ihr zu helfen, und sie wäre fest überzeugt, dass die ganze Angelegenheit in ein, höchstens zwei Tagen erledigt wäre.

Leif wandte sich ab und starrte aus dem Fenster. „Das Wetter wird jeden Tag schlechter. Kapitän Twig fürchtet um unsere Sicherheit, sollten wir unsere Reise noch länger aufschieben."

Krista verstand wenig vom Segeln, aber auch sie hatte sich

schon wegen des Wetters Sorgen gemacht.

„Sobald wir etwas von deinem Großvater hören und ich dich in Sicherheit weiß, wird die *Sea Dragon* sich zum Auslaufen bereit machen."

Sie hätte ihn gern gebeten zu bleiben. Hätte ihm gern gesagt, dass sie nicht mehr dieselbe sein würde, wenn er ging, und nie wieder ein solches Glück erfahren würde, wie sie es mit ihm erfahren hatte. Doch von ihm zu verlangen, in England zu bleiben, wäre genauso wenig fair, wie von ihr zu verlangen, auf Draugr zu leben.

Während der kurzen Heimfahrt schwieg Krista und erzählte nichts von ihrer bevorstehenden Hochzeit. Sie wollte die Worte nicht aussprechen, die ihre Verbindung für immer trennen würden.

Wie versprochen erschien der Earl of Hampton zwei Tage später. Leif war gegangen, um nach seinem Schiff und der Mannschaft zu sehen. Doch dafür war Thor zu Hause geblieben, ein Mann, der mit jeder Bedrohung fertig werden würde. Krista führte ihren Vater und den Earl ins Studierzimmer, wo der Earl dann über sein Treffen mit Lawrence Burton und über die spätere Begegnung zwischen Burton und dessen Sohn berichtete, bei der er auch dabei gewesen war.

„Petersen hatte wie üblich recht", sagte Kristas Großvater. „Der alte Burton wusste nichts von den kriminellen Machenschaften seines Sohnes, und er war fuchsteufelswild deswegen. Der Gedanke, was seine Frau wohl tun würde, wenn sie und ihre Töchter die heiß begehrte gesellschaftliche Stellung verlieren und zu Parias der feinen Gesellschaft werden würden, erschreckte ihn. Als er mit seinem Sohn sprach, sagte er ihm unmissverständlich, dass dessen Gelder sofort gestrichen würden, sollte es auch nur noch einen einzigen Vorfall wegen irgendeiner der Reformen geben. Ganz gleich, ob Porter dafür verantwortlich wäre oder nicht. Er würde aus dem Testament gestrichen, als hätte er nie existiert, und für immer aus der Familie verbannt werden."

„Großer Gott", rief Krista aus.

„Gut gemacht!", sagte der Professor.

Kristas Großvater lächelte, und um seine hellen Augen bildeten sich kleine Fältchen. „Es ist vorbei, Liebes. Du und deine Freunde – und deine verdammte Frauenzeitschrift – seid außer Gefahr. Porter Burton ist aufs Land verbannt worden, wo er, so nehme ich an, eine ganze Weile bleiben wird."

Krista erhob sich aus ihrem Sessel und küsste die faltige Wange des alten Mannes. „Ich danke Ihnen, Großvater."

„Du bist die Enkelin eines Earls, vergiss das nie. Wenn du das nächste Mal Hilfe brauchst, komm zu mir."

„Das werde ich. Danke."

„Und jetzt zu einem erfreulicheren Thema – deiner bevorstehenden Hochzeit."

Krista hatte ihrem Vater die Neuigkeit bereits erzählt. Und wenn es ihm auch leidtat, dass Leif nicht der Bräutigam sein konnte, so hatte er Matthew doch immer gemocht und war entzückt, ihn zum Schwiegersohn zu bekommen.

„Ich habe mit dem Vikar und auch mit deiner Tante Abby gesprochen", verkündete der Earl. „Die Hochzeit ist für Samstag in einer Woche geplant. Sie soll in Hampton House stattfinden. Ich denke, wir könnten den Wintergarten dazu herrichten, denn draußen im Garten ist es bereits zu kühl."

Krista nickte. Sie fühlte sich seltsam benommen. Alles erschien ihr so unwirklich, und doch wusste sie, dass das hier die Wirklichkeit war. Bald würde sie eine verheiratete Frau sein.

„Vielleicht …" Sie schluckte. „Vielleicht sollten Matthew und ich miteinander sprechen. Es kommt mir seltsam vor, einen Mann zu heiraten, mit dem ich seit Wochen keine Minute zusammen verbracht habe."

Ihr Großvater beugte sich zu ihr herüber und nahm ihre Hand. „Du und dein Gatte werdet nach der Hochzeit viel Zeit haben, um euch kennenzulernen. Und warum bittest du nicht inzwischen deine Freundin Miss Whitmore, dir bei der Wahl deines Hochzeitskleids zu helfen und was du sonst noch so zur Aussteuer brauchst?“

Lieber Gott, sie hatte noch nicht einmal an ein Hochzeitskleid gedacht. Und selbst als sie jetzt an ein Kleid dachte, das sie vielleicht tragen könnte, tauchte Leifs Bild vor ihr auf, wie er groß und gut aussehend neben ihr auf dem Platz des Bräutigams stand.

Wieder musste sie schlucken. Es konnte nicht sein. „Ich spreche mit Coralee. Und noch einmal danke, Großvater, für alles, was Sie getan haben.“

Krista hatte sich mit dem Leben, das vor ihr lag, abzufinden und sich in ihr Schicksal zu fügen.

30. KAPITEL

Für Leif war es an der Zeit aufzubrechen. Morgen würde er von England aus wieder zu seiner Heimatinsel segeln. Krista war, als wäre ihr das Herz in der Brust zu einem Eisklumpen erstarrt.

Obwohl sie bereits früh aufgestanden war, hatte sie Leif an diesem Morgen nicht gesehen. Zuerst befürchtete sie, er wäre losgesegelt, ohne ihr Lebewohl zu sagen. Doch ihr Vater versicherte ihr, er wäre nur zu seinem Schiff hinuntergegangen, um sich um die letzten Reisevorbereitungen zu kümmern. Er hätte vor, noch einmal zurückzukommen.

Es war ein Werktag. Um sich von den schmerzlichen Gedanken an Leif abzulenken, stürzte Krista sich in ihre Arbeit. Sie saß an ihrem Schreibtisch, als er kurz nach dem Lunch in der Tür erschien, groß, blond und unglaublich attraktiv. Bei seinem Anblick machte Kristas Herz einen Sprung.

Sie stand auf. Leif ging auf sie zu und umfasste ihre Hände.

„Ich musste immerfort an dich denken", sagte er. Seine Augen, diese strahlend blauen Augen, blickten so traurig, dass es Krista die Kehle zuschnürte.

„Ich bin so froh, dass du gekommen bist."

„Ich weiß, du musst arbeiten. Ich dachte … ich habe überlegt, ob du vielleicht … ob es vielleicht etwas gibt, wobei ich dir helfen könnte." Für einen Augenblick fiel er ins Altnordische, was nur noch selten vorkam. Krista merkte, dass er genauso schrecklich litt wie sie selbst. Am liebsten hätte sie ihn irgendwohin geführt, wo sie allein gewesen wären, ihn an einen Ort gebracht, wo sie ein letztes Mal in seinen Armen hätte liegen können.

Doch es wäre nicht fair, für keinen von ihnen. Denn bald würde sie verheiratet sein.

Sie brachte ein Lächeln zustande. „Ich denke, ich kann eine Arbeit für dich finden."

Leif erwiderte das Lächeln. An diesem letzten Tag wollte er bei ihr sein, und auch sie wollte bei ihm sein, mehr als alles andere auf der Welt.

Sie ließ ihn frisch gedruckte Zeitungsausgaben sortieren und die Stapel hinaustragen. So arbeiteten sie den ganzen Tag zusammen, während sich ihre Blicke immer wieder suchten und das offenbarten, was keiner von ihnen in Worte zu fassen wagte.

Am Ende des Tages war Krista müde, und doch wollte sie nicht aufbrechen, wollte nicht, dass diese letzten, kostbaren Stunden ein Ende hatten.

Nach und nach gingen alle Mitarbeiter nach Hause, bis schließlich nur noch Coralee da war.

„Ich kann jetzt auch nach Hause gehen", sagte Corrie, und Krista konnte Mitleid in den grünen Augen ihrer Freundin lesen. Corrie drehte sich zu Leif um. „Es tut mir leid, dass alles so gekommen ist, Leif. Ich werde für Ihre sichere Heimreise beten."

„Danke", sagte er und nickte.

Nachdem Corrie gegangen war, war außer ihnen beiden niemand mehr in dem Gebäude. Verzweifelt versuchte Krista, das letzte bisschen Zeit mit ihm hinauszuzögern.

„Oben ist noch ein Buch, das Vater benötigt", sagte sie, bevor er erklären konnte, es wäre jetzt an der Zeit zu gehen. „Es liegt auf dem Tisch in seinem Arbeitszimmer. Ich gehe nur hinauf und hole es."

„Ich werde gehen", sagte er. „Wie ist der Titel des Buches?"

„Ich glaube, er sagte *Die Saga von Grettir dem Starken*."

Leif nickte. Für einen langen Augenblick hielt sein Blick den ihren fest. Dann wandte er sich ab und ging nach oben. Er war gerade verschwunden, als Krista hörte, wie das Glas der Hintertür zersplitterte. Dann vernahm sie Schritte auf dem Holzboden.

Ein eiskalter Schauer lief ihr über den Rücken. *Großer*

Gott! Sie wollte nach Leif rufen, doch der Pistolenlauf, der auf sie gerichtet war, ließ sie auf ihrem Platz erstarren.

„Ich würde den Mund halten, wenn ich Sie wäre." Der Eindringling hatte sich gar nicht erst die Mühe gemacht, eine Maske anzulegen. Von Kopf bis Fuß in Schwarz gekleidet, sah Porter Burton noch bedrohlicher aus als bei ihrem Zusammentreffen auf Stoddards Ball. Krista betete, Leif möge sie reden hören und die Gefahr erkennen.

„Was machen Sie hier?", fragte sie laut. „Verschwinden Sie sofort!"

Seine Lippen verzogen sich zu dem unbarmherzigen kleinen Lächeln, das sie von ihrer Begegnung auf der Terrasse noch in Erinnerung hatte. „Dachten Sie wirklich, mein alter Herr hätte mich so erschreckt, dass ich seiner Forderung nachgegeben habe? *Ich* leite die Consolidated Mining, nicht mein rückgratloser Emporkömmling von einem Vater. Lawrence Burton ist nichts als eine Marionette, ein Aushängeschild. Es gab eine Zeit, da hatte er etwas zu sagen. Aber Tatsache ist, dass die Dinge sich geändert haben. Jetzt bin ich derjenige, der das Unternehmen führt. Ohne mich ist Consolidated Mining nichts. Und keiner weiß das besser als er."

Krista wappnete sich gegen den gefährlichen Blick aus diesen kalten dunklen Augen. „Wenn Sie nicht sofort gehen, rufe ich die Polizei. Ich werde Anklage gegen Sie erheben – und nicht nur das Wort meiner Freundin wird gegen Ihres stehen, sondern auch mein Wort."

„Ach ja?" Er drehte sich ein wenig um und rief über die Schulter: „Reynolds, Higgins, kommt rein!"

Zwei Männer traten aus dem Hinterzimmer. Krista erinnerte sich an Corries flüchtige Beschreibung des anderen Mannes, der ihre Kutsche auf dem Heimweg angehalten hatte – eines schlanken Mannes mit einer Narbe am Kinn. Jetzt sah sie ihn den Raum betreten. Leif war immer noch nicht aus dem oberen Stock zurückgekehrt, und Krista hoffte, dass er ihren

Disput mit Burton mitangehört hatte und jetzt wusste, dass es Schwierigkeiten gab.

„Macht euch an die Arbeit, Jungs", befahl Burton seinen Kumpanen. „Bringen wir es hinter uns, und dann nichts wie raus hier."

Krista machte große Augen, als die beiden Männer die Kannen voll Lampenöl ergriffen, die sie ins Büro gebracht hatten, und anfingen, die Flüssigkeit im ganzen Raum auszuschütten.

„Hören Sie sofort damit auf."

„Ich hatte hier nicht mit Ihnen gerechnet. Aber jetzt bin ich froh, dass Sie da sind. Es erspart mir eine Menge Arbeit."

„W...was meinen Sie damit?"

Burton lächelte, und Krista gab sich alle Mühe, ein Schaudern zu unterdrücken.

„Schrecklich, dieser Brand bei *Heart to Heart*", sagte er mit einem traurigen Kopfschütteln. „Zu schade, dass die Herausgeberin in den Flammen umkam."

„Sie sind verrückt!"

„Nein, ganz und gar nicht. Ich bin Geschäftsmann, Miss Hart. Ihre Artikel stacheln meine Arbeiter an, mir Ärger zu machen, und das kostet mich Geld."

Krista wusste nicht, ob er verrückt war oder nur rücksichtslos und gierig. Doch wie auch immer, er wollte sie sterben lassen, und sie war fest entschlossen, das zu verhindern. Blitzschnell drehte sie sich um und stürmte durch den Raum. Doch Porter Burton packte sie, bevor sie die Tür erreichen konnte. Er zerrte sie nach hinten in die Druckerei, vorbei an der großen Stanhope-Presse, und warf sie auf den Holzstuhl an Coralees Schreibtisch.

„Reynolds – bring etwas von der Schnur her, mit der sie die Bündel schnüren", rief Burton dem Mann mit der Narbe und den verschlagen blickenden Augen eines Gauners zu.

Reynolds verschwand im Hinterzimmer. Eine ganze Zeit verging, doch der Mann tauchte nicht wieder auf.

„Schau nach, was ihn aufhält", befahl Burton dem zweiten Mann, und auch er verschwand durch die Tür.

Krista hielt den Atem an. Hoffentlich war Leif die Hintertreppe hinuntergegangen, um dort den Männern aufzulauern. Doch wenn er es getan hatte, war er jetzt vielleicht auch in Gefahr. In diesem Moment drang ein schwaches, unterdrücktes Geräusch aus dem Hinterzimmer herüber, dann war alles wieder still.

Das Ticken der Wanduhr klang so laut wie eine Trommel, und Kristas Herz schlug fast ebenso laut. Mit bis zum Zerreißen angespannten Nerven kauerte sie auf der Stuhlkante und wartete auf eine Fluchtgelegenheit.

Burtons Blick löste sich jetzt von der Tür zum Hinterzimmer und bohrte sich in den ihren. Keuchend schnappte Krista nach Luft, als er sie vom Stuhl hochriss und den muskulösen Arm um ihren Hals legte. Der kalte Pistolenlauf drückte sich gegen ihre Schläfe.

„Ich nehme an, Ihr *Freund* ist auch hier", sagte er. Anscheinend erinnerte er sich daran, wie Leif in der Ballnacht aus dem Dunkel aufgetaucht war, um Krista zu beschützen. „Sie können ruhig herauskommen!", schrie er. „Wenn nicht, drücke ich ab, und Ihre Freundin wird sehr tot sein."

„Leif, tu es nicht!", schrie Krista.

„Halt die Klappe!" Burton presste ihr den Arm fester um den Hals, bis Krista nach Luft rang und seinen Arm in dem Versuch umklammerte, sich zu befreien. Ihr Angreifer lockerte den Griff, hielt sie aber weiter fest.

„Wie Sie wollen, mein Freund." Er spannte die Pistole. Krista schlug das Herz bis zum Hals. Sie unterdrückte ein Schluchzen, als Leif jetzt aus dem Hinterzimmer trat und Porter Burton ein leichtes Ziel bot.

„Hände hoch", kommandierte Burton, und Leif hob langsam die Arme. „Gehen Sie da hinüber."

Doch Leif bewegte sich bereits, die Lippen entschlossen

und grimmig zusammengepresst. Krista kannte diesen Ausdruck. Der gleiche Ausdruck hatte in der Nacht auf seinem Gesicht gelegen, als er Burtons Kumpane abwehrte und einem dabei mit seinem Schwert die Finger abtrennte. Diesen Ausdruck hatte er auch beim Angriff der Berserker auf Draugr gezeigt.

In jener Nacht war Leif in einem Blutrausch gewesen.

Einen Moment lang tat Porter Burton Krista fast leid.

„Bleiben Sie, wo Sie sind“, befahl ihr Angreifer.

Leif blieb stehen, den harten Blick unverwandt auf Burtons Gesicht gerichtet. „Lassen Sie sie los. Sonst muss ich Sie töten.“

Der Mann lachte. Es war ein tiefes, unangenehmes Lachen, das in den Ohren schmerzte. „Ich hasse es, darauf hinweisen zu müssen, aber ich bin derjenige mit der Pistole.“

„Lassen Sie sie los“, wiederholte Leif. Seine ruhig ausgesprochenen Worte hatten einen tödlichen Klang, der selbst einen so skrupellosen Mann wie Porter Burton aufhorchen ließ.

„Was haben Sie mit meinen Männern gemacht?“

„Ich habe sie nicht getötet. Doch ich werde Sie töten, wenn Sie Miss Hart nicht gehen lassen.“

Burton trat einen Schritt zurück und zerrte Krista mit sich. Dabei stieß er mit dem Bein gegen einen Abfalleimer, der neben dem Tisch des Schriftsetzers stand. Burton stolperte, und Krista sah ihre Chance gekommen. Mit aller Kraft trat sie nach hinten aus und schlug gleichzeitig seinen Arm mit der Pistole nach oben, fort von ihrem Kopf. Im gleichen Moment stürmte Leif wie ein von Göttern heraufbeschworenes Unwetter nach vorn. Er zog so rasch sein Messer aus dem Stiefel, dass Krista die Bewegung kaum wahrnahm.

Burton feuerte die Pistole ab, und im gleichen Augenblick bohrte sich auch schon Leifs Messer in sein Herz.

Krista schrie auf, als der Mann sich von ihr löste und zu Boden fiel. Ein großer roter Fleck breitete sich auf seiner

Brust aus. Seine Augen starrten blicklos nach oben. Schwankend und zitternd stand Krista da und sah Leif auf sie zueilen. Er riss sie in seine Arme, umfasste ihren Kopf und drückte ihr Gesicht an seine Schulter. Die Augen voller Tränen, klammerte Krista sich bebend an ihn.

Leif hielt sie fest umschlungen. „Er kann dir nichts mehr tun. Es ist vorbei, *honning*. Jetzt wirst du in Sicherheit sein."

Sie schluckte schwer, schlang ihm die Arme um den Hals und hielt sich an ihm fest. Lange Zeit standen sie so da, bis Krista endlich ruhiger wurde.

Sie holte tief Luft und drehte sich ein wenig zur Seite. „Was ... was ist mit den anderen beiden Männern?"

„Sie ... ruhen. Deine Kutsche steht am Ende der Straße. Ich werde die Männer fesseln und sie vom Kutscher zur Polizei bringen lassen."

Noch einmal umarmte Krista ihn kurz, dann ließ sie Leif gehen. Porter Burton war tot. Es würde Fragen geben – eine Menge Fragen. Die Burtons waren eine mächtige und reiche Familie. Doch das überall im Büro vergossene Lampenöl und Burtons Überfall auf sie heute Abend würden alles, was geschehen war, ausreichend erklären. Und da hier drei Männer gegen einen gestanden hatten, war Leifs Tat eindeutig Notwehr gewesen. Und das hieß, dass man ihn von jeder Anklage freisprechen würde.

Endlich war alles vorbei.

Krista sank das Herz.

Endlich konnte Leif nach Hause fahren.

Es war spät, als sie in das Stadtpalais zurückkehrten. Ein Constable war zusammen mit einem halben Dutzend Polizisten im Büro erschienen. Wie Krista vorausgeahnt hatte, verbrachten sie viel Zeit damit, Fragen zu stellen. Die Beamten mussten sich absolute Gewissheit darüber verschaffen, was bei *Heart to Heart* geschehen war.

Krista hatte ihrem Vater eine Nachricht zukommen lassen, damit er sich keine Sorgen machte. Doch obwohl sie erst nach Mitternacht zu Hause ankamen, waren er und Thor noch auf und warteten, als Krista und Leif eintraten.

Ihr Vater eilte auf sie zu und umarmte Krista.

„Mein liebes Mädchen. Es tut mir so leid. Dein Großvater und ich waren uns so sicher gewesen …“ Er hielt sie ein kleines Stück von sich weg, um sie zu betrachten. „Geht es dir auch bestimmt gut?“

„Es geht mir gut, Vater.“ Sie unterdrückte einen Schauder und versuchte, nicht an Porter Burton zu denken und daran, wie nahe sie dem Tod gewesen war. „Leif war da und … und … es ist vorbei, Vater. Hinter allem hat nur Porter Burton gesteckt.“

Der Professor fuhr sich mit der Hand durch die ergrauenden Haare und seufzte schwach. „Und jetzt ist er tot. Vermutlich der Lohn seiner Sünden.“

Leifs Bruder trat zu ihnen, groß und dunkel und selbst in zivilisierter Kleidung ein Mann, vor dem man sich in Acht nehmen sollte.

„Und du, Bruder?“, fragte er Leif auf Altnordisch. Sein hübsches Gesicht sah besorgt drein.

„Ich bin in Ordnung“, antwortete Leif. „Und die Feinde meiner Freunde sind besiegt.“

„Die Polizei hat Leif von jedem Verdacht freigesprochen“, erklärte Krista, „da es klar erkennbar Notwehr war.“ Sie fuhr fort und erläuterte kurz, dass Porter Burton derjenige war, der in Wirklichkeit Consolidated Mining geleitet hatte. Sie erzählte, was er in dieser Nacht tun wollte und wie sie ihn und seine zwei angeheuerten Helfer daran gehindert hatten.

„Ihr beide wart sehr tapfer“, sagte der Professor und drückte Kristas Hand, ehe er zu Leif hinüberschaute. „So viel ist geschehen. Vielleicht möchten Sie Ihre Reise für ein, zwei Tage verschieben und die Gelegenheit wahrnehmen, sich von all dem ein wenig zu erholen."

Leif schüttelte den Kopf. „Jetzt, da Krista in Sicherheit ist, wird es Zeit für mich abzureisen." Und an Thor gewandt fuhr er fort: „Bist du sicher, Bruder, dass du in England bleiben willst?"

„Du hattest recht, Leif. In dieser neuen Welt gibt es so viel zu lernen. Der Professor unterrichtet mich, und bald wollen wir nach Heartland fahren, wo er mir noch mehr beibringen will."

Leif nickte. „Dann soll es so sein. Vielleicht kreuzen sich unsere Wege eines Tages wieder."

Thor legte seinem Bruder die Hand auf den Arm. „Bist du sicher, dass du den richtigen Weg gewählt hast, Leif? Man kann sehen, welche tiefen Gefühle du für Krista hegst. Bist du sicher, dass dein Schicksal auf Draugr liegt und nicht hier?"

Tränen brannten in Kristas Augen. Unwillkürlich betete sie, Leif möge sich anders besinnen und in England bleiben, damit sie zusammen sein konnten. Doch in ihrem Herzen wusste sie, dass er seine Meinung nie ändern würde.

Erneut schüttelte er den Kopf. „Ich habe meinem Vater einen Schwur geleistet. Und ich will ihn nicht brechen."

Der Professor streichelte Kristas Wange, als wüsste er um ihre Gedanken und wie sehr sie sich wünschte, dass Leif blieb. Als wüsste er, dass sie ihre ganze Willenskraft aufbringen musste, um sich nicht in Leifs Arme zu werfen und ihn anzuflehen, doch bei ihr zu bleiben.

„Es ist spät geworden, und Leif muss früh aufstehen", meinte der Professor. „Ich schlage vor, wir alle ziehen uns zurück und versuchen, noch etwas Schlaf zu bekommen."

Krista sah Leif an und fand seine blauen Augen auf ihr Gesicht gerichtet. Die Zeit war gekommen. Tränen erstickten ihre Stimme. Sie nickte nur und begann, die Treppe hinaufzusteigen. Als die Gruppe das obere Stockwerk erreicht hatte, gingen ihr Vater und Thor den Flur hinunter zu ihren Schlafzimmern. Krista aber blieb stehen und drehte sich zu Leif um.

„Werde ich dich morgen noch einmal sehen, bevor du abfährst?"

„Ich werde vor Sonnenaufgang fort sein. Am besten sagen wir uns jetzt Lebewohl."

„Ja ... vermutlich ... vermutlich ist es das Beste." Doch sie wollte nicht Lebewohl sagen. Nie und nimmer wollte sie ihn verlieren. Krista rührte sich nicht vom Fleck, und auch Leif machte keine Anstalten weiterzugehen.

„Ich werde dich nie vergessen", sagte sie. Vor Schmerz brachte sie kaum ein Wort heraus. „Nie werde ich einen anderen Mann so lieben, wie ich dich liebe. Ganz gleich, was auch geschieht, in meinem Herzen wirst du immer mein Ehemann sein."

Voller Leidenschaft blickte er sie an. „Du bist mein. So war es immer, und so wird es immer sein." Sanft nahm er ihr Gesicht in beide Hände und küsste sie sehr zärtlich. Es war das erste Mal, seitdem sie nach England zurückgekehrt waren, dass er sie auf so vertraute Weise berührte. Krista konnte die Tränen nicht länger zurückhalten. Und sie küsste ihn, schmiegte sich an ihn, schlang die Arme um seinen Nacken. Sie zitterte, fühlte nur noch Schmerz. Ihr war, als müsste sie sterben. Und in diesem Moment hätte sie den Tod willkommen geheißen.

Sie küsste ihn wieder und wieder, als könnte sie nie aufhören. Und sie brauchte ihre ganze Willenskraft, um zuzulassen, dass er sich von ihr löste.

„Ich verlasse dich, und du musst hierbleiben", sagte er mit großer Zärtlichkeit. „Wenn wir jetzt nicht aufhören, werde ich dich lieben, so sehr verzehre ich mich nach dir."

Krista streckte die Hand aus und strich ihm über die Wange. Genau das war es, was sie sich wünschte. Einen Moment lang dachte sie an Matthew. Aber sie schuldete ihm nichts – noch nicht. Es würde eine Vernunftehe sein, es ging um Geld und um einen Erben, und er hatte erklärt, mit dem Einfordern seiner ehelichen Rechte zu warten, bis sie bereit dazu war.

Sie würde ihre Pflichten erfüllen und Matthew eine gute Frau sein. Doch wenn sie schon nicht den Mann bekommen konnte, den sie liebte, dann wollte sie zumindest diese letzten kostbaren Stunden mit ihm genießen.

„Ich möchte, dass du mich liebst. Noch nie habe ich mir etwas so sehr gewünscht."

Doch er schüttelte den Kopf. „Das kann ich nicht." Er beugte sich zu ihr und küsste sie liebevoll – ein letztes Mal. „Ich wünsche dir ein gutes Leben, Krista Hart."

Dann wandte er sich um und ging, betrat sein Zimmer, ohne noch einmal zurückzublicken, und schloss leise die Tür.

Krista lehnte sich Halt suchend an die Wand. Auf Beinen, die sich wie aus Holz anfühlten, ging sie den Korridor entlang in ihr Zimmer und schloss die Tür.

Ihre Zofe hatte sich bereits zur Ruhe gelegt, und Krista weckte sie nicht auf. Irgendwie schaffte sie es, sich das blutbefleckte Straßenkleid auszuziehen, sich das Gesicht zu waschen und ein frisches Baumwollnachthemd anzuziehen. Sie löste die Nadeln aus den dicken blonden Locken, die ihr auf die Schultern fielen, setzte sich auf die Bank vor ihrer Frisierkommode und strich mit der silbernen Bürste durch ihr Haar.

In dieser Nacht würde sie Leif zum letzten Mal sehen.

Er begehrte sie, das wusste Krista. So wie sie ihn begehrte.

Ob er sie zurückwies, wenn sie jetzt zu ihm ging?

Er war ein starker Mann mit Prinzipien, und er würde sich Sorgen machen, ob er sie nicht vielleicht schwanger zurückließ. Aber sie würde sich über den Teil von ihm, den er ihr hinterließ, freuen.

Krista legte die Bürste auf die Frisierkommode und erhob sich von der Sitzbank. Ohne auf den kalten Holzfußboden zu achten, ging sie zur Tür, öffnete sie und trat auf den Gang. Sie konnte den Wind draußen hören und wie die Zweige gegen die Fensterläden schlugen. Wenn das Wetter hielt, würde morgen ein guter Tag zum Segeln sein.

Ihr Herz schmerzte dumpf. Krista öffnete die Tür zu Leifs Zimmer und betete, er möge sie nicht fortschicken.

Leif zog seine Kleider aus und bemerkte die rostroten Flecken auf Rock und Weste, die ihn an sein Zusammentreffen mit Porter Burton heute Abend erinnerten. Unwillkürlich ballte er die Hand zur Faust. Burton hatte Krista wehtun wollen. Wenn er selbst nicht dort gewesen wäre …

Er verdrängte den Gedanken. Es war vorbei. Krista war außer Gefahr, daran musste er glauben. Wenn nicht, würde er nicht abreisen können.

Die Uhr auf dem Kaminsims schlug. Es war zwei Uhr in der Nacht, und er hatte immer noch keine Lust, sich schlafen zu legen. In wenigen Stunden würde er zu den Docks gehen und alles vorbereiten, um direkt nach Sonnenaufgang loszusegeln. Er zog frische Hosen an, stellte seine Stiefel bereit und legte ein sauberes Hemd hin, um es anzuziehen, bevor er ging. Dann packte er die Tunika, die knielangen Hosen und die pelzbesetzten Wikingerstiefel zusammen, die er bei seiner Ankunft getragen hatte. Den Rest seiner englischen Kleidung würde er Thor überlassen. Denn er, Leif, hatte keine Verwendung mehr dafür.

Er fragte sich, ob er wohl eines Tages auf Besuch wiederkommen würde, falls der Ältestenrat ihm das überhaupt erlaubte. Fast verzweifelt redete er sich ein, dass es nicht Krista war, nach der er sich schon jetzt sehnte, dass es nicht die Frau war, die er liebte, die ihn bereits jetzt zurückrief, noch bevor er sie an dieser fremden Küste zurückgelassen hatte. Im Geiste sah er sie vor sich in dem schlichten weißen Nachtgewand, das sie in jener Nacht getragen hatte, als er sie aus diesem Haus entführte. In jener Nacht hatte er sie für sich gefordert als die Frau, die er einmal heiraten wollte.

Er blickte auf, und seine Erinnerung schien Gestalt angenommen zu haben. Ihm war, als wäre dieses Wesen, dem die blonden Locken auf die Schultern fielen und das im schlichten weißen Nachtgewand auf ihn zukam, seinem Traum entstiegen.

Doch das Wesen war Wirklichkeit. Eine Frau aus Fleisch und Blut kam zu ihm, so wie er es sich ersehnt hatte.

„Krista …"

„Ich musste kommen, Leif. Bitte schick mich nicht fort."

Er ging zu ihr, nahm sie in die Arme und drückte sie an sein Herz. „Ich könnte dich gar nicht fortschicken. Ich habe nicht länger die Kraft dazu."

Sie sah zu ihm hoch, und die Liebe in ihren Augen ließ ihm die Brust eng werden.

„Liebe mich", sagte sie zu ihm.

Er wusste, dass er es nicht tun sollte, denn auch wenn er immer sehr vorsichtig war, konnte Krista doch schwanger werden. „Was wirst du tun, solltest du ein Kind empfangen?"

„Ich werde es lieben. So wie ich dich liebe."

Er konnte es ihr nicht abschlagen. Er würde alles für sie tun. Und er konnte es sich selbst nicht länger verweigern. Leif nahm Kristas Gesicht in beide Hände und küsste sie leidenschaftlich, küsste sie mit all den tiefen Gefühlen, die er für sie empfand.

„Ich hätte nie geglaubt, dass ich dich einmal lieben würde", sagte er mit rauer Stimme. „Ich wollte dich und glaubte, das würde genügen."

Doch es war nicht genug, das wusste er jetzt. Er wollte ihr Herz genauso besitzen wie ihren Körper.

„Wir haben nur diese eine Nacht", sagte Krista. „Sie wird uns genügen müssen."

Er hob ihr Kinn an. „Eine Nacht wird nie genügen. Aber ich will es versuchen." Und dann küsste er sie wieder. Krista streichelte seine nackte Brust und schmiegte ihren weichen Körper an seine harten Muskeln.

Leif küsste sie wild und leidenschaftlich. Er zog an dem Band am Ausschnitt ihres Nachthemds und streifte den Stoff über Kristas glatte weiße Schultern und weiter hinunter über ihre Brüste, ihre schmale Taille und die sanft geschwungenen Hüften. Sie stand jetzt nackt vor ihm. Ihr Anblick ließ sein Blut heißer durch die Adern fließen.

Wieder zog er sie für einen brennenden Kuss in seine Arme. Er spürte, wie ihre Brüste sich an ihn pressten, und umschloss ihre Fülle mit den Händen, saugte an jeder und hörte, wie sie leise lustvoll aufstöhnte. Das Verlangen nach ihr, der wilde Wunsch, sie zu besitzen, war so groß, dass es Leif schmerzte.

Noch nicht, ermahnte er sich. Er würde sie in dieser Nacht verwöhnen, ihr alles geben, was er zu geben hatte. Er würde sie so stürmisch lieben, dass sie ihn nie vergessen würde. Und wenn sie dann einen anderen Mann in ihr Bett nahm, würde sie doch immer nur an ihn und ihre gemeinsame Zeit denken.

Leif hob sie hoch und trug sie quer durch den Raum zum Bett. Er schlug die Decken zurück und ließ Krista auf die weiche Matratze gleiten. Er öffnete seine Hose und ließ sie zu Boden fallen. Dann legte er sich nackt zu Krista. Einen Augenblick lag er neben ihr und sah bewundernd, wie das Mondlicht ihre weichen Formen einhüllte, betrachtete ihr schönes Gesicht und das helle Haar. Draußen vor dem Fenster tobte der Wind, und Leif konnte hören, wie er durch die blattlosen, reifbedeckten Äste der Bäume hinterm Haus wehte.

Der Ton drang tief in seine Seele. Er war von einer alles durchdringenden Traurigkeit, von der Leif wusste, dass sie ihn nie wieder verlassen würde. Die Götter hatten ihm einen grausamen und bösen Streich gespielt, und er wusste nicht, ob er ihnen je würde vergeben können.

Doch sie hatten ihm diese letzte Nacht geschenkt. Er wollte das Beste daraus machen. Als Krista die Arme nach ihm ausstreckte, schmiegte er sich an sie, küsste sie voller Glut, nahm was sie, was er wollte und schürte ihr gemeinsames Verlangen.

Sein Mund liebkoste sie, betete jede ihrer üppigen Brüste an, küsste die zarte Haut ihres Bauches und glitt dann tiefer. Leif legte sich zwischen Kristas Beine und verwöhnte sie mit seinem Mund und seinen Händen, liebkoste sie, bis sie Erfüllung fand. Er sah, wie sie sich ihm beim Höhepunkt mit geschlossenen Augen entgegenbog.

Sein Verlangen nach ihr wuchs fast ins Unerträgliche. Mit seinem Mund erstickte er ihre leidenschaftlichen Schreie, ließ seine Zunge in ihren süß schmeckenden Mund gleiten, während er gleichzeitig in sie eindrang. Er füllte sie völlig aus, nahm sich, wonach er so verzweifelt verlangte. Wieder bog Krista sich ihm entgegen, zwang ihn, noch tiefer in sie zu gleiten. Leif stöhnte. Wieder und wieder nahm er sie, brannte ihr sein Zeichen auf, bis sie seinen Namen schrie und zitternd zum Höhepunkt kam.

Er hörte noch nicht auf, nicht, bis er ihr Verlangen ein weiteres Mal geweckt hatte, sie ihm die Hüften entgegenhob und stumm nach Erfüllung verlangte. Sie war ihm eine ebenbürtige Partnerin, gab und nahm mit demselben ungestümen Verlangen, das er auch für sie empfand. Zusammen erreichten sie den Höhepunkt und den Himmel ihres Glücks.

Danach lagen sie eine Zeit lang nebeneinander, bevor er Krista erneut liebte. Ihr Liebesspiel war wild und zärtlich zugleich, manchmal fast ehrfürchtig. Als Krista danach tief schlief, wickelte Leif sie in ihr Nachtgewand und trug sie in ihr Zimmer. Sie wachte nicht auf, als er sich niederkniete, um das Feuer im Kamin anzufachen, rührte sich nicht, als er sie ein letztes Mal küsste.

Wenn sie erwachte, wäre er schon fort.

Es war Morgen. Krista streckte die Hand nach Leif aus, doch der Platz, wo er hätte liegen müssen, war kalt, und sie merkte, dass das Zimmer, in dem sie geschlafen hatte, ihr eigenes war.

Ein Schluchzen entrang sich ihrer Kehle. Wieder streckte

sie die Hand nach ihm aus, obwohl sie doch wusste, dass er nicht da war, und berührte mit zitternden Fingern das Kissen neben ihrem.

Ihre Finger schlossen sich um einen Gegenstand. Krista setzte sich auf, um zu sehen, was es war.

In ihrer Hand hielt sie einen schmalen, mit einer komplizierten Schnitzerei verzierten Ring aus Elfenbein. Es war der Ring, den sie als Leifs Frau hätte tragen sollen.

Sie konnte es nicht ertragen.

Inzwischen musste die Flut gekommen sein. Die *Sea Dragon* war in See gestochen und hatte Leif für immer von ihr genommen. Den Ring in der Hand, drückte Krista das Gesicht in die Kissen und weinte hemmungslos.

31. KAPITEL

Krista durchlebte die nächsten Tage wie in Trance. Coralee half ihr bei der Auswahl des Hochzeitskleids, einer reizenden hellblauen Kreation aus Spitze und Tüll, mit weitem Rock und Spitzenschleppe, in der sie aussah wie eine Märchenprinzessin – eine sehr große Märchenprinzessin.

Auch wenn sie nicht mit dem Herzen dabei war, bestellte Krista Ballkleider, Tageskleider und Reisekostüme, die sie vielleicht in ihrem neuen Leben mit Matthew Carlton benötigen würde.

Sie hatte ihn noch nicht gesehen und nahm an, ihr Großvater befürchtete, sie könnte vielleicht ihre Meinung ändern, und so ergab sich keine Gelegenheit zu einem Zusammentreffen.

Es war ihr egal. Tatsächlich war ihr auch die Hochzeit egal, in die sie eingewilligt hatte, wie auch ihre ganze Zukunft, die sich öde vor ihr erstreckte. Stattdessen versuchte Krista sich auf ihre Arbeit zu konzentrieren, ihre Gedanken auf die nächste Ausgabe von *Heart to Heart* zu richten. Doch es fiel ihr schwer. Sie wusste, dass ihre Freunde und ihre Familie sich Sorgen um sie machten. Aber sie kam gegen die Lethargie, die sie wie ein bleierner Mantel umfing, einfach nicht an.

Es war drei Tage vor der Hochzeit, als Coralee in ihr Büro kam und leise die Tür hinter sich schloss. „Ich möchte gerne mit dir sprechen."

Krista sah von dem Artikel auf, den sie mit wenig Erfolg zu verfassen versuchte. „Was ist? Ist etwas geschehen?"

„Ich mache mir Sorgen um dich, Krista. Bist du sicher, dass mit dir alles in Ordnung ist? So habe ich dich noch nie gesehen. Du isst nicht genug, bist blass, und wie es scheint, kannst du dich nicht auf die einfachsten Aufgaben konzentrieren."

„Mit mir ist alles in Ordnung. Ich bin nur … nur ein wenig

nervös, denke ich. Das ist sicher normal bei einer Frau, die im Begriff ist zu heiraten."

„Du liebst Leif immer noch und bist wohl kaum bereit, jetzt schon einen anderen zu heiraten."

„Ich werde Leif immer lieben. Aber er ist fort, was macht es also? Matthew ist bereit, mich zu heiraten, und ich brauche einen Ehemann."

„Du kannst doch sicher noch etwas warten und die Heirat für ein paar Monate verschieben. Gib dir doch ein wenig Zeit, um über alles hinwegzukommen."

Krista schüttelte den Kopf. „Die Zeit wird nichts daran ändern. Es ist meine Pflicht zu heiraten und meiner Familie einen Erben zu schenken. Großvater hat alles arrangiert. Ich werde ihn nicht noch einmal enttäuschen."

„Krista ..."

„Bitte, Coralee. Meine Entscheidung steht fest. Leif ist fort und kommt nicht wieder. Wenn ich ihn nicht heiraten kann, ist es mir gleichgültig, wen ich heirate."

Coralee stieß einen Seufzer aus. „Vermutlich bist du nicht die erste Frau, die nicht aus Liebe geheiratet hat."

„Nein, vermutlich nicht. Das hier ist eine Vernunftehe, und beide Parteien wissen das genau."

„Du hörst dich so kalt an. Glaubst du, du könntest irgendwann einmal etwas für Matthew empfinden?"

Krista sah zum Fenster. Der Wind wehte immer noch und trug Leif weiter und weiter von ihr fort. „Vielleicht ... mit der Zeit. Wenn ich Glück habe und wir bekommen Kinder, werden sicher gewisse Gefühle erwachen."

Corrie ging um den Schreibtisch herum, beugte sich hinunter und umarmte die Freundin. „Die Hochzeit ist schon in drei Tagen. Wenn du irgendetwas brauchen solltest – egal was –, lass es mich wissen."

„Ich brauche deine Freundschaft, Coralee. Noch nie hatte ich sie so bitter nötig."

Corrie ergriff Kristas Hand. „Meine Freundschaft war dir immer gewiss. Und sie war noch nie stärker als jetzt."

„Dann werde ich all das mit deiner Hilfe überstehen. Ich werde Matthew heiraten und weiterhin mein Leben leben."

Eine steife Brise blähte die Segel der *Sea Dragon* und trieb den Schoner durch die schwere Dünung. Das Schiff legte sich auf die Seite und schnitt durch die weißen Schaumwellen, die sich bis zum Horizont erstreckten. Die hohen Maste knarrten. Leif stand hinter dem großen Steuerrad aus Teakholz.

Er war jetzt mehr als drei Tage von England entfernt und fast auf halbem Weg nach Draugr. Und an jedem dieser Tage hatte er England wie einen großen Magneten, der ihn mit aller Kraft zurückzog, in seinem Rücken gespürt. Noch nie hatte er so etwas empfunden. Es war eine so große Macht, dass er fast schon glaubte, die Götter selbst riefen ihn zurück.

Immer wieder aufs Neue vergegenwärtigte er sich, dass er eine Pflicht zu erfüllen hatte. Sein Clan brauchte ihn, und er hatte seinem Vater ein Versprechen gegeben. Niemals hatten die Götter Krista für ihn ausersehen.

Seit drei Tagen redete er sich das ein. Seit drei Tagen versuchte er sich zu überzeugen. Und erst vor ein paar Augenblicken, nach einer weiteren schlaflosen Nacht, hatte er sich an das Kästchen erinnert.

Das geschnitzte Holzkästchen, das Onkel Sigurd ihm an dem Morgen gegeben hatte, als er von Draugr losgesegelt war.

„*Wenn du in England bist*", hatte sein Onkel gesagt, „*und immer noch an deiner Rückkehr nach Draugr zweifelst, dann möchte ich, dass du das hier öffnest …*"

„*Ich habe eine Pflicht zu erfüllen, Onkel.*"

„*Nimm das Kästchen*", hatte Sigurd gesagt. „*Öffne es nur, wenn deine Zweifel bleiben.*"

Leif hatte es genommen und in seiner Kajüte unter die

Koje gestellt. Er hatte nie daran gedacht, es zu öffnen. Aber mit jedem Tag waren seine Zweifel gewachsen, und jetzt trieb es ihn zu sehen, was darin war. Er übergab Kapitän Twig das Steuer und ging zu der Leiter, die zu seinem Quartier im Heck des Schiffes führte. Er fand das Kästchen schnell und zog es hervor. Dann setzte er sich in seine Koje, öffnete den verrosteten Schnappriegel und hob den Deckel hoch.

Drinnen lag, in ein fein gesponnenes Wolltuch gewickelt, ein aus einem Walzahn geschnitztes Amulett, das an einem langen Lederriemen befestigt war. Leif erkannte den Gegenstand sofort. Sein Vater und der Vater seines Vaters hatten ihn getragen. In der Mitte des Amuletts war ein kleiner silberner Hammer, der Donnerhammer von Thor, dem Gott, der die Menschen vor dem Bösen beschützte.

Neben dem Amulett lag ein zusammengerolltes Pergament aus Schafshaut.

Leifs Hand zitterte, als er danach griff und es entrollte. Er erkannte sofort die Handschrift seines Onkels.

Wenn du dies liest, dann hast du das Kästchen geöffnet, und es ist klar, dass deine Zukunft nicht länger auf Draugr liegt. Vor seinem Tod befreite dich dein Vater von deinem Schwur, aber nur, falls dein Schicksal woanders liegen sollte. Bis zum Ende glaubte er an deine Rückkehr, und er bat mich, dir sein Amulett zu übergeben. Es soll dich auf deiner Lebensreise beschützen. Fürchte nicht um dein Volk. Olav wird an deiner statt weise regieren. Er gehört hierher, wie du nie hierher gehört hast. Folge deinem Herzen, Neffe, und dem Pfad, den die Götter dir bestimmt haben.
Sigurd

Leif verspürte ein seltsames Herzklopfen, als er den Brief jetzt beiseitelegte und nach dem Amulett griff. Solange er sich erinnern konnte, hatte sein Vater Thors Hammer um den Hals getragen, zum Schutz gegen jegliche Gefahr, die ihm auf seinem Lebensweg begegnen mochte.

Ragnaar hatte ihm, dem ältesten Sohn, den Halsschmuck übergeben. Obwohl Leif sich seinen Wünschen widersetzte, hatte sein Vater ihn geliebt. Und vielleicht verstand er am Ende auch, warum Leif hatte gehen müssen.

Leif hielt den Lederriemen hoch und streifte ihn über den Kopf, sodass das Amulett nun auf seiner Brust ruhte. Ihm war, als könnte er die Gegenwart seines Vaters hier in der Kajüte spüren.

„Danke, Vater", sagte er feierlich und schloss die Hand um das kunstvoll geschnitzte Amulett. Dann drehte er sich um und ging hinaus. Ein nie gekanntes Gefühl von Freiheit und nie gekannter Freude erfüllten ihn. Die Götter hatten doch die ganze Zeit recht gehabt. Sein Herz und sein Schicksal lagen in England. Endlich war er frei, sie einzufordern.

Während er über Deck schritt, rief er: „Machen Sie alles bereit, Kapitän Twig. Unsere Pläne haben sich geändert. Wir kehren nach England zurück!"

Leif lächelte bei dem Gedanken, dass er mit der Rückkehr in ein Land, das ihm einst so fremd gewesen war – und mit der Rückkehr zu Krista – endlich nach Hause kommen würde.

Es war Samstag, Kristas Hochzeitstag. Sie stand früh auf, um sich darauf vorzubereiten. Ihre Schrankkoffer waren nach Hampton House, dem Stadtpalais ihres Großvaters, geschickt worden, das am Stadtrand lag. Die Hochzeit war für den Nachmittag angesetzt. Sie und ihr Vater mussten aufbrechen, wollten sie nicht zu spät kommen.

Obwohl Thor eingeladen worden war, hatte er abgelehnt. Wahrscheinlich wusste er, dass Krista ihn nur anzusehen brauchte, um an Leif erinnert zu werden und an den Mann, den sie nicht haben konnte. Auch wenn Thor dunkelhaarig und nicht blond war.

Er begleitete Krista und ihren Vater zur Tür, beugte sich

hinab und küsste Krista auf die Wange. „Werde glücklich, Krista“, sagte er auf Englisch. Und als sie ihn auf seine sprachlichen Bemühungen hin erstaunt lächelnd ansah, grinste er doch tatsächlich. So etwas kam bei Thor selten vor.

„Ich danke dir“, erwiderte sie. Er nickte und schien sich darüber zu freuen, dass er sie verstanden hatte.

Noch bevor sie das Haus verließen, verschwand Kristas Lächeln schon wieder. Sie freute sich nicht auf die gemeinsame Zukunft mit Matthew, wie sie es als Braut eigentlich hätte tun sollen. Und sie fragte sich, ob es wirklich fair war, ihn zu heiraten, wo sie doch einen anderen Mann liebte.

In Gedanken versunken fuhr sie mit ihrem Vater durch die belebten Londoner Straßen.

„Du siehst schön aus, Liebes.“ Die Stimme des Professors, der ihr gegenübersaß, drang an ihr Ohr und holte sie in die Gegenwart zurück. Sir trug noch nicht ihr Hochzeitskleid. Coralee würde ihr in Hampton House beim Umziehen helfen. Doch ihr Haar war bereits frisiert und fiel in dicken blonden Locken auf ihre Schultern. Priscilla, ihre Zofe, hatte frische Gardenien hineingeflochten.

„Danke, Vater.“

„Du wirst eine schöne Braut sein.“

Krista antwortete nicht. Sie betete nur, dass Matthew Wort halten und ihr genügend Zeit geben würde, um sich mit dem Gedanken anzufreunden, seine Frau zu sein. Sie war noch nicht bereit für irgendwelche Intimitäten zwischen ihnen. Sie brauchte Zeit, um ihn kennenzulernen und sich auf die Zukunft einzustellen, die vor ihnen lag.

Die Zeit wird alles richten, sagte sie sich.

Und sie flehte zum Himmel, dass es sich auch als wahr erweisen würde.

Als die *Sea Dragon* die Londoner Docks erst einmal erreicht hatte, brauchten Leif und seine Männer nicht lange, um die

Leinen zu vertäuen und das Schiff zu sichern. Sobald die Arbeit getan war, sprang Leif vom Deck auf die hölzerne Pier, die vom Wasser zum Kai führte.

Er rieb seine Bartstoppeln und wünschte, er hätte sich noch Zeit für eine Rasur genommen, bevor er von Bord gegangen war. Doch er war zu begierig gewesen, Krista zu sehen. Unwillkürlich musste er daran denken, wie sehr er sich jetzt von dem zivilisierten Gentleman unterschied, der er noch gewesen war, als er vor einer Woche England verließ. Am ersten Tag auf See hatte er seine englischen Kleider ausgezogen und ins Meer geworfen. Und dabei gehofft, dass alle schmerzlichen Erinnerungen mit ihnen untergehen würden.

Es war ihm nicht gelungen. Er hatte sich wie ein Wikinger gekleidet, doch die Erinnerungen waren ihm geblieben. Visionen von einer goldblonden Göttin hatten ihn verfolgt, wie sie kein Mann sollte ertragen müssen.

Aber all das gehörte jetzt der Vergangenheit an und zählte nicht mehr.

Unwillkürlich musste Leif lächeln. Er war wieder in England, in dem Land, das er zu seiner Heimat machen würde.

Er winkte Twig und seinen Männern zu und schritt den Kai entlang, auf der Suche nach einer Mietdroschke. Es war ein trüber Tag, bewölkt und windig, und die feuchte Luft versprach Regen. Leifs Pelzumhang flatterte im Wind, als er eine Droschke anhielt und hineinkletterte.

Obwohl er wusste, dass die Fahrt nur eine halbe Stunde dauerte, kam sie ihm endlos vor. Am Ziel sprang er sofort aus der Kutsche und warf dem Kutscher eine Münze zu, froh darüber, dass er seine wenigen Geldstücke nicht zusammen mit den Kleidern fortgeworfen hatte. Mit langen Schritten stieg er die Stufen zum Eingangsportal hinauf. Er musste einige Male gegen die Tür schlagen, bevor der Butler ihm öffnete.

„Guten Morgen, Giles. Ich bin hier, um Krista zu sehen. Wo ist sie?“

Im ersten Moment schien der alte Mann ihn nicht zu erkennen. Dann zeigte sich ein Lächeln auf seinem Gesicht.

„Mr. Draugr! Kommen Sie herein!"

„Ich muss Krista sehen, Giles. Ich will ihr selbst sagen, dass ich hier bin."

Augenblicklich verschwand das Lächeln des Butlers. „Guter Gott! Miss Krista ... ach du liebe Güte ..."

Der alte Mann war mit einem Mal leichenblass, und Leif krampfte sich die Brust zusammen. Er machte einen drohenden Schritt auf den Butler zu.

„Wo zum Teufel ist sie?"

„Sie ist ... sie ist ..."

„Im Begriff zu heiraten", sagte Thor auf Altnordisch und trat in die Eingangshalle, gefolgt von Jamie Suthers und dem kleinen Affen Alfinn, der auf Jamies Schulter ritt.

„Heiraten! Bei Odins Blut, was erzählst du da?"

„Ihr Großvater hat die Ehe arrangiert", berichtete Thor. „Sie müsste einen Gatten haben, sagte er. Und noch irgendetwas über ihre Pflichten der Familie gegenüber. Der Professor versuchte es mir zu erklären, doch ich habe nicht alles verstanden."

Unwillkürlich ballte Leif die Hände zu Fäusten. Er verstand genau, warum Krista glaubte, heiraten zu müssen. Sie hatte ihm erzählt, dass sie eine Pflicht zu erfüllen hätte, und von allen Dingen verstand Leif das am besten. „Wie heißt der Mann?"

„Matthew Carlton."

Nur mühsam konnte Leif seine Wut zügeln. „Sie heiratet heute diesen kaltherzigen Bastard?"

Thor nickte.

„Wo?"

„An einem Ort, der Hampton House heißt."

„Ich kenne ihn. Ich war mit Krista schon einmal dort."

„Lord Hamptons Herrschaftshaus ist sehr bekannt", sagte

Giles. „Jede Mietdroschke wird den Weg dorthin kennen. Doch Sie sollten sich besser beeilen. Es dürfte bereits Zeit für die Hochzeit sein."

„Viel Glück, Sir!", schrie Jamie Leif hinterher, der schon zur Tür rannte. Hinter ihm erklangen Thors Schritte. Die beiden Männer hetzten hinaus auf die Straße und hielten eine Droschke an. Minuten später fuhren sie durch London. Leifs Herz hämmerte im Rhythmus der Pferdehufe.

„Wie weit ist es noch?", fragte er den Kutscher irgendwann, da er den Eindruck hatte, dass schon Stunden vergangen waren.

„Nicht mehr sehr weit."

„Ich bezahle Sie extra, wenn Sie uns so schnell wie möglich dorthin bringen."

Der Kutscher spornte die Pferde mit der Peitsche zu einer schnelleren Gangart an, und der Wagen raste durch die Straßen Richtung Stadtrand. Endlich erhaschte Leif etwas weiter vorn einen Blick auf offenes Gelände und auf einen großen dreistöckigen Herrschaftssitz, der in einiger Entfernung auf einem Hügel thronte.

„Das da ist es."

Unwillkürlich griff Leif nach dem Amulett an seinem Hals. Still betete er zu den Göttern, sie mögen ihm diesen letzten Wunsch erfüllen und ihn rechtzeitig das Haus erreichen lassen.

32. KAPITEL

Es war ein trostloser Tag. Dicke graue Wolken hingen über dem Land. Der Wind rüttelte an den Bäumen und ließ die kahlen Äste gegen die Fenster des mit Kupfer gedeckten Wintergartens schlagen. Drinnen bildete üppiges Grün die Kulisse für die bevorstehende Hochzeit.

Krista musste zugeben, dass Tante Abby und der Earl Erstaunliches geleistet hatten, indem sie den Wintergarten wie einen einladenden Garten aussehen ließen. Außer den Pflanzen und den Orangenbäumchen waren noch große Vasen aufgestellt worden, die überflossen von Gardenien und Kamelien. Am Ende des Wintergartens hatte man einen zierlichen weißen, ebenfalls mit weißen und rosa Blumen geschmückten Holzpavillon aufgebaut. In Reihen aufgestellte weiße Gartenstühle flankierten ihn. Jede der Reihen war mit einer großen Schleife aus blauem Seidenband verziert.

Krista trug ein Kleid aus dem gleichen Blau. Das Oberteil war aus Spitze, und die Taille lief vorn in ein spitzes V aus. Auch der weite Rock war aus Spitze, mit einem kürzeren, silberdurchwirkten Überwurf. Ihre Füße steckten in hellblauen Satinschuhen.

Die Orgelmusik hob an, und Krista holte tief Luft.

„Bist du bereit, Liebes?“, fragte ihr Vater.

Krista nickte nur. Nie würde sie bereit sein, aber das konnte sie ihm wohl kaum sagen.

Ihre Hand zitterte, als sie jetzt seinen Arm nahm und sie beide den Gang zwischen den Stühlen entlangschritten, hin zu dem Altar vor dem Pavillon. Orgelmusik begleitete sie. Die Töne schwebten über den Pflanzen und den Blumen des Wintergartens.

Matthew wartete am Altar auf sie. Groß und gut aussehend, war er in tadelloses Schwarz und Grau gekleidet. Seine Hosen, die Jacke und die silberne Weste saßen perfekt. Er trug die dichten braunen Haare kurz geschnitten mit einem modischen Mittelscheitel.

Seine Familie war da – sein Vater, der Earl of Lisemore, sein Bruder Phillip, Baron Argyle, und Phillips rundliche kleine Gattin Gretchen. Einige von Matthews Freunden, von denen Krista die meisten noch gar nicht kannte, waren unter der kleinen Gesellschaft, und Krista erkannte Lord und Lady Wimby.

Auf Kristas Seite des Gangs saß Coralee neben ihren Eltern Lord und Lady Selkirk. Sie schaute seltsam gleichmütig drein. Einige der Freunde von Kristas Großvater waren anwesend, einschließlich des Marquess und der Marchioness of Lindorf, Lord und Lady Paisley. Der Erzbischof war ein enger Freund der Familie, und wenn er auch nicht selbst die Zeremonie vornahm, so saß er doch unter den Gästen in der ersten Reihe neben dem Earl.

Tante Abby saß zur Linken des Earls. In ihrem lavendelblauen Seidenkleid sah sie sehr elegant aus. Gelegentlich tupfte sie diskret mit einem Taschentuch ihre Augen. In der letzten Reihe saß die kleine Belegschaft der Zeitung: Bessie Briggs, Gerald Bonner und der junge Freddie Wilkes. Ganz hinten im Wintergarten sahen Kristas Zofe Priscilla Dobbs und etliche der ranghöheren Bediensteten zu, wie die Braut den Gang entlanggging.

Die meisten von Kristas Freunden waren da, alle außer Thor, Jamie und dem kleinen Alfinn. Sie warteten im Stadtpalais. Krista wusste, dass sie ihr alles Gute wünschten, und wenn sie auch betete, dass ihre Wünsche sich erfüllen möchten, so glaubte sie in ihrem Herzen nicht daran.

Schließlich blieb sie vor Matthew stehen. Sein Lächeln war zärtlich und warm, und doch konnte es Krista nicht beruhigen. Sie versuchte sein Lächeln zu erwidern, während ihr Vater sie in Matthews Obhut gab. Dann wandten Braut und Bräutigam sich dem Vikar zu, einem kleinen Mann mit Silberhaar und weisen, freundlichen Augen.

Vikar Jensen ließ den Blick über die Versammlung schweifen und begann mit der Zeremonie, wobei er nur kurz auf die weiße ledergebundene Bibel auf dem Altar vor ihm blickte.

„Liebe Gemeinde. Wir haben uns heute hier versammelt, im Angesicht Gottes und dieser Zeugen, um diesen Mann und diese Frau nach Gottes Gebot in den heiligen Bund der Ehe zu führen."

Krista atmete tief durch und versuchte das Zittern in ihrem Innern unter Kontrolle zu bekommen.

„Die Ehe ist ein von Gott gestifteter, ehrbarer und heiliger Stand und darf deswegen nicht leichtsinnig eingegangen werden, sondern mit Bedacht und Respekt und in der Furcht vor Gott. Sollte also irgendjemand einen Grund wissen, weshalb diese beiden Menschen nicht dem Gesetz nach miteinander verheiratet werden sollen, so möge er jetzt sprechen oder für immer schweigen."

Darauf folgte eine lange Stille. Krista ertappte sich dabei, dass sie betete, jemand möge sprechen, von oben herabrufen, dass diese Zeremonie ein Witz war und dass man ihr ein Ende machen musste, bevor es zu spät war.

Doch nichts geschah.

Krista wurde das Herz schwer. Ihr Innerstes bebte, als der Vikar fortfuhr und die Worte anstimmte, die sie zu Matthews Frau machen würden.

Leif bezahlte die Droschke und sprang heraus, noch bevor sie vor dem Herrschaftshaus angehalten hatte. Er rannte auf die schwere Eingangstür zu, hob den massiven Türklopfer aus Messing und begann wütend gegen die Tür zu hämmern. Er hörte nicht auf damit, bis die Tür aufschwang und ein dünner schwarz gekleideter Butler erschien.

Eingehend betrachtete er Leif über den Rand seiner Nickelbrille hinweg. „Was zum Teufel …?"

„Wir sind wegen der Hochzeit hier“, sagte Leif. „Wo findet sie statt?“

Der Butler musterte ihn von Kopf bis Fuß, registrierte seine wollene Tunika, den schweren Fellumhang und die weichen Lederstiefel, die ein wenig zu langen Haare und den eine Woche alten Bart. „Ich finde das höchst unpassend, Sir.“ Damit schlug er entschlossen die Tür zu.

Leif fluchte und hämmerte wieder gegen die schwere Tür, doch sie wurde nicht mehr geöffnet.

„Wir müssen hintenherum gehen“, meinte Thor, und beide rannten auf die hohe Steinmauer zu, die das Grundstück umgab. Mühelos kletterten sie daran hoch und sprangen auf der anderen Seite in den Garten.

„Wir können durch den Bediensteteneingang gehen“, sagte Leif und wollte schon los, als Thor ihn beim Arm fasste.

„Hörst du das?“

Jemand sang ein feierliches, von Orgelmusik begleitetes Lied. Leif wirbelte herum, in Richtung des Klangs, und sein Blick fiel auf ein Gebäude mit einem Kupferdach, das am Ende des Gartens stand. „Da drinnen“, sagte er.

Als sie dorthin eilten, konnte Leif durch die kleinen Fensterscheiben etliche festlich gekleidete Menschen sehen, die dort saßen.

Und dann entdeckte er Krista.

„Da ist sie!“, rief Thor aufgeregt.

Leif nickte. „Wir müssen uns beeilen.“ Den Blick fest auf diese Erscheinung in Blau gerichtet, die ihm und keinem anderen Mann gehörte, lief er weiter, riss die Tür auf und stürmte hinein. Als er den Eingang des Raumes erreichte, in dem die Hochzeit stattfand, blieb er stehen und hatte einen schrecklichen Augenblick lang das Gefühl, vielleicht zu spät gekommen zu sein.

Krista stand neben Matthew Carlton, und ein Priester sprach. Leif wusste, dass er die Worte des Eheversprechens aufsagte. Doch alles, was Leif sah, war Krista und wie blass sie war.

Und wie schön.

„Willst du, Krista Chapmann Hart, diesen Mann …“

Es war ihr Vater, der laut Leifs Namen rief und damit den Vikar unterbrach. Krista fuhr herum, sah zur Tür und erblickte den hoch aufragenden blonden Riesen, der den Gang entlang auf sie zukam.

Sie hielt den Atem an. Einen Augenblick lang glaubte sie, es wäre ein Traum. Sie blinzelte, aber Leif war immer noch da und kam mit wild entschlossenem Gesicht näher. Er war wie ein Wikinger gekleidet, und sie nahm an, dass er seine Meinung geändert hatte und gekommen war, um sie doch noch heim nach Draugr mitzunehmen.

Wenn dem so war, dann würde sie mitgehen, und das mit Freuden. Ihr lag nichts an dieser Heirat, an diesem Leben, dem sie entgegensah. Es war nicht länger wichtig. Nur Leif war wichtig. Nur Leif.

Ihre Augen füllten sich mit Tränen, während er die letzten Schritte auf sie zumachte, die Hand ausstreckte und zärtlich ihre Wange berührte.

„Krista …“

Matthew trat zwischen sie. „Was zum Teufel tun Sie da, Draugr?“

Leif richtete sich zu seiner vollen Größe auf. „Ich bin gekommen, um meine Frau zu holen. Ich will sie vor dem englischen Gesetz wie vor den Augen der Götter, die dort leben, woher ich komme, zu meiner Frau machen.“

Matthew wirbelte herum und wandte sich den Gästen im Wintergarten zu, die erschrocken das Schauspiel beobachteten, das sich da vor ihnen abspielte. „Ich will, dass man diesen Mann hinauswirft! Er hat kein Recht, hier zu sein! Ich will, dass er verschwindet – sofort!“

Kristas Großvater war aufgestanden. Er war genauso verblüfft wie der Rest der Menge. Eilig ging zu der kleinen Gruppe vor dem Altar.

„Junger Mann, Sie unterbrechen die Hochzeit meiner Enkelin!“

„Sie kann diesen Mann nicht heiraten“, erwiderte Leif entschieden. „Krista gehört zu mir, und ich bin hier, um sie für mich zu fordern.“ Einen Moment lang trafen sich Leifs und Kristas Blicke, und es lag so viel Liebe darin, dass Krista wieder die Tränen kamen.

„Nimm mich mit dir, Leif. Es ist mir gleich, wohin wir gehen, solange wir nur zusammen sind.“

„Das ist doch lächerlich!“ Matthews Gesicht war feuerrot vor Wut.

„Mein Sohn hat recht.“ Der Earl of Lisemore verließ seinen Platz und kam den Gang hinunter. „Matthew ist mit dieser Frau verlobt. Der Ehekontrakt wurde bereits bezahlt. Entfernen Sie diesen Mann von hier, sofort!“

Ihr Großvater durchbohrte Krista mit wütenden Blicken. „Ich möchte eine Erklärung, Mädchen. Und zwar sofort!“

Krista öffnete schon den Mund, um ihm zu antworten, doch stattdessen meldete sich Tante Abby zu Wort, die gelassen den Gang entlangschritt. „Ich werde es dir erklären, Thomas“, sagte sie. „Dieser Bursche hier ist Leif Draugr. Mr. Draugr ist der Mann, den Krista liebt. Er ist – mit ziemlicher Verspätung – gekommen, um sie sich zu holen. Und man kann deutlich sehen, dass sie ihn heiraten möchte.“

Krista dankte ihrer Tante im Stillen und wandte sich dann an ihren Bräutigam. „Es tut mir leid, Matthew. Ich habe dir nie wehtun wollen.“

Finster blickte Matthew sie an und presste die Lippen zu einem dünnen, bitteren und hässlichen Strich zusammen. „Mich verletzen? Du dummes Weib. Ich brauchte Geld. Es ging immer nur ums Geld. Du bringst mich um dieses ganze verdammte Vermögen!“

Leifs Körper spannte sich an, und sein Gesicht wurde zu Stein. Er packte Matthew am Revers seines makellosen schwarzen Rocks, wirbelte ihn herum und schlug ihm mit der Faust ins Gesicht. Einige Frauen schrien, als Matthew in den zierlichen Holzpavillon krachte und rückwärts taumelnd Kamelien und Gardenien mit sich riss.

Matthews Bruder Phillip stürmte herbei, bereit einzugreifen, und Krista sah, dass Thor sich aufmachte, um seinem Bruder zur Seite zu stehen. In seinen englischen Kleidern sah Thor weit mehr wie ein Gentleman aus als Leif, und doch konnte Krista die Kraft, den Krieger in diesem Mann spüren.

Es war Lord Lisemore, der die Spannung, die so groß war, dass die Luft zu vibrieren schien, endlich auflöste. „Genug davon! Mein Sohn hat sich mehr als klar ausgedrückt. Ich glaube, es ist für uns an der Zeit zu gehen. Hilf mir, deinen Bruder wieder auf die Füße zu stellen."

Phillip sah schockiert aus. „Aber Vater …"

„Dein Bruder ist dem Spiel verfallen", sagte der Earl zu seinem Sohn. „Er ist hoch verschuldet. Ich habe getan, als wüsste ich es nicht. Ich glaubte, die Heirat mit Miss Hart würde ihm helfen, sein Leben in den Griff zu bekommen."

In dem Moment stöhnte Matthew, machte aber keine Anstalten, sich von seinem Platz zwischen den zu Boden gefallenen Blumen zu erheben. Sein Vater und sein Bruder gingen zu ihm, stellten ihn auf die Füße und drängten ihn den Gang hinunter auf die Tür zu.

„Bei Gott!", entfuhr es dem Vikar, als die Männer außer Sicht waren.

„Also wirklich!", sagte der Professor, der sich zu der Gruppe gesellt hatte.

Leif richtete die durchdringenden blauen Augen auf den Earl. „Krista sagt, dass Sie Enkelsöhne brauchen. Mein Blut fließt heiß und stark. Ich werde ihr kräftige Söhne schenken, auf die Sie stolz sein können."

Der Earl musterte Leif mit wissendem Blick, vom blonden Kopf über den muskulösen Hals bis zu den mächtigen Schultern und der breiten Brust. „Ja … ich kann sehen, dass Sie von sehr guter Abstammung sind." Er kratzte sich das Kinn. „Wenn Sie meine Enkelin heiraten, sind Sie dann auch bereit, hier in England zu leben?"

„Ein Schwur, den ich einst meinem Vater gab, zwang mich, England zu verlassen. Doch jetzt bin ich von diesem Schwur entbunden, und England ist die Heimat, die ich mir erwählt habe. Wenn Krista einwilligt, meine Frau zu werden, bleibe ich."

Krista liefen die Tränen über die Wangen. Leif würde bleiben. Das war ihr größter Herzenswunsch.

Der Earl sah zum Professor, der auf eine Art grinste, wie Krista es noch nie an ihm gesehen hatte. „Nun, Paxton, was denken Sie?"

Ihr Vater sah zu Leif, und Krista konnte Zuneigung und Erleichterung in seinen Augen lesen. „Ich denke, wir sollten die Hochzeit ein oder zwei Tage aufschieben, bis wir eine Sondererlaubnis erhalten."

„Unsinn", sagte der Earl. Er drehte sich um und ging zu seinem Freund, dem Erzbischof, einem schlanken, eleganten weißhaarigen Herrn, der, wie es schien, amüsiert und fasziniert zugleich ruhig in der ersten Reihe saß.

„Was sagen Sie dazu, William? Wir haben eine Lizenz, doch anscheinend ist sie auf den falschen Namen ausgestellt. Können Sie diesen Irrtum korrigieren?"

Der Erzbischof stand lächelnd auf. „Ich glaube, das kann ich. Auch wenn es höchst vorschriftswidrig ist. Wahrscheinlich müssen einige Korrekturen vorgenommen werden, wenn ich wieder in Canterbury bin."

Er ging zu der Gruppe am Altar. „Vikar Jensen, die Lizenz, bitte."

„Natürlich, Euer Gnaden."

Unruhe kam auf, bis Feder und Tinte herbeigeholt und die nötigen Änderungen vorgenommen worden waren. „Wie ich schon sagte, ist es höchst vorschriftswidrig. Ich erwarte eine entsprechende Spende, Thomas, als Geste Ihres guten Willens."

„Das ist doch selbstverständlich, Euer Gnaden." Kristas Großvater drehte sich zu Vikar Jensen um. „Ich denke, Sir, es ist an der Zeit, mit der Trauung fortzufahren."

„Großartig!", sagte der Professor. „Nur dass meine Tochter dieses Mal einen wesentlich passenderen Bräutigam hat."

Leif sah Krista an, ergriff ihre Hand und führte sie an die Lippen. „Heute wirst du einen Wikinger heiraten, doch morgen wird dein Ehemann sich wieder in einen Gentleman verwandeln."

„Ganz gleich wie du dich anziehst, in deinem Herzen bist du immer noch ein Wikinger. Ich liebe beide Seiten an dir und möchte keine missen."

Leif schenkte ihr ein zärtliches Lächeln, und Krista lächelte zurück.

„Machen Sie schon weiter, Mann", sagte der Earl zu dem Vikar und warf Leif einen unmissverständlichen Blick zu. „Je schneller diese beiden verheiratet werden, desto schneller wird mein Schwiegerenkel seine Braut ins Bett tragen." Er wandte sich an Krista, die leicht errötete. „Ich werde im Ostflügel des Hauses ein Zimmer für euch vorbereiten lassen. Morgen kehre ich aufs Land zurück. Ich lade euch beide ein, so lange zu bleiben, wie es euch gefällt."

Schüchtern lächelte Krista Leif an. „Ich denke, mein Großvater nimmt dich und dein Versprechen, ihm Urenkel zu schenken, beim Wort."

Leifs Augen leuchteten nun in einem brennenden Blau. „Ich habe vor, meinen Schwur zu halten. Denn es gibt nichts, was ich lieber täte."

Krista errötete noch mehr, und ihr Großvater kicherte

vor Freude. Minuten später war die Zeremonie vorüber und beide zu Mann und Frau erklärt.

„Sie dürfen jetzt die Braut küssen“, sagte der Vikar, und Leif zog Krista in seine Arme. Ihr Herz gehörte ihm, so wie seines ihr gehörte.

Und als Leif seinen leidenschaftlichen Kuss beendete, gab es keinen Einzigen unter den Hochzeitsgästen, der daran noch gezweifelt hätte.

EPILOG

Sechs Monate später

Leif lag neben Krista in ihrem Schlafzimmer in dem Stadtpalais, das ihnen der Großvater zum Hochzeitsgeschenk gemacht hatte. Sie hatten sich gerade geliebt und ruhten nun zufrieden in dem großen Bett mit den vier Pfosten.

Friedlich schlummerte Krista in Leifs Arm gekuschelt. Es war eine warme Mainacht, und das Mondlicht schien auf die Blumen im Garten hinter dem Haus. Ein dünner Strahl stahl sich durch einen Vorhangspalt und ließ Kristas goldenes Haar aufleuchten. Sie war so schön. Und sie schien jeden Tag schöner zu werden.

Manchmal nahm es Leif schier den Atem, wenn er sie ansah und ihm klar wurde, dass sie wirklich seine Frau war. Dann musste er daran denken, wie nahe er daran gewesen war, sie zu verlieren. Er musste seinem Onkel Sigurd für die geschenkte Freiheit dankbar sein und für das Leben, das jetzt vor ihm lag. Für immer würde er in seiner Schuld stehen.

Gedankenverloren streichelte er Kristas seidenes Haar und dachte daran, wie viel doch in den letzten sechs Monaten nach seiner Rückkehr nach England geschehen war. Er war nie ein Mann gewesen, der untätig herumsaß. Als Erstes hatte er seine Freunde Alexander Cain und Dylan Villard besucht, die Eigner von Continental Shipping. Leif hatte entdeckt, dass er ein angeborenes Talent fürs Segeln besaß. Er genoss es, auf See zu sein. Vielleicht war das ein Erbe seiner Wikingervorfahren.

Er hatte den Männern ein Geschäft vorgeschlagen, an dem auch sein Bruder beteiligt sein sollte. Und er hatte angeboten, seinen Anteil am Kapital und den seines Bruders einzubringen. Leif wollte eine Transportlinie gründen, welche Güter zu und von kleinen Nordseeinseln transportierte, die abseits der großen Schifffahrtslinien lagen. Er hoffte, auch kleinere Häfen in England und Schottland, eventuell auch in Irland und Wales einbeziehen zu können, vielleicht sogar in noch weiter entfernten Ländern.

Cain und Villard hatten bereitwillig zugestimmt, und so hatten sie eine Gesellschaft gegründet und sie Valhalla Shipping genannt.

Die *Sea Dragon* war ihr erstes Schiff gewesen, doch sie hatten bereits vier weitere angeschafft. Allmählich kam auch einiges an Geld herein, und wie es schien, würde ihr Unternehmen Erfolg haben.

Leif ertappte sich dabei, wie er lächelte. Thors Englisch war schnell besser geworden. Außer wenn er verärgert oder nervös war, sprach er kaum noch Altnordisch. In dem schnell expandierenden Unternehmen gab es viel für ihn zu tun, und Thor schien mit jeder Herausforderung zu wachsen.

Leif merkte, dass Krista sich in dem Bett bewegte und ihre weichen Lippen an seine Brust presste. „Du schläfst gar nicht", sagte sie. „Ich dachte, du wärest müde nach …"

Sie ließ den Satz unvollendet. Selbst im Dunkeln wusste Leif, dass sie errötete.

Er küsste sie auf den Kopf. „Ich habe eben daran gedacht, was für ein Glück ich habe."

Krista drehte sich auf die Seite und stützte sich auf den Ellbogen. „Wir haben beide Glück." Sie beugte sich vor und küsste ihn. Und sein Körper reagierte sofort darauf. „Du gibst mir alles, was ich mir je gewünscht habe. Ich habe meine Freiheit, die Unabhängigkeit, die ich immer so schätzte, und ich bin mit einem Mann verheiratet, den ich mehr liebe als mein Leben. Und …"

„Und …?", hakte er mit erhobenen Brauen nach.

„Und bald werde ich sogar noch etwas Kostbareres besitzen."

Forschend sah er sie an. „Wovon sprichst du?"

„Ich … ich wollte noch ein wenig warten, bevor ich es dir sage. Ich wollte mir ganz sicher sein."

Leif richtete sich auf und zog sie an sich. Er konnte spüren, wie ihr Herz nahe dem seinen schlug. „Sag es. Sprich die Worte aus, die ich so gerne hören möchte."

Krista lächelte ihn an und streichelte seine Wange. „Ich trage dein Kind unter dem Herzen, Liebster. Es ist das größte Geschenk, das du mir je gemacht hast."

Voller Leidenschaft sah Leif sie an. „Das ist nur das erste von vielen Geschenken, die ich dir machen will."

Dann küsste er sie, und Krista schlang ihm die Arme um den Hals und küsste ihn zurück. Es war der süßeste Kuss, an den sie sich erinnern konnte, ein zärtlicher, sehnsuchtsvoller Kuss, der leidenschaftlich und heiß und wild wurde. Leif nahm sie, forderte sie als sein Eigen und gab ihr das Gefühl, umsorgt und umhegt zu werden.

Einst hatte sie für ihre Unabhängigkeit gekämpft. Indem sie Leif heiratete, hatte sie ihre Zukunft, ihre Seele in die Obhut eines Mannes gelegt, wie sie noch nie einen gekannt hatte.

Eines einzigartigen und besonderen Mannes, wie Krista jetzt wusste.

Eines Mannes mit einem ehrenvollen Herzen.

– ENDE –